U0866108

落英

LUO YING

刘庆邦/作品

中国工人出版社

图书在版编目（CIP）数据

落英 / 刘庆邦著. —北京：中国工人出版社，2017.6
ISBN 978-7-5008-6758-6

Ⅰ. ①落… Ⅱ. ①刘… Ⅲ. ①长篇小说—中国—当代
Ⅳ. ①I247.5

中国版本图书馆CIP数据核字（2017）第169392号

落　英

出 版 人	芮宗金
责任编辑	左　鹏
责任校对	董春娜
责任印制	黄　丽
出版发行	中国工人出版社
地　　址	北京市东城区鼓楼外大街45号　邮编：100120
网　　址	http://www.wp-china.com
电　　话	（010）62005043（总编室）　（010）62005039（出版物流部） （010）62379038（社科文艺分社）
发行热线	（010）62005049　（010）62005042（传真）
经　　销	各地书店
印　　刷	三河市万龙印装有限公司
开　　本	710毫米×1000毫米　1/16
印　　张	19
字　　数	280千字
版　　次	2017年9月第1版　2017年9月第1次印刷
定　　价	38.00元

本书如有破损、缺页、装订错误，请与本社出版物流部联系更换
版权所有 侵权必究

第一章

1. 返乡

夏日的一个傍晚，阴云四合，道路泥泞。一位中学生模样的年轻人，高挽裤腿，赤脚踏着泥巴往家里走。他的家在前边不远处一个古老的、和别的村庄大致雷同的村子里，村子一片灰蒙蒙的，在地上趴着。他走得不轻快，不稳当，有点苍白的赤脚一次又一次陷进泥水里，拔出来时小腿上裹了一层黄色的泥浆。他一次又一次险些滑倒，两腿忽而夸张地打开，忽而往一块儿绞，很不协调。每打滑一次，他都停下来站一会儿，瞅着烂糟糟的路面发呆，仿佛在考虑还往前走不走，要是不走的话应该往哪里去？泥途夹岸生着绿得相当沉重的庄稼，高粱、玉米、芝麻、大豆、谷子、红薯等，应有尽有。庄稼叶子上都水淋淋的，叶片往下垂着。有的玉米叶子被撕裂了，让人记起昨日里雨有多大，风有多猛。低洼处的红薯泡汤了，叶隙间露出灰白的水光。蝈蝈都哑巴着，还没缓过神来。蛤蟆偶尔“歌哇”两声，声音显得突然，洪大。一位抱红纸伞的妇女走过去了。四个壮汉子抬着一副架子车上盘做成的担架走过来了，病人被单蒙头，在担架下不停地呻吟，听声音像是一个老太太。他看着抬担架的人匆忙杂沓地从身边错过，往上耸耸斜背在肩上的印花粗布被子和捆在被卷里的课本，又无可奈何似地往家里走去。这年轻人的脸色一点也不比阴云密布的天气好，目光迷茫，甚至有些沮丧，与他的小小年纪极不相符。

学校到底把他抛弃了，他上高中上大学的梦彻底破灭。本该一九六六年初中毕业，“革命”却煞有介事地把他挽留到一九六八年，然后脚面轻轻一抬，就把他踢开了。继续上高中的同学是有的，一个班只有五六个人。上高中不再是凭考试，而是凭推荐。他是保守派，不是造反派，人家当然不会推荐他。他觉得不好意思见村里人，无法跟父亲、母亲和姐姐交代，不知道该怎样生活下去。他觉得很委屈，光想哭一场。但他憋着不哭，流点儿泪水子能解决什么问题呢！

回到家，他低着头往西间屋里走。西间屋的窗内有一张破旧的木床，床箔上落着一层灰尘。母亲坐在屋当门的一个用高粱叶子编成的草片子上，拆一件陈年的破棉袄，见儿子不声不响地进了屋，她看了儿子一眼，什么都明白了。母亲青筋凸出的手微微有些哆嗦。她吩咐闺女夏季做饭去，擀面条儿。阴雨天，她原来打算省一顿，不吃晚饭了。儿子春光回来了，得做。夏季正和邻家一个叫月白的姑娘在门口的凳子上坐着纳鞋底，见弟弟背着铺盖卷儿回来了，知道不好，弟弟这学恐怕是上到头儿了。她没敢问弟弟，目光一直追着弟弟看。只有月白开玩笑似地问了春光一句话，问他怎么回来了，是不是上学上成了。

李春光不吭，把被卷儿放在床上，在床沿儿坐下来。破床响了几声，不堪重负的样子。上成了，笑话，天大的笑话，他嘴角牵了一下。

月白问了话，弟弟不答，等于人家的话掉在地上了，这不太好。于是姐姐也问，别人是不是都回家了。

这个问题仍然敏感得不好回答，李春光把头埋下去，埋得很低。他看见自己腿上的泥是黄的，脚上的泥是黑的。腿上的泥是村外沾的，脚上的泥是村里沾的。脚上的黑泥看上去很脏污。他觉得自己的头往两腿间的地上沉了一下，差点失了重，一头拱在地上。他把身子往床帮里边挪挪，两手支撑在床沿儿上。屋里的地面是土质的，不平，看上去很硬。

“春光，不是问你话吗！”姐姐像是生气了。

李春光“嗯”了一下。

母亲生气了，却吵女儿夏季：“都别理他，孩子心里正难受着呢，禁得住这样问他吗！哪个孩子不想升学，赶上这时候了，他能有啥办法!”

李春光觉得鼻子发酸，他用两手把脸捂上了。但他的眼泪还是从指缝里冒出来了，顺着手腕子往下流。他不想让母亲和姐姐看见他流泪，手捂着脸慢慢歪倒在床上，翻过身去，面对着墙，沾满泥巴的小腿和脚搭在床沿儿外边。为了供他上学，父亲、母亲和姐姐在家里吃红薯干、菜团子，省下粮食让他带到学校里换饭票。一个飘雪的下午，他的饭票吃完了，一天没吃东西。下课时，他看见母亲来了，母亲从怀里掏出一个黑毛巾包，解开，是几块蒸得稀软的红薯。他正上课时母亲就来了，怕打搅他听课，母亲没敢到教室门口，倚着一棵柳树的树干在风雪里等。母亲没顶毛巾，毛巾包了红薯被母亲揣在怀里。母亲落了一头一肩的雪，可红薯还冒着热气。

母亲走到西间屋，站在床前看了他一会儿，找来一根秫秆棒儿，劈开，轻轻地为他刮小腿和腿上的泥。泥很肥，若不刮去，肉皮下面的血把泥暖热后会把腿脚沤烂的。肥泥沤烂的地方，起白泡儿，流黄水儿，再治就难了。仔细刮了一遍，母亲又打来一瓦盆干净水，放在矮脚凳子上，抓一把干豆叶，握成一团，蘸了水，给他从上到下一点一点擦洗。母亲没有说话，只有豆叶团子撩水发出的声响。李春光不想让母亲给他洗泥，沤烂就沤烂，他的脚和腿又不是什么金贵东西，烂掉才好呢！但他又不能拒绝母亲给他洗，母亲的脾气他是知道的，任何拒绝都是徒劳。那么他就不动，任母亲把他的已经长成个儿的腿搬来搬去。他的脚趾头缝里夹藏的也有泥，母亲用豆叶擦不到，就用指头逐个缝里为他抠。母亲的手抓住他的脚脖子时，他觉得母亲的手很热，很有力。

姐姐看不过，说：“娘，他都这么大了，你还伺候他呀，让他自己洗不行吗!”月白伸头往西间屋瞅瞅，嘻嘻地笑。西间屋和屋当门是用秫秆做的箔篱子隔开的，箔篱子不知用了多少年，已经陈旧得发黄发黑。几乎每一根秫秆都被虫子蛀成了一个个针眼大的小洞，箔篱子下端落着一层粉末状的虫子屎。箔篱子门口的布帘子早烂得挂不成了，连门口两侧的秫秆也断了不少，显得门口敞得很大，没什么隔离效果。

母亲没听从姐姐的劝告，洗得更专心。母亲觉出来了，春光的腿在簌簌地抖。母亲探过身子看他的脸，见他的双手捂在脸上，泪水流得一塌糊涂。母亲想拉开他的手，可拉不动。他的手也在抖。母亲把洗干净的脚为他搬到床上，顺好，让他想哭就哭出来吧，心里难受别老憋在肚子里。

李春光说："娘，我这一辈子完了……完了……真没意思……"他再也抑制不住内心的悲痛，也顾不上有外人在他们家里，一下子就哭出了声。他的声音已失了童声，变成成年人的声音。可变得又不十分彻底，似乎还剩下最后一点过渡期，这时候的声音是最陌生最难听的。连他自己都听出自己的哭声丑陋得有些不伦不类，可他没办法把哭声收回去，犹如他阻挡不住自己的变声一样。月白怔了怔，找了一个理由，把线绕在底子上，走了。姐姐心里一寒，眼圈儿红了，说："天底下打牛腿的多着呢，谁也没说你什么。别管怎么着，你还上了个初中毕业，我呢，只上了三年学，不是还得照样过。"

母亲说："让他哭吧，哭哭就好受点儿。人一辈子总得哭几回。"

2. 下地干活儿

李春光哭过之后，睡了一夜又一天，心情略微平静些。第二天，队里上工的钟声响过，他就闷着头，加入男劳力的行列，开始下地干活。乡下土生土长的孩子，即便上学期间，寒暑假和星期天也要帮家人干活，对庄稼活儿并不生，别人能干什么他也能干。父亲劝他悠着劲儿，慢一点儿，初上来别干得太猛，别累伤了身子。父亲是队里的饲养员，一转生产队，父亲就当上了饲养员，父亲当饲养员的年数几乎和李春光的年龄差不多。父亲本来就是个拙嘴和话头稀的人，当了多年饲养员，父亲更不爱多说话。父亲只适合与牛马打交道，跟牲口说话比跟人说话多。饲养室在村子外头的东南角，是一座破庙改成的。平日里，父亲就住在饲养室里，只有吃饭时才回家。他吃完饭，饭碗一推，又回到饲养室去了。在李春光的印象里，父亲是以饲养室为家了。李春光没听见父亲劝过人，父亲劝他这几句话，想必是父亲费了好大劲才说出来的。李春光有些感动，他对父亲点了头。他从另一方面理解父亲的话，一下地就发狠地干。顶着日头锄地，胳膊晒得像煳木头棍子，脱了一层白皮又一层白皮。双手满是水泡，如握了一把蒺藜。他咬牙撑着，一声不吭。休息时，别人到树荫下去了，或者到苇塘边洗脸去了，只有他不歇着，一杆铁锄仍和杂草过不去。他的锄板磨得亮堂堂的，把太阳的反光晃在庄稼叶子上。有人喊他歇着，说日子长着呢，干不完的活儿。他答应了，拐起胳膊擦擦汗，微笑了一下，又塌下身子往前锄。喊他的人对别人评价说，这孩子是个干家儿。从河坡里往岸上拉河泥，他不要拉帮套的，一个人独拽一辆架子车。偷懒的人不等架子车装满就拉走了。他不，车装平了还不走，塌着眼皮让人家还装，直到装得堆着尖，他才像一匹骡子一样，凹下腰，绷紧腿，顶直袢绳，把架子车拉走。上坡时，他拉不上去，退下来两次，他奋力冲了三次，终于一口气冲到坡顶。他听见装车的在他身后发出赞叹，说李春光行，有股子犟劲。有人记起，他在学校时就是好学生，年年考试都在前几名，没上成景真是可惜了。听了这些话，李春光如同受了鞭策，更加拼命地干活儿。他像是要捞回什么，又像是要抛弃什么；像是和谁赌气，又像是在和自己作对。反正要干活儿，干好，是个干，干不好，也是个干，何必惜那点力呢！

这天上午，男劳力到饲养室旁边的沤粪坑起粪。粪坑紧靠着一片拴牲口的空场，是长方形的，面积挺大，也很深。粪坑里混杂着各种牲口粪、拆房土和沤青，噗噗地冒着硕大的黄泡儿。黄泡儿炸开了，臭气扑鼻而来。有的社员见状，心往一块儿缩，腿上起痒疙瘩，不愿下去。粪坑边被队长插上了小红旗，红旗迎风飘动。粪坑另一边是一条官路，到公社所在镇去赶集的人都是走这条路。李春光见父亲正把牛从饲养室里拉出来，拴在木桩子上晒太阳。父亲看见他了，只看了一眼，就转过身去。李春光慢慢脱下布鞋，挽高裤腿，光着脚，一步一步下到粪坑里去了，往上面甩出了第一锨粪。别人见李春光这样一个刚走出学校门口的学生娃子都下进粪坑里去了，他们不敢怠慢，也纷纷下进粪坑里去了。

月底，社员们开会评分，男劳力组一致给李春光评了九分。男劳力的最高分是十分，女劳力的最高分是八分。姐姐在队里当妇女队长，才拿到八分。父亲干了多少年了，也没超过九分。像他这样刚毕业的学生一般只能拿到六七分，而他一上来就得了九分。李春光把评分的结果告诉了母亲，母亲没有显得太高兴，看了他好一会儿，让他赶快歇歇去吧。李春光说："没事儿，累不着我。"

3. 接知青

一天吃午饭时，队长通知李春光下午别下地干活儿了。给他派了另一样活儿，让他到公社去接城里下乡来的知识青年。队长也去，他们每人拉一辆空架子车，把知青连人带行李都拉回来。队长是个矮个子，好说笑话，爱赌咒，赌咒的常用语是"我是小舅子"。"听说城里来的知识青年都是调皮捣蛋货，偷鸡摸狗的不正干，要不是大队里压住头皮非要分给咱，谁愿意谁是小舅子。"说时很正经，说完了就挤着眼笑，笑罢又摆出严肃相，安排李春光说："咱们得小心点儿，别给他们笑脸儿。这事儿跟使唤新媳妇一样，一开始就得把他们镇住，让他们老老实实地接受咱们的再教育。"队长还说，之所以把这个任务派给李春光，因为李春光会背很多语录，他让李春光注意跟知青们对语录，他说一，咱对二；他说三，咱对四，反正得压过他们。

李春光笑了笑，说到时候再说吧。在串连时，李春光到过一些城市，见过城里的知青，他们优越高傲得很，根本看不起乡下的学生，动不动就拿穿黑粗布衣服的乡下学生取笑。这下好了，他们也到乡下来了，也来尝尝当农民的滋味了。李春光心上像是找到了一点平衡，悄悄地有些高兴。

架子车拉到村街上，队长一拍脑瓜儿，说不行，忘了武装一下。他让李春光稍等，自己转回家去了。队长再从家里出来时，果然"武装"起来了。

他新换了一件浆洗过的无袖白粗布褂子，右手拿了一杆三角小红旗。旗显然是煮红染成的，经风刮日晒，已掉了色，成了粉白色。他的左肩像挎盒子炮一样挎着一个红布缝制的语录袋，袋里硬橛橛地装着红宝书。他走路的姿势也不一样了，肩膀端得平平的，步大得像丈量土地，却笑着问李春光怎么样，“千万不敢麻痹大意，语录随身带，有空学起来。”他把小旗竖着绑在架子车杆上，语录袋拉到身子前边显眼的地方，啪啪一拍，拉起车走了。李春光跟上。李春光知道，别看队长大叔正儿八经地背着语录本，他可是一个字也不识。可是大叔聪明得很，谁要是把书本拿反了，把字拿得头朝下，脚朝上，他一眼就能看出来。有人问他不是不识字吗，怎么知道字的反正。他说，那是的，字长得跟人一样，他虽然不认识那些人是谁，但把人整得头朝下，他看着就不顺。李春光问大叔，小时候为什么不上学。队长说：“那时候哪有学校，张窑有个学校，离咱这十八里，听着跟在天边一样。再说了，就算附近有学校，谁上得起！”

还没到公社，锣鼓声就传来了，估计知青们已经到了，公社的人在欢迎他们。队长招呼李春光快走，说别让外村的人把好的都挑走了。队长把头一伸，拉着架子车小跑起来。土路坎坷不平，架子车的胶布轮子颠得乱跳高，格格登登一路响。

知青们果然已经来到公社机关所在的大院里，两辆贴着标语、插着红旗的解放牌大卡车在当院停着，知青们有的已下来了，有的还在车上，忙着往下搬箱子，递网袋，扔铺盖卷儿。公社的干部们也都出来了，帮助他们往下卸，你呼我叫，显得有些乱。李春光把架子车靠在墙根儿，车把着地，坐在车板前面，旁观者似地静静地看着这一切。别的村接知青的人也纷纷来了，院子里放了不少架子车，还有的村赶来了马车，更奢侈的村还开来了手扶拖拉机。李春光拉着架子车，来公社供销社拉过化肥，这情景跟大家来分化肥差不多。不过化肥是用塑料袋子装的，都不会说话。这些知青就不一样了，个个都是活物。知青有男的，也有女的，看样子女的还不少，人群里发出来的都是女孩子的声音。女知青有的掏出手绢擦脸上的尘土，有的脚边护着自己的行李东张西望。若是两个女知青站在一起，就手乱指，互相问这是什么，那是什么，似乎觉得周围的一切都很新鲜。李春光看见，这些女知青穿得都不漂亮，大都穿着灰衣服，蓝衣服，还有的穿着洗得发白的军装。但她们一个比一个长得人模人样，远非乡下姑娘可比。她们眉眼端正，皮肤白细，肩膀窄，腰细，腿顺溜，牙也刷得很白。不像农村姑娘，从小就开始干活，土里爬，泥里滚，繁重的劳动，生活的担子，使她们的骨架变大，皮肤变粗，腰里硬得像绑了棍。看来是得让城里这些人到农村受受苦，不然就太不公平了。人是天生，生在哪里算哪里，人自己又不能选择。干吗生在城里就应该细米白面，细皮嫩肉！生在农村就应该吃糠咽菜，灰头烟脸。

队长已经凑到人堆里去了，看看这个，瞅瞅那个，摆出一副挑选的架势。其实他并不敢怎么正眼看人家，人家刚一看他，他的目光就躲开了。有个穿褪色军装的女知青，拿起他身上佩带的语录袋，翻转着看了看，挺敬佩似地看着队长。队长却说："哎，别动!"女知青赶紧把语录袋放下了，有些害怕地看着队长。队长笑了，说："这里面装的可是宝物，不能随便动。"李春光想起队长临来前嘱咐他的不要给知青们露笑脸的话，他做到了，倒是队长自己先给了人家笑脸。队长双手往后一背，转到大队支部书记面前，问怎么还不分。他们这个大队有六个自然村，大概每个村都要分摊几名知青。支书正吸烟，拿烟的手朝另一个人指了一下，让队长去问他。支书指的那个人是李春光的二叔李河敏。二叔在公社水利站管水利工作，不知为什么也跑到这里来了。二叔手里拿着一个崭新的本子，跨着这一堆那一堆的行李，在人群里跳来走去，招呼知青们马上排队，排成一排，他要点名。女知青们开始排队了，可男知青们不听招呼，互相看看，都站在原地不动。二叔严肃起来，大声说，到这里就要服从命令听指挥，不然怎么能接受好贫下中农的再教育呢！男知青们有意对抗似的，还是不动。其中一个知青拿出一盒烟，拆开，分给男知青们每人一支，行动一致地抽起来。烟盒里剩的还有烟，那个持烟的知青递给队长一支，意思让队长也来分享。队长沉下脸子，摇摇手，态度相当坚决地拒绝了。那个穿发白军装的女知青从队列里出来了，喊男知青都过去，不要自由散漫。她喊了一个男知青的名字。那个男知青装作没听见，把脸别到一边去了。

吃得很胖的公社书记，在办公室门口站着，点点手让李河敏过去，要他不用排队点名了，按村分下去吧。李河敏连连点头，说可以可以。随即大声喊村庄的名字，张庄，李营，王寨，马窑，各庄的人都不甚情愿地代表村庄答应了一下。每庄来的人一核准，李河敏就撕下一个纸条，抄下几个名字，把纸条交给一个庄的人，让人家按名字所列把人领走。

队长大叔代表李营，也从二叔李河敏手上领到一张小窄条，他一接过纸条，就大声喊李春光过去认。李春光认出一个名字，他就大声喊一个，张文山，范明宇，王建，一共分给李营四个知青，三个男的，一个女的，女的就是穿褪色军装的那一位，纸条上写的名字叫董瑞雪。

4. 走过一条河

李营在公社所在镇的南面，离公社四五里路。拉着装上行李的架子车往李营走时，四个知青围着队长的架子车问这问那，比如问李营好吗。队长不是很热情，说："这还用说吗，当然好。要是不好，能让你们来吗！"他们问队长让他们住在哪儿。队长说："这个不用你们操心，我已经安排好了，把饲养室腾出两间给你们住。"那个叫张文山的男知青问："饲养室不是喂牛的地方吗？"队长认为他说得不错，看来他对农村的事儿多少懂点儿。王建有些欣喜，说那样他们就可以骑着牛去放牛了。队长说："骑牛，那可不行，现在牛比人金贵。有一条语录说得好，别看它们脚上有牛屎，可是它们身上很干净。"四个知青都笑了。后面的李春光也笑了一下。队长说："不要笑，我说得对不对？"回头看了一眼李春光。李春光低头拉车，脑门上浸出了汗。张文山拍了一下队长的膀子："李队长说得太对了！"张文山这个动作有些突然，队长愣了一下，有些不悦，说不要动手。

走过一条河，清凌凌的一条河。董瑞雪喜得直拍手，又没有拍响，说："呀，太美了，太好了，城里根本看不见这样清的水，在这里游泳可是太棒了！"她一指远处的几个白点儿问队长，那是不是野鸭子。队长说是。她问队长到河边洗洗脸可以吗。队长嘴上没答应，却把架子车扎下了。董瑞雪喜得鼻子眼睛都乐了，到李春光拉的那辆架子车上取她网袋里的毛巾。李春光不敢看她。其实李春光已经看见她了，她长得太好看了一点，有些扎眼。在此之前，李春光没怎么看见过城里的姑娘，只有一次，他对城里的一个姑娘留下了美好的印象。那是一九六六年冬天，他去北京串连时，有一位北京的姑娘教他们唱歌。因为那姑娘很大方地要求大家都看着她，集中注意力，他才敢于趁机把那个姑娘看得仔细些。无论从长相、身材、歌喉、神态等哪方面看，那个姑娘都近乎完美，近乎圣洁。他第一次感悟到，原来城里的姑娘这么美。他在心里暗暗留下一个记号，一定要记住那位教他们唱歌的姑娘。待回到农村老家，他一下陷入自卑，才知道自己的想法多么可笑。李春光从没怀疑过，那样的情景，那样的姑娘，他是永远永远也看不到了，人家是一阵风，早刮远了；人家是一颗星，早流到不知何方去了。

董瑞雪已走到水边去了，她的倒影即刻映到镜面般的水里，长长的，细细的，似荷花的茎。她试探地踩了踩岸边的泥土，站稳了脚，往上提提裤腿，蹲下身子。水里有绿色的水草、酱红的石子和灰色的小鱼。小鱼见有人来了，打了一个弯儿，沉到深处去了。小鱼打弯时，身子斜了一下，银白带红线的肚皮露了出来。董瑞雪惊喜地说："有鱼，有小鱼，花的，我看见了！"她一时忘记了洗脸，伸着头往水里瞅，像是照镜子。她还像是一个孩子，身体还没长到丰满的程度。她的脸有点小，鼻子天真，嘴唇丹红。特别是她的眼睛，纯洁清澈得毫无掩饰，让人能够从她的两颊上看到她中学时代的样子，从她的眼神里感到她上小学时候的神情。这一切都让人觉得她的生活是无忧无虑的，她的性情是自然无邪的。董瑞雪在水里看见自己的脸了，她似乎并不知道自己的美，并不欣赏，破坏似地把水面撩乱了。她纤巧的双手把水洒得高扬起来，水珠儿在阳光下闪烁着，落进水里激起一层水波。有过路的姑娘和媳妇在桥头站下了，目不转睛地看着这个像是天外飞来的玩水的姑娘，她们没对这个姑娘作什么评价，只看看就走了。她们好像还不会评价城里来的姑娘。三个男知青没有去洗脸，每人捡起一块土坷垃，比赛看谁投得远。坷垃块顺河道飞出去，远处的水面咚地一声响。王建捡起一块瓦片打水漂，瓦片在水面噌噌跳跃着，跑到董瑞雪面前去了，溅到她怀里一些水。她呀了一声站起来，并不恼，对桥上的人笑着。她已经洗完了脸，两手正绞毛巾。绞完毛巾，擦脸上的水珠，边擦边往岸上走。毛巾弄湿了她鬓角的头发。

李春光难免在心里把董瑞雪和那个不知名的姑娘比较了一下，那个姑娘挺成熟挺有风度的，而董瑞雪似乎还孩子气一些。两个人的长相也不一样，董瑞雪是椭圆脸，那个姑娘是圆盘大脸。两相比较起来，董瑞雪长得似乎更好看一些。洗过脸的董瑞雪，面色红润，更加鲜明。董瑞雪往网袋里放毛巾时，李春光觉得董瑞雪看了他一下。他拉起车欲走，董瑞雪说："我拉一会儿吧！"董瑞雪这个要求有些出乎李春光的意料，他抬了一下眼，又赶紧塌下眼皮，两手握紧车把，说："不用，我拉。"董瑞雪拉住了车把，就要往车辕子里挤，说："让我试试，我拉得动。"李春光一时没了主意，让也不好，不让也不好，出了一头汗，望着前面的队长大叔。队长喊董瑞雪为那妮儿，要那妮儿别争了，这路不平，还是让李春光拉吧。董瑞雪紧跑几步追上队长，小声问队长，后面这个小伙子是不是贫下中农。队长说："看这话问的，李春光不光是贫下中农，还是贫下中农中的贫农呢。刚才看见了吧，那个管你们事儿的公社干部，就是李春光的二叔。我跟你们说，李春光可是个有文化的人，干活也能扑下身子，你们以后要是能赶上他就不错了。"

他们说的话李春光都听见了。他低头看了一下自己，白粗布褂子，黑粗布裤子，尖口布鞋有点旧了，热天从不穿袜子的脚面晒得很黑，难道因为这些就怀疑他不是贫下中农吗！不是贫下中农难道是地富子女吗！他想到，可能是自己一路没有说话，情绪也不高，董瑞雪闹误会了。他仿佛受到莫大侮辱，心里顿生反感和抵触。遂冷起脸子，做出旁若无人的自尊和高傲来。他觉出董瑞雪在回头看他，并放慢脚步在等他，这时只要他脸上放平和些，稍微看董瑞雪一眼，说不定董瑞雪还会要求替他拉车。但他不看董瑞雪，只看地，或者看天。需要往前面看一眼时，他的目光也把董瑞雪超越过去了。

车上一个坡，董瑞雪跑到车尾帮他推。她推得很有劲，李春光很轻松地就拉过来了。过了坡，不需要推了，可她还帮着推，推动得架子车像装了马达，李春光根本用不上劲，只扶着车把就行了。李春光有心跟董瑞雪说一句话，不让她再推了。他只咳了咳喉咙，没说话。董瑞雪还算是个有心的人，他原谅这个初来的城里姑娘了。

5. 小董

知青们在饲养室里住下了，消息传开，全村的人都想去看看。这里地处偏僻的平原腹地，火车不经过这里，汽车也很少见，常年不见一个生人到这里。刚生下来的小孩儿算是生人，可孩子一满月就抱出来，就算是熟人了。村里人见了生人都觉得稀罕，特别是听说还来了一位年轻姑娘，更感新奇。大人小孩儿像看新娘子一样，一拨儿又一拨儿人去看董瑞雪。当然也去看那三个小伙子。队长原先没想到会来女的，没安排董瑞雪住的地方。队长临时让人把一间盛牲口草的西屋腾出来，打扫干净了，让董瑞雪住。这间屋不大，泥墙泥窗，还没安门。乡亲们来到小屋里，说是看屋子，眼睛却直直地瞅着董瑞雪，把董瑞雪看得很不好意思，脸一直红着。有个妇女问董瑞雪脸上搽的啥，是不是胭脂。董瑞雪用手掌在脸一侧使劲搓了几下，说没有呀，她从来不搽胭脂，什么都不搽。说着她把手掌给人看。她手上白白的，果然没粘红。乡亲们说这儿穷，水土不养人，从城里到这里来该受苦了。董瑞雪说没事，她来就是接受锻炼的。一位上年纪的老大娘把手伸着，看样子像是去拉董瑞雪的手，董瑞雪去握她的手时，她的手又收回去了，说闺女这么大点就出来受苦，爹娘在家里能不挂念吗。董瑞雪说，她一安置下来就给家里写信。

男人们进屋来就埋怨，说没有门怎么能行呢？没有锁怎么能行呢？有人把自家灶屋的门摘下来扛到这里安上了，有人借给董瑞雪一把锁。锁是那种老式的铁锁，是当地的铁匠打制的。董瑞雪没见过这种锁，拿在手里沉甸甸的，跟铁块子一样。钥匙也很奇特，一端带两个爪儿，长得像半截铁筷子。董瑞雪对锁不是很重视，说到这里不用锁门。送给她铁锁的人不同意她的看法，说一个闺女家，人生地不熟的，出来进去还是锁上门好些。从这里出去的人没有不夸董瑞雪长得好看的，他们拙于称赞人的美妙处，只说那个小董长得跟电影上的人一样，或者说跟唱戏的一样。没看见的人问到底小董是哪儿好。答的人想了想，说哪儿都好。李春光的姐姐夏季信不过，能有多好，不还是一个鼻子两只眼吗，难道外来的人多长了一只眼不成。她问李春光，让李春光形容一下。李春光说："我不会形容，你去看看不就知道了。"夏季有些不服，当地人就是这样，只夸外来人，不夸本地人，凡是外来的人都成了仙女。夏季带了月白等一帮姐妹去了，回来就不说话了。李春光问她对人家印象如何，不料姐姐说："我看这个小董没多少心眼儿。"

当晚，董瑞雪拿出笔记本，在煤油灯下写日记，写了一页又一页。她写贫下中农对她多么热情、多么欢迎，写她感到了阶级友爱的温暖，写接受贫下中农再教育多么必要，云云。她特别记述了人家送给她的那把锁，并拿锁和钥匙作比喻，把下乡知青比喻成锁，把钥匙比喻成贫下中农，结论是，只有贫下中农这把钥匙才能打开知识青年这把锁。她对自己的比喻有些得意，甚至想到，送锁和钥匙的事，不是一个随意的举动，是贫下中农事先设计好了的，是对他们的考验，看他们有没有觉悟。她当时没有觉悟到，这会儿总算觉悟到了。她又写下一条心得：看来今后得不断提高阶级觉悟。

董瑞雪天天和女劳力一块儿干活儿，大家都叫她小董。这天吃过早饭，队里刺槐树上的大铁铃铛敲响之后，小董和妇女们到地里翻红薯秧。一场透雨过后，红薯秧子长疯了，大叶片子举着，墨绿墨绿的，罩满了地皮。必须尽快把这些红薯秧子翻过来，不然的话，秧藤下面就会扎下白色的根须，根须扎得时间久了，会结下一串小红薯。这些小红薯长不大，最大只能长成小老鼠儿模样，一般只长得像花生。可是，这些小东西若把主根的水分和养料都争走了，主根部的红薯就长不大了，很不划算。另外，红薯秧子铺满地皮，地皮上见不到阳光，也会影响地下的红薯发育生长。把红薯秧子翻开的其中一个重要作用，是为了往地皮上透阳光。一块红薯地一季至少要翻一次秧子，有时雨水勤了要翻两三次。

地里的雾气还没有消散，远看，白茫茫的像湖洼子。近看，雾气贴在嫩汪汪的红薯叶子上，凝然不动，像盖了一层白色塑料薄膜。妇女们来到地头，一字排开，每人揽四五垄，席卷着往地中央翻去。她们本应该蹲在红薯地里翻，但红薯叶子上露珠太多，要是蹲下来，裤子很快就会弄湿。在露水没下去之前，她们只好立着腿，弯着腰翻。雾气的烟缕缠绕着她们的腿，爬上了她们的身子。不一会儿，她们的衣服就潮乎乎的，眉毛上就挂满了钻石一样的水珠。

小董没干过这活计，她在城里吃过煮红薯、蒸红薯，还吃过烤红薯，从来不知道红薯在生长过程中还要翻秧子。跟她挨边儿的妇女教她怎样翻，她一看就会了。翻红薯秧子必须抓到根本，根本就是一棵红薯的根部，抓到根本，才能把大片的红薯秧子揭起来，翻过去。好比红薯的根部是网纲，再分出去的许多秧子是网目，收网必须从网纲收起。董瑞雪找到红薯的根，一扯，细小的根须发出一阵毕毕剥剥的响声，红薯秧子就扯起来了，往后一甩，就翻过去了。有的根须扎得牢些，而红薯秧子很嫩，难免会扯断一些。扯断的不能让它带着根须长在地上，要追踪过去，把断了的红薯秧子扯起来。这样的红薯秧子收集起来，可以送到队里的大粪坑里去沤粪。小董上身穿一件蓝底碎红花的半截袖，领口露出镶月白边的绿抹胸，白色的草帽背在身后。下身穿一条蓝裤子，赤脚穿带襻儿的方口布鞋。她见别人把裤腿挽起来，也把裤腿挽得高高的。她的小腿肚儿很光洁，白玉一般闪着光华。妇女们都看她的小腿，想摸摸这样的小腿是不是奶汁子洗出来的。她也看人家的腿，人家的腿都是黑的，或者是黄的，很粗糙。她又有了写日记的材料——

我又看到了自己和贫下中农的差距。可妇女们都羡慕她的腿，仿佛有差距的不是她，而是那些妇女。有人问："小董，你那腿是咋长的，跟刚出水的嫩藕瓜子一样。"董瑞雪的小脸红了一下，说："我缺乏锻炼。"她想放下裤腿，把小腿遮掩起来。又一想，老捂着不晒太阳，不还是个白吗？她对自己的白有些不满，索性把裤腿挽得更高些。

李春光给藕田看水。藕田跟红薯地搭边。这里的土地属于漏缝土，渗水快，不适合种水稻和藕，可上边让种，只得种。上边说了，要让旱田变水田，淮北变江南。这一大片藕田有十几亩，种下了藕，就得天天浇水，一天一浇都不行。一盘铁水车上，套了一头捂着眼的老牛。老牛不声不响慢慢地转，清清的水连续不断地流向藕田。李春光的任务是沿田埂巡视，见有漏水的地方马上堵住。藕长得不赖，绿伞似的荷叶扑棱得藕田盛不下，有不少肥大的叶片罩在了田埂上。荷花开得正大，有白的，有粉的，白的如雪，粉的似桃。金黄的花蕊点缀其间，微风吹来，盈盈颤动，把沁人的清香向田野扩散。更兼那三支两支裸露出来的绿色莲蓬，高高地举在荷茎上，恰似举着一盏盏翡翠雕就的酒盅，里面盛满琼浆玉液，让人看一眼就似乎醉了。

李春光不时地往红薯地里看一眼。太阳升起来了，玫瑰色的光线照在董瑞雪身上，勾勒出她劳动的身势。肥大的红薯叶在她脸前和怀里扑闪跳动，而后被她甩到身后去了。翻过去的红薯秧子一片绒白。阳光照在她脸的一侧，她的脸竟有些反光。李春光沿着田埂转了一会儿，没发现有漏水的地方，就把铁锨放在田埂上，坐下来，让一蓬荷叶遮住自己，扳过一支含苞欲放的荷花苞，放在鼻子前闻着，耳朵却向红薯地里张着。有的妇女一边干活，一边互相说话，听起来声音很远，又很近。在田地里听人说话就是这么个效果。有人蹚着红薯秧子到地头的苇子坑里解手去了，好半天才冒出来，两手还在裤腰上动。还有的妇女到水车那儿喝水去了，埋下头，撅起屁股，洗净了手，掬一捧水凑在嘴上喝，边喝边漏。喝够了水，还捧起水洗脸，嘴里玩耍似地把水吹得噗噜噗噜响。洗完了，仍不马上进地干活，甩着手上的水，顺便在田埂上走走停停，观赏一下荷花。这朵好，那朵好，都好。村里还没打休息铃，她们就开始有些懒散了。

董瑞雪也站起来了。她没有走出红薯地，往上伸伸腰，四下里看看。她双手沾满泥露，勾起小指往后抿抿头发，弯下腰接着翻红薯秧子。有个妇女让她歇歇。她说不累。那妇女夸她干活实诚。有个妇女想跟董瑞雪开一个玩笑，给田间劳动制造一点活跃的气氛，就说："小董，听说你还没婆家，我给你说个婆家吧！"说婆家的话，董瑞雪是懂得的，她当真了，很害怕的样子，说："不不，我还小着呢！"那个妇女知道董瑞雪今年已经十八岁了，说十八岁的姑娘一枝花，正是好时候。她以自己为例，说她十八岁那年都抱上孩子了。她让小董别害羞了，坚持给小董说一个。说着，对别的妇女挤眼。董瑞雪小脸儿红通通的，说："说不就不，谁要再说这话我就恼了。"妇女们都开心地笑了。那个逗她的妇女说："小董，我跟你说句笑话，你就拿棒槌当针，你没瞅瞅，这儿三乡五里的人，哪个配得上你。"董瑞雪这才笑了，说："我不会开玩笑，你们以后别吓唬我了。"都答应不吓唬她了，可过了一会儿，又一个妇女说："小董，给大家唱个歌儿听听吧。"董瑞雪又绯红了脸，说她不会唱，真的不会。妇女们都表示不信，城里出来的女学生哪有不会唱歌的，恐怕一肚子两肋巴都是歌儿呢。董瑞雪说她真的唱不好。那个提议让她唱歌的妇女撇了撇嘴说："啥不会唱，还不是看不起贫下中农，贫下中农叫她唱个歌都请不动，啥态度！"董瑞雪又当真了，吓得直愣怔。妇女们互相看看，偷偷地乐。董瑞雪站起来了，说："好吧，我唱。"她唱了大海航行靠舵手，唱了天大地大不如党的恩情大，还唱了语录歌。妇女们还不罢休，让她唱一个她们没听过的，唱腔拖长秧子的。董瑞雪想了想，就唱起了洪湖水浪打浪。田野里静静的，阳光洒满了地，绿叶的波浪和荷花的芬芳载着她的歌声在田野里飘荡。这一支歌，她唱进去了，唱得有些动情和幽远，眼里水汪汪的。妇女们都停止了手中的活儿，远远近近地看着董瑞雪，听她的歌唱。妇女们大概谁也没料到这个小董唱得这么好，好得让人有些走神儿。董瑞雪唱完了，这些庄稼地里的女人们竟忘了鼓一下掌，连称赞的话也没说。董瑞雪以为别人没听出好儿来，再次说她的确唱不好。夏季说了一句："你要是唱得不好，农村人没一个人再敢唱歌了。"李春光在学校里也学过洪湖水浪打浪，自从回到村子来，他一次也没唱过。董瑞雪的歌声把他拉回了校园生活，勾起了他非常复杂的情绪。他突然有些伤感，轻轻地叹了一口气。

打休息铃时，地头来了一个人。来人头戴白草帽，一把纸扇折在一起，边走边在手上敲。他是骑自行车来的，自行车在地头扎着，九成新的样子，在阳光下闪着金属的光亮。有人认出来了，来人是李河敏，夏季的二叔。夏季以为二叔找她有事，从地里出来向二叔走去。二叔告诉夏季，他现在不在水利站了，公社成立了一个下乡知识青年办公室，把他调到了知青办公室，专管全公社的知青。二叔让夏季把董瑞雪喊出来，他要跟董瑞雪谈谈，了解一下她接受再教育的情况。夏季对二叔说，小董干得不错，一点也不娇气，很能和贫下中农打成一片。小董刚才还给大家唱歌呢。二叔对董瑞雪了解的似乎更多一些，他说董瑞雪在学校里就是文艺宣传队的队员，唱歌当然不在话下。夏季把董瑞雪从地里喊出来，李河敏把她领走了。妇女们扭头看见，李河敏没有再骑车，推着车一边走一边跟董瑞雪说话。

6. 下雪了

立了秋，下过霜，场光地净时，知青们集中到公社学习去了，要学习一个月。李春光不知道，学习这么长时间，有什么好学的。按说他也是知识青年，因为没生在城里，是土生土长的，就没人管他的事，没人组织他学习。他想，那么多知识青年集中到一块儿，说说笑笑，不知有多热闹哩。李春光心里隐隐地有些失落。二叔这个差事倒不错，知识青年到了公社，二叔可以天天和他们在一起。其间有一次趁去镇上赶集，李春光去找过张文山、范明宇他们一次，问张文山他们学什么。张文山说，每天都是瞎胡闹，公社不过用这个机会给知识青年改善一下生活，让大家吃点肉，张文山让李春光中午跟他们一块儿吃饭。李春光拒绝了。他心里说，我算什么。这次去公社，他没看见董瑞雪，也不便向张文山打听。

李春光和那三位男知青已经很要好了，在村里时，除了吃饭、干活和睡觉，剩下的时间他差不多都是在男知青宿舍里度过的。他们一起回忆大串连的事，讲看过的小说，一块儿打扑克，一块儿到别的村去看电影，到场院里摔跤。他差不多成了下乡知青之一了。那三位男知青没有表现出任何看不起李春光的意思，反而对李春光有些佩服。因为他们看的小说还没李春光看得多。说起大串连，他们也没有李春光跑得地方多。他们把李春光喊成哥们儿。李春光把母亲腌的咸菜送给他们吃。范明宇把自己的军帽送给李春光一顶。当然，只要他到男知青宿舍，总有机会看到董瑞雪，他愿意看见董瑞雪。不过他很少和董瑞雪说话，仿佛他心里有一个什么障碍，一看见董瑞雪，就莫名其妙地有些紧张。

这天下雪，李春光听说张文山他们回来了，马上冒着大雪去了。这是入冬后的第一场雪，一上来就下得很猛，大雪片子飘飘扬扬，铺天盖地，遮得房屋树木都看不清楚，只有一片白色的模糊。李春光来到男知青宿舍，见他们三个正燃起一堆牲口草烤火，不知说些什么，在笑。张文山先看见李春光，说："正要去找你，你就来了。哥们儿，把你的书箱子公开公开吧，看一本借一本，怪急人的。"李春光有一箱子书，是大烧书的前夜，他和另一个同学潜进学校的图书馆偷出来的。这些书差不多已让这三位知青看了一遍，但李春光不愿让他们知道书快让他们看完了，他们欢迎他，跟他好，很大程度上是因为他有书，要是没书给他们看了，他怀疑自己会失去吸引力，他要拿书和他们保持往来。李春光问他们还要看什么。张文山却问他还有什么书。李春光笑而不答。王建说，李春光要是不把好书全拿出来，他就悄悄钻进李春光家里，把书全部搬走。李春光说可以。他有些心不在焉，朝董瑞雪的屋子门口看了好几次。大雪在她的门上扑来扑去，门槛处已砌了一堆雪，不见屋里有一点动静。李春光不知董瑞雪在不在屋里，要是在屋里，不知她一个人在干什么。往日里，李春光来这里，董瑞雪有时也到男宿舍待一会儿。不过，她从不看那些“禁书”。她曾问过李春光，有没有《红旗》杂志。李春光很遗憾地说没有。一匹红马驹子从饲养室里跑出来了，低着头在董瑞雪的门口用嘴触雪，像是在寻找什么。只一会儿，马驹子的脊背上就落了一层雪。马驹子大概没找到什么，自作惊奇地愣了一下，撒了一个欢儿，跑回饲养室去了。母马在饲养室里召唤它。李春光终于憋不住，问了一句：“小董没回来吗？”张文山没有立即回答李春光的问话，却说：“你是不是看上我们的小董了，要是看上了，咱哥们儿给你介绍介绍。她正要在这里扎根，我看扎到你身上算了。”说罢坏笑。另两个也笑。李春光的脸一下子红到耳根，说：“这是什么话，问一句就是看上她了吗！”张文山这才说，董瑞雪走鸿运了，公社说她炼红心炼得好，要让她当典型。王建补充说：“董瑞雪的心都炼紫了，炼成仙丹了，谁吃了会长生不老。”范明宇没有说话，他的手伸在火上烤着，低着眉，火光在他脸上一闪一闪的。李春光指出，张文山和王建是忌妒董瑞雪了。张文山学会了当地的一句粗话：“球毛！”他冲着董瑞雪的屋门喊：“董瑞雪，董瑞雪，现在请董瑞雪同志发言，大家热烈欢迎！”可董瑞雪没有答应，她的门还紧紧闭着，她门口的积雪越来越厚了。这时范明宇岔开了话题，问李春光，下雪天他们这里有没有人打兔子，用什么枪打。于是他们说开了兔子，说到狗撵兔子，鹰抓兔子等。李春光说得多些。说得王建有些馋，他说要是弄只兔子，在这里烧吃一定不错。他建议李春光去借支枪来，他们现在就到雪地里打兔子去。李春光说，他祖父原来就有一支打兔子的猎枪，枪苗子很长，也很沉，只是祖父早死了，猎枪也不知弄到哪里去了。范明宇总是有自己的思路，他问李春光的二叔原来是干什么的。李春光不愿多说二叔，因为二叔是管他们这些知青的。他简单说了几句，说他二叔正上初中时就参军了，当的是空军部队的航空兵。二叔复员回乡后，在大队当过一段学毛著辅导员，就抽到公社水利站去了。在知青们没来之前，二叔一直是水利站的水利员。二叔李河敏是很聪明的，要不是去参军：二叔说不定能上大学。范明宇承认，李春光的二叔是够聪明的。李春光从范明宇的话音里听出来，范明宇对二叔似乎不太满意，或者说有些意见。

李春光回家时，站在董瑞雪的门口听了听。里面无声无息，只有雪片子落地的沙沙声。他想敲一下董瑞雪的门，可没有理由，又没有勇气。他踏着雪走了，一脚一个雪窝。他觉得自己的心悬空着，空得很不是滋味。他担心董瑞雪是跟张文山他们闹僵了，而张文山他们三个人把董瑞雪一个人孤立起来。要是这样的话，董瑞雪未免有些可怜了。李春光脚下很迟疑，走到村边的那条官路上，他不由自主站下了。远处大雪迷迷茫茫，天空混沌一片。路上似有一个行人，行人一路小下去，一会儿就被大雪吞没了。他看看四周，雪帐子裹着他，像是把他与世界隔开了。他突然觉得有些孤寂，不知身在何处。由于这孤寂，使他的思绪飞得很远，很远。可实在想来，思绪又没有什么牵系处。比如他的思绪是飘飞的雪，雪终究还要落在一个实在处，或屋脊，或树梢，或河面，或废弃砖窑的窑顶，可他的思绪只能飘浮着，眼看要落下来了，一翻，又飘走了。他闪过一个念头，决定不回家了，顶着飞雪往镇上中学走去。这所中学是他的母校。由于他没打伞，没披蓑衣，头上只戴了一顶单军帽，大雪毫不客气往他脸上扑，打得他睁不开眼。落在他眉毛和鼻子上的雪又化了，弄得他脸上水啦啦的。他不时地把脸上的雪水用袄袖子抹一把，才能继续赶路。但他心里鼓舞得厉害，觉得自己是去干一件重大的事，一件意义非凡的事。趁雪野里无人，他无所顾忌地对大雪发出赞叹，说好啊，好啊，下得越大越好！路过那条河，李春光不由得驻足，往董瑞雪那天到河边洗手洗脸的地方看了一下。白雪把河岸都铺满了，蓝白的河面上萦绕着缕缕白气。恍惚中，李春光看见董瑞雪还在水边玩水，一副天真烂漫的样子。他一眨眼，董瑞雪就消失了。他想到董瑞雪的名字，主观地断定，董瑞雪一定是雪天生的，不然的话，她是不会叫瑞雪的。他以自己有限的学问，开始对董瑞雪的名字咬文嚼字起来。雪就是雪，干吗叫瑞雪呢？瑞是什么意思呢？是不是从瑞雪兆丰年那句话来的呢？他要马上回去查一下字典，看这个瑞字到底有什么讲究。还有这个董。他宁可把这个姓董的董想成懂得的懂，那么董瑞雪就成了懂瑞雪。懂瑞雪？有意思，谁能懂得瑞雪呢？两个多小时后，李春光雪人似地返回来了，怀里揣了一本《红旗》杂志。

李春光径直来到董瑞雪门口，勾起指头，在木门上敲了几下。他敲得很轻，怕张文山他们听见。他们要是听见他来敲董瑞雪的门，又不知该怎样打趣他呢？董瑞雪问是谁，声音很警惕的样子。李春光小声报了他的名字。董瑞雪问他有什么事吗。他说："没什么事，你不是要看《红旗》杂志吗，我给你借来了。"里面床箔响了一阵，门打开了，董瑞雪披着棉袄迎到门口，说："你还记着，谢谢你了。坐吧，雪真大。"把书接过去，翻了一下。屋里没凳子，床上的被子又散开着，李春光无处可坐，又觉无处可站，一时手足无措。他看见了，董瑞雪脸色不大好，白得有些发青，眼泡儿也有些红肿。董瑞雪的目光游移飘忽，原本的纯洁清澈像是蒙上了一层阴影。他不知说什么好。董瑞雪把杂志卷成一卷，也无话。李春光不想就走，没话找话地问董瑞雪一定喜欢下雪吧。董瑞雪问他怎么知道。李春光提到她的名字。董瑞雪笑了一下，有点凄然。说名字是她爸爸给起的。她以前是挺喜欢下雪的，说着往门外看了一眼。二人又无话。李春光怏怏告辞。

回到家，李春光对母亲说，他看见小董像是哭过。母亲说："雪路断，人想家，这闺女可能是想娘了，让她来咱家散散心吧！"夏季戴上一个帽壳儿，手里拿一个帽壳儿，去叫董瑞雪。不一会儿，夏季和小董牵着手踏着落雪来了。母亲很高兴，说："小董闺女可来了，我还怕你姐请不动你呢，快坐下，我给你沏碗糖茶暖暖身子。"抽下头上的毛巾为董瑞雪打身上的落雪。董瑞雪要接过毛巾自己来。母亲似乎很武断，说："到我家就是我闺女。"夏季说："小董还不想来呢，我硬把她拉来了。"母亲说："咋能不来呢，出门在外，这儿跟你的家一样。"李春光从西间屋出来，对董瑞雪不好意思地笑了一下，算是打了招呼，又回到西间屋去了，仿佛董瑞雪的到来跟他没有什么关系。他拿起一本书看，眼睛却一个字也捉不住。母亲端来了荷包蛋红糖茶，递给董瑞雪。董瑞雪躲着不接，说自己刚吃过饭，吃不下。李春光的母亲使用的是亲切的命令的口气，让董瑞雪快接着，"别烫着大娘！"董瑞雪只得接了，低头眼瞅着，却不喝。她面色苍白，眼角的泪水蓄得满满的。母亲问："这孩子，想你娘了吧？"董瑞雪说："是……是……"她声音发颤，手梢儿抖动，扭头不及，大颗的泪珠从眼里滴出，落在碗里。碗里的糖水也抖得洒出来。夏季赶紧上前接过碗，放在桌上，伸开胳膊搂住她的小膀子。母亲有些疑惑："这闺女，不会是有人欺负你了吧？"董瑞雪马上止了泪，连说没有，说她就是想她妈。母亲说没有就好，要是受了委屈，就说出来，她告诉他们家老二。"我们家老二不是在公社里管你们的事儿吗，我让春光他二叔为你出气。"董瑞雪否认她受了什么委屈。夏季说："小董，叫我看你哪儿都好，就有一点，你太容易相信别人的话。外面啥人都有，你要小心点儿。"董瑞雪点头。这期间，李春光一直在箔篱后面听她们说话，听得身上直冒凉气。

外面雪还下着。大雪朵子从门口飘进来，刚落在地上时还有形有状的，像一朵小花儿。眼看着，"花朵儿"就塌下去了，化了。化的雪多了，门槛里面湿了一大片。两只母鸡，背上驮着雪块子，立在门口，头一伸一伸地往屋里瞅，想进去又不敢进的样子。门口左侧的一个柴火垛上上下下全被大雪封严了，俨然如一匹立着的大象。董瑞雪要走。母亲和夏季坚持让她把两只荷包蛋吃了，才让她回去。

此后，村里人都说，董瑞雪要在李营扎根了。人们看见，她去公社开会的次数也多了。公社还专门整了材料，让她到全公社有知识青年的大队去念：扎根农村志不移，广阔天地炼红心。李河敏还办了一张不定期的蜡版油印小报，主要报道知识青年的事迹，发表知识青年写的文章、诗歌等。每出一期小报，就让董瑞雪去帮两三天忙。董瑞雪成了知青小报的业余编辑。到了春节，他们四个都回城过春节去了。队里给他们准备了一些黄豆、芝麻等新鲜粮食，让他们带回去。过了春节没几天，董瑞雪和范明宇结伴，先回来了。而张文山和王建又过了半个多月才回到李营。只有董瑞雪和范明宇两个人在村里时，人们有些议论，说小范和小董是不是谈上了。有人看见他俩一块儿去赶集，一块儿去河堤上转悠，范明宇还借了自行车，带着董瑞雪到别的知青点去串门。乡亲们认为，这两个年轻人是很般配的。李春光不太喜欢范明宇，他觉得范明宇看什么都是怀疑的目光，这个人给人的印象是很有心计的。另外，范明宇的长相也太白净、太文气一些。这一点，范明宇和他有些撞车，不知谁生来模仿了谁。而撞车和模仿，都让人不快，都会生出排斥心理。

7. 蔷薇落地

过了惊蛰到春分，地气催得塘水泛白，柳枝泛青，春耕大忙开始了。董瑞雪收到家里寄来的信和一个包裹，包裹里有一身单衣，一双网球鞋，一包奶糖。信是爸爸写的，大意是说，听说她在乡下表现很好，当了积极分子，都很高兴。希望她不要骄傲自满，积极向党组织靠拢，争取更大的进步。信上还说她妈很想她，要她照一张照片寄回家去。

董瑞雪干活是练出来了。她长了一岁，体态比刚下乡时丰满得多，胳膊圆圆的，脚脖粗粗的，胸脯也结结实实地鼓起来。这天，她跟女劳力一起给小麦浇返青水。别的妇女两个人绞一盘水车，她自己绞一盘。这种水车的轮子很大，是生铁铸的，绞把安在大轮子上，绞动大轮子时，一半靠人力，一半借助大轮子的惯性，把小齿轮带动起来。小齿轮带动水车链子，链子上装有胶皮水碗，水碗一个接一个从水车筒子里出来，井水就带上来了。董瑞雪塌下腰，两腿叉开，把大铁轮子绞得呼呼生风，轮子上的三根铁辐都分不出个儿了，只见一团灰色的模糊。胶皮碗子蓬蓬地跳出来，把白色的水柱带得高高的，水车簸箕满得流不及了，溢出来的水又哗哗地洒进井里。她的脸通红，脸上汗巴流水，背上的衣服湿了一大块。她好像什么都不想了，只知道拚命干活。清清的井水翻着花，潺潺地流到麦田里去了，在麦苗根部嘶嘶作响。浇过水的麦苗眼看着昂扬起来，在春风的吹拂下涌着绿浪。不远处也有一盘水车，那盘水车由两位妇女面对面在绞，铁轮子半死不活，转得慢慢的，远远看去，还以为那两个妇女不是在干活，而是扶着绞把在拉家常呢。

水倒是能绞上来一些，但流进麦田细得如线，像给麦苗点眼药水一样。她们说小董真有劲哪。男劳力往地里送粪，路过这里时，无不扭着头看董瑞雪绞水车，他们评论说，过去都说城里人身子软，不能干活儿，现在看来过去的说法不准确，城里人其实比农村人能干，一个人顶两个人干活。

李春光也往地里拉粪，他不忍心看见董瑞雪这么拼命，可又忍不住看她。有一趟卸完粪回来，他把架子车扎下来，去井台喝水。他让小董绞慢点儿，别呛了他的鼻子。董瑞雪把速度放慢了。李春光洗了手，捧起水慢慢地喝。他的手捧不严，水老是漏下来，一次又一次捧，喝了好几捧。他问小董累不累。小董说不累。他刚从水簸箕边站起来，小董又把水车绞快了。

不久，董瑞雪入党了。在大队里举行的入党宣誓。大队让团员们都参加，李春光也去了。散会后，李春光和董瑞雪一块儿回村。董瑞雪显然是精心打扮过的，穿得很干净，洗得发白的军装上衣，蓝裤子，黑布鞋，和刚下乡那天穿的一样。她的剪发头梳得一丝不乱，嘴角由于激动微微笑着。春天的晚霞映照在她脸上，给她脸上镀上一层金光，看得出她很快乐。这从她走路的姿势可以看出来，她走得轻快，富有弹性，像是跳舞的样子。她看见水，水笑；看见花，花红；看见杨柳，杨柳婆娑舞东风。她对李春光说："这儿太美了！"李春光向她祝贺。董瑞雪话也稠了，说她发现李春光挺聪明的，挺会说话的，就是不怎么表现自己。李春光得到董瑞雪这样的评论，心头一动，脸上有些热。他摇了头，说他不行。董瑞雪笑了，说："什么不行，张文山他们很佩服你的，老是夸你。还说你喜欢我，是吗？"李春光万万没想到董瑞雪会说出这样的话来，他当然喜欢董瑞雪，从董瑞雪一来，他就喜欢她了，只是他不敢大胆地喜欢，更不敢说出来。董瑞雪把这话说出来了，把一层窗户纸捅破了。虽然她是借张文山的口说出来的，李春光听来还是心跳加快，异常激动。他想说是的，可他还是说不出来。当然他不会说否定的话。他最后说出来的是一句问话："张文山什么时候……说的？"他变得有些结巴，显得很无能力。董瑞雪看了李春光一眼，看出了他的窘态，口气平淡下来，还有一点严肃，说她不值得别人喜欢，各方面还不成熟。李春光意识到自己表现得有些差劲，生怕再失去时机似的，他说：“我看你挺好的，挺成熟的。”董瑞雪说：“我离成熟还差得远呢。别人说我天真，不是夸我，是批评我呢，其实是说我幼稚。看来你还不太了解我。”李春光坚持他的看法，说反正他是那么认为的。路边有一丛野蔷薇，蔷薇花儿开得正盛，粉嘟嘟的。李春光随手掐了一朵，问董瑞雪喜欢吗，要是董瑞雪表示喜欢，他就马上把花儿送给董瑞雪。不料董瑞雪说，她不太喜欢花儿。那么李春光也不敢说自己喜欢花儿了，他把那支蔷薇暂时保留在手上，丢掉不是，不丢掉也不是。这时，李春光看见前面路口站着一个人，他一慌张，手里的花儿不知不觉滑落在地上。前面路口站着的是他二叔李河敏，二叔推着自行车，似乎在等他俩走过去。叔侄俩平时没有多少话，李春光不想让二叔看见他和董瑞雪在一起，更不愿让二叔看见他在女孩子面前手里还拿着一枝花，他有些裹步，不想往前走了。董瑞雪也不想往前走了，她转过身，指着那丛蔷薇，问李春光那是什么花儿。董瑞雪刚才还说不喜欢花儿，不知为何，又突然对花儿发生了兴趣。他告诉董瑞雪，这是蔷薇花，跟月季、玫瑰同属一个科目。他小声告诉董瑞雪，二叔在前面呢。董瑞雪说知道。她说李春光对花挺有研究的。李春光说谈不上，碰到眼上就认识了。董瑞雪说他还是有研究，要不，她怎么不认识呢！她正要把花的话题说下去，李河敏推着车子向他们走来了。李河敏老远就喊董瑞雪，祝贺她入了党，要董瑞雪坐他的自行车。董瑞雪像是不大情愿，眉头微皱起来。二叔跟李春光说了两句话，要他向董瑞雪学习，克服悲观失望思想，争取进步。董瑞雪坐上二叔的车子走了。

太阳落下去了，夜色笼罩下来。几个放学的孩子一路唱着往家走：“太阳落，鬼下坡，哇子（灰鹤）叫唤鬼吆喝，有娘的，娘扯着，没娘的，钻到磨眼里，也让鬼找着！”一个孩子大叫了一声“鬼来了”，带头跑起来。别的孩子也惊叫着跑起来。

李春光左右看看，想找一个鬼出来。可是，鬼在哪里呢？

8. 返城

董瑞雪家住的那个小城来了招工的，招工的对象是下乡知识青年。李营的张文山和王建第一批走了，到市里汽车修配厂当了工人。别的村和别的大队的知青也走了一些。范明宇没有走，他的家庭出身不太好，社会关系比较复杂。他在农村的表现也不突出，一般化。董瑞雪也没走，她说了在农村扎根，根还要继续扎下去。公社知青办公室的李河敏认为，董瑞雪同志不愧是共产党员。

可是，董瑞雪的爸爸不干，他坐着一辆北京吉普车，找到公社去了。他是一位小厂的党总支书记，表情挺威严，派头也不小。他要女儿收拾行李，跟他回城。李河敏要跟他解释，他表示不屑于听，他说："你们跟我说什么也没用，为啥不少孩子都回去了，我的孩子还在这儿，我政治上又没问题。据说招工不是挑表现好的先招吗，我女儿表现如何，你们比我清楚。要是表现不好，党组织也不会吸收她入党。"李河敏说，正是因为董瑞雪表现得好，他们才要重点向市里推荐，希望市里能给董瑞雪安排一个合适的工作，以便董瑞雪在新的工作岗位上有更好的发展。董瑞雪的父亲认为这还差不多。董瑞雪要爸爸在乡下住两天，可爸爸说他还要上班，住了一天就回去了。

李河敏对董瑞雪仍然很关心，时常到董瑞雪的小屋去。村里人问他，小董什么时候回去，他说正在联系。董瑞雪的爸爸接二连三来信，催她回去，还说她妈想她想得都生病了。父亲要她不必考虑工作的事，只要回来，他自有安排。董瑞雪终于下定决心，走。一旦下定决心，她就一天也不愿在李营待了。她本来想等范明宇回来，她和范明宇一块儿回城。范明宇到城里联系返城的事，迟迟不回来，她等不及了。

这天早上，村里人听说董瑞雪要走，不少人来送她。夏季来了，李春光的母亲也来了，给她煮了几个熟鸡蛋，让她在路上吃，还安排她到家后来封信。董瑞雪有些伤感，眼圈红了又红，问怎么没看见李春光。李春光的母亲说："春光一大早就挑着粪筐出去了，不知到哪儿去了。这孩子这一段身体不好，不好好吃饭，眼看着瘦了。"队长拉着架子车来了，还是接董瑞雪下乡时的那辆架子车。他问董瑞雪行李捆好没有，要走就马上走吧，可能要下雨。大家也往天上看，空气是有点潮。季节已经到了秋天，风有点凉，树叶黄了，一片一片飘落下来。有人说，在等李河敏李主任，李主任说要以公社知青办公室的名义给董瑞雪写一份鉴定带回去。一个小男孩儿跑来了，双手捂着胸口往人堆里挤，挤到董瑞雪跟前，让董瑞雪蹲下身子，他在董瑞雪耳边小声说话，说完了，解开胸口的衣扣，拿出一个红皮的笔记本，递给董瑞雪，看着董瑞雪笑。董瑞雪刚要翻开看，小男孩上前捂住，说他春光哥说了，让董瑞雪回家再看，这时候不能看。众目睽睽之下，董瑞雪闹了个大红脸。她没有看，把笔记本收进口袋里去了。天下起小雨时，李河敏来了，他说今天下雨了，要董瑞雪别走了。董瑞雪只说了一个字，走。行李装上了架子车，队长拉着，李河敏推车在后面跟着，董瑞雪在秋雨中走了。她向站在村口的乡亲们摆手，眼里有些泪光。

在汽车站等汽车时，董瑞雪把笔记本掏出来了，翻开一看，后面几页是李春光写给董瑞雪的信。信上说，董瑞雪，你要走了，你走吧，我早就知道你要走的。你原本就不该来，可你来了，你为什么要来呢？我不去送你了，我不愿送你，不敢送你。你或许认为我的信很可笑，你笑吧，现在我不怕了，什么都不怕了。无论如何，我要感谢你，一年多来，你给了我许许多多宝贵的东西，也许你自己毫无察觉，可是只要一看见你，我心里就充满温暖，充满希望，充满光亮。你可能不相信，以为我是痴人说梦，请相信我吧，这是真的。要问这是为什么，我也说不上来。我知道，我不配对你说这些话，你是城里人，我是乡巴佬；你光彩照人，我灰头灰脑，我们之间相差很远。可我的悲哀就在这里，我不自量，自作多情，自讨苦吃，甚至有些不可自拔。请原谅我吧。你当然应该回去，农村不是你的归宿。恕我直言，这里的天地广阔是广阔了，正因为它太广阔了，很多人艰苦跋涉，总也走不出去，只得在这块土地上老死。等待我的不就是这种命运吗！可是，我真不愿意你走，我不敢想象，你走了我会变成什么样子。你走了，我心里会一阵阵寒冷，希望就彻底破灭了，整个世界就会变得黑暗。我明知道这是我的狭隘和自私，可我自己管不住我自己。自从知道你要走，我就烦躁不安，不想吃饭。不知你察觉到没有，我近来一直躲着你，不是不想看见你，而是怕你看见我。你看见我会吃一惊的，我现在很瘦，变得很丑。为了不让你看我，我又要看见你，每天一早和黄昏，我装作外出拾粪的样子，躲在一丛芦苇后面，像贼一样窥视你。那丛芦苇长在一个坑边上，和你的门口遥遥相对。等啊等啊，你终于出来了，或者是刷牙，或者是泼一盆水，连往苇子从这边看一眼都不看，又回屋去了。这样，我就很满足了。董瑞雪，你走吧！一个农村的同代人和同龄人向你祝福！

我清楚，你这一走，再也不会回来了，我们很可能一辈子都没机会见面了。不说这些吧，怪叫人伤感的。应该说些让你高兴的话才对。说什么呢？祝愿你找一个称心如意的意中人吧！我们做一个朋友好吗？无以相送，这个笔记本作个留念。董瑞雪，请你不要忘记我。不不，请你把我忘了吧！

董瑞雪把笔记本合上，回想似地愣了一会儿神，把笔记本收好了，她向已经离去的那个村庄的方向望着。秋风阵阵，秋霖脉脉，村庄一片灰暗，在秋风斜雨中静卧着。

李河敏也在车站等着，坚持要把董瑞雪送上汽车。从董瑞雪的表情上，李河敏判断出李春光可能写了一些傻话，开玩笑似地对董瑞雪说："你要是不回城，我还打算给春光介绍介绍，让你做我的侄儿媳妇呢！"董瑞雪登时有些恼，狠狠瞪了李河敏一眼说："亏你说得出口！"

董瑞雪上了公共汽车。汽车发动时，她无意中往窗外看了一眼，觉得有个人很面熟，定睛一看，是李春光。李春光在汽车站的墙角站着，头发水淋淋的，衣服也湿了。李春光面色苍白，在静静地注视着他。她鼻子酸了一下，从车窗里伸出手，使劲摇摆着："李春光，再见，谢谢你！"

李春光凄苦地笑了一下，眼泪无声地流下来。

车开动了，董瑞雪探出身子，向李春光招手，说：“我回去给你写信！”

李春光呆站着不动，木雕一般。汽车在雨雾中看不见了，他还失魂落魄似地在雨地里站着。雨下大了，打在落叶上沙沙啦啦响。

第二章

9. 春风得意

回城后，董瑞雪以她优越的政治条件，在市里得到了一份相当不错的工作，当播音员。那时，这座规模不大的城市还没有广播电台，只有一个有线广播站。广播站就设在市委办公大楼二楼的一端，董瑞雪天天去大楼里上班。

她来了，骑着一辆崭新的轻便型凤凰牌自行车，在如潮的人流里，显得出类拔萃。这是她从那个偏僻的乡村回城的第二年春天，春光明丽，春风荡漾。路边的法国梧桐吐出新绿，黄刺梅绽开朵朵鹅黄，紫燕在空中射来射去，汽车喇叭装点着市声。她高扬着头，面带微笑，骑得轻松自如，如坐春风。她的发白的军上衣大概穿破了，换上了一件草绿的确良军装。虽然还是蓝裤子，但不是布料，变成了锦纶华达呢。脚上穿了一双网球鞋，雪白的。她的剪发头扎成两个小辫子，露出光洁的前额和透明如玉的耳郭。她的脸颊红润丰满，闪耀着迷人的青春之光。看来她是成熟了，更具魅力了。骑车的人无不看她。后面的人看见她的腰身还不算，紧蹬几下，超过她，再回头看她。当看到她美丽的面容之后，骑车的人就不愿再蹬了。一路上，她前后左右的人总是多些。对这种情况，她已习以为常，见多不怪。她目光平视，洒脱地走自己的路。来到市委门口，站岗的解放军战士老远就向她微笑致意。她矜持地点点头，下了车子就进去了。刚要把车子推进存车棚，看车的老头就迎过来，让她把车放那儿吧，他帮着放。

这是一座六层大楼，跨度很宽，楼面是凝重的锈铁色，大幅的玻璃窗在阳光照耀下闪闪发光。楼前有一个宽敞的院子，水泥抹地，并划成一个个方方正正的方格。院子两侧是修剪得极平整的冬青绿篱。绿篱后面是小花园，桃花开得红粉粉的。楼门口有三个层次的台阶，每层有十几阶，台阶不是很高。市委的那些干部们，胖的和瘦的，高的和矮的，男的和女的，都款款地踩着台阶，风度优雅地走进大楼里去了。董瑞雪上台阶时，已有好几个人笑着跟她打招呼了。一个大腹便便的老干部模样的人，问董瑞雪答应了星期天去他们家玩，怎么没去呀。董瑞雪抱歉地笑笑，说星期天有别的事，没去成，实在对不起，下次一定去。一个长相明朗的小伙子，把董瑞雪喊成董广播，开玩笑说："哎，我说那位女士，你不去电影制片厂，到我们这里干什么来了？我们这里又不拍电影。"董瑞雪很快理解了这位同事善意的玩笑和含蓄的恭维，却说："你自已想当电影明星，没人拦着你，你编派别人干什么！"说着进了厚重的楠木雕花大门，到了铺着水磨石地板的门庭。门庭对着宽展的楼梯，楼梯的尽头置放着两面写有为人民服务手书体的大型语录牌。门庭的顶部做成剧院式的穹顶，装饰着好几簇吊灯。灯是乳白的，灯托是镀金的，富丽堂皇。走过前庭，上了二楼，往东一拐，穿过长长的宽敞的楼道，就到了广播站。她没有先进广播间，而进了供播音员中午休息和值班住宿的临时宿舍。有一个播音员先她一步到了。正对着镜子整理头发。两个人互相笑笑，算是打了招呼。这间屋子很深，放了三张床，三张小桌，仍空落落的。广播站有三个女播音员，每人占一块地方。每个人的床都布置得很精心，仿佛不是睡觉的地方，是摆设。董瑞雪把背着的刺有红绒字的黄挎包挂在衣架上，两手背后捋捋小辫子，就到播音室去了。

在门口碰见一位书生气很足的编辑，他往上推了推白边眼镜，说昨天那篇稿子经小董一播，生色不少。特别是后两句，小董播得很有感情。董瑞雪说谢谢鼓励。编辑又说她把稿子的内容真正理解了。董瑞雪说，那是大编辑编得好。她的眼睛有点调皮地眨着，雪白的牙齿闪着磨贝似的点点瓷光。那位编辑不好意思地、但很满足地笑了。

广播站的站长听见董瑞雪说话，开了门，让小董过去一下。站长四十多岁，面貌清癯，一身斯文，颇有长者风度。可能由于长年熬夜的缘故，眼圈有些发青。他抽烟很厉害，手里老是拿着点燃的烟。他自己一间办公室，宽大的旧式硬木写字台上堆着一摞待看的稿子。董瑞雪侧身进来了，他和善地笑着，让董瑞雪坐。他对部下向来很客气。董瑞雪有些拘谨地在一张椅子上坐下了，环顾了一下屋子，说站长的办公室太素了，墙上什么也没有，应该贴两张画，或者贴一幅地图也是好的。站长说："贴画是你们年轻人的事，我这大老头子了，爱素净。哎，宣传站张站长明天到矿山机械厂开座谈会，想让你跟他一块儿去。"董瑞雪说她不想去。站长说："宣传部是我们的上级主管部门，张部长指名要你去，怎么能说不去呢！"董瑞雪问去干什么。"可以搞点采访嘛，一切听张部长安排。你是党员，组织观念要强。过一段时间，站里准备让你重点接触一下采访和编辑业务，你是很有前途的。""反正我不想去那个厂。"董瑞雪撒娇似地噘起嘴巴，红唇湿了半边，很是鲜润。站长笑了，说他想起来了，"听说你未来的公爹在机械厂当第一把手，你是不是不好意思见他，那有什么关系，没关系的。丑媳妇还不怕见公婆呢，你怕什么！你应该很自信才对。好了，就这样。"董瑞雪说，站长真会说笑话，八字还没一撇呢，什么公爹公爹的，多难听。站长哈哈笑了。

董瑞雪这才到了她的工作岗位，播音室。这是一间封闭严密的屋子，双重门，进门起了高台，上面是细木条铺成的地板。地板保持着木质自然之色，打蜡后纹路清晰可见，一尘不染。墙壁是乳白色，上面布满似有规则可循的洞眼。窗口遮着紫红金丝绒窗帘，窗帘直落在地板上。董瑞雪坐在工作台前的藤椅上，面对镶嵌在工作台上的一些仪表，开始熟悉稿子。等稿子读顺溜了，她就开始录音。她那甜美的、富有激情的声音，将通过录音盘、通过电线，传向全市的四面八方，飞向工厂、学校、机关及不少家庭。她是幸运的。她没想到自己会这么幸运，常常有一步登天之感。在农村时，她真的相信就要在那儿扎根一辈子了，因为上头一直说扎根呀扎根。她不敢想会调回城，更没想到会走进这个市的首脑机关，干起了被人们称为党的喉舌的工作。她有时做梦，梦见自己正工作得好好的，上面来了通知，又把她送到农村去了。她不想再去农村，在梦里很害怕，甚至很恐惧。把她送回农村好像是有原因的，但原因含含糊糊，没人跟她说清楚，她自己也弄不清楚。醒来后，她睡不着觉，想弄清梦里的原因是什么。有一个原因，她不敢往那里想，刚想到一点点，她就惊出了一身冷汗。有梦境的提醒，她对自己的这份工作非常珍视，生怕失去。她干得兢兢业业、小心翼翼，不敢有半点懈怠。在农村的那一段经历，她不愿去想了，想把它赶快忘掉，彻底忘掉。如果那段下乡的经历是录音磁带上的一段，她愿意拿起剪刀，把那段磁带彻底剪下来，扔到垃圾箱里去。如果扔进垃圾箱还不足以消除痕迹，她会到某个墙角，擦燃火柴，把那段磁带烧掉。

刚看了一会儿稿子，宿舍里的那位女伴喊她接电话。播音室是不装电话的，她们的电话安在宿舍里。回城以来，她不愿意听电话。因为李河敏给她打过一个长途电话，询问她的工作安排情况。一听说有电话找她，她的第一个反应就是怀疑又是李河敏打来的，她害怕李河敏找她，想跟李河敏彻底断绝联系。还好，电话是梁建梅打来的。梁建梅是别人给她介绍的男朋友，二人已谈了一段时间。梁建梅是团市委的副书记，也在这座办公大楼里上班，在五楼。董瑞雪释然，双眉飞扬起来，男朋友约她下班后到郊外踏青。她说："你别让人家闲一天，我不想去，真的不想去……那好吧。"她看了一眼女伴，"说吧，我听着呢……我告诉你，这一次不许你……好吧，嗯，我不吃面包……我不管，好，再见!"

快晌午时，梁建梅来了。董瑞雪领他到宿舍里。宿舍里这会儿没有别的人。董瑞雪问他不是说的下班后过来吗，怎么这会儿就来了。梁建梅看着董瑞雪笑，说他下楼办事，一走神，不知不觉就走到这儿来了，怪事，像是有鬼牵着他的手。小伙子长相英俊，方白脸，浓眉，大眼，头发蓬松光亮，衣着整洁得体，高高的个儿，一身朝气。董瑞雪和他两个人再般配不过了。董瑞雪说："还说有鬼牵着你，我看你自己就是个鬼。"梁建梅反应很机敏，说："我要是鬼，就不会被鬼迷住了。"董瑞雪说他歪嘴胡缠。梁建梅认为把董瑞雪说住了，董瑞雪没什么词儿了。董瑞雪不愿让梁建梅把她说成鬼不鬼的，再胡说八道她就生气了。梁建梅走到董瑞雪跟前，离她很近，说：“嗬，你这么爱生气，快成幼儿园的小朋友了！”董瑞雪在床上坐着，往一边挪了挪。梁建梅也坐下，跟过去，想拉住董瑞雪的手。董瑞雪把手躲到背后去了。根据以往的经验，梁建梅只要一得到她的手，就不愿松开。梁建梅满怀渴望地对董瑞雪说：“瑞雪，咱们结婚吧！”董瑞雪有些惊奇地看他，“咱们不是讲好的明年国庆节结婚吗，你怎么又变卦了。”梁建梅顺下眼，说：“我看你老躲着我，我心里不太踏实，总是有点担心。”董瑞雪问他担心什么。梁建梅说你知道。董瑞雪扭过身，伸手轻轻推了一下梁建梅的胳膊，说梁建梅真会缠人。梁建梅顺势抱住她的手，在手背上亲了一下。还要再亲，有人敲门，董瑞雪赶紧把手抽回了，站起来问：“谁，请进。”把梁建梅亲过的手背在衣服上抹了一下。门开处，站长立在门外，招手让董瑞雪过去一下。看见梁建梅在屋里，他向梁建梅点了点头。梁建梅从屋里出来，跟董瑞雪点点头，走了。

来到站长办公室，站长照例让董瑞雪坐。站长的表情不大自然，出现了少有的严肃，被烟烤黑的嘴唇紧紧包着，目光也少了往日的慈祥。董瑞雪心里一阵打鼓，问还是陪张部长去矿山机械厂的事吗。站长说不是，有点别的事，“外地来了两个同志，搞外调的，下午想找你随便谈谈，你思想有个准备。”

“哪儿来的？”董瑞雪不由得紧张起来。

站长要她不必紧张，说估计也没什么大事。共产党员嘛，要坚持党性原则，一切要实事求是。他说了那个县的名字。

董瑞雪的脸唰地变得惨白，她的第一个念头是，完了。

10. 来了搞外调的

回到宿舍，董瑞雪一个人在床沿低头坐着，脸上显出纸白和僵冷的神色。她的头胀得很大，一直处于一种晕眩状态，觉得整个身子忽而往上飘，忽而往下猛坠，一落千丈。她坐不住，就在床上躺下了，并用被子蒙住了头。她想睡一觉，可眼睛在心里睁得很大，怎么也睡不着。她脑子里乱哄哄的，却又是一片混沌，一片空白，一个意象也停留不住。李营，饲养室，小屋，李河敏，队长，李春光……眼前模糊不清，什么都变形了，世界模糊一团。中午开饭时间到了，她没有去吃饭。往日她去市委机关食堂吃饭，大家像欢迎凤凰一样欢迎她。她周围都是热情的招手和美好的眼神。今天她把吃饭的事忘了。她的耳朵也仿佛失去了听觉功能，嗡嗡作响。她朦胧中似乎听见女伴喊她去吃饭，但她分辨不清女伴说的是什么，吃饭是什么意思。她预感到，她日日提心吊胆所害怕的那个厄运最终还是来了，厄运追随着她，舍不得放过她。前一阶段，厄运埋伏着，先让她高兴一阵。她高兴过了，该厄运高兴了，于是厄运就狂笑着朝她扑过来了，有那么一刻，她想干脆跑到楼顶，从楼上跳下去算了。如果跳楼不合适，影响太大，她应该从床上爬起来，马上逃走，逃到哪里算哪里，永不回来。这些想法她没有付诸行动，她身上软得很，又像僵得很，仿佛已失去行动能力。这也不排除她还存在着一些侥幸心理，来人要调查的也许是跟她无关的事，是别人的事，她不过是自己吓唬自己而已。想到这里，她意识到自己的状态不太好，太心虚了。她应该打起精神，见机行事。

谈话是在站长的办公室里进行的，站长把门关严了，并从里边锁上了。要跟董瑞雪“随便谈谈”的除了站长，还有三个人，两个是从那个县里来的，从他们的着装可以看出来。小地方人虽然有时也穿些好的呢料，但穿在他们身上总显得窝囊。还有一个是市委机关保卫处的干部，他是一个经常眯着眼瞅人的胖子，平日里爱跟董瑞雪开玩笑，故作忘性很大地问董瑞雪“你叫什么名字来着”。董瑞雪不告诉他，他就把董瑞雪叫成白雪。

董瑞雪进来了，他们都站起来，热情地跟她打招呼，跟她握手。那个胖子给她打座，站长还给她倒了一杯水。董瑞雪机械地应付着，抬起头想笑一下，但没笑成，嘴角只是抽了一下。几个人都感到了，董瑞雪的手冰凉，发硬，还微微有些颤抖，可他们都对她笑着，打量着她。眯着眼的胖子显然想松弛屋里的气氛，解除董瑞雪心理上的巨大压力，挺夸张地咧着嘴说：“嗬，董瑞雪真是越长越漂亮了！”看来这一次他没忘记董瑞雪的名字，把董瑞雪的名字完全叫对了。

董瑞雪却感到了一种讽刺意味，她有些恼怒地看了胖子一眼。胖子的笑还没完全放开，就在脸上凝固住了。屋里一时沉默，楼下的汽车大概是紧急刹闸，“吱哇”尖叫一声。

县里来的人也觉得胖子的玩笑不够得体，遂有一搭无一搭地跟董瑞雪扯着一些绕弯子的话。那个穿黑呢子中山装的中年人说当播音员这工作很重要，很有社会地位。那个年轻人说，听说董瑞雪同志表现不错，是广播站的骨干力量。中年人说：“你还很年轻，前途远大光明。”年轻人接着说：“你的工作做得好，我们也感到欣慰，因为你在我们那里插过队呀。”胖子没有再说话，但他已露出鄙薄的神情，一条腿压在另一条腿上不停地晃着。

董瑞雪察觉出来了，这两个人是为那个事情来的，不然的话，他俩不会这么假惺惺地宽慰她。她看了一眼站长。站长大约也得了底细，正仰着脸抽烟。他的脸成了一团烟雾。董瑞雪突然对这两个不期而至的人产生了一种类似仇恨的东西，你们是什么人，我不认识你们。你们是不吉利的人，你们是魔鬼，你们来了，是要毁掉我的前程，是要葬送我，等着吧，我不会让你们得逞的！她咬紧了牙，嘴唇绷得灰白。由于面部肌肉过分紧张，眼睛似乎失去了灵活转动的能力，有些固定呆滞。她的两手紧抓着椅子的硬面，为了防止腿打哆嗦，她使劲把两腿夹紧，膝盖挤在一起。

那两个人绕够了弯子，慢慢把话切入正题。两个人当中，中年人大约是负责的，他提到了李河敏，说县里“一打三反”办公室正在审查李河敏的问题，有些问题需要进一步查实，希望董瑞雪同志给予配合、协助。他说得慢条斯理，字斟句酌，显然是事先考虑好的。

果然是那件事发了，尽管她有了思想准备，她还是有些受不了。她头上如挨了一棒，眼里冒出零星的金花。她头一摆说：“你们别问我，我什么都不知道!”

既然什么都不知道，何必这么着急呢！中年人和青年人交换了一下眼神儿，中年人要董瑞雪冷静些，青年人则从脚边的提包里掏出一硬壳材料夹子，打开，放在面前，从衣兜里拔出钢笔，做好了记录准备。中年人说：“李河敏破坏上山下乡运动，对一些女知青犯下了不可饶恕的罪行，已被抓起来了。”

董瑞雪抢过话头：“抓不抓他跟我有什么关系！你们找我到底有什么事？没事我还要上班。”

青年人说：“董瑞雪同志，不要激动嘛，嗯！我们大老远地找你来当然有事，没事不会找你的。这里有一个和坏人作斗争的立场问题，希望你态度放端正一些。”中年人对青年人摇摇手，意思要青年人说话时不要带刺。

董瑞雪已经意识到了自己受审的地位，被那个青年人的冷嘲热讽的口气惹怒了，她对那个青年人说：“你这是什么意思，怎么，我成了阶级敌人了？告诉你，我是中国共产党党员!”

青年人冷笑一下，说：“得了，别提你那党员了!”

董瑞雪霍地站起来了，撒开了泼：“我这党员怎么了，你得给我说清楚，我一不是偷的，二不是抢的，你凭什么侮辱我，你是什么东西!”她的眼泪流出来了，一直流到嘴里。

那青年人也站起来了，两眼虎虎闪光。中年人一把将他拉坐下，又劝董瑞雪坐下，慢慢说，激动是不能解决问题的。

董瑞雪仍不罢休，一指那个青年人：“他得出去，他在这里我什么也不说，没什么可说的!”

中年人认为，这不太好吧!

保卫处的胖子也说：“人家是代表一级组织来的。”

站长让董瑞雪喝点水，注意克制自己，这是在市委办公大楼，要注意影响。

董瑞雪眼睛红着，斩钉截铁地说：“不行!”

中年人想了想，跟他的助手商量，让他先出去一下，为了工作顺利进行嘛。青年人脖子里青筋鼓着，把材料夹子啪地一合，拽开门出去了，撂了一句：“歇斯底里!”

站长也出去了，大概是去给那个青年人找一个待的地方。

屋里静下来了，能听见街上汽车轧过的声响，还能听见燕子的鸣叫。停了一会儿，中年人解开了呢子外套的扣子，说天气有点热了。胖子说今年热得早。中年人微笑着对安静下来的董瑞雪说话，要董瑞雪不要有什么顾虑，他们一定替董瑞雪保密。他的脸扭向胖子问是不是。胖子会意地眨眨眼皮，表示没问题，一定保密。

董瑞雪目光虚着，眉头微皱，眼皮不住地跳动，像是走了神，而且走得很远。听见中年人跟她说话，才惊醒过来。她不敢看人家，目光躲开了，说：“有什么好说的呢，李河敏是公社知青办的负责人，我们不过接触得多一些，其实我对他并不太了解。我只知道他参过军，在部队入的党。”停了一下，她像是想起了什么似的，说：“对了，他给我买过一双丝袜子，米黄色的，我没有穿。”中年人鼓励她，说她记性很好，就这样说下去就行。问什么时候送给她袜子的。董瑞雪摇摇头，说她记不清了。中年人提醒她：“是公社办知青学习班之前还是以后?”董瑞雪一阵心悸，头上冒出了汗。她又有些不耐烦，说一双袜子，谁稀罕他的。中年人说：“是的，我相信。那次学习班办了多长时间?”董瑞雪回忆了一下，说大概一个月。

这时外面有人敲门，中年人对胖子摆了摆手，示意他不要开门。门又响了几下，喊站长。没人应，外面的人就走了。

“学习班期间，李河敏找你谈过话吗？在他宿舍里?”

离那件耻辱的事情越来越近了，董瑞雪似乎被逼到了墙角，已无路可逃。她感到，坐在她对面的是个很老辣的人，已知道了事情的全部经过，要隐瞒是不可能了。她的心在剧烈跳动，像是要撞破胸口跳出来。她身上禁不住抖起来了，越抖越大。她狠狠咬了一下牙关，把颤抖暂时镇住了。她否认了李河敏找她谈过话，否认得不留一点余地。

中年人又微笑了，这次笑得有些冷。是深入骨髓的那种冷。他慢慢地但口气相当肯定地说：“那是一个星期六，晚上下小雨，天很黑，公社礼堂里放电影，是《奇袭》，知青们大都看电影去了……”

董瑞雪打断他的话：“根本没有这回事，我不知道!”

来外调的中年人突然严峻起来，目光炯炯逼人，说：“董瑞雪同志，你我都是共产党员，我实话告诉你，李河敏把什么都交代了，他的罪行非常严重。受害的女知青不止一个，有好几个。可以说，李河敏已成了反动分子，阶级敌人。对李河敏是毫不留情地揭发，还是包庇，这关系到你的阶级觉悟和政治前途问题。别的女知青都表现得旗帜鲜明，积极配合我们的对敌斗争工作。我们相信你也会站到无产阶级一面，和阶级敌人作坚决斗争，而不会滑到阶级敌人那边去!”中年人还有更厉害的一招儿，他说，要是董瑞雪同志觉得在这里揭发不方便，他们就请董瑞雪同志跟他们走一趟，到他们县里找个地方住下来，好好回忆一下。至于路费和住宿费问题，董瑞雪同志不用操心，他们全包了。

董瑞雪知道跟他们走意味着什么，那是万万不可以的。于是她趴在桌上哭了，绝望地哭了。她怕广播站的人听见她的哭声，就把嘴对在自己的胳膊上，想把哭堵回去，她喉咙里呜呜的，全身痉挛似地抽动。中年人劝她不要再哭了。她抬起头来，在桌面狠磕了一下，脑门上顿时红了一片。她还要再磕，中年人和胖子赶快把她架住了，并把她拉离桌面，让她坐在站长的床上。她趴在床上又哭了个够。

哭完了，董瑞雪变得木木呆呆，异常恭顺。她垂着头，把一切一切都说出来了。她谈到，那天晚上李河敏找她谈话，谈着谈着就拉住了她的手，夸她的手长得好看。她觉得这样不太好，很害怕，身上抖得厉害。李河敏把她的手松开了，跟她说些别的话。她记得那天外面是下着雨，外面的雨气透过门缝一阵阵扑进屋里。李河敏的屋子是办公室兼卧室，窗帘拉得很严。说了一会儿关于别的知青的话，她身上才不抖了。不过她心里还是不踏实，就要求李河敏把门打开。李河敏从里边把门插上了。李河敏答应了，站起来去开门。不料李河敏并没有开门，而是突然转过身来，把她抱住了，她使劲挣扎也没有用。后来，她要寻死，李河敏威胁她，说她死了就轻于鸿毛，是拒绝接受贫下中农的再教育。李河敏答应让她当典型，创造条件发展她入党，如果有机会还可以推荐她上大学。她受了李河敏的蒙骗，就没有揭发。往后次数就多了，有时在李河敏屋里，有时在李营她宿舍里，还有时在李河敏的家里。她眼泪不断涌流，嘴唇打着哆嗦，话说得断断续续，但细节还算清楚。最后她喃喃地说，她这一辈子算是完了，做不起人了。

中年人一边往本上做着记录，一边安慰她，说她完不了，因为她还很年轻，前面的路还很长。

董瑞雪问受害的还有谁。中年人没有告诉她，说要为别人保密。董瑞雪提出了一个要求，要求枪毙李河敏。她咬牙切齿地说："他害了我，我要报仇!"

中年人答应会把她的要求反映上去的。

11. 家

第二天，董瑞雪没有去上班，是站长放了她的假，站长说，她要是觉得累，就在家里歇一天两天。回到家，她跟母亲说头有些晕，就躺到床上睡了。母亲让她到医院看看，她说不用，睡睡就好了。广播喇叭准时响，那是她的同伴在播音。她听着这声音十分遥远，像是天外来音。她不敢听，起来拉了开关，竟把开关绳也拉断了。

她似睡似醒，睡得昏昏沉沉。醒来了，她闭着眼，强迫自己再睡。她不知道，若是狠睡狠睡，能不能睡过去。又睡了一阵醒来时，她明白靠睡是睡不过去的。外面还是春天，有鸟叫，有鸡叫，有人在说话，一切都在正常运行。有那么一小会儿，她的睡觉似乎有了效果，像是通过睡觉把自己前面的经历都遗忘了、抛弃了。可外面不知有个什么东西响了一下，她心口一撞，那些乱七八糟的东西又纷至沓来。

妈妈轻手轻脚走进她的屋，用手在她脑门上摸。她闭着眼不动，任妈妈摸。妈妈大概是想摸摸她发烧不发烧。她倒是想发烧，可她不发烧。发烧的只是她的心。妈妈的手是粗糙的，也是温热的。妈妈这一摸，又把她的辛酸引发出来了，眼泪差点流出来。听妈妈说，爸爸到外地出差去了，去执行一项外调任务。又是外调，那时外调是很成风的，一些公出的人，差不多都是外调的面目。有多少人都是被外调毁了。所谓外调，好多就是揭老底，查祖宗三代，追阶级根源。再好的人，也经不住这种外调法。董瑞雪想，亏得爸爸出差去了，不然的话，她的事是瞒不过爸爸的。爸爸大小是工厂的一个头头。而头头之间是互通消息的。妈妈识字不多，也没正式工作，在爸爸所在工厂的幼儿园当阿姨。爸爸是部队转业干部，结婚晚。妈妈比爸爸年轻得多，年龄相差十多岁。妈妈十七岁那年结婚，十八岁就生了董瑞雪。妈妈对董瑞雪是很好的。而过去，董瑞雪不大愿意和妈妈一块儿出门，因为有一次，有人把她们母女当成了姐妹。妈妈让她醒醒，问她想吃什么。她说什么也不想吃。妈妈站在床前不走。她又说，想吃什么她自己做。

她觉得对不起妈妈。这半年多来，天天进入市委机关，她有了一种优越感，并自我夸大了这种错觉。她误以为自己进入上层建筑领域了，真的成了市委机关工作人员，成了高贵的人。嫌妈妈识字少，嫌妈妈没工作，嫌妈妈没有一件得体的可穿出去的衣服。对爸爸，她也不怎么跟他说话。爸爸每每问她上边有什么新精神，她就说没什么新精神，或者让爸爸自己去看报。她下面还有一个妹妹和两个弟弟。这一点，她也看不惯，认为爸爸妈妈要孩子太多了。妹妹和弟弟对她很尊重，她对妹妹和弟弟们却不够关心和亲热。每天进得家来，她傲得像个公主。看什么都不顺眼，仿佛这个家盛不下她了。然而妈妈小心翼翼，一切都顺着她。有一次，妈妈炒菜盐放重了，她尝了一口，以保护嗓子为理由，连饭也不吃了，站起来，推出自行车上班去了。妈妈买了点心，煮了鸡蛋，步行好几里，给她送到班上。看大门的人不让妈妈进去。门卫给她打了电话，她从楼上下来了。她也没让妈妈进大楼，只接过妈妈送来的食品就让妈妈走了。她的凤凰自行车，是爸爸给她买的。自行车供应得极少，几个月不进一次货。进了货先分票，拿到票才能买到自行车。听说商场进了一批自行车，爸爸满以为他的厂会分到一张两张票，其结果一张票也没分到。爸爸慌了，找到在商场工作的老战友，不知说了多少好话，给人家送了多少礼，才买到这辆好牌子的自行车。妹妹要借她的自行车学骑车，她还没说话，妈妈先把妹妹拦下了，妈妈说，学自行车都是用破车，这么新的自行车，摔坏了怎么办。她当时的感觉，因为她这个人的地位高了，她所骑的自行车也受到了特殊保护。他们家原来没有安广播喇叭，她当上播音员后，是妈妈擅自做主，用看孩子挣下的钱买了这个喇叭，并请人安上。妈妈禁不住地向邻居夸耀，她女儿的声音就是好听，甚至说瑞雪小时候就聪明伶俐。看来她错了，妈妈也错了。这半年多来，她不过生活在一种良好的感觉里，生活在一种虚假的荣耀里。这一切都怪她，她欺骗了自己，同时也欺骗了妈妈。现在，她仿佛又回到了人间，才看清了自己：你不过是一个一般人家的平民，一个破碎的、不完整的平民。作为平民中的一个女性，你把宝贵的东西失去了，等于把自己也失去了。一切都坏在那个知道上，别人要是不知道，她蒙混一天算一天，说不定一辈子都能蒙混过去。别人一知道，她就暴露在光天化日之下了。她的腿还在，胳膊还在，头脸俱全，全身都是健康的，生机勃勃的。就因为那个事情的败露，她好像就全变了，她就不是她了，健全的肢体全成了空架子似的。当然这都是大家的目光，公共的看法。这没办法，她只能顺从大家和公共的意志来看自己。她不可能拔着自己的头发把自己拔离地面，拔到没有人烟的天上去。

妈又回到屋里来了，试探着问她，别是班上出了什么差错吧。她说没有，不会有什么差错。妈说："出了差错跟妈说，弄坏了东西咱赔人家。咱家里还有百十块钱，不够咱再借。我看着你这闺女心里像是有事。你长得再大，飞得再高，在妈心里眼里你还是个孩子，我不能看着我的孩子受委屈。"她鼻子酸得很。赶紧拉被头盖住了脸，说她没弄坏东西，也没受什么委屈，让妈只管上班去吧。妈说她上班不上班没什么要紧，孩子有别的阿姨看着呢，闺女的班才是要紧的。

董瑞雪在被子下面睁开了眼睛。黑暗中，她看见了自己眼中闪烁的光环，那光环正一闪一闪地向她套过来，一会儿就把她的脖子套牢了。上班？她还有班上吗？在那个万人瞩目的地方，会允许她长久地干下去吗？一切都想象得出，尽管调查她的人说过要替她保密，可在这样的小城里，密是肯定保不住的。须知她所在的单位是广播站，是专门向全市人民传播消息的地方。虽说她的事不会上广播，但谁能保证广播站的人私下里不向别人“广播”呢！她仿佛已经看见了，市委机关的人，都用另一种目光看她，在窃窃地议论她。她有些不寒而栗。宣传部的张部长今天不知下厂没有？作为市委常委的张部长，决不会再让她陪他下去了。愿意陪张部长下基层的人多得是。张部长要是去了矿山机械厂，一定会见到梁建梅的爸爸，说不定会谈到她董瑞雪，并把她的不名誉的事透给梁建梅的爸爸，那样，梁建梅对她就不会有好印象了。至于同在机关上班的梁建梅，过去一天到她那去几趟的梁建梅，得消息会比别人更早一些。她想象不出梁建梅会是什么态度、什么表情，过去梁建梅爱她可是爱得跟一贴老膏药一样啊！她隐瞒了梁建梅，也算欺骗了梁建梅，无论如何，她是没勇气也没脸面再见梁建梅了。

董瑞雪听见妹妹回来了。妹妹高中毕业后，到城郊一个农场劳动去了。也算是下乡。妹妹一回来就找瓶子找水。她从农场里带回一束桃花，枝条上都是含苞待放的花蕾。一路乘公共汽车，花蕾的花梗有些打蔫，一个个像布扣子一样垂下来。妹妹急于把花用水养起来，有点抢救的意思。妹妹还小，还保持着浪漫的情怀。妹妹长得也很好看，好看的女孩子危险总是多一些。以后有了适当的机会，她得跟妹妹说说话，提醒妹妹注意防范别人，注意保护自己。妹妹没到她屋里来，原来姐妹俩是住在一间屋的，董瑞雪参加工作后，妈妈就不让妹妹和她住一个屋了。妈妈说她回到家还要看稿子，还要学习，需要安静。在房前另外搭建了半间小屋，让妹妹住在那里了。她到农村下乡插队一年多，姐妹是有些隔膜的。一娘同胞的说法，对她们来说不过还是一个无关痛痒的说法，她们对这个说法没有深究过。妹妹没什么怨言，让她在哪里睡，她就在哪里睡，她对自己睡在什么地方还不在意，还没学会挑剔。她的事出来，妹妹总有一天会知道的。她想不出妹妹知道了会怎样。反正姐妹之间总有一些连带，姐姐名声不好了，对妹妹来说绝不是什么好事。这样想着，她觉得连妹妹也对不起了。

两个上初中的弟弟还没回来。放学之后，他们总是在外面野跑，总是回来很晚。这十有八九是她这个当姐姐的对他们训斥太多，没有好脸面，使他们产生了逆反心理。现在想想，家里每个人都走得正、立得端，都问心无愧。倒是她这个看似很强大的、一度盛气十足的人，却是一个失了身价的虚弱的人。

天完全黑下来时，她起来了，一阵头晕，差点摔倒。她头发散乱，衣服皱皱巴巴，眼睑肿得发明。她拿了一个小凳子出去了。妈问她去哪儿，她说到门口坐坐。她们家住的是爸爸工厂的房子，三间平房，独门独院。房前有廊子，廊下起了高台，用水泥抹得光光的。院子的院墙不是砖砌的，是用一些板皮和树枝子栅起来的。院子比较宽展。妈妈在院子里开起了菜园。菜园里种的有小葱、菠菜，还有冬蒜。这些蔬菜都返青了，碧鲜鲜的。再暖和一点，妈妈还要种茄子，种辣椒，种豆角，种葫芦，还顺便种几株牵牛花。那时候，各种菜秧子爬满木墙篱，院子是三面绿墙，才自成一体，从外面往里什么都看不见。她家人口多，经济收入并不多，可以说爸爸妈妈挣的钱，除了全家人吃饭，所剩无几。而妈妈每年种的各种蔬菜，基本上够全家吃的。自己种菜吃，省了钱；菜随吃随采，也新鲜。只是妈妈累一些。全家人只知吃菜，没一个人帮妈妈种菜。她想，以后她得帮妈妈种菜了。院子一侧有一棵泡桐树，桐树正开花，满树白花花的。花蕊上的花蜜溶进空气里泄下来，院子里弥漫着一股甜气。她靠着树干，坐在明花下面的阴影里，要是不特别注意的话，谁也看不见她了。看来暗夜挺不错的。可气的是，树上竟有几只喜鹊，不知从何处飞来，落在树上叫成一片。她不能按传统的办法理解喜鹊的叫，从中听出了一种嘲讽的意味。这里有三排平房，分布在一条甬道两侧，住着像她爸爸一样的厂级干部。每家房子的格局都是一样的。房子山墙一头，公用的水管哗哗响，有在搓板上搓衣服的声音，有边走边说话的声音，还有孩子的哭声。董瑞雪仰脸透过桐树花往天上看去，天上有星星在闪烁，还有一牙子月亮。她听人说过，天上的星星和地上的人是对应的，地上有多少人，天上就有多少星，每个人在天上都有星的位置。一旦人死了，星星就变成流星流逝了。正看之间，便有一颗流星划了一道灰白的斜线落下来。不用说又一个人死了。她还没死，但她不知道哪一颗星代表她，永远都找不到。也许星星只是一些会发光的可以用来计数的小石子，添一个人，就放上一个小石子，勾销一个人，就把石子扔掉了。那么，每日里负责往下扔小石子的是谁呢？

12. 两张照片

董瑞雪又去上班了，是硬着头皮去的，心里虚得很。她今天穿了一身朴素的旧衣服。至于为什么要挑这些旧衣服穿，她自己也没想明白。只是快到市委门口了，才突然觉得自己的穿戴和往日多么不一致，与市委机关工作人员的身份也不协调，这是为什么？是为了不让自己显眼？还是显示自己的朴素？身上一阵燥热之后，她想把这身衣服换掉。可已经来不及了，回家一趟再来会迟到的。她推着车低着头走进去了，进大门低着头，到存车处低着头，一路都低着头。她觉得别人都在看她，她针芒在背，就不敢看别人。踏上大楼门前的台阶时，她突然觉得市委办公大楼是那样高大，像一座山峰，似乎要倾斜下来，给她心理上造成巨大的威压。那个长相明朗的小伙子，站在最高一层的台阶上，还是喊她董广播，吓得她一惊。她呀了一声，问人家声音怎么这么大。小伙子胳膊一抱说："我试试你胆量如何。怎么，今天穿这身衣服是不是要拍《卖花姑娘》？"董瑞雪意识到自己今天真的穿错衣服了，不想显眼，反而更显眼了。她一时无言以对，脸黄了一下，像是一种失语状态。这时她最怕碰见保卫处的那个胖子，怕碰见梁建梅。那天从始至终，胖子都在场，把什么都听去了。胖子再看见她，就不只是看见她这一个人，还能看见她过去的那些丑事，那些情节和细节，那样她会感到无地自容。她更怕碰见的是梁建梅。已往不知是巧合，还是梁建梅创造的巧合，他们多次在楼门口碰面。梁建梅满面春风地向她问好，她也有些面带羞地向梁建梅问好。在一天开始的时候，那种碰面是让人愉悦的，愉悦得几乎笑出声来。有了上班时的互致问候，得来的好心情能延续一个上午。现在如果再碰见梁建梅，她不知道会是一种怎样的尴尬局面。还好，她走到门庭里去了，没有碰见梁建梅。这又让她感到，事情的确发生变化了，梁建梅不见了。她回过头，往门口和院子里看看，仍不见梁建梅的踪影。这一次，她的心才重重地失落下去。

来到宿舍，见原来放在她桌上的几篇稿子不见了，桌面上空无一物。玻璃板底下，压着她下乡时的两张照片。一张是她在地头学语录的，是一个侧影。她坐在地上，裤腿挽得老高，双手捧着语录本，似学得很用心。另一张是在豆田里照的，她背着草帽，肩上荷着锄，风把头发吹得飘扬起来，背景是无际的田野，一副英姿飒爽放眼世界的样子。照片是黑白的，很清晰，细部可见布衣服的纹路和丝丝头发。那是省报的一个记者去采访她，为她拍下了两张照片，原说拍下的照片是要登报的，不知为什么，一直没在报上看见。她给那位记者写了信，记者就把照片寄给她了。信封里只有这两张照片，记者连只言片语都没写。对这两张照片，她还是很珍视的，这是她下乡锻炼的见证，也是光荣的见证。之所以特意把这两张照片压在玻璃板下，她是想把光荣展示给人看。梁建梅对这两张照片都很喜欢，一再对照片发表评论，说比任何一位电影演员都不差。他还要掀开玻璃板，拿走一张。董瑞雪手捂着玻璃板，不让他拿。梁建梅还是把那张荷锄的照片抽出来了，举在手上。董瑞雪去跟他争夺，就是那一次，她抓到梁建梅的手，梁建梅也顺势握住了她的手。梁建梅说，他是跟董瑞雪逗着玩呢。遂把照片又放回玻璃板底下去了。如果说照片在以前是光荣的见证，那么现在它所证明的内容恐怕就不是光荣了，它是一个相反的证据，起码是一个线索。通过这个线索，人们就摸到她那段历史了。趁屋里还没来别人，她把照片从玻璃板底下撤出来了。拿着照片她有些犹豫，考虑是不是把照片撕掉算了。她终究没舍得撕，打开了上小锁的抽屉，把照片夹在一个红皮笔记本里了。这个笔记本是李春光送给她的纪念品。她想，这个笔记本也不宜保存了。她答应过给李春光写信，现在也没必要了。把笔记本重新放进抽屉锁起来后，她无所事事起来，胳膊支在桌面上，双手捧住额头，闭上了眼睛。可怕的后果意识使她胸口像塞满了铅。她一直保持着这种姿势，直到听见站长的开门声，才犹豫了一会儿，到站长办公室去了。

站长让她坐，她没坐，只站着。她不知不觉地就罚自己站。她看着站长，想看看站长对她的态度有多少变化。她不由得就看别人的脸色了。站长拿了一块抹布擦写字台，脸上没有明显的可供判断的异常表情。她要求站长把她调走吧。说了这话，她觉得非常委屈，鼻子一酸，眼泪涌满眼眶。站长并不惊奇，把抹布扔在写字台后面的暖气片上，在椅子上坐下了，说："你怎么会有这种想法呢，你是受害者，并没有人歧视你呀。"董瑞雪说，她觉得她在这里对广播站不太好。站长要她不要说这种话，不要自卑，应振奋起来，和过去一样工作。过去的事情就不要再想了，让时间去淡化它，想多了是无益的。年轻人嘛，有时难免会受到一些挫折，关键是正确对待所受的挫折，不要把挫折当包袱背起来，应该放下包袱，轻装前进。站长的话使她宽慰不少，但她又觉得站长的语调儿有点冷，有点公事公办的味道。她忐忑不安地问起她桌上放的稿子。站长说，那些稿子都是有时效性的，不及时处理就作废了，他交给别的同志播去了。考虑到她最近情绪可能不太稳定，会影响播音质量，也容易出差错，暂不安排她播音。董瑞雪问那让她干什么。站长让她先找些书看，多学一些新闻方面的知识。她不能不相信站长的话，同时也不得不承认，站长不让她播音了。不管是什么理由，她播音的权利一下子被剥夺了。当然，站长没让她完全失望，说等她情绪完全稳定下来再说。情绪稳定？什么样才算稳定？什么时候才能稳定？情绪又是什么东西？她不敢说一个不字，说好吧，从站长办公室退出去了，样子有点可怜巴巴。

她找了一本新闻文选，打开，坐在桌前看起来。一页还没看完她就走神了。她面前展开的是一望无际的绿色麦田和金灿灿的油菜地。大轮子水车在田头立着，似转非转。黑色的人影在田地蠕动。耕地的牛把式把鞭子举得高高的，并不打在牛身上，嘴里吆喝着辨不清字眼儿的一成不变的具有民歌风味的调子。牛把背弓在褐色的土地上，低着头，极有耐心地往前拉，拉了一道又一道，毫无怨言。听见外面有脚步声，她赶紧收回心思，眼睛又盯在书上。

13. 梁建梅

董瑞雪整日坐在屋里看书，不管看进去与否，反正她在看。她不出屋门，不到楼道里走动，更不到楼下后院的操场里去。过去工间操时间，她愿意到操场里活动一下。操场也是一个篮球场，四周都是花木，很是宽敞干净，那是机关工作人员锻炼身体的地方，有打篮球的，也有打羽毛球的。以前她不会打羽毛球，她一看人家打，人家就热情地把球拍交给她，让她打一会儿。她的脸红着，打得不怎么样，人家却说她打得不错，身手很矫健。现在并没人阻止她到那里去，是她自己阻止自己。中午食堂开饭高峰时，她不去排队买饭。等别人吃完了，她才去吃一点，剩下的有什么，她就吃什么。有时候，她干脆不吃。别人去吃饭，她就睡觉。董瑞雪瘦下来了，皮肤不再发亮，脸色不再红润，眼圈发青，眼睛下陷。瘦得这样，她几乎不敢照镜子了。

她心里一时还放不下梁建梅。她想梁建梅是痛苦的，梁建梅不再理她是应该的，她对梁建梅没有丝毫的埋怨之意。由于梁建梅把她看成一朵花，跟她交往起来毫不避讳，使全机关的人都知道了她是梁建梅的女朋友、未婚妻。这责任当然在她。她要是跟梁建梅说了她过去的事，梁建梅对她就不会那么热火了。倘若不说过去的事，她还可以找别的借口，拒绝和梁建梅谈恋爱。现在错已铸成，剩下的就是怎么了结和梁建梅的事。实质上，他们的交往并没有走远，由于董瑞雪处处防备着，没有发生肌肤之亲，顶多也就是拉拉手。有一次在公园的树林里，梁建梅想拥抱她，她一下子就把梁建梅推开了。这给梁建梅造成了一个错觉，梁建梅肯定地认为她是一个处女。处女的说法使她心口大跳，脸非常红。但她没有否认梁建梅的判断。从梁建梅的话里。她知道了梁建梅看中什么，从那时起，她就有了隐忧。隐忧是从隐秘而来。隐秘暴露得这么快，是她无论如何没有想到的。她想给梁建梅打一个电话。电话打通了，她害怕对方说话似的，赶快把听筒放下了。她不知道应该对梁建梅说什么。她坐下静静心，想好了说什么。她不能上来就请求梁建梅的原谅，而应该向梁建梅问一个好，问这几天怎么不见他下来，听听梁建梅的口气，再决定说什么。她又把电话打通了，对方接电话的不是梁建梅，是一个女孩子的声音。问她找谁。她不敢说找梁建梅，又把电话挂上了。这天下班，她没有马上回家，躲在办公室的窗玻璃后面往楼下看，要看看下班的人群里有没有梁建梅。市委工作人员下班是很按时的，下班铃一响，人们就纷纷走出来了。她看见梁建梅了，梁建梅背着一只军用挎包，正一个人往外走。她有些紧张，往后退了一步。她怕梁建梅回过头朝楼上看时会发现她。梁建梅知道她在哪间屋，以前梁建梅老是远远地朝那扇玻璃窗张望，她也曾从窗口对梁建梅打过手势。然而，今天梁建梅没有向她的窗口看，连回头都没回头，他从存车处推出他的自行车，出了大门，腿一扔，骑上就走了。董瑞雪从梁建梅的行动中看出一个象征，这就是他背向她一直往前走了，不再回头。梁建梅能做到这样，董瑞雪不能不佩服，年纪轻轻的，对感情上的事就能拿得起、放得下，真不愧是一个有智性有决断力的男人。

董瑞雪本来并没有打算这么早就谈恋爱，交朋友。她知道她自已，她心理上已经有了障碍，障碍是从缺陷而起。要把缺陷隐瞒得时间长一些，就只能推迟恋爱和结婚的时间，推迟的年数越多越好，推迟的时间就是她的好日子，好日子得一天算一天。要是结了婚，也许她的好日子就到尽头了，人也到了末日。上面也在提倡晚婚，她正好可以把堂皇的借口借过来，隐蔽自己。还有一个重要的原因，她要扎扎实实在广播站干几年，安下身，扎下根。在农村扎根看来是假的，在广播站扎根她可不愿意有假。她喜欢这个工作，这是个向千万人播洒声音的工作。她在心里把这个工作比喻成向人间播洒春雨，她要来个“好雨知时节”，“润物细无声”。要扎住根，就得好好学习，埋头苦干，全身心地投入工作，没三年五年是不行的。要是早早地结了婚，生了孩子，就难免分心、分力，上进就说不上了。可是，有人给她介绍了梁建梅。她一开始是回绝的。介绍人也没有勉强她，只是让她先从暗处看一下这个人，如果印象还可以，再作道理。如果压根儿不行，权当没说。那天梁建梅在后面操场打篮球，介绍人把梁建梅指给她看了。小伙子要身材有身材，要长相有长相，印象还可以。但她没说可以，只说以后再说。介绍人顺便向她介绍了梁建梅的家庭。梁的父亲是矿山机械厂的党委书记兼革命委员会主任，高级干部。母亲是市委组织部的机要科长。姐姐在别的城市当兵，是卫生兵。要说家庭条件，真是再好不过了。和她家比起来，说天壤之别也不算过分。家庭条件是第二位的，关键是梁建梅这个人。谁都知道，团的干部是党的后备力量，梁建梅作为团市委副书记，肯定还要向上走，先是副书记，后是书记。再到市属哪个区或哪个工厂任职锻炼一二年，到市委任职都是有可能的。这时候，董瑞雪心里就有些活动，觉得这是一个机会，错过这个机会说不定会遗憾的。须知像梁建梅这样好的条件，不知有多少女孩子和女孩子的家长盯着他呢。直到这时，她仍没有答应介绍人的介绍，只是说，人家门头儿那么高，我们怎敢高攀。这时介绍人说了一个情况，才促使她答应谈一下试试。介绍人说，是梁建梅的母亲先相中她了，梁母征得儿子的同意，才托了他这个介绍人介绍的。这就是说，事情已经成功了一半，在那儿期待着，只要董瑞雪一同意，事情就全成了。梁建梅对她是热情的，几乎是每个星期天，梁建梅都把她约出去。他们一块儿看电影，一块儿到郊外爬山，看东流的黄河，一块儿吃饭。梁建梅多次说过，他一眼就看上董瑞雪了，夸了董瑞雪好多话，有一句董瑞雪记得很清，他说董瑞雪给人一种明净感。梁建梅跟中国的小知识分子的情调儿一样，喜欢研究他所喜爱的女人的名字。他的研究深入一步，是取得了成果的。他的成果是把自己名字中的梅和董瑞雪的雪联系起来，说梅是喜欢雪的，并引用了伟人关于“梅花欢喜漫天雪”的诗句，一下子把他们的恋爱关系提升到一个相当高的高度，既有命定的成分，似乎还有政治的安排。梁建梅的研究使董瑞雪有一种说不出的惊喜，她叹道，啊，原来是这样。那次她感动得落泪了，虽然感动的原因很复杂。那么现在呢，梅和雪还有什么关系呢？

应了一句不到黄河心不死的俗话，有一天，在下班的路上，董瑞雪装作无意间把梁建梅碰到了。她喊了一声梁建梅，脸红得跟红布一样。梁建梅从车上下来了，也叫了一声她的名字，他叫的是董瑞雪，全名全姓。董瑞雪问：“怎么老看不见你呀？”梁建梅反问：“我也看不见你呀？”话一开头就僵住了。董瑞雪说：“我请你吃饭吧。”梁建梅说，只有男同志请女同志吃饭，没有女同志请男同志吃饭的道理，只是他今天还有事，不能请女同志吃饭了。董瑞雪说：“那，我陪你走一段可以吗？”她看着梁建梅，几乎是央求的意思了。梁建梅像是想了一下，答应了她的要求，他们没有顺着大街往前走，走到一座桥上，他们推着车拐到河边去了。这是一条年代久远的老护城河，河很宽，也不浅，但河里的水不多，东一股，西一股，在河底闪着细光。有孩子拿着柳条在水边玩水，他们作成钓鱼的状态，一甩一甩的，钓上来的只能是一串串水珠。河坡里种了不少柳树，柳树的叶子都是新的，给人一种又一年的感觉。河堤是土质的，有些泛潮，干一块，湿一块。他俩沿着河堤走了一会儿，董瑞雪问梁建梅，生她的气了吧。梁建梅说没有。又说一开始是有点生气，后来就不生气了。他要是董瑞雪，他也会那样做的。董瑞雪说：“我非常愧疚，我对不起你。”梁建梅认为，这不存在谁对不起谁的问题。董瑞雪感谢梁建梅给了她那么多愉快的时光。梁建梅说，他也应该感谢董瑞雪。梁建梅这样平静和温和的态度，使董瑞雪心存一线希望，她想试一试事情能否挽回一点。河堤的另一侧，是一段段连贯不起来的坍塌的土城墙，城墙上生长着一些杂树杂花。在一段城墙边，董瑞雪站下了，让梁建梅把她的照片还给她吧。梁建梅要她下乡时的照片，她没给。她到照相馆另外照了一张大幅的上油彩的彩色照片，送给梁建梅了。据梁建梅说，他是时常把照片带在身上的，有空就拿出来看一看，睡觉前也要看上几眼。董瑞雪想的是，如果梁建梅不愿把照片还给她，说明梁建梅对她还有一些留恋，还有争取的余地。如果梁建梅答应把照片还给她，就说明一切到此结束了。她把照片看成是一件信物，一种定情之物。梁建梅毫不犹豫地说可以。又说照片不知放在哪里了，还要找一找。第一句话说得明白无误，梁建梅要把被她视为定情之物的照片还给她，宣告了他们恋爱关系的结束。第二句虽然有点拖泥带水，但里面包含的意思更令人心酸，它表明，梁建梅对她的照片已经很不重视了，不爱惜了，变成一件无足轻重、可以像废纸一样随手扔的弃物了。一场欢喜忽悲辛。董瑞雪低下了头，眼泪慢慢地就流出来了。她心里想的是不要流眼泪，眼泪流给谁看，流眼泪有什么用！可是，眼泪自有它自己的逻辑似的，还是泉水一样流出来了。梁建梅说，社会是很强大的，谁都得顺着社会走，他实在是没有办法。特别是他母亲也在市委机关工作，母亲对他的事干预很多，希望董瑞雪能理解他的苦衷。董瑞雪点点头，表示理解。

14. 布告

这天上班，董瑞雪见市委门口东侧的墙外站了一些人，在看什么东西。她脑子轰了一下，认定人们看的是布告。市委大院的院墙是青灰色，院墙不是很高，颜色却是铁板一块的颜色，看上去很严肃。从院墙东边走过来，快到大门口时，有一段墙往里斜了一点，形成一个斜面。那里会时常出现一些新贴上去的东西，如通知、布告、大字报，还有自称冤枉的上访诉状等。通告和布告一般会保留得时间长一些，而大字报和上访诉状之类，要是内容不合适，是不会过夜的，自有人撕去或者用水刷去。她想过去看一眼，证实一下自己的判断。但她不敢。她只能等没人去看的时候再看。

尽管董瑞雪往楼里走时不敢看任何人，她也能感觉到人们都在看她，目光异样，像是拿她和某个地方的名字对号似的。这使她更加认定，墙上贴的是布告。多少天来，她的心一直悬空着，不能落实。她像是等待一样东西，又像是等待某种结果。但她并没有深问过自己，所等待的到底是什么。现在她明白了，她等待的是对那个人的判决。

家里人已知道了她下乡时候的事，因为爸爸回来好几天了。妈妈对她怜惜有加，更加关心她的吃，她的住，她的冷，她的暖。妈妈小心得很，闭口不提过去的事，把下乡两个字都绕过去了。她不敢看妈妈的眼睛，妈妈的眼里是有泪光的，看了让人心痛。妈妈跟她说话的声音也是轻了又轻，颤颤的，像是不敢说，怕哪一句说错了，伤着了女儿的心。爸爸也没有说什么，对她没有任何批评和教诲，还是叫她的小名小雪，把从外面捎回的土特产给她吃。董瑞雪看见，爸爸抽烟增多了，爸爸独坐的时候，脸上出现过严厉的表情。当爸爸和妈妈走进他们的卧室时，董瑞雪听见，爸爸对妈妈是粗暴的，有些怒不可遏。从卧室里传出的只言片语里，董瑞雪听出来，爸爸已联合了其他一些受害女知青的家长，写了一封大家签名的信，强烈要求严惩那个坏蛋。爸爸还说，他见过那个人，一眼就认出那家伙不是好东西。妈妈一再要爸爸小声点儿，别让孩子听见。爸爸说着说着就使声高了。有一次，爸爸敲了她关着的卧室的门。她很害怕，以为爸爸要跟她进行一次长谈。她开了门，爸爸并没有进去，只站在门口对她说："小雪，你记住爸爸一句话，无论在任何情况下，你都是我们的好孩子。"爸爸的话里显然是有话的，董瑞雪听出来了，她的眼泪忽地流了出来。

到了九点多，等大楼上的人都开始工作时，董瑞雪悄悄从楼里出来了，装作到外面的商店买一点日用的东西。出了大门口，她就往东边拐。一边走，一边漫不经心似地往墙上扫一眼，她看见了，那里果然贴着一张大字号的布告，下面落着那个县的名称，还有一个大大的红勾。她心里一凉，知道李河敏被枪毙了。她没有走到布告前面去看，因为那里还站着两个人。那两个人背着背包，一身尘土，看样子是来市委办事的外地人。她沿着墙边，一直往东走了。墙外是一片开阔地，离马路还有几十米。开阔地上种着三排树，两排松树，一排杨树。她走在两排松树之间。那个红勾已印在她脑子里了。这好比她的眼睛是照相机的镜头，她的脑子是胶片，“镜头”一闪，红勾就被摄进“胶片”里了。如果她的脑子不死，那红勾就一直作为一种特定的信息在她脑子里储存着。这种红勾在学生的作业本上是对号，表示所作的答案是正确的。而在枪毙人的布告上，这红勾表示的是勾销的意思，一笔勾销，这个人就不存在了。董瑞雪不知不觉在一棵松树下站住了，她心里跳得嗵嗵的，头有些晕，还有些恶心。那红勾在她眼前幻化成一个血团，血团一炸开，布告上就被四射的血迹沾满了。地上仿佛也流了不少血，一摊一摊的。她难免想到李河敏。有一次，在李河敏的家里，她对李河敏说，她要是怀了孕，就把李河敏揭发出来，告李河敏一个强奸罪，让人家枪毙李河敏。李河敏说，绝不会让她怀孕的，他知道怀孕的后果有多严重。李河敏又说，枪毙我对你有什么好，到阴间，我变成一个无头骑士，还会找你的。那时，他们是把枪毙人当闲话说的，有些无关痛痒。李河敏问她看过枪毙人没有。她说没有，枪毙人有什么好看的，她一辈子都不敢看。李河敏说他看见过。李河敏跟她讲了目睹过的枪毙人的场面。那是解放初期镇压反革命，反革命分子背绑着，在一个干河坡里跪成一排。持枪的人也是站着一排，离反革命分子很近，一杆枪对着一个反革命分子的后脑勺。那时爱看枪毙人的人很多，一听说有枪毙人的消息，大家都跑着去看，像是去看大戏一样。去的人有男有女，有老有少，还有一些闺女家。在行刑现场，树杈子上趴着人，河堤上站满了人，河坡里的人更是挤来拥去，生怕看不清楚。好多背枪的民兵在刑场维持秩序，往圈子外面推人，喊着让人们往后站，小心溅一身血。当时，枪毙人使用的子弹，都是威力很大的炸子儿，炸子儿一射进人的脑袋，霎时就炸开了，连带着把人头炸得四分五裂。李河敏讲到，反革命分子中间有一个壮年人，是个疤拉头，枪毙他时，他还戴着一顶单帽子。据说戴着帽子赴死是他最后的要求，他要维护自己的面子。结果怎么样呢，随着疤拉头被炸开，那顶帽子竟飞到空中去了，在看热闹的人群上头滴溜溜乱转。人们避之不及，那顶帽子落到一个闺女肩膀上去了。而那个闺女正是他们李营的，岁数跟李河敏差不多。人们对那顶帽子的说法很多，比较一致的说法，是认为那个壮年人的魂就藏在帽子里，不然的话，帽子不会飞那么高，更不会飞到人群里。依附着帽子的鬼魂之所以到人群里去，是死的同时要找一个垫背的，结果就找到那个闺女身上去了。那个闺女吓得得了黄病，一直黄皮瘪瘦下去，不到两个月，人就死了，李河敏说了那个闺女的名和姓，说村里有一个五保户老大娘，董瑞雪经常帮人家打水的，吓死的就是那老大娘的闺女。接着又枪毙了一批几十个反革命分子，所有的反革命分子临死前都要求戴帽子。而且各家给各家的反革命分子做的都是新帽子。镇反办公室的领导人坚决拒绝了他们的要求，不但不许他们戴帽子，还把他们每个人都剃成了光头。这样他们就没法找垫背的了。李河敏在讲枪毙人的故事时，有些大人哄小孩玩的意思，故事里所包含的惊险成分，是为了吸引小孩的注意力，使小孩稍稍受些惊吓。看到董瑞雪有些害怕，他就微笑了。李河敏不会想到，他也会被枪毙。要是他想到自己日后也会被枪毙的话，他讲起枪毙人的事就不会那么轻松了。董瑞雪是要求过枪毙李河敏，她相信爸爸和别人联合起来，也是要求枪毙李河敏，结果下来了，李河敏真的被枪毙了。一般来说，枪毙的是哪个地方的人，只在当地贴布告就可以了。这张布告之所以贴到这个市里，并贴到市委大门口，显然是要对这个市里的人有个交代，带有告慰的意思。这个市的人把自己的子女送到那个县去接受再教育，那个县那个公社负责管知青的人却把一些好端端的女知青给糟蹋了，这个市的人当然不能答应。那个县的人为了平息市里的人的民愤，就把李河敏枪毙了。这种跨地区的布告，董瑞雪不知道是什么人来张贴的，在这个城市一共张贴了多少张。董瑞雪不赞成把这个布告拿到这个市里到处张贴，枪毙了就枪毙了，换一种别的比较隐蔽的办法通知他们和他们的家长就行了，何必把这种事情宣传得让世面上的人都知道。知道的人越多，她们的路就越窄，就越不好做人。作为受害对象，不知布告上是怎样提到她们的？写到她们的名字没有？倘若写到她们的名字，那就更糟糕了，等于她们成了李河敏的垫背的，或者殉葬品。董瑞雪害怕看布告，又急于看布告。她在远处往布告那里看了看，那两个外地人走了，又从院里出来几个市委机关的人，一到布告前面就站下了。他们大概是专门出来看布告的。其中还有一个女的，从侧面看，像是梁建梅的母亲。布告一时是看不成了，董瑞雪在松树间往东走去。她拐过墙角，绕着市委大楼外面的马路转了一圈，转到大门西侧，才回去了。

直到下午下班之后，董瑞雪见四下里无人注意她，才到布告前匆匆看了一眼。她一看眼就黑了。布告上虽然没提到她的名字，却列了她的姓，并在董字后面打了两个叉，表示她的名字是三个字组成的。她数了数，上了布告的女知青的姓一共是七个，有的后面两个叉，有的后面一个叉。这些姓中，董字只有一个。在七个姓氏中，她的董没列在第一，也没列在最末，是在中间。然而在她看来，她的董字是最显眼的。列了她的姓外带两个错号一样的叉，跟点她的名字差不多，她仿佛感到，自己连同耻辱，已经被钉在墙上了。她想把布告撕下来，扔掉或撕碎，瞥见在门口站岗的解放军战士正观察她，就没敢撕，赶快离开了。

15. 马俊来

广播站还是不给董瑞雪安排什么工作。她每天打水，擦地，擦桌子。干完这些，就没什么可干了。她找站长，要求给她分配一些事情干。站长问她想干什么。她说好久没播音了，再不播会越来越生。站长说，播音的事等等吧。她想让站长给她一个明确的答复，是不是再也不让她播音了。站长的答复不够明确，说还没有最后定。从站长的话音里，董瑞雪听出来了，站长早就有了不让她再上播音台的想法，董瑞雪再次提出了把她调走的要求。站长说："你有这个要求，我们已经知道了。"他问董瑞雪想到一个什么样的单位，自己联系过新单位没有。董瑞雪摇摇头。广播站是不愿意留她了，凭什么！凭什么！难道因为她是一个受害者，就要把她从广播站清理出去，她有些恼，眼里又含了泪，她说她哪儿也不去，死也要死在广播站。站长微笑了，要她不要说气话。

社会上有的人知道了董瑞雪的底细，对她有些不大尊重了。一个戴墨镜的人喊她老弟，要跟小老弟交个朋友。一个手腕上刺字的人，跟她打了招呼，说哥们儿要掐她这朵花。她正走着，会有人装作一不小心碰她一下或在她耳边打一个响指。她刚转过一个墙角，几个踢腿掐腰的年轻人拦住她的去路，她往哪里走，人家往哪里截，虽不动手，嘴里却不停地起哄。她急得嚷起来，人家才放她走了。骑着车子走在马路上，那些人也不放过她，使劲把她往马路牙子挤，把她挤倒了，再去拉她，说对不起，还通名报姓，说自己是卖肉的或者是干吗的，让董瑞雪用得着他们的时候去找他们，保证没说的。董瑞雪知道，这些人是社会上的另一路人，他们嫌自己的队伍还不大，就到处物色他们那一路的人，以壮大自己的队伍。他们扩充队伍不一定有什么目的，似乎出于一种习惯，找到一个同路人，他们就觉得是一个胜利。董瑞雪认为他们是看错人了，是瞎了眼。不管怎么说，董瑞雪还是好人家的女儿，爸爸大小还是国家干部，她不会搭理那帮人的。

然而，董瑞雪有一个叫马俊来的同学登门找她来了，那天她正一个人待在宿舍里闷头坐着，外面有人敲门，敲得很重。董瑞雪惊得站起来，问是谁。外面的人自称是董瑞雪的大哥。董瑞雪心下疑惑，哪儿出来个大哥呢？听声音有点耳熟，想不起是谁，犹豫之间开了门，一看是马俊来。马俊来后面还跟着一个留小胡子的小伙子。马俊来把董瑞雪叫成雪片子，说：“咋啦，真是坐了市委的大楼了，连老同学都不认识了！”雪片子，是董瑞雪上中学时男生们私下里给她起的外号，虽不好听，倒也没什么贬义。她好久没听有人喊她这个外号，乍一听见，好像把无忧无虑的校园生活一下子喊回来了。她没有制止马俊来喊她的外号，问马俊来怎么进来的，“门岗没拦你吗？”马俊来大大咧咧一笑，看了他的随行伙伴一眼，说：“破当兵的，他敢拦我？我说我来找我妹妹，他敢说个不字，我就让他知道知道马王爷几只眼！”董瑞雪记起来了，马俊来在学校的外号叫马王爷。在学校时，马俊来就流里流气，学习不咋样，干坏事一个顶几个，批斗一位女老师时，他说别人都不行，看他的。他走到批斗台上，往桌上放了一个手巾包，让女老师见识一下。女老师一看，尖叫一声，仰倒在地。原来马俊来打听到女老师怕蛇，就捉了一条小枣花蛇带来，搞了一场恶作剧。董瑞雪看不起他，又不敢招惹他，对他避而远之。她不知道马俊来怎么找到这儿来了，找她有什么事。马俊来自称马王爷时，得意地笑了。马俊来笑起来不难看，人长得也不丑，眉是眉眼是眼的。特别是那口牙，又齐又亮，像一嘴钢牙。只是他的蛮横劲把他的长相遮了，同学们都知道他的顽赖，没人注意他的长相。马俊来把束腰的夹克衫往下拽拽，问："雪片子，听说你的日子不太好过，咋回事？"董瑞雪脸一红，说："没什么呀，你听谁说的？"马俊来说听王建说的。董瑞雪想把话题岔开，就向马俊来打听王建的情况，打听张文山的情况。马俊来不愿多说别人的情况，好像只关心董瑞雪似的，说："听王建说你的事儿发了，人家都挤对你。"董瑞雪羞愧难当，她极力掩饰着窘迫，做得平静些，说没有的事儿，她在广播站挺好的，别听王建瞎说。她发现那个小伙子在直着眼看她，忙问他俩喝水不喝，她给他们倒。小胡子说不喝。马俊来却不客气，说："雪片子，自己人，让她倒吧，我们在学校时哥们儿着呢！"他问董瑞雪有糖没有，最好放点糖。董瑞雪说真对不起，没有糖。她要去给他们找点茶叶。马俊来一伸胳膊，拦住了董瑞雪。他掏出一盒烟，不知怎么一弹，冒出一支烟卷，伸嘴叼了。摸出打火机，扔了过去，伸手接住，叭地打起了火，点着烟。他玩魔术似地又是一弹，烟盒里不多不少又冒出一支烟，而且冒出的高度与上次一样，伸手往他哥儿们嘴上一戳。他问雪片子要不要来一支。董瑞雪连连摆手，说她可不吸，她闻见烟味就够了。马俊来吐了一口烟雾说："你们这广播站有什么劲，砸了得了。成天跟驴叫唤一样，根本没人爱听。"如果搁前些日子，董瑞雪听见这话不知有多反感呢，今天听起来，她没有表现出明显的反感，说："可不敢瞎说，广播站是党的喉舌呢！"马俊来说："喉舌个屁，放屁都不疼。广播站的人都是跟屁虫。当然了，不包括你。"

马俊来和他那个不爱说话的哥儿们又坐了一会儿，就走了。临走时，马俊来拍着胸脯说："雪片子，有啥难处跟咱哥们儿说一声，咱哥们儿亏待不了你。"说着把一条裤腿往上一提，露出一把绑在小腿上的匕首。董瑞雪啊了一声，急忙掩口。马俊来把胳膊一挥，笑笑，带上他的同伴走了。

此后，马俊来时常到董瑞雪这里坐坐，每次来都带着那个留小胡子的同伴。广播站的人看见了，认为这两个人肯定是流氓。可是，他们来了，并没有任何越轨的行为。连碰董瑞雪都没碰过。马俊来宣称，他讲的是义气，不贪女色，要董瑞雪不要害怕。

夏天到来的时候，董瑞雪在广播站也干到头了。一天，站长通知她，站里要开一个党小组会，要她在会上作一个检查，错误是，她聚集社会上的流氓在广播站胡闹。事情经过是这样的。那天下午，马俊来和他的同伴喝了酒，脸上挂了红色。门岗拦住他们，不让他们进市委大院。他们臭骂了门岗一顿，绕到后院翻墙进去了。来到董瑞雪的宿舍，他们仍很兴奋，红头涨脸大声说笑。董瑞雪让马俊来小点声，不然就让他们走。不料马俊来翻脸了，指着董瑞雪，喷着满嘴酒气说："怎么，雪片子，撵老子走吗？你敢再多一句嘴试试，我一巴掌把你的横嘴给你抽得竖过来，让你找不着你的嘴。"董瑞雪吓得退后几步，不敢惹他了。马俊来见把董瑞雪镇住了，就开始向他的同伴吹嘘他过去的英雄业绩。马俊来讲道，他下乡时有一次和一个弟兄去偷老农的西瓜，被看瓜的老农看见了，老农抄起切西瓜的长苗子刀追过来。马俊来并不跑，看着老农乐。老农逼近了，他却把脖子伸过来，让老农在他脖子上来一刀，试试老农的刀快不快。老农正犯愣，他扫耳门一巴掌，把老农抽趴下了，刀也脱了手。老农要抢刀还手，他抢上去把刀面子踩住了，却抽出一支烟，笑嘻嘻地递过去，叫人家哥们儿，让人家抽支烟。老农不接，他照另一侧耳门又是一巴掌，老农再次被打趴下。从那以后，他只要去瓜地，老农就乖乖地给他摘瓜吃。他说："操他妈的，特别有意思。"另一个小伙子有酒劲催着，话也多了。听他的口气，他也下过乡。他讲道，有一次，他们抓住了一个对手，并不打他，拿一个大土豆儿往他后门里硬塞，塞得他鬼哭狼嚎。塞进去后，再命令他屙出来，然后准备让他吞进嘴里，看到底是后门大还是前门大。可是那家伙吭哧了半天，脸都憋紫了，憋得跟下蛋鸡一样，怎么也屙不出来。后来，他只得到医院让医生给他取出来。医生边用剪刀一点点把土豆剪碎，边问他怎么回事。那家伙答道，他昨天晚饭吃的土豆，可能没消化。讲罢哈哈大笑。董瑞雪笑不出来，她觉得这些故事太恐怖了，简直耸人听闻。她感到马俊来他们太可怕了，得摆脱他们才好，说不定有那么一天，他们一变脸，也会野蛮对待她的。她实在想不透，马俊来为啥要缠着她，他究竟要干什么呢？她并没有寻求马俊来的保护呀！其间站长来过一次，站长没说什么，只看看就走了。事情经过就是这样。在党小组会上，董瑞雪情绪有些抵触，觉得没什么好检查的。来的人是她的同学，虽然她对那样的同学也看不惯，但人家来了，她撵人家又撵不走，她有什么办法。她不好好检查，站长就让党员同志们对她进行批评帮助，帮她分析犯错误的原因。一个党员指出她思想意识有问题，没能脱离低级趣味。还有一个党员说，董瑞雪同志刚调进广播站，他就发现董瑞雪思想不太健康，只是当时比较隐蔽，没有充分暴露。而有资产阶级思想的人总是要顽强地表现自己，不表现是不可能的。结论是，董瑞雪已经滑进了资产阶级泥坑。对别人的批评，董瑞雪听之任之，不作半句辩论。从表面上，她对批评的接受能力好像已经很强了。可是，当她一个人回到宿舍时，她绝望地哭了。

董瑞雪被调离了广播站，调到铁路系统下面的一个采石场。站长对她说，采石场的工作也是革命工作，是为党作铺路石的工作，希望她到那里好好干，发挥一个共产党员的先锋模范作用。直到这时，董瑞雪似乎才明白了，站长不让她当播音员，也不安排别的事情，像是在等待什么。等来等去，原来是等到抓住一个她的把柄。现在把柄抓到了，就可以让她走人了。董瑞雪知道一切无可挽回。她说无所谓，到哪里都无所谓，干什么都无所谓。

第三章

16. 去采石场

清晨，夏日的太阳刚露出半块脸时，一列破旧的客车从市里火车站徐徐开出了，铁轮碾在铁轨的接口处，起初好一会儿才咯噔一下，后来越咯噔越快，再往后就分不出点儿了，只有隆隆的声音。这是一列从市里开往省城的短途列车，逢站必停，一会儿一停，被当地人称为赶集车。沿途的农民要赶集，有票没票的，扒上车一会儿就到了。车上的人不算多，有的座位坐一个人，有的座位坐两个人，还有的座位空着。董瑞雪自己坐了一个够三个人坐的座位，身子靠着车窗的框子，脸朝着列车前进的东方，若有所思地往外看。车窗半开，带有清晨凉意和潮湿的风被疾驰的车带进来，吹着她的乌发，吹着她鬓角耳旁有点发黄的绒毛，吹着她的微微眯起来的弯弯的眼睛。今天她去采石场报到。身旁放着一个新刷洗过的灰色人造革提包，提包里塞得鼓鼓囊囊，大概是换洗的衣服之类。她的被褥放在头顶上方的行李架上。这套被褥是她下乡时用的。采石场离市区有三十多里，她不能天天回家住了，只能住在采石场的单身宿舍里。妈妈非常舍不得她再离开这个家。她明白妈妈的想法，以前就是因为她离开了家，到了一个生地方，才受了人家的欺负。妈妈要爸爸活动活动，给她换一个单位。爸爸答应去找熟人了，可董瑞雪主意已定，非要到采石场去。她不想让爸爸为她的事去求人。她给爸爸添的苦恼够多了，再让爸爸去送礼，去看人家的脸色，她于心不忍。既然她给这个家带来不好的名誉，还是离开这个家好一些。她不怕吃苦，她愿意惩罚一下自己。她觉得离家越远越好，地方越生越好。到了比较远的生地方，她就可以隐蔽自己，过一种平静的生活。妈妈要送她去车站，她坚决不让妈送。妈塞给她几十块钱，临出门时，她又压到妈的枕头底下去了。她的神情是决绝的，带有告别过去的性质。她的心是悲痛的，但她把悲痛压抑着，不在人前露出半分。

列车吼叫着从这座小城市里摆脱出来，城市里的一切飞速向后移动，楼房，冒黑烟的烟囱，厕所，煤渣堆，拉板车的妇女穿着带碱花的黑衣服的后背，污水沟，锻炼身体的老头儿，食堂采购员骑着三轮车和车上装的茄子辣椒，以及小城的早起特有的尿臊味和烧煤的硫黄味儿，都被列车甩过去了。列车很快进入城郊农村，董瑞雪眼前陡然豁亮起来。她又看见了久违的田野，田野里绿色的庄稼，起伏的山峦，山峦上萦绕的雾岚。她不由得眨眨眼，脸贴向窗子更近些。

太阳已经升起来了，斜刺里把金色的光芒照向大地，给田野添上一层迷人的色彩。田野的基本色调是绿，但绿得不单调，有很多层次。新绿，老绿，浅绿，深绿，黄绿，墨绿等，层层远去。在不尽的绿色中，那红色的高粱穗子，那白色的芝麻花儿，那闪烁在红薯叶片上的露珠，还有玉米林子地头那黑色的阴影，都显得格外鲜明，像一幅刚刚画好、涂上水彩的美丽风景画一样。车过村庄时，她看见农家白色的院墙，墙角开黄花的向日葵，大早起就光着屁股站在坑边的孩子和扬着脸看火车的花狗。车过铁路桥时，桥下发出空洞的轰鸣。大桥横跨两个山包，极高，像架在云端一样。桥下并无水，而是一条黄色的土路，土路上正跑着一辆手扶拖拉机，听不见响，也很小，像一只大甲虫。一位扛锄戴草帽的妇女在桥下走，上面驶过火车，她可能习以为常，并不慌张，只管矮矮地蠕动。董瑞雪眼前忽地一明，一座大水库到了。一库水饱饱盈盈，碧波荡漾。近处，水库中的水万层玻璃般深蓝。远看，阳光下闪耀着金色鱼鳞般的光泽。岸边有静静的垂柳和散淡的人静静地垂钓。水库中间，有人踩着两头尖的小木船在张网捕鱼。网撒得很圆，像一个硬的固体，一下子罩进水里去了，激起一些银色的水花。渔人并不急着收网，而是蹲下身子，伸手在水里涮涮，而后慢慢拉网纲。

董瑞雪望着窗外不断变换的一切，心上涌出一种近来少有的轻松感和愉悦感。天和地，山和水，都是这般自然、美妙。一阵清新感在她面颊掠过之后，很快深入她的内心，她好久没有这么愉悦过了。在短暂的时刻里，她忘记了自己去干什么，她仿佛要去旅游，仿佛有世外桃源般的仙境在等待她去消受。她乘坐着神话传说中的大鹏，超越了尘世，飞向理想铺地的天国。她隐约记起，当年坐火车去外地串连时，似乎有这样的心境。这时的心境和过去的心境接通了，她感到了年华的流逝，感到人生的短暂与可爱。她心中升腾起一种新的希望：我要从头开始，我要重新生活，我要抛弃过去的旧我，重新塑造一个新我。我刚二十来岁，一切还来得及。听说采石场在一个山洼子里，那就更好。那里没有人认识她，没人知道她的过去，她可以把过去的一页翻过去。采石场当然是采石头的地方，也许比种庄稼活还重些。她不怕。她已经有了一个计划，干活时要舍得下力，舍得流汗，不怕吃亏，要听领导的话，领导叫干什么就干什么。对同志们要好，要和善，谁也不得罪。总之是，多干活，少说话，做一个什么也不争的人。她还打算，到采石场后，每天坚持记日记，把每天的所作所为记下来，便于检点自己，督促自己。她回头摸了摸那个提包，摸到了那本李春光送给她的笔记本。李春光这个名字使她心上跳了一下，她想，李春光写在笔记本上的信应该撕去了。

对面座位上坐了三个人，一个老大娘，一个小女孩，还有一个青年妇女。看样子，三个都是农村人，她们在目不转睛地看她。老大娘可能早就想和她说话，见她回过头来，总算得了机会，问她去哪儿。董瑞雪说她去上班，前面第一站就到了。她对大娘微笑着，桃红润腮，白玉点齿，眼波闪动着友善的温情。大娘问她在哪儿上班。她说在采石场。大娘问采石场干啥的，是跳舞吗。董瑞雪不知大娘为何把采石场和跳舞联系起来，大概是把采石场听成了踩十场吧，因为当地有一个民间舞蹈，名字叫踩场。她对大娘说，不是跳舞，是采石头的。她作了一个双手搬石头的动作。大娘笑了，说董瑞雪说话好听，她们这里听说过采花采蜜，没听过石头也说采的，董瑞雪一说采石场，就把她踩迷了，她说她心里还不明白呢，干吗不多不少正好踩十场呢。见大娘这样会说笑话，董瑞雪也禁不住笑了。大娘又盯着她的手看，说她的小手跟白面团捏的一样，不像搬石头的，像绣花的，别是去当干部吧。董瑞雪脸上红了一下，说不是当干部，是当工人。别的座位的人听见她们又说又笑，有了理由，也从座位上站起来，往她们这边看，其中还有一些男人。这使董瑞雪从别人的目光里又意识到了自己的长相，她马上低下眉，把脸扭转向窗外。她想一个女人还是一般化好一些。这给了她新的提示，到了新单位，她得尽量收缩着点，不打扮，不往脸上搽雪花膏，不能太显眼。

火车叫了几声，慢慢停下来，第一站枣林沟站到了。董瑞雪把被褥背在肩上，提上提包，跟大娘说了再见，匆匆下车去了。老大娘和车上的人趴在窗口目送她。那个小女孩儿这才大声喊她阿姨，跟她再见。她回过头，笑着对小女孩儿摆摆手。

17. 李春光

在一种极偶然的情况下，李春光当上了工人。董瑞雪回城之后，李春光异常苦闷。他神情忧郁，成天不说话，几近病态。大队让他当了团支部副书记，他的精神仍不能好转。他并不是不能过农村的苦日子，受不了的是农村的封闭。大串连时，他跑了好几个城市，知道外面的世界有多大。他是人回来了，心还不断在那些城市转悠。要是没出去过，他并不知道农村的封闭，站在外面一看，才知道他们的村庄是能憋死人的。是呀，一茬又一茬的人，几乎连几十里远的地方都没去过，守着这一块弹丸之地，冬去春来，春去冬来，直到把小孩熬成老人，把黑发熬成白发，把活人熬成死人。人死了，还是埋在村子周围，永远固定在那里。那些大大小小的坟包标定的就是李营的人的人生目标和归宿，李春光一看见那些坟包就感到恐惧，他决不甘心在土窝里滚一辈子，决不甘心李营死李营埋，说什么也要从李营逃离出去。李春光是爱看书的，凡是能看到的书他都看了。书中的世界更是广大无垠，书中的人物更是浪漫多姿。在书中，他的神思已经走过中国及至世界许多地方了，那里有大江大海，高山森林，还有小桥流水，亭台楼阁。他在书中结识的人物也多得数不清，有古代的侠客，也有现代的英雄，有书香之家的公子，也有出身寒门的女子。这些人无一例外，都是闯出去的，或者走出去的。反正他们没有一个待在一个村里不动的。待在一个地方老死的人就上不了书。他在一部长篇小说里看到，一位十几岁的年轻姑娘，就敢一个人乘火车到外面去，而且一出去就故事连篇。那个姑娘的冒险精神和经历让他十分羡慕和向往，他想只要有一点可能，他就马上走出去。一个年轻姑娘尚敢于只身闯世界，作为一个男子，他有什么可怕的。最让李春光心里不能平衡的，是那些城里来的下乡知识青年，他们打着锻炼和扎根的旗号来了，干了还不到两年，就纷纷回到城里去了，一回到城市就可以当工人当干部。仿佛城市天生就是属于他们的，就该他们在那里生活。而农村人天生就该在土地里刨食，城市连一分钱的份儿都没他们的，这不公平。李春光觉得，李自成的做法是对的，李自成带了一干人马，不仅打进城里，甚至把皇宫里的皇帝都赶出去了。他没生在李自成那个年代，要是生在那个年代，他也会投奔李自成李闯王，跟着李闯王干的。李自成姓李，他也姓李，他想李自成不会拒绝他的。李春光就是整天这样胡思乱想，思想已经到了危险的边缘。他跟家里人怄气，动不动就不吃饭了。反正家里的饭也没什么好吃的。他不好好在家里睡，抱了被子到麦秸垛里去睡。没有人喜欢他，他就用这种办法自我抛弃。流行的哲学他也学，但他用自己的观点去理解。比如物质和精神的关系，他认为，物质就是吃不愁、穿不愁、花钱不愁，有了这些，才谈得上精神，物质缺乏，谁也抬不起头，打不起精神。他认为城里人是配有精神的，因为他们有物质。而农村人吃了上顿发愁下顿，成天价为生计奔忙，永远也不会有什么精神。他的理想仍然承认物质是第一性的，精神是第二性的。但他的理解不是反映论，而是生存论，这是他自己的哲学。他把他的哲学记在本子上了，结论是，要是有人给他发工资，让他吃食堂，他比谁都会唱高调，他唱得一点也不比公社那些干部差，起码不比他二叔差。姐姐看了他写在本子上的字，未免吃了一惊，这些话在当时就算反动了，让别人看见可不得了。姐姐跟母亲商量对策，得赶快想法子拉春光一把。她们知道春光的病根，他就是心野，不想在农村待着，光想出去。后来还是姐姐提议，不妨求一求二叔。知青们一批又一批走了，都是通过二叔发话。城里人再来招知青当工人时，不可以把春光捎带上吗，春光的文化水平并不比城里那些知青低呀。母亲也觉得，这是个门路。于是她们跟春光的父亲说了，让他出面去求二叔，亲弟兄总是好说话一些。父亲说，那不行，人家原来就是城里人，人家回去就是回家。咱原来就是农村人，一辈子只能待在农村。母亲让他只管说一下试试，不行就算没说，说句话又不会累掉舌头。父亲哼哼叽叽，承认是不会累掉舌头，但还是不想去。后来母亲急了，埋怨了父亲，说他不为儿子操心，说他三锥子扎不出一个屁来。甚至骂了他，说他成天价跟牛在一块儿，连一头牛都不知，牛还知道护犊子呢，他连犊子都不知道护。父亲这才说好好好，去找老二说一下试试。他们家存了几斤芝麻，原计划过年时换油用的。母亲把芝麻拿出来了，簸得干干净净，一粒是一粒，让父亲给二叔家送去。儿子的事当紧，过年吃油不吃油都过得去。父亲找到二叔，费了好大劲才把春光想当工人的意思说出来了。二叔埋怨父亲一通，问他早干啥呢，为啥这会儿才说，知青眼看快走完了，再往里搭人恐怕不容易了。二叔说这跟卖粮食一个道理，大批卖粮食时，往里掺点沙子啦土啦都不显眼，粮食少时，就不好掺杂使假。父亲回家把二叔的话转达了，一家人都很失望。几天之后，城里人来招范明宇回城，二叔顺便把李春光的事说了，二叔没说李春光是他侄子，只说有一个回乡知青，是大队的团支部副书记，表现不错，是否也可以进城当工人。二叔拿李春光和范明宇作比，说李春光出身没一点问题。从哪方面比，都比范明宇强。二叔的言外之意，如果不捎带上李春光，范明宇能否放回城还值得考虑。不料招工的人痛快得很，说可以可以。就把范明宇和李春光一块儿招走了。到了城里，范明宇分到了矿山机械厂，李春光分到了铁路局下面的采石场。刚听说铁路局时，李春光激动得脸都红了，心想，他一下子就变成了铁路工人了。到了采石场才知道，虽然也在铁路系统，他的工作离铁路还很远。铁路的路基要铺很多石子，他是为路基采石子的。尽管如此，李春光还是兴致勃勃，憧憬满怀，他毕竟从农村走出来了，他毕竟成了吃国家饭的正式工人。

李春光像是获得了新生，干起活儿来格外卖力。原来他不知道自己的力气有多大，精力有多充沛，现在到了盼望已久的新的工作岗位，他才知道自己的力气和精力都是用不完的，都是有很强的再生能力的。他干了八小时的活，到了篮球场还跑得生龙活虎一般。在上中学时，他很喜欢打篮球。回村后，再没摸过篮球。没想到来采石场又可以打篮球了。他干吗不玩呢，上班有工作服，睡觉有宿舍，吃饭有食堂，他一个月四十多斤的粮食标准，上班第一个月就领到将近三十块钱的工资。这些都使他觉得自己一下子变得很富有，成了拥有物质的人。既然有了物质，精神也可以考虑了，可以排上日程了。那时广泛的精神活动是搞大批判，大批判是作为精神活动的武器使用的。别人搞大批判，他也拿起了大批判的武器。应该说他的文化底子是不错的，也善于模仿，善于从报纸上寻章摘句，他念过一次大批判的稿子后，场里再开大批判会都少不了他的发言。这还在其次，另外一件事使他显露了才华。铁路局要召开一次先进民兵表彰会，分给采石场一个指标。这个指标当然要落实在采石场的党支部书记头上，因为采石场是一个民兵连，党支部书记同时兼着民兵连的指导员。整理指导员的事迹材料时，场办公室的主任把这件事交给李春光了。李春光是否能完成任务，主任也没把握，因为这个材料要报上去，上面说了行才算通过。这个事情该李春光走运。他写了一夜，场里派人送上去了。过了一段时间，上面发下话来，材料通过了，书记的先进民兵指导员当上了。送上去的是手写稿，返回采石场时成了打印稿。党支部书记姓陈，陈书记对李春光有些另眼相看，说这个小伙子行，有前途。五月一日国际劳动节那天，市里要召开一个庆祝大会，要采石场出两个工人代表，去了一个老工人，去了一个青年工人，青年工人就是李春光。去参加大会时，场里没让他们走着去，而是派了场里唯一的一辆卡车，把他们拉到市里去了。李春光和那个老工人都没坐在驾驶室里，那里有别人先坐进去了，一个是采石场的场长，一个是司机的老婆。李春光和老工人站在驾驶室后面的车斗子里，他们很满意，觉得很风光，精神有些抖擞。

采石场八十多号人，老工人多，男工人多，女工很少。女工有的在食堂当炊事员，有的在医务所当医生，加起也不过十几个人。这些女工年轻的很少，大多在三四十岁以上。另外，采石场里还有一些低头耷脑、面貌灰色的人，其中有右派分子，有劳教人员，还有劳改犯，他们是一些只许老老实实干活不许乱说乱动的人。好在和李春光同时进采石场的有十几个新招收的青年工人，才使采石场的人员构成显得有生气一些。李春光很快有了三几个年轻的朋友，他们差不多都是一九六六年的初中毕业生，都到处串连过，共同的经历使他们很有话说。一下班，他们就凑到一块儿去了，或在宿舍里聊天，或一块儿到附近的田野、山沟去转悠，或每人抱一只口琴，到僻静的地方去独奏、去合奏。李春光对自己的生活相当满足，他在心里对自己说，在城里真好，当工人真好。他每天过得都很愉快，对每个工友都很友好。他对自己的生活费是很控制的，每个月光吃饭不过只花七八块钱。可由于伙食比在农村时大大改善，他吃得头发放光，脸上放光，差不多成了一个漂亮小伙子了。他有时想到许许多多还在农村劳动的青年人，很同情他们，更加感到自己是幸运的。

李春光知道董瑞雪是在市委广播站工作，他没去找过董瑞雪。自己虽然当了工人，和董瑞雪的地位还是很悬殊，他担心董瑞雪会冷淡他。他怀疑自己对董瑞雪的感情是单方面的，按农村的说法，是剃头挑子一头热。他的怀疑不能说没根据，他给董瑞雪写了那么热情的信，说了那么多掏心窝子的话，董瑞雪连一个字都没给他回。母亲说，她送董瑞雪走时，也安排过要她回到家来封信，可她一走就成了断线的风筝，给谁都没有写过信。母亲和姐姐念叨过多次，小董也不知怎么样了，怎么连一点信儿也没有呢。后来姐姐向二叔打听，才知道董瑞雪了不得了，到广播站当播音员去了，成了人上之人。李春光不去找董瑞雪，也没找张文山、王建和范明宇。李春光知道他们所在的单位，要是想找，恐怕不是很难。可是，二叔对他特别交代过，要他进城后记住一条，不要和任何一位在李营下过乡的知青取得联系，因李春光当工人走的不是正规渠道，说得不好听一点，是走后门参加工作的，倘是让那些知青知道了，多一张嘴，就多一些事，有哪个告发上去，李春光的工人就可能当不成了。李春光掂量过二叔的话，觉得二叔是真心为他好，他真的不敢有半点大意。他一要把活儿干好，让人对他有好印象。二是处处小心谨慎，夹起尾巴做人。从前一段的情况看，这两条他都做到了。他准备这样干个三年五年，把基础打实，就好一些了。

忽知二叔被枪毙了，他震惊不小。回想二叔和董瑞雪那些女知青的来往，李春光相信二叔的确是犯下大罪了。这件事情是他姐姐写信告诉他的。看了信，他感到受的打击非常非常沉重。有那么一会儿，他浑身冰凉，几乎失去了知觉。他们李家在李营祖祖辈辈已生活了几百年，光老坟地里的坟包就埋了一大片。前面的一代又一代人，都是靠种地而生的农民，虽说没人发迹，倒是个个行得正，立得端，没什么污点。二叔是他们李家第一个犯下死罪的人，第一个被枪毙的人。从此以后，他们李家的历史就不清白了，就有反革命了，有坏分子了。刚参加工作时，人家发给他一张登记表，在社会关系一栏里，他特别填了二叔是共产党员，公社干部。他以二叔为骄傲。以后再填此类表格，他就得填上二叔是反革命分子了。二叔作为直系亲属，肯定会影响到他的前程，他以后别打算入党了，别打算政治上有所进步了。更可怕的是，二叔的罪行有可能波及到他。人家一旦知道他是被那个反革命分子硬塞进工人阶级队伍里去的，把他退回去简直是一句话的事。说退回去还是好听的，全国上下都在清理阶级队伍，如果把他打成阶级异己分子，而后把他清理出阶级队伍，恐怕他也没什么话说。李春光的情绪一下子变得低沉起来，他缩着肩膀，表现得跟那些在采石场劳动改造的五类分子一样，只管埋头干活，不敢多说一句话，甚至连人都不敢看。每天上工，他都是第一个先到，比班长到得还早。每天收工，他都是最后一个走。他的耳朵张着，警醒得像一只惊弓之鸟，像是随时听候别人的发落。这样过了一段时间，场领导没跟他谈关于他二叔李河敏的事，没有流露出清退他的意思，而班长差不多在每个班后会上都表扬他，说他遵守纪律好，干活踏实，并要全班的人都向他学习，他心里才稍微放松一些。

李春光对董瑞雪很痛惜。人家抱着美好的愿望下乡去接受再教育，二叔就趁机把人家欺辱了，而人家那年才十八九岁啊！李春光这时才理解了董瑞雪为什么一直跟他保持着距离，为什么一个人在大雪封门的小屋里哭得眼睛红肿着，当姐姐把董瑞雪拉到他们家里，董瑞雪为什么泪流满面，那时董瑞雪心里一定很苦啊！在那种情况下，他，李河敏的侄子李春光，却在暗暗恋着董瑞雪，恋得神魂颠倒。回头想想，他的想法和行为真是呆到家了，傻到家了，荒唐到家了。当然，二叔的行径是可耻的，是罪有应得。可他李春光也好不到哪里去，虽说他的想法和二叔的行为不可同日而语，他对人家董瑞雪也是怀有觊觎之心的。应该说，对董瑞雪犯下罪行不光是二叔一个人，他们全家人都对不起董瑞雪。再扩大一点说，他们全李营的人对远道而来的姑娘董瑞雪都问心有愧。二叔的罪恶暴露之后，李春光更没有脸面见董瑞雪了。

18. 意外重逢

董瑞雪下了车，向站台上的工作人员问过，跨过路轨往南，走上一条煤渣铺成的路，就到了采石场的大门口。大门口朝西，两边是水泥门柱，两扇大铁门是用钢筋焊成的，钢筋上端做成矛头模样。装满新鲜石子的汽车正从大门里开出来。门里边靠北边一侧是一间传达室，在传达室值班的是一位白头发的老工人，老工人身板挺直地坐在一个方凳上，一条腿压着另一条腿，眼睛瞅着出门的汽车，很负责地守护着大门。从大门口顺路往里望进去，场区西低东高，东面是缓缓而起的山坡，南面也是山坡。山上没有树，但山是绿的，是野草和苔藓类植物。董瑞雪背着被褥一走进大门，那位老工人就站起来拦住她，问她找谁。她说是来报到。老工人上下打量她，问她报什么到，是不是找错地方了。老工人面目黧黑，额头上皱纹很深。董瑞雪说她没找错地方，是到这里上班的。老工人问她有没有介绍信。董瑞雪说有，遂放下提包，要掏介绍信。老工人大概不识字，他不让董瑞雪掏介绍信了，把书记和场长的办公室指了一下，让董瑞雪进去了。场长一个人正在屋里翻看报纸，董瑞雪进去说明来意，交上介绍信。场长热情欢迎她，站起来跟她握手，自我介绍说，他也姓董，以后喊他老董就可以了。场长补充说，采石场姓董的不多，原来就他一个，董瑞雪一来，就有两个姓董的了。补充这番话时，董瑞雪见场长口气有些郑重，甚至有些不应有的严肃。看上去场长有五十来岁，很像是一个老工人出身。场长大夏天还戴着一顶帽子，帽子的蓝色褪成灰白色，帽檐的一半下垂着，大约是支撑帽檐的硬纸片烂了，重叠到一块儿去了。董瑞雪发现，场长的表情相当古怪，一说话就严肃得吓人，一不说话就咧着阔嘴巴笑。他笑的时候十分真诚，简直像个老小孩儿。而他严肃的时候分明透着造作，很有几分可笑。他的笑和严肃互相转换特别快，几乎没有过渡过程，忽然严肃了，忽然又笑了。他说采石场工作条件艰苦，五冬六夏都是露天作业。不像在广播站，风刮不着，日晒不着。场长提到广播站，董瑞雪有些不好意思，脸上窘了一下。场长希望她能够经得起考验，在新的工作岗位上作出新的贡献。场长没有让她马上去上班，安排她先休息一天，熟悉熟悉环境，领一下工作服、胶靴、毛巾、肥皂、手套、口罩、草帽等劳动保护用品，然后就站在门口大声喊一个人的名字。被喊的人不知在哪个屋里答应了一声。这是一排平房，前面也是一排平房，两排房之间有一个长方形的院子，院子底部是斩齐的山坡，山坡上有雨水冲击的沟痕。院口搭了院墙，开的是月洞门。院子里种了两排杨树，树干有碗口粗了，树冠很高，显得房子很矮。平房是窑洞式的，不上瓦。外看有圆形的拱脊，内看有拱顶，里头是用砖砌的，屋顶是用砖渣砸实的。这样的房子，若是放炮崩起的飞石落在上面，大约是砸不穿的。除了这门口一律朝南开的两排房子，还有两三排同样的房子，连成一片。院子的格式都是一个模式。场长叫的那个人到场长办公室来了。场长介绍说，这是班长，让董瑞雪喊他张师傅。董瑞雪随即喊了一声张师傅。班长有些搓手，只笑笑，没有答应。场长让班长把董瑞雪领到女职工宿舍，给她安排一个住的地方。

女职工宿舍是另外一个院。班长帮董瑞雪拿着被褥，走进一间宿舍。迎门靠墙的地方有一张空床，班长说，有一个女工调到市里去了，董瑞雪可以睡这张床。床上有一层灰尘，班长把床板上原来铺的几张报纸抓到手里，团成一团在床上扫，从这头扫到那头。用完了，他问董瑞雪还要不要铺报纸，要是铺的话，他去跟场长要一些。董瑞雪说不用铺了。宿舍里一共三张床，其中一张床上坐着一个姑娘，姑娘正用手套拆下来的白线打一件线坎肩，织的是水草花，线坎肩已显出轮廓了。董瑞雪进来时，那姑娘只看了她一眼，没有跟她说话。董瑞雪心上一沉，不知这是为何，须知先来的人就是有理的，要在一间宿舍里占一席之地，相安无事地生活下去，跟宿舍的同伴搞好关系是很重要的。她想先跟人家说一句话，可那姑娘一直低着头，一针一针地织，她没有说话的机会。姑娘脑后拖着两根粗壮的辫子，刘海儿盖着前额，往眉梢弯着。刘海儿梳理得很整齐，一根是一根。这是农村姑娘常见的那种发型。董瑞雪由此得出判断，这位姑娘是一个农村来的姑娘。班长把姑娘喊成小王，说有新同志来了，也不帮帮忙。小王这才说话了，说有班长帮忙就行了呗。董瑞雪赶紧对小王姑娘说了她的姓名，并夸小王织出的花好看。小王这才笑了，说她是刚学的，织不好。小王这一笑，董瑞雪看出来了，小王并不是有意冷淡她。有的人天生就是这种脾气，不爱理人，或者说不会理人，你要是先跟她说话，就会发现她笑得好看着呢。董瑞雪心里这才放松一些，让班长忙自己的事情去吧，一切她自己料理。这间屋另一张床的主人不在。床上用品极讲究，绿软缎薄被子，叠得四角四正，上面覆盖着细白丝线钩花的方盖巾，钩的图案是干枝梅花。床上铺的是针织带穗线毯，线毯上铺红方格细布床单，床边沿搭一条黄底提白色的大浴巾。这床铺干净得让人摸不得、碰不得，不知它的主人是什么样的人。

董瑞雪的被褥外面包着一块塑料布，她把塑料布展开，铺在床板上代替报纸。她的褥子是旧的，是下乡时铺过的，硬得像毡。她的单子是新的。用新单子把旧褥子一遮，旧褥子就看不见了。在她展被铺床时，班长并没走，退后几步，像是负责到底似地看着她铺。后面站着一个人，这让董瑞雪觉得很不自在，她铺得很潦草。班长不走是有话说，班长说，她们班原来只有两个党员，小董一来就好了，就是三个党员了，党的力量就加强了。董瑞雪现在已不大喜欢人家提到她还是党员，仿佛那是一块伤疤，别人一提，她就感到隐隐作痛。或者说那是她的隐私，她只想深埋心底。班长为什么一上来就知道她是党员呢？看来她没来之前，场里和班里的领导就知道她的情况了，说不定还开过会，研究过她的问题。董瑞雪原以为到一个新地方，别人就不知道她的来龙去脉了，不料她立足未稳，人家就知道她是谁了。她心里又惴惴不安起来。她哪里想得到，让她始料不及的事还在后头呢！

第二天吃过早饭，董瑞雪开始上班。新领了一身蓝色劳动布工作服，穿上试了试，大得像摇铃，又脱了。她打算改制一下再穿。新胶靴穿上了，黑亮黑亮的，闪着漆光。胶靴是按通常所穿鞋的号码领的，合脚，脚底很有弹力。昨夜下了一阵雨，暑气冲走了，空气清新，太阳也新。董瑞雪怀着将要尝试新的劳动的喜悦，随工友来到采取石头的场地。这场地在场部的东面，是一个大坑，坑很深，面积也很大，比一个篮球场还大。坑壁就是石壁，石壁有新采过的不规则的茬口，上下有两三丈高，都是上等的石灰岩，碧青碧青的，有的毛茬处发白。董瑞雪以前只见过山上的石头，以为石头都是长在山上的，不知道地下还埋着这么多石头，地下的石头到底有多深呢，要是剥开往下看，是不是比山还高得多呢。她跟着前面的人，沿着一个斜坡往坑底走。斜坡上铺有小轨道，轨道的明面淋雨后可能还没走车，上面起了一些细微的锈点。枕木都涂了黑油漆，上面凝起一个个饱满的水珠。人一走近，水珠里就映进人的影子。道心的碎石缝里钻出不少新鲜的杂草。轨道旁边是行人的小道，道上有很黏的黄胶泥。董瑞雪这才知道采石头还要穿胶靴的缘故了。她脚下滑了一下，差点滑倒，不由得呀了一下。前面一个老工人转身要扶她，她已经站稳了。老工人要她慢点走。两个青年工人互相追逐着，沿着道轨下的枕木往下疯跑，后面的那个还甩起脚上的泥，用泥巴击打前面的那个，他们大声笑着，闹得很开心。超过董瑞雪时，他们很快地看了这位新来的女工一眼，飞奔着下到坑底去了。董瑞雪觉得他们的能耐够大的。

班长分给董瑞雪的任务是装车。车是那种铁壳胶轮车，三个人一辆车，两个人装，一个人推。装车的是女工，推车的是男工。铁壳车装满石头很沉，女工推不动。负责推车的小伙子把粗条辐的加重胶轮从躲炮兼盛放工具的小屋里搬出来，装上铁车斗，坐在磨得发亮的空心铁车杠上等。铁杠靠近车斗的下方，焊有两个铁腿，铁腿也是空心铁管的，支撑着车杠，坐上去很稳当。装石头的工具不是铁锨，是钢叉。钢叉有九根齿子。董瑞雪从小屋里拿出一把九齿钢叉。太阳还没照进石坑，阴影满满的，湿气满满的，让人觉得这里离天和太阳都远一些了，离人间好像也远一些了。董瑞雪觉得这里很好，比较隐蔽。班长还没有说开始干吧，董瑞雪想先干，却不知怎么干，就往石坑四周打量。在石壁根部的阴影里，董瑞雪看见了一个人，目光走过去了，她才觉得这个人怎么有点面熟呢。这时候，她还没想到会在这里碰见熟人。她把目光回过来，又把那人看了一下，这一看不要紧，就把那人认出来了，是李春光。她做梦也没想到，李春光怎么会在这里呢？她眨眨眼，证实自己不是在做梦，那人的确是李春光。她双耳轰鸣了一下，脑子就转不开了，感觉跟坠入梦境一样，一切都懵懵懂懂的。李春光显然也认出了董瑞雪，本来在车杠上坐着，不由自主似地站起来了。站起来后，他想抓住一点东西，车帮就在他手下，他却摸不到。他的手梢儿有些抖。李春光旁边有一个女工，看出李春光的神情有些不对劲，拍了一下车帮，问李春光是不是认识那个新来的女的。李春光慌乱地摇了摇头，又坐下了。女工说，看李春光那发傻的样子，还以为他早就认识那个女的呢。董瑞雪终于回过神来，她原地不知所措地转了一个圈子后，来不及细想，就走到班长面前，请求班长给她换一个班，她要到别的班去干。班长不悦，问为什么。她当然说不出为什么，只说想到别的班。班长不明就里，以为董瑞雪被这里处处都是硬石头的工作场所吓住了，遂拉下脸子，口气冷冷的，说哪个班都是一样。又说这个班哪儿不好，她可以提出来嘛。还没等董瑞雪说话，他提了一把软把儿的大锤，向一块横卧的大石头走去。走到大石头跟前，他把锤抡圆了，噹地砸在大石头的一个平面上。石头没有破碎，溅起几个火星。大锤的落点砸出一个白印。班长让大家开始干活，还愣着干什么。

董瑞雪朝班长跟过去，叫着张师傅，请张师傅原谅她。她想编出一个理由，可她说谎话的能力很差，怎么也想不出合适的借口。她说她到别的班一定好好干。班长这下更不耐烦了，虎起了脸子，说班长上面有排长，排长上面有场长，是场长和排长把她分到这个班的，她要是想跳班，就找领导说去。董瑞雪愣了一下，当真找场长去了。班长十分严厉地喊住了她，警告她，超过十五分钟算旷工。算旷工就算旷工吧，她也不知道自己怎么那样坚决，放下钢叉，就找场长去了。当她向场长提出调一个班的要求时，场长没有问一句为什么，就斩钉截铁地说不行，“你刚到这里，一定要服从命令听指挥，这是原则问题，不能马虎!”她刚要说她今天有些头晕，场长不容她再说话，要她什么都不要再说了，一百个理由也不行。场长的脸板得铁板一块，让董瑞雪马上去上班。董瑞雪无奈，低下头上班去了。场长这才满意地笑了，说这就对了嘛。

董瑞雪又出现在石头坑里时，全石坑的人，除了李春光之外，无不看着她。她觉出别人都在看她，她谁也不敢看，只瞅着地面往石坑深处走。走到那辆车前，开始埋头干活，往车里装石头。装石头时，多数时间不必用叉子，只用手搬着装就行了。大块的石头叉子铲着太沉，端不起来，打石头的工人把石头扔得一堆一堆的，大小和牛头差不多，用手搬，一会儿就能装一车。只是新打的石头棱棱角角的，有些扎手。董瑞雪这才知道这里是需要戴手套的，可惜她忘了戴。没戴手套她也不怕，赤着两只手照样搬。她拣大块搬，两手搬不动时，就把石头贴在小腹上，借助小腹的力量往车上搬。她不惜弄脏衣服，也不考虑什么形象不形象。她要让班长和工友们知道，她想调一个班并不是害怕艰苦，不愿下力。既然调不了班，她在这个班就要干出样子。别人搬起石头都是往车斗子里扔，石头砸在铁板上，发出的声响有些大。不知她是怕砸坏了车，还是怕摔疼了石头，反正她不抛扔，而是把石头轻轻放进车里。这样一来，她付出的劳动量要大一些，刚装一两车就出了汗，鬓角的汗水湿了头发。推车的小伙子告诉她直接往车里扔就行，车斗子的铁板很厚，砸不坏。她笑笑，还是轻轻往车里放。小伙子说的话，不能说她没有听见，没有听见她不会有反应。其实呢，那些话的单词只是从她耳朵里过了一下，还没变成连贯的意思，就作为一种声响，从另一边耳朵里冒出去了。她满脑子都是李春光。从意外地看见李春光那一眼起，她的脑子就被李春光占满了。李春光推的是另一辆车，在石坑的那边，离她不太远。但她目光躲着，不敢看李春光。好像不看就不一定是真的，可以怀疑一下，一看就完全变成真实的，再也没法改变。她之所以要求调换一个班，就是躲避李春光的意思。她躲避的是她自己，是她的过去，她的记忆，她的内心。她不明白这是怎么回事，李春光怎么会在这里。中国不算小，他们的省不算小，这个市也不算小，李春光哪里不可以去，为什么偏偏在这里呢？李春光仿佛是天上掉下来的，她一到石坑，李春光就在那里存在着了。她不会忘记，她刚到农村的时候，碰到的第一个年轻人就是李春光。她返城的时候，在雨地里悄悄送她的也是李春光。而她来到这里，一个地图上找不到的、一般人所不知道的单位，她再次遇见了李春光。她的预感有些不祥，隐隐觉得，李春光像是她的一个克星，她走到哪里，李春光就在哪里出现，就把她克住了。她心里犯嘀咕，难道她欠了李春光什么，李春光向她讨债来了。她一向声称自己不相信有什么神灵，是不迷信的。这会儿她也有些迷信了。董瑞雪还有一些问题，李春光什么时候来当工人的？他怎么来的？来了多长时间了？还有，我离开李营后他干什么去了？他还记着给我写的信吗？这么多问题弄得董瑞雪的脑子有点乱，一时理不出头绪来。

李春光也极力管着自己，不往董瑞雪那边看一眼。他对自己说，我不认识她。但很快就想明白了，董瑞雪的事出来了，人家就不让她在广播站干了，下放到这里劳动来了。肯定是这样的。董瑞雪的到来，使他有些震惊，他首先感到的是一种威胁。董瑞雪还没来时，他就已经战战兢兢，生怕二叔的事牵连到他，把他清理回去。别管如何，前一段的害怕是他自己心里偷偷地害怕，周围的人好像并不知道他二叔的事，他没有受到外界的压力。这好比一个人犯了科，案未发时，他心里虽然也害怕，但还是心存侥幸，企图蒙混过关。董瑞雪的突然出现，好像是一个证据，或者说一个证人，一下子就把李春光证住了，证得结结实实。他的和二叔的关系，他的走后门当工人的事实，恐怕都得暴露。他预感到他完了。他曾经为董瑞雪返城送行，这一次董瑞雪是来为他送行。董瑞雪一看见他就要求调班，他看在眼里，听在心里。这表明董瑞雪不愿意看见他，拒绝和他在一个班劳动。这对李春光敏感和脆弱的心又是一个沉重打击。他想他并没有得罪和伤害过董瑞雪呀，董瑞雪何以这样容不得他呢。二叔对她是有罪的，可二叔是二叔，他是他，总不能因为二叔有罪，也把他李春光看成有罪的人吧。再说二叔已经被枪毙了，还能怎么样呢！他是给董瑞雪写过一封信，信上除了表示对董瑞雪的仰慕和暗恋，他并没有说什么不恭和亵渎的话呀！

太阳升起来了，照进石坑，满坑一片炽白。湿地被烤热了，升腾起溽热的气浪。而石坑里一点风也进不来，恰似一个巨大的蒸笼。坑里所有的人都在蒸笼里挨蒸。工人们被蒸得懒散起来，有人不断地看表，看是否到了休息时间。去厕所的人多起来。厕所在石坑上头。虽说上一趟厕所等于爬七八层楼，但爬到上头可以得一点风，可以在厕所里磨蹭一会儿。有人拐到绞车房里去了。和董瑞雪同宿舍的小王在那里开绞车。有人仰着头，看石壁上头负责打眼放炮的工人，问他们放炮不放。躲炮时他们可以钻进小屋里，小屋里比较阴凉。放炮工高高在上，对下面问话的人说放，一会儿就放，但不是放炮，是放屁。下面的人说他已经放过屁了，是用嘴放的。上面的人腰里扎着保险带，拿着撬杠撬松动的石头，以便清理出打炮眼的场地。每撬动一块石头，就大声招呼下面的人躲开。躲得稍慢一点，他们就发脾气，说再不躲开就砸死你们这些蚂蚁。下面的人故意躲得很慢，并冲上头的人喊，要是把他们砸死，他妈就得守寡。等下面的人退到安全地带，上面牛腰粗的大石头就隆隆地滚下来了，落地时摔得四裂八瓣，“牛腰”摔成了“牛头”，腾起一股烟尘，烟尘散去，裂开的石头显露出来，青茬白筋，很新鲜，也很洁净。

董瑞雪热得满脸通红，连眼睑和耳朵都红了。她的衣服也溻湿了，贴在背上。跟董瑞雪一块儿装车的另一个女工，是位四十多岁的妇女，别人喊她周师傅。周师傅长得不难看，但动作粗犷，颇有男人风格。她说话也很粗，一会儿说操他奶奶的，这天儿要烤烧鸡呀。一会儿又说操他闺女的，她身上的肉都烤得熟了一半了。她大声喊班长的名字，自称是班长的姑奶奶，说姑奶奶都快渴死了，还不派人提点凉开水去。班长也大声叫着周师傅的名字，说人家都没说渴，就她嚷渴，因为她操得太多了吧。班长要她别操了，派她去提水。周师傅走过班长跟前时，班长挤眉弄眼地对她说：“你操不如我操，我操你会生宝宝。”周师傅挨了骂，好像很美气，美得咬牙切齿，说：“你操谁，我掐死你这个活龟孙，看你还操不操!”她两手作掐人状，逼向班长。班长装出害怕的样子，躲开了。周师傅扭达扭达走了，盆大的屁股摆来摆去。

往上拉石头的车是矿用翻斗铁车，由绞车上的钢丝绳牵引，沿着小铁轨，徐徐放下来，一直放在石坑底开凿的一个深槽坑里。槽子上方有木板棚架的漏斗桥，装满石头的推车推到桥上，车斗对着漏斗，车把一掀，满车的石头就喧哗着倾倒进矿车里。通常要六推车石头才能装满一矿车。矿车装满后，推车工揿揿放在桥边信号器上的那个绿色按钮，钢丝绳一紧，矿车就顺原路稳稳当当地爬上去了。爬到顶部，平台上露出两个接应的工人，伸手把车抓住，摘下挂车的钩子，把车推走，推到破碎机房去破碎。破碎机房那里有人专伺破碎。一会儿空车就返回来了，挂上绳钩，再放下来，如此循环往复无穷。重车拉上去的时候，董瑞雪他们这些装运工可以站一会儿，喘一口气。这时周师傅用一个白铁皮大水壶把水提下来了，招呼口渴的人去喝水。她的说法很奇特，说谁想灌老鼠窟窿，快去灌。

19. 相安无事

董瑞雪和李春光在久别重逢的最初一段日子里，互相都小心地躲避着，装作你不认识我，我也不认识你。这一点他们的想法和做法是一致的。他们并没有商量过，但步调一致得跟商量过一样。在班上，他们各干各的活儿，只和石头打交道就行了。石头是沉重的，也是历经沧桑有来历的，它们从来不说什么，整也好，碎也好，都是随遇而安，不坏人间的事。下了班，他们各自待到自己的宿舍里，守着自己的一块天地，谁也不知道他们以前是认识的。董瑞雪跟同宿舍的两个女工都认识了，除了那个农村来的姑娘小王，还有一个小魏。小王在石坑上面的绞车房开绞车，上的是夜班，跟董瑞雪不是一个班。小魏是食堂里的炊事员，开饭的时候在窗口卖饭。董瑞雪是后来的人，有些理亏似的，每天洒水扫地都是她。窗玻璃不知多长时间没擦了，灰蒙蒙的，透明的玻璃几乎不透明了。董瑞雪登上窗台，把窗玻璃里里外外擦了一遍又一遍，干净得跟没装玻璃一样。小魏是个爱干净的人，她的干净劲儿都用在自己床上了，小王不擦玻璃，她也不擦。董瑞雪把玻璃擦得这么透亮，她一眼就看见了。但她没夸董瑞雪，没提擦玻璃的事，只说董瑞雪怎么不买个箱子呢，没箱子是很不方便的。董瑞雪听出来，这就是对她的劳动和服务的赞许了，里面有关心和为她着想的意思。她说是的，是需要一个箱子。她问小魏，附近哪儿有卖箱子的。小魏跟她说了一个地方，是一个商店，说那儿有卖箱子的，但不是木箱子，价钱也贵。要讲实用，便宜，还是木箱子好一些。董瑞雪赞成小魏的看法，举了实例，说她家有一只属于她的木箱子，不但能盛东西，还耐用，她用了好多年了，还是好好的。而商店里那些说不上用什么东西做的箱子，大红大绿的，一看就是样子货。说话得顺风，小魏向董瑞雪提了一个建议，说董瑞雪要是急着用箱子，可以向场里放炮员那里要一个炸药箱子，放炮员每天要放炮，一两天就空下来一个炸药箱子。炸药箱子都是用木条钉成的，结实着呢。小魏说着，掀起她床下的被单，让董瑞雪往她床下看，说她床下放的那只箱子就是盛炸药的箱子。董瑞雪承认这箱子挺好的。她心说，她才不会随便跟人家要东西，凡是公家的东西，她一概不沾。她嘴上可不这么说，她说，等什么时候有机会了，她也跟人家要一个先用着。话一说开，她们的话就多了。小魏手上也正在织一件线衣，所用的材料不是毛线，也是拆手套拆下来的棉线。董瑞雪注意到了，这个场里的女工几乎每人都在用手套线织花织草，再把花呀草的拼成线坎肩、线衣和线裤。她们上班时都不戴手套，宁可把手磨破，却把手套省下来了，改织成别的东西。她们织的花样不断翻新，隔几天就有一个新的花样推出。这仿佛成了场里的一个时尚，女工们都在赶这个时尚。不光是女工，一些男工大概受到传染，也加入了织线活儿的行列。男工拙手拙脚，半天织上一针，显得有些可笑。董瑞雪刚领到一个月的劳保用品，其中只包括一双手套。一双手套拆开了，还织不成别的东西。等她攒下几双手套之后，她也会在织线活儿方面露一手儿的。眼下她只能和小魏讨论花样儿问题，她们讨论得兴致很高，在别的屋的女工听来，她们差不多已成了好朋友了。其实董瑞雪的心思全不在这些针头线脑上头，她的心思深处藏着别的东西，有时稍有空子，那些东西突然就翻上去，在她心口不轻不重地撞上一下，撞得她半天缓不过神来。待宿舍只剩下她一个人时，她就把门关了，从提包里拿出李春光送给她的笔记本，看李春光写给她的信。这种写信的方法是奇特的，不是写在单张的信纸上，是写在本子里；不是装进信封里投寄，而是以本子代信封，托一个小男孩儿交给她。董瑞雪想，亏得是这种方法，信连同笔记本才保存下来了，要是单独的一封信，能不能保存下来还很难说。她这次看信看得很仔细，一字一句地看，一字一句地琢磨。也许是时过境迁，她的心情与过去不同了，她在信里看出新的内容，也看出新的感受。她想，李春光对她是很痴情的，是真的动心动肝。她把李春光害苦了，却并没有给李春光什么回报。她看着看着就走了神，想象到李春光所说的躲在一丛苇子后面看她的样子，当时她要是知道李春光对她那样痴情，那样忘我，她会给他一点回报的，起码不至于让李春光那么失望。在李春光的信里，董瑞雪找不出一个爱字。这正是李春光的聪敏处，他对那个字太尊重、太敬畏，就小心躲避着，不把那个字说出来。但满篇里都透着那个意思，看了让人心软，还让人想哭。这是董瑞雪有生以来收到的第一份这样的信，是第一个人向她这样表露心迹，之所以一直没舍得丢掉，大概是舍不得的缘故吧。听到外面有脚步声，董瑞雪受了一点惊，赶紧把笔记本合起来，压到枕头底下去了。

董瑞雪把洒水和扫地扩大到院子里。每间宿舍都配有一把铁壶，她用铁壶把水提来，倒进自己的脸盆里，再一点一点往院子里洒。太阳晒了一天，院子里的地晒热了，洒一些水，院子里就清凉多了。去茶炉房打水回来的路上，董瑞雪看见了一个人，这个人的穿戴和仪表都比较讲究，有着干部的风度，不像是采石场的人。董瑞雪对生人有些莫名的害怕，低下头正要走过去，那人说话了："如果我没认错的话，你是董瑞雪吧？"董瑞雪站下了，不知承认好，还是不承认好，疑惑地看着这个人。这个人对董瑞雪说了她的姓。董瑞雪想了想，才知道人家是采石场的支部书记。书记说，他这几天到市里开会去了，上午才回来。没去开会之前，他就知道董瑞雪要来，他很欢迎董瑞雪到采石场工作。董瑞雪对欢迎的说法是不敢当的，又不好说什么，表情不大自然。书记要董瑞雪到他的办公室坐坐。董瑞雪不想去，说以后再去吧。书记不容她推辞，说来吧。董瑞雪只得提着铁壶跟书记走。董瑞雪看见书记的白的确良半袖衫洗得很白，裤线很直，黑亮的皮凉鞋和浅灰丝光袜子也非同一般。她想这人跟场长不一样，场长像个工人，书记像个有文化的人。而有文化的人是可怕的。书记门口挂有竹帘子，帘子上有红绿黄三色油漆画的荷花图案，只是有些斑驳不清，荷不成荷，花不成花。进了屋，董瑞雪才知道这是书记的办公室兼卧室。屋里很整洁，床上支了雪白的蚊帐，蚊帐两边撩开，分挂在两个黄铜钩上，钩上有明黄色流苏，流苏分垂两侧，很是有形有状。进门靠窗子处，放一张办公桌，桌上有玻璃板，玻璃板擦得很干净，下面压着几张黑白照片。来到这样的屋里，不知为什么，董瑞雪有些紧张。书记在桌子后面的椅子上坐下，指一个椅子让董瑞雪坐下，说："小董，我们早就认识了。”这话从何说起？董瑞雪更紧张了，她脑子里把过去认识的人快速过了一遍，想不起在哪儿见过这位书记。她说：“是吗？我怎么没一点印象。”书记不动声色，让她再想想。董瑞雪简直有些恐惧了，她不知不觉往她下过乡的那个公社想，难道是那个公社的某个干部到这里当书记来了。这事不是不可能，李春光都可以到这里当工人，别的人也可以到这里当书记。董瑞雪的脸慢慢发白，心里越揪越紧，她摇摇头，说想不起来。书记进一步启发她，说以前天天听她说活。董瑞雪总算想起来了，书记指的是她在广播站当广播员的事。她心上稍微轻松一些，但紧张的情绪仍没有彻底转过来。她低下了眉，说书记真会开玩笑。书记看出来，他的玩笑把董瑞雪吓住了，他本意是想跟董瑞雪卖个关子，造成一种轻松的气氛，没想到适得其反，效果这么糟糕。他转了话题，说听场长和班长说了，她表现不错，干活很卖劲，一点儿也不娇气，应该坚持下去。他问董瑞雪业余时间干点什么，是看书还是织线衣。还提到他爱人，说他爱人在农村老家公社卫生院当医生，特别喜欢织线衣，会织许多花样。说着就指玻璃板下面的照片给董瑞雪看，说那个就是他爱人。董瑞雪说，那她要看看。书记站起来，把椅子往一旁移了移，给董瑞雪让开一个地方。直到这时，董瑞雪手里的铁壶还一直提着，没放在地上。书记又跟她说笑话，说又没人抢她的水壶，水壶老提在手里干什么。董瑞雪这才笑了，把水壶放在地上，伸头去看照片。那张照片是书记全家人的合影，他和爱人在后，两个儿子在前。他爱人长得挺文静的，两个儿子也好。董瑞雪说真不错。书记点了一支烟，要董瑞雪放下思想包袱，好好干，有什么困难只管说，有什么想法也可以随时谈谈。

20. 道歉

李春光和董瑞雪所在的采石班是一个集体，他们的集体活动是很多的。每天按时到石坑里采石头，这就不说了，没人把劳动说成是活动。他们的活动多是在八小时以外进行的，多是政治性的。比如每天班后的政治学习，是必不可少的。对这种学习有一个命名，叫天天读，意思很好懂，就是每天都要读，一天不读就违背了天天读所规定的原则。至于读什么，却没有严格规定，有文件就读文件，没文件就读报纸。报纸上每天都有大批判文章，随便找来一张就够读半天的。董瑞雪他们这个班是八点班，就是说早上八点上班，下午四点下班。下班后，他们洗过手脸，换过衣服，就集中到班长所在的宿舍去了。班长屋里有三张床，他们大都坐在床边上。有的人带了自制的小马扎，坐在小马扎上。屋里人太满，还有人坐在门口。这一段时间，他们并不觉得难熬，因为班后学习已成了习惯。他们脸上洗得很光鲜，有的搽了雪花膏。有的洗了头，头发还湿着，抿出了自觉的形状。有比较好看的衣服，他们也喜欢在学习的时候穿上，有意无意地展示一下。刚干了一班活儿，他们有些放松，表情有些适意。学习期间，什么活儿都不许干，不许打线衣，不许钩花，不许看别的书，只允许抽烟。除了女工，那些男工几乎每人嘴上都叼着一支烟，很自足很享受的样子。烟当然是很一般的，价钱不贵。但都是熟烟，不是生烟，烟味不难闻。烟雾大了些，每个人脸上都雾蒙蒙的。李春光是个例外，他不抽烟。他父亲就不抽烟，他没受过的熏陶，也不抽烟。在学习期间，他不抽烟也有借口，因为他还要念文件、念报纸。班长识字不多，念东西不行，就让李春光替他念。书记说过，李春光是个秀才。班长也认为李春光是个秀才。班长不会随便指定一个人念东西，他觉得念东西是一种待遇，他把这种待遇给了李春光。尽管人都到齐了，在开始学习之前，班长还要点一下名，说是例行公事，也是班长行使权利。他点了李春光的名。李春光说到。他点了董瑞雪的名，董瑞雪也说到。他点了那个女工周师傅的名，周师傅就在班长身旁坐着，她没有说到，说姑奶奶在你眼皮子底下呢。别人都笑了，班长不笑，班长说严肃点。班长又点了一遍周师傅的名，周师傅这次也回答了到。这样，李春光就可以开念了。李春光愿意念。董瑞雪跟他在一个屋子坐着，他想躲避董瑞雪是很难的，因为人的眼睛跟好的照相机一样，是带广角的，比如他要看一眼班长，就不可避免地把董瑞雪也看到了。而一开始念东西，情况就好多了，他的眼睛盯着黑字，一行又一行，就不用担心会看到董瑞雪了。他眼睛看着字，嘴里念着字，心却不在字上。那些字不过是一些黑色的符号，他无心去理解它们，不知道它们表示的都是什么意思。他心里有一个念头老是翻来覆去，董瑞雪在这里呢，董瑞雪在听他念东西呢。这些字都是熟字，而且每篇东西的排列都差不多，他念得很顺利。他自己的耳朵还是听到了自己念东西时发出的声音，声音里没带什么感情色彩，不是很好听，但也不难听，他觉得自己的音质还是不错的，比较平稳，还有一点浑厚。

从表面上看，董瑞雪听得很专注。她两手空着，眼睛也空着，完全是谦虚的表情。她耳朵里不空，听到的是李春光的声音。她时不时地要确认一下，这是李春光的声音。她听的只是声音，对声音里所吐的字也不用心。她老是走神，别人的目光在她脸上过来过去，她没什么反应，她的目光其实是虚的，或者说是飘悠着的。她想起临回城那天，李春光冒着雨，躲在车站的一个墙角送他，头发都淋湿了，很可怜的样子。她当时心头涌起的也是怜惜的感情，并有着很大的感动。她记得清清楚楚，当时是答应给李春光写信的，可到底没有写。有几次，她是想过给李春光写信，可一看李春光给她的信，她就不敢写了。她觉得李春光是很会写信的，字也好看。而她，写写不行，写写还是不行，觉得相差很远，不能和李春光的信形成对应，就一而再再而三地把写信的事拖下来了。她不能原谅自己，这种理由是说不出来的。认真对自己追究起来，她没给李春光写信，是因为没有心魂的逼使，正如李春光所说，他们人各东西，可能一辈子都没有见面的机会了。人互相通信，是因为不能见面，才以信谋面，才见信如面。而通信的真正目的，还是心存见面的希望，还是为了有朝一日能够见面。知道了见面的可能性不大，写信的热情就淡了，写不写都无所谓。世上有多少亲朋好友中断了通信和联系，都是长久不能见面所致。董瑞雪没给李春光写信的另一个更重要的原因，是想一刀割断和那个公社所有人的联系，同时割断那段历史，以遮盖心中的隐痛。如果她给李春光写信，那里的人难免会知道她的工作单位和地址，说不定会有人进城找她，托她办事。那样的话，她跟那地方人的联系就割不断，历史也就割不断，就失去在城市隐身和自欺欺人的效果了。她能想象得到，李春光一定是天天等她的信，盼她的信。为等她的信，李春光不知受了多少煎熬呢。可是，她让李春光等来等去，等了一场空。她想，这件事对李春光心上的打击一定很大，也可能对李春光的精神构成了一种伤害。伤害者是她，她是个失言者，是不人道的，甚至说是个没人心的人。李春光正念着一篇大批判的稿子，她听不出批判的是谁。她想还不如批判她董瑞雪呢。

学习会上一阵骚动，原来是书记来了。书记到一些班组参加学习的情况是常有的，一是深入基层，和职工群众共同学习，二是督促检查的身份。书记是采石场的最高首长，每个班组都欢迎书记去他们那里学习，这对他们来说是重视，是一种荣耀。屋里已没地方可供书记坐了，每个人都有给书记腾地方的意向。班长动作较快，他脱下塑料凉鞋，自己跳到床上，把他坐的地方让给书记了。李春光停顿了一会儿，接着念。书记问李春光念的是什么。李春光把文章的名字说了一下。书记让他接着念吧。因为有书记在座，大家的表情有所变化，都郑重起来，专心致志的样子。李春光念罢一篇，书记说他提个建议，让董瑞雪念一段怎么样。董瑞雪的脸马上红透，她往后躲着身子，说不不不。听众都响应书记的提议，都笑着说行行行，看着董瑞雪。他们都知道了，董瑞雪原是市委广播站的女播音员，因为犯了错误，才下放到他们这里来了，不用说，董瑞雪念文章一定是很专业、很好听的，书记的意思他们一下子就明白了，并对书记有所佩服，心想书记到底是书记，就是比别人高明些。班长说好，大家呱唧呱唧。呱唧就是拍巴掌，就是欢迎的意思。大家都拍了巴掌，李春光也拍了。李春光通过别人，把手上的报纸向董瑞雪传递过去。董瑞雪摆着手不接报纸，说她念不好，真的念不好。很快地看了一眼李春光。她的意思只有李春光能够明白，她不想取代李春光念报纸。可是书记又发话了，书记要她不要太谦虚嘛。这一下，董瑞雪不想念也不行了。她接过报纸，端正了一下坐姿，运了运气，就开始念了。她不知不觉就使用了播音的口气，念得抑扬顿挫，字正腔圆。人们听出来，董瑞雪的声音的确是很好听的。这好比一个戏曲和歌唱演员，听他们平常说话，是听不出好来的，甚至比平常人说话还平常。但他们一走上舞台，一亮嗓子，人们才为之一振，听出不同凡响来。这个采石班的人听董瑞雪念报纸的感觉就是这样的，他们眼神儿有些兴奋，乱交流一气。周师傅看董瑞雪有些目不转睛，像是不相信读报的声音是从董瑞雪口里发出来的。书记的神情也颇为得意。趁董瑞雪读报的工夫，李春光也可以看一下董瑞雪了。董瑞雪脸上的通红一直不消退，就那么满面通红着。她的嘴唇似乎更红一些。她的牙又细又密又齐又白，闪着点点瓷釉的光泽。李春光觉得，董瑞雪比以前更美了。在听说董瑞雪出了事而没看到董瑞雪之前，他对董瑞雪的美好印象大打折扣，认为董瑞雪不会美了，变成了不洁的人。当董瑞雪又来到他面前，他不得不承认，董瑞雪的美变成另外一种美。如果说她过去的美是外在的，现在的美就是内敛的。过去的美是高悬的，现在的美就是落地的。落地的美更扎实一些，也更民间一些。班后学习结束，班长让书记讲几句话。书记没讲。大家纷纷往门外走时，书记才说了两句，书记说他们班有现成的有利条件，要学会利用。工人们听出来了，书记说的有利条件指的是董瑞雪，书记把董瑞雪看成了条件。

吃过晚饭，天气凉快些。李春光同宿舍的两个同伴约他到外面去吹口琴。说他们是同伴，不如说他们是朋友更合适。他们思想接近，说话投机，几乎到了无话不谈的程度。史然有一台收音机，有一天晚间，他们无意中听到了外台广播。这种危险的行为，使他们年轻不满足的心得到一种危险的满足，并因此形成了一种同盟。刘德玉也是农村招来的，他思维偏激，说话比较激烈。比如他说采石场的书记是伪君子，场长是马车夫式的领导。李春光觉得刘德玉的胆子太大了些，他从来不说这些不好听的话。史然和刘德玉的性格不太一样，他有着宽阔的前额，有善于观察和思索的习惯。他推崇哲学家，也按想象中的哲学家的风范规定自己的言语和行动。近日，刘德玉和史然在宿舍里议论董瑞雪多一些。刘德玉不否认董瑞雪的漂亮，但他称董瑞雪是堕落的标本，是恶之花。史然的说法是哲理式的语言，他说董瑞雪的气质中有一种容易轻信的纯真，这种纯真是她致命的弱点。又说，漂亮的女人总是在行为上向着相反的方面转化。李春光只是笑，没有参与对董瑞雪的议论。他觉得说什么都不合适。刘德玉问过他，对董瑞雪的印象怎么样。他说怎么样呢，还没想好。刘德玉要他不要想，只说初步印象，只谈感性认识，不要上升到理论高度。李春光撒了谎，说他对董瑞雪的印象还不太深刻。出了采石场的大门，他们往南走，拐上了一条田间小路。刘德玉和史然已把口琴吹响，李春光和刘德玉的口琴是新买的，他们原来不会吹，是史然教他俩的。他俩学得很快，只两三个晚上就学会了。李春光把口琴掏出来，用手绢擦拭一下镀光的琴面，也加入了口琴合奏。小路上有很多草，被太阳晒了一天，草香散发得很浓郁。三个年轻人把草香吸进肺腑里，再呼出来就变成了琴音。他们奏得很好，很悠扬，在田野里听来挺好听的。口琴本来是复音，加上三人合奏，几乎像一个小乐队了。在田野里干活的农民听见了他们的琴声，就暂时停下手中的活儿看着他们。在他们眼里，城里人就是这样吹着歌儿过日子的。后来他们走到一块突出地表的巨型卧牛石上坐下来。石头墨青色，异常洁净。远看石头是圆滑的，走近一看并不圆滑，而是古老和敦厚的面目，非常可靠。这地方土地和石头共生，有土的地方就有石头，石头缝里也夹着土。他们看见，太阳已变成红色，慢慢向西边大山的脊梁接近。晚霞扑上来了，宛如一堆刚刚点燃的煤块，边缘是红的，中间还是黑的。不过只一会儿工夫，“煤块”就烧透了，通红通红的，连冒的烟缕儿也是玫瑰颜色。李春光向彩霞凝望着。一只绿蚂蚱，先蹦在他的膝盖上，两只大眼睛像是观察了一会儿，大概没发现什么危险，又蹦上他的胳膊。他对碧绿的小生灵笑笑，没有动它。这时刘德玉像是悟出了什么，他站起来，面对面地看着李春光，说李春光不大对劲，一定有什么心事。他的目光有些锐利。李春光把他的目光躲开了，否认有什么心事。刘德玉不放过他，说：“请你看着我的眼睛！”李春光说：“看你的眼睛有什么了不起的。”他就看刘德玉的眼睛。但他经不过刘德玉那么直盯盯地看他的瞳孔，低下眉不好意思地笑了。刘德玉说，李春光瞒不过他的眼睛，他已经看出来了，李春光一定认识那个姓董的。李春光心头有些跳，他承认，董瑞雪是在他们老家插过队。刘德玉胜利了，得意地大笑，指着自己的眼睛问史然，他的透视能力怎么样。史然不以为然，说他早就觉察到了，只是不说出来罢了。他的观点是，每个人都有属于自己的秘密，应当尊重别人的秘密。李春光觉得这位朋友的话说得非常好，他几乎有些感激史然了。李春光心里是有许多秘密的，比如他二叔，他无论如何是不会说出来的。刘德玉警告了李春光，说李春光现在处在危险的边缘，如不提高警惕，很可能会被姓董的姿色所迷惑。李春光说不会的。他恳切地要求两位朋友替他保密，别让别人知道他以前就认识董瑞雪。两个朋友都说没有问题。

有一天，李春光到茶炉房去打水，董瑞雪也去打水，两个人在茶炉房里碰上了。茶炉房在大门口传达室的后面，和传达室背靠背。茶炉房其实只是一个棚子，没有门。热水凉水都是去那里打，一天二十四小时可以自由进出。当时茶炉房里只有他们两个人，不打个招呼是说不过去的。李春光叫了一声董瑞雪。董瑞雪叫了一声李春光。这两个名字对他们来说是烂熟于心的，一旦叫出口，他们觉得有些陌生，有些突然，分量很重大，内容很复杂似的，二人都有些慌乱。李春光说："董瑞雪，我对不起你。"董瑞雪说的话跟李春光一样，只是把称呼变了一下，说："李春光，我对不起你。"他们各说各的话，各有各的思路，虽然都说的是对不起对方，里面所包含的意思恐怕一言难尽，茶炉房里也不是说话的地方。董瑞雪的眼睛湿了一下，很快又忍住了，她说，她不知道李春光在这里，要是事先知道，她就不会到这里来了。李春光说，他能理解董瑞雪的心情。董瑞雪说："你送给我的笔记本我还放着呢。"这句话对李春光来说是很重要的，他看着董瑞雪，点了点头，说："快二年了。"董瑞雪说："可不是吗，到今年秋天都二年了。"李春光说，他觉得已经过了好久了。董瑞雪不知不觉地附和了李春光的话，说她也觉得过了好久了，跟上一辈子的事一样。他们的话刚开了个头，序言部分还没完，还没切入正文，见有人提着水壶向茶炉房走来，他们就打住了。

21. 秋天的山沟

有了那次在茶炉房里简短的交谈，他们的心似有所沟通，彼此的目光里有了一些相互关照。关照不是流连，像是一带而过。因为他们的心是有准备的心，目光便是有准备的目光，尽管一带而过，其中的温情他们都领略到了。董瑞雪对李春光关照的目光似乎更在意一些，差不多成了寻求和需要。好比植物离开阳光就会苍白一样，她如果得不到李春光目光的关照，情绪就会低沉下去。李春光每天还是提前上班。有一天，他发现轮胎的气不足了，到别的地方去找气筒。而董瑞雪上班后，已习惯地先看看李春光在不在，看不到李春光上班，她的精神气儿顿时有些瘪，跟跑了气的轮胎一样。当看到李春光手提气筒走下石坑，她才放心了。李春光还没有开始给轮胎打气，她精神的轮胎里已注满了欢乐之气，顿时鼓舞起来。她不知道自己怎么会这样，她顾不上理解自己。她觉出来了，李春光没有嫌弃她，李春光还是那个有情的李春光，李春光对她还是有好感。她觉得这就够了。她不是那个在清水河边洗脸的董瑞雪了，还有资格对李春光过多地表示什么。劳动是共同的劳动，学习是共同的学习，生活也是共同的生活，还要求什么呢。劳动是繁重的，她始终干劲很足，简直不知道累。有一次，石头砸破了她的手，流了血，推车的史然和周师傅都让她到卫生室包扎一下。她说没事，用手绢缠上接着搬石头。采石场里的人不大明白，一个靠在播音室里耍嘴吃饭的文弱女子，怎么会有这么大的力量。连有着男人性格的周师傅都有点服她，说小董真能干，她要是个男人，一定上赶着娶小董做老婆。班长在班后会表扬了董瑞雪，说董瑞雪的精神是一不怕苦，二不怕死。在采石场的全体职工会上，书记也表扬了董瑞雪，说董瑞雪不愧是一名共产党员。在班后的学习会上，董瑞雪和李春光把念报纸的事情推来推去，董瑞雪说还是李春光念吧。李春光说书记让谁念谁就念吧。报纸在他们手上传来传去，谁也不念。有人说让刘德玉念吧。不料刘德玉恼着脸子说："本人不识字。"眼看事情有些僵，李春光和董瑞雪互相很快地看了一下，李春光说："没人念，我还念吧。"

日子一天天过去，石坑里一早一晚有了些秋意。李春光和董瑞雪的距离还保持着，没什么进展，也没退步。平日里，有一些男工到董瑞雪的宿舍里去，跟董瑞雪闲聊。董瑞雪不反对人家去，没有什么不友好的表示。一般都是男工说，她听。男工们逮住什么说什么，多是一些趣闻，意在引董瑞雪发笑。听到引人发笑的笑话，董瑞雪不吝啬自己的笑，笑得很开心。男工们还给董瑞雪提供一些消息，比如商店里来了什么新东西，东边有一条山沟，山沟里多么好玩等。有一天，一位男工怀里揣着一件东西到董瑞雪屋里去了，掏出来一看，是一盘新熟的向日葵。向日葵大得像一口小盆。满盘的向日葵籽排得密密实实，紫得发亮。而向日葵一周绿色的裙边还在周围长着，煞是完整和好看。男工问董瑞雪吃不吃。董瑞雪摇头说不吃。炊事员小魏也在宿舍里，小魏估计说，人家拿来的向日葵一定是从农民地里偷来的。男工有些急眼，说是他买来的，还赌了咒，说谁骗人谁就像这向日葵一样。他说跟向日葵一样，意思是谁跟老鳖一样，他们爱拿老鳖赌咒。说着赌气似地把向日葵掰开了，露出里面雪白的瓤子。他把向日葵掰给董瑞雪一块，也掰给小魏一块，让她们吃。她们不吃，他就自己吃，嗑一个说一次真香。后来董瑞雪和小魏也试着吃了。新向日葵籽儿上的紫色是很浓的，他们每人都吃成了紫嘴唇。李春光一次也没到董瑞雪的宿舍去过，每次去的都是与董瑞雪不相干的人。董瑞雪有过打算，要是李春光到她的宿舍去，她就把李春光送给她的笔记本拿出来，让李春光看，证实她说的话是真的。她还要和李春光一起，重温李春光写给她的信，看看李春光会怎样。然而李春光连女职工宿舍的院子都没踏进过。董瑞雪对李春光又有了新的认识，知道李春光是个很有志气的人，是个很能管得住自己的人。她断定，李春光不会主动找她的，她等不出什么结果来。那么，她去李春光的宿舍找李春光还不行吗？这个念头一生出来，她就有些坐不住，心里怦怦乱跳。她吃不准是去好，还是不去好。与李春光同宿舍的，还住着刘德玉和史然，她不知道那两位在不在宿舍，要是那两位也在宿舍，她和李春光都会有口难开。她把笔记本装进口袋里了，还梳了头，一切都准备好了，可以出门去了。可她又坐下了，突然有些自卑和灰心，差点落下泪来。这天，她把自己的念头压制住了，没有去找李春光。后来，她想到了一个理由，去找李春光借书。不管刘德玉和史然在不在宿舍，她都说找李春光借书。倘若那二位不在，她也许会说些别的。她要借的书还是《红旗》杂志。那次李春光冒着大雪给她送《红旗》杂志的事，她一生都不会忘记。现在她才明白了那件事的意义，李春光送给她的不是杂志，那是一颗真诚滚烫的心。只可惜，她那时无心无肝，把一颗滚烫的心给冷落了。她提出借《红旗》杂志，带有旧话重提的意思，她想李春光一听就会明白。她为自己想到这样的理由激动着，装上笔记本就到李春光的宿舍去了。不巧，三人都不在。门上是落了锁的，她没看见，轻轻敲门。敲了一会儿，不听人应声，她才发现了门上的锁。她有些泄气，回过头刚要走，却见他们三人从外面回来了，她一时有些犯愣，也有些紧张，仿佛刚才做了一回贼。刘德玉问："请问你找谁?"她忙说，找李春光借本书。李春光问她借什么书，口气不太热情。她说借《红旗》杂志。李春光一下子就明白了董瑞雪借《红旗》杂志的用意，他说有。刘德玉开了门，做了一个请的动作，让董瑞雪进屋。董瑞雪对刘德玉有些害怕，她说不进去了，在门外等一会儿。史然看出了董瑞雪的不自在，跟董瑞雪开了一个优雅的、带有暗语的玩笑，说："我们屋里春光无限，你不进去看看不觉得遗憾吗!"说着自己先笑了。董瑞雪并没有听懂史然的暗语，见史然笑，她也跟着笑了，仍没有进屋。李春光把一本《红旗》杂志拿出来了，递给门外站着的董瑞雪。交接杂志的时候，他们的目光也互相交接了一下。刘德玉在屋里说话，说借杂志不能白借。董瑞雪让刘德玉说吧，是不是让她请客。刘德玉说，请客倒不必，还书的时候总得交一份学习心得吧。董瑞雪把刘德玉的话当真了，说她不会写怎么办。刘德玉说："那不可能，你肯定会写。"李春光听出刘德玉也是一语双关，怕董瑞雪听懂似的，说刘德玉跟她说笑话呢，示意让她走了。

董瑞雪看杂志是看不下去的，好在她的脑子跟留声机一样，把史然和刘德玉说的话都留在脑子里了。回来一想，她才懂了。他们表面上是跟她开玩笑，原来话后面都是有话的。这让董瑞雪觉得他们有些可怕，他们那么聪明，那么机智，说出话跟别人都不一样。她呢，又傻又笨，连别人话里的意思都听不出来。不用说，李春光心里什么都明白，他们之间就是那样说话的。好像他们三个是一个说话的圈子，别人很难插进嘴去。董瑞雪从他们话后面透出的话分析，刘德玉和史然一定知道了她和李春光以前是认识的，不然的话，他们不会那样说话。看来以后听他们说话要动脑子，要用心。这也给了董瑞雪一个启示。比如刘德玉要她还书时要交心得的话，言外之意，董瑞雪还书时会在书里夹带别的东西，一封信或一张纸条，这是男女传书时常用的办法。在此之前，她倒没想过给李春光写什么东西，刘德玉这么一提示，她不写点什么，好像对刘德玉的话没听懂似的。她想来想去，给李春光写了一个既没有抬头也没有落款的纸条，夹在杂志里了。这天轮到董瑞雪他们这个班倒班，有一天多的休息时间。董瑞雪在院子门口等到了李春光，说是还李春光的杂志，让李春光到她宿舍里去一下，还没等李春光表态去不去，她先回宿舍去了。李春光犹豫了一会儿，还是到董瑞雪的宿舍去了。开绞车的小王也在宿舍里，董瑞雪把杂志还给李春光，只说谢谢他，没让他坐。李春光接过杂志就走了。

李春光预感到杂志里夹的有东西，他回到宿舍一看，果然有一张纸条，纸条上写着：“咱们到东山沟里走走好吗？我有话跟你说。下午两点，我在采石场墙外的东南墙角等你，你不会让我失望吧！”李春光赶快把纸条折起来，放进裤子口袋里去了。他觉得这件事情有些重大，等于小小的纸条一下子把他推到一个十字路口，向东还是向西，他必须作出选择。他不太想去，要是去了，很可能是走向痛苦深渊的开始，并越陷越深。董瑞雪这种写纸条的方法，他也不大习惯，有一种被动的感觉。连使用纸条这个办法本身，恐怕就与她不好的经验有关。还有，他赴董瑞雪的约会，万一被人知道了怎么办，那将意味着什么，不难想象，会有一些污言秽语向他袭来，他将有口难辩，难以招架。特别是曾经和董瑞雪有染的男人不是别人，而是他可耻的二叔，他简直不敢想到这一点，一想到就心如刀绞，痛苦不堪。看来还是不去的好。可是，平生第一次，一个女子向他约会，而且向他约会的女子曾经是让他非常倾心的一个女子，他心里难免会有一些激荡。约会历来是男女之间表达情感的重要步骤，也可以说是人类文明的一个重要内容，谁能拒绝美丽女人的约会呢。董瑞雪给他写这个纸条，一定是犹豫再三，最后才鼓起勇气的。如果他不去，董瑞雪说失望是轻的，对她的打击不知有多沉重呢！他们家的人已经打击和伤害过董瑞雪了，他应该善待董瑞雪，不能再打击她、伤害她。而过多地考虑自己的名誉是自私的。他决定还是去。下午，李春光是怀着异常不安和极度复杂的心情去赴约的。怕人看见，他出大门后，没有向董瑞雪指定的地点去，而是向董瑞雪约定的方向背道而驰，而后迂回了一个大圈子，才慢慢向东南墙角靠拢。他远远地就看见了董瑞雪，董瑞雪站在砖墙一角，正急切地东张西望。两个人见面了，都紧张地说不出话。后来李春光让董瑞雪在前面先走。董瑞雪走出一段距离后回头望他，他打打手势，让董瑞雪再往前走。等董瑞雪走出好几十米远了，他才慢慢地跟过去。季节到了秋天，田里的庄稼都成熟了。红薯叶子开始变黄，茎蔓开始萎缩，露出根部饱满的土堆。高粱已收走了，地里显露出成熟的葡萄秧子草、枯萎的高粱叶和褐色的地皮。偶尔还能看见一两棵倒在地沟的被人遗忘的很小的高粱，土地还尽着最后哺育它们的责任，它们的小穗子长得紫红紫红，高粱籽儿明得跟斑鸠眼一样。他们沿着一条田间小路，走上一个缓缓上坡的小山脊。再往下走，他们就被挡住了，看不见采石场的围墙了，采石场的围墙也看不见他们了。董瑞雪放慢了脚步，李春光加快了脚步，他们终于走到一起去了。二人头上都冒出了细汗。董瑞雪说，她真担心李春光不来，要是李春光不来，她就再也不好意思见李春光了。李春光心想，亏得我来了。他说："我怎么能不来呢，肯定会来的。"午后的田野很安静，前后左右只有他们两个人，他们不必慌张了。路边有一块谷子地，谷叶还青，谷穗已经金黄，沉甸甸的谷穗都埋下了头，静静地站着。温暖的秋阳照着谷叶谷穗，仿佛爱抚着它的众多的子女。一只麻灰的鸟从谷子地里飞起来了，碰得谷穗一阵乱动。谷穗不但对小鸟没有半点埋怨，还好像对不起小鸟似的，把躬打得更低。打躬的同时，谷穗儿献上了它们的醇香。这醇香弥漫着、升腾着，盛满了整个田野，把空气都熏醉了。田野里的蟋蟀大概也醉了，弹不成一支完整的曲子，它弹了一下，就停了下来。董瑞雪手托一只谷穗，弯下腰嗅嗅，说真香。李春光说："谷穗没熟的时候头昂得很高，一成熟就把头低下去了。"董瑞雪若有所悟，把李春光的话听懂了，她看着李春光说，人也应该这样。李春光会心地微笑一下。董瑞雪问他笑什么，她理解得不对吗。李春光说："理解就行了，不一定说出来。"董瑞雪说："我要是不说出来，你还以为我没听懂呢！"来到山沟边，他们居高临下地往下看。在这由地壳运动所造成的断裂带里，在这个远处看不见的山谷里，包藏了那么多丰富多彩的内容。沟底是平的，种有蔬菜，像是白菜和萝卜。菜地边有井，井上有辘轳。一个穿红花衣服的姑娘正摇动辘轳提水，半天才把一桶水提上来了。沟两岸生有各种树木，山楂红了，果实累累，像开满了一树红花。柿子黄了，金灿灿的，在血红柿叶的映衬下，露出体态雍容的仪表。石榴裂开了，一笑就合不拢嘴，露出晶莹透亮的牙齿。一匹白羊在树下懒懒地拣树叶吃，吃着吃着，抬起头轻叫两声，又有两三只小羊撒着欢儿跑过去了。灌木丛生的半山腰里，间或开出一块平台。平台上是农家的院落。没有房子，院落里头是把沟帮斩齐后掏的窑洞。窑洞的门窗都很讲究，窗是雕花的，门是油漆的。窗上糊有白纸，门上贴有丰收图。带柴草香味的炊烟正从窑洞里飘出来。太阳斜照着山沟，西侧已暗下来，东面还很明亮。明暗的映衬使山沟里的各种景物和气氛奇妙地变化着，既有紫气，又有蔚蓝，还有袅袅的白烟。空气呢，又是那样的清新，凉爽，宜人。董瑞雪简直有些陶醉了。李春光问她感觉怎么样。她说真美。李春光说他已经来过这里了，和刘德玉、史然一起。董瑞雪说："你们还挺好的呢，老是在一块儿。"通往沟底的是一条羊肠小道，坡度并不算陡。在李春光的提议下，他们向山沟下面走去。小道一侧的土壁上野生着一丛丛山菊花，有黄的，有白的，有紫的，花朵虽小，但花朵很密，整体看，花势就团结起来了，就繁茂了。董瑞雪说，没看见这里有蔷薇花。李春光马上听出她的意思了，说蔷薇花是春天开花，现在是秋天。这回董瑞雪跟他抬杠了，董瑞雪说，她向人请教过了，蔷薇的花期长，秋天也能开花呢。这个话题是敏感的，李春光没有再和她讨论下去。走到一棵柿树下，董瑞雪指着一对并蒂的柿子让李春光看。李春光说看见了。这时旁边的院子里走出来一位年轻媳妇，打量了他们两个一下，说他们俩若是看着柿子好看，就上去摘下来吧，他们这儿的柿子多得是。董瑞雪问，是不是还是涩的。那媳妇说，这会儿是有点涩，放几天就熟了，熟了甜着呢。董瑞雪想摘，又不敢自专，用眼睛请示李春光，李春光对热情友好的农家媳妇说了谢谢，说他们只看看就行了。那媳妇看出了他俩的眉眼，笑了，说光看看可解不了馋。邀请他们到屋里坐一会儿。他们没有进人家的院子，说以后再来。

下到沟底，他们才觉得沟很深。往上看，天蓝得极高极远，天空飞过的雁群小得像一串省略号。沟底也很开阔，有几丈宽。菜园东西还有一道清溪，在“丢儿丢儿”地流淌。流到一个石头洼子里聚起来，成了一个水潭。潭边的大青石上，有妇人用棒槌捶衣服，捶一下，两边的山响应一下，声音洪大。他们沿着清流往南走，走得很慢，两人都不多说话。他们像忘记了自己的使命，专门来秋游的。这种游玩也不是第一次，像是有了许多次，这不过是其中的一次罢了。董瑞雪在纸条上写的是有话对李春光说，她没有说。李春光也不问她。其实他们心里都有话要跟对方说，因为要说的话太多，反而不知从何说起。董瑞雪把笔记本从口袋里掏出来了，轻轻叫了一声春光。她叫的不是李春光，把前面那个李字省略了。她让李春光看看笔记本。李春光没接笔记本，生怕笔记本再回到自己手上似的。那天他跟母亲要钱买笔记本。母亲没有钱。他说没钱就算了。他差一点没买成笔记本。母亲知道他一般是不张口跟家里要钱的，就收拾了一竹篮子红薯干，让他到街上去卖。他卖了红薯干，也就是说卖了他们家的一部分口粮，换了钱，才到文具商店精心挑选了这个笔记本。而他自己从没拥有过这样好的笔记本。对这个笔记本，他是熟悉的，又是陌生的。笔记本重现眼前，他心里有一股说不出的感动。它起码说明，董瑞雪对笔记本是重视的，对他的感情是重视的，董瑞雪没有忘记他。自从那天董瑞雪对他说了笔记本还保存着，他心里轰地一下，就意识到他和董瑞雪的事情并没有结束。本来是用笔记本来结束的，不料又从笔记本开始。两年来，笔记本仿佛是他们共同埋下的一个伏笔，现在这个伏笔有了新的机遇，可以谱写新的篇章了。再比如笔记本是他们共同埋下的一粒种子，种子经过两年在地下的孕育，已经拱破了硬壳，眼看要发芽了。董瑞雪站下了，把笔记本打开，翻到李春光写给她的信，让李春光看。李春光还是不接笔记本。他不但不接笔记本，还说了一句让董瑞雪深感吃惊的话，他说把后面的信撕掉算了。董瑞雪本能地把笔记本收回去了，惊愕地看着李春光，问为什么。李春光不说为什么。董瑞雪问："你是不是后悔了?"李春光摇头，说他不后悔，他干什么事情从来不后悔，只是觉得，再看过去的信，怪害臊的。董瑞雪说不，她坚决不撕，她要保存一辈子。李春光没有坚持让她撕。董瑞雪要是真撕的话，岂不是把他的心也撕碎了。董瑞雪说："你知道吗，看了你的信，我都哭了。"说到哭了，董瑞雪的眼圈马上红了，眼里湿浸浸的。李春光站在董瑞雪对面，第一次这么近距离地端详董瑞雪。董瑞雪的美可说是常看常新，每看一次都会发现新的美点。她的脖颈白皙，下巴圆润，像是用白玉磨出来的。她嘴角两边有两个储存愉悦的小坑，说它储存愉悦，因为只有在笑的时候它才出现。到了她的眼睛，她的美才到了最高点。这种美不是通常形容美女眼睛的词汇所能形容，关键是她的眼睛特有的一种神韵，一种清澈透明近乎娇憨的神韵。这神韵如一汪清泉，喜，映在她眼里是喜；悲，映在她眼里是悲；美，映在她眼里是美；丑，映在她眼里是丑。她不事掩盖，也不会掩盖，这样的眼睛是不多见了。还有一点是极为重要的，她这么美，却意识不到自己的美，一切都是那么自然和实在。李春光感到了她实在的青春气息，感到了她蓬勃的生命力，这才说话了。他说的还是表示对不起董瑞雪的话。他把对不起董瑞雪的范围扩得比较大，他对不起董瑞雪，李营的人对不起董瑞雪，他们县的人对不起董瑞雪，以致整个农村的人都对不起城里人董瑞雪。董瑞雪要李春光最好不要说这个话，过去的事跟他李春光没有一点关系。要是李春光再说这个话，她就不理李春光了。那么李春光就不说了。李春光看见前面沟中间拔地而起的一株石笋，很是突兀奇特，像是一座千年古塔。刚要示意给董瑞雪看，董瑞雪也看见了，指给李春光说："你看，那像不像一座古塔！"李春光说很像。二人围绕"古塔"看了一会儿，又往前走。有一段时间，他们各自默默地走自己的路，谁也不看谁，都走了神。李春光突然站下了，往前面看看。董瑞雪也站下了，问他怎么了。李春光说前面好像有个熟人。董瑞雪也看见了，前面沟边的小路上正走下一个人。二人有些慌，不知该不该躲避一下。李春光定睛又看了看，摇了头，说他可能认错人了。董瑞雪的手捂在胸口上，说要是碰见熟人就糟糕了。

山沟西侧的阳光也很快地移上去了，沟里暗下来，有些阴森。他们回去了。上沟之后，李春光还是让董瑞雪先走，等董瑞雪走出好远了，他还不走。他想在地里待一会儿，等天黑下来再回去。

第四章

22. 同学聚会

董瑞雪来到采石场当了采石女工后，还没回过市里的家。按说回家并不难，有火车，也有汽车，坐上车几十分钟就到家了。要不跟同事借一辆自行车，骑回家也不过个把钟头。同宿舍的小王就有一辆加重型的飞鸽自行车。可她一次又一次打消了回家的念头。她不是跟城市赌气，不是跟家里人赌气，也不是跟自己赌气，而是确实没什么非回家不可的事。有一次，她想回家把自己的那辆自行车骑到场里来。又一想，骑来干什么呢？那时去广播站上班，需要骑自行车。现在去石坑上班，只有那么几步路，还用得着自行车吗！骑来也是在那里放着，无非多占一块地方。自行车放在家里，说不定弟弟妹妹们还可以骑。还有一次，她想回家把那只木箱子搬来，算是接受小魏的建议，自己盛东西也方便些。迟迟没有回家搬箱子，是因为没有什么新东西往箱子里放。几个月来，她没添过一件新衣服，连商店都极少去。她觉得东西越少越好。同一宿舍的小魏和小王和她不一样，人家都是爱往屋里、床上和自己箱子里收拾东西。特别是小王，每天下班回宿舍，几乎不带空手的，一团棉线、一根铁钉、一截炮线等，都愿意收集起来。有一回小王半夜下班，还在衣服襟子下揣回一只铁锨头来，并把铁锨头用报纸包上，宝贝似地放进箱子里去了。不用说，这铁锨头是公家的，小王拿来据为己有了。小王这种行为让董瑞雪觉得有些可笑。她相信，小王将来一定是个很会过日子的人。看看小王的自行车就知道了，车梁上裹了一层纸，包了一层塑料带，又缠了一层红绿炮线。车座也罩了好几样东西，有用钩针子钩的网罩，还有带流苏的布罩。自行车本来就是加重型，经她这么一收拾，一打扮，就更加重了。董瑞雪想，亏得她没张口向小王借自行车骑，小王把自行车收拾得如此精心，说不定她张了口也会掉在地上。没有带锁的箱子，董瑞雪是吃过亏的。几个月来，她节余了几十块钱，都是放进她的那个提包里，提包有拉锁，却没有锁。她原想等什么时候回家，把钱交给妈。要是妈不要，她就再攒些，买一块手表。自从那次和李春光约会，她觉得需要掌握一下时间了。不料当她再次往提包里放钱时，发现钱没有了。她没有钱包，盛钱的东西是用一块盛水泥的牛皮纸折成的纸夹子。她把提包从床下拿到床上，把里面的东西全部翻出来，独不见盛钱的纸夹子。小魏见她有些着急，问她找什么。她没说找钱，说找一张照片。丢钱的事她一直没声张，结结实实吃了个哑巴亏。她想一声张出来，后果肯定不好，不光丢失的钱不会再回来，恐怕连与同室女伴的和气也会失去。她不把钱往提包里放了，而是装进口袋里，带在身上。上班时就装进工作服的口袋里。她把工作服改制了一下，穿上合体了。

爸爸来看过董瑞雪一次，是坐着那辆吉普车来的。爸爸看了她住的宿舍，还看了她采石头的石坑。爸爸对她的工作环境好像不太满意，眉头锁着，表情很严肃的样子。父女俩似乎也没多少话可说。董瑞雪从爸爸眼神里看出对她的关切，知道爸爸心疼她了。她一再跟爸爸说，她在这里挺好的，工友们挺好的，领导也挺好的。爸爸嗯嗯的，没有同意她的说法。爸爸找采石场的书记去了。董瑞雪不想让爸爸找书记，觉得没有必要。爸爸执意要去。从书记那里回来，爸爸的心情似乎好了一点。爸爸说他跟书记打过招呼了，遇到适当的机会，就把董瑞雪调回市里去。董瑞雪说她哪里都不去。她想到了李春光，她要一走，事情不知又如何呢。她态度很坚决，说真的，哪儿都不去。哪儿都是一样。她说了一个理由，说她都这么大了，一切都能自理，不能让父母再操心。她说以前让父母为她操心够多了。说到这里，她鼻子酸了一下。她掏出积攒下来的所有三十块钱，让爸爸给她妈妈捎回去，补贴一下家里的生活。她没把丢失钱的事告诉爸爸。刚说了她什么事都能自理，若让爸爸知道她丢了钱，那算什么能自理！丢钱的事，她谁也不打算告诉，就当从来没有过那几十块钱。爸爸把钱放进口袋里了。可是，临走的时候，爸爸又把三十块钱掏出来了，爸爸让她把钱还留着，该添件衣服时就添件衣服。

国庆节到了，采石场放了一天假。场区打扫了卫生，大门口上方用大红纸贴上了庆祝国庆的字样，门两侧插了红旗，阳光照耀着，节日的气氛也算有了一些。董瑞雪打算趁节日期间回家看一看。在石坑里干活时，董瑞雪把准备回家的想法悄悄跟李春光说了，希望李春光能去送她。李春光答应了去送她，约定国庆节那天十点钟，在北面镇子上的一个新华书店里见面。九点多的时候，她刚要出门，几个同学来了，张文山、王建、范明宇，都是在李营插队的同学。他们每人骑一辆自行车，穿的都是工作服，一副工人阶级的样子。回城以后两年多了，他们很少见面。对于他们三个突然结伴而来，董瑞雪异常惊喜，脸都红了。虽然她在一个鲜为人知的地方，同学们没有忘记她，没有嫌弃她，大过节的，跑到这里来看她，她心头涌起一股说不出的感动。她一时不知说什么好，只是一个一个地喊他们的名字，跟点名一样。他们并不答应，说还以为老同学董瑞雪把他们忘了呢。董瑞雪笑着说，就是把她自己忘了，也不会忘记他们三位呀！“还说呢，你们不来是一个也不来，一来就一下子来了三个，是不是聚齐了找我算账来了！”张文山说董瑞雪猜得很对，他们今天到这里来，是为了召开一个现场会，专门声讨董瑞雪，谁让董瑞雪心中没有老同学呢！董瑞雪表示愿意接受声讨。王建说，他们三个新成立了一个敌后武工队，是专门抓叛徒的，董瑞雪就是一个叛徒。董瑞雪说王建才是叛徒呢。他们打着哈哈，把自行车放在院子里，到董瑞雪的宿舍去了。正好小魏和小王都不在屋，他们可以接着打哈哈。范明宇没有跟董瑞雪开玩笑，说他早就想来看董瑞雪，今天放假，才来了。董瑞雪问他们怎么知道她在这儿。王建说他是听马俊来说的。张文山说马俊来跟同学来往最多，消息也最灵通。范明宇说，他不是听马俊来说的，他到董瑞雪家去过一次，是董瑞雪的妈妈告诉他的。董瑞雪心里一动，知道话语不多的范明宇对她的关心多着一层。他们说了一些分别之后的情况，董瑞雪想到，应该给同学们倒一点水喝，只顾高兴了，把倒水的事给忘了。她提起水壶晃了晃，竟是空的。她一路小跑到茶炉房打开水去了。到了茶炉房，她才想起李春光还在镇上等她呢，她得想办法通知一下李春光才好。她从来不吃茶叶，只好让同学也喝白开水。而盛白开水的碗也只有两个，还是她吃饭的碗。她很感抱歉，说三个人只有两个碗。张文山纠正她，说是四个人。她脑子里一时有些乱，说哪有四个人呢？他们三个都笑了。他们一笑，董瑞雪才明白了，四个人里面是包括她的。她自我解嘲，说她高兴糊涂了，把自己都忘了。她要他们三位中午在这里吃饭，她现在先去买一些糖果瓜子给大家吃。他们不让她去，她坚持要去，说不能让老同学在这里干坐着。她心里想的是赶快去告诉李春光一声，免得李春光为她担心。她说她骑上哪位的自行车，十几分钟就能折回来。张文山和王建都推荐范明宇，让范明宇骑上自行车带董瑞雪去，说他们的车座位都高。怕董瑞雪的脚够不着脚蹬子。董瑞雪说不会吧。她挑了一辆自行车，座位还是高出好多。范明宇不由分说，接过自行车，让她坐在后货架上，带上她走了。她心里惴惴的，生怕半道上碰见李春光。不知为什么，她不想让范明宇他们知道李春光在这里。坐在后面，董瑞雪不敢碰范明宇的身体，两手只握紧货架。董瑞雪想跟范明宇说话，一时不知说什么。在农村时，有一次范明宇跟她说过，他们班二十多个女同学，董瑞雪长得是最美的，待人也最真诚。她记住了范明宇的话，由此知道了范明宇对她的好感。也因此她在范明宇面前总是很小心，像是怕破坏了范明宇对她的好感。范明宇先跟她说话，说那天他到董瑞雪家去，伯母对他挺热情的，非要留他在家里吃饭。董瑞雪问在她家里吃饭了吗。范明宇说那怎么可能呢。董瑞雪反问："那怎么不可能？"范明宇说："你要是在家还差不多。你不在家，我在那里吃饭有什么意思呢！"董瑞雪听出来，范明宇话里是有意思的。她想问一问范明宇，她要是在家，范明宇在她家吃饭会是什么意思呢？但她没有问，话到了尽头，怕范明宇不好回答。范明宇话犹未尽，他说董瑞雪没什么变化，还跟以前一样，跟在中学的时候一样。范明宇的话愈发让董瑞雪感动。这话在别人听来也许是平常的，在董瑞雪听来可不平常，里边包含着丰富的内容。它不仅是对董瑞雪的安慰，还向董瑞雪传递着什么。看来范明宇是有备而来，话是经过考虑的。董瑞雪说："范明宇，谢谢你，你真是个善良人。"说话到了镇上。这个镇是从市里派生出来的，是城市的一部分。但和市又没接上，是独立的一块。主要因为镇上有一个火车站，还有长途汽车的停车点，镇子就形成了，带有古代驿站的性质。小镇上商业不够发达，百货商店、副食店、新华书店、饭店、旅店等，都是只有一家，别无分号。尽管什么店都只有一家，种类还算齐全。人们买什么东西进什么店，目标也很明确。董瑞雪让范明宇在路边稍等，她拐进新华书店去了。李春光不在店里。店里冷冷清清，一个买书的也没有，只有一个中年男营业员在柜台里边站着。李春光会到哪里去呢。她问营业员现在几点了。营业员看看手表，跟她说了时间。她一听约会的时间错过了，就有些懊悔，觉得对不起李春光。董瑞雪到副食店里买了糖果和瓜子，还买了一瓶白酒。出了副食商店，她又到百货商店转了一圈，看李春光是不是在那里。结果那里也没有李春光。回场的路上，她心里只顾猜李春光会在哪里，一路都高兴不起来。

中午，董瑞雪向工友多借了几只碗，每样菜都买回一碗，端回宿舍里。宿舍里连张桌子都没有。好在有一个冬季取暖用的煤火台没有拆，他们在煤火台的台面上铺了报纸，把碗放在台面上了。碗有了，菜有了，董瑞雪却忘了借筷子。张文山说："董瑞雪，你难道要我们像猪一样，把嘴伸在碗里吃不成！"一句话把大家笑得不行。董瑞雪想象着猪吃食的样子，笑得哎呀哎呀的，眼泪都快出来了。董瑞雪把筷子借来了，大家要共同干一杯时，又发现连一个酒杯也没有。张文山说董瑞雪根本就不像一个过日子的人。董瑞雪犟嘴，说她就没打算过日子。张文山说董瑞雪这话可笑，说："你以为你当日子的家呢，想过就过，不想过就不过。你要是生下来不过日子，你现在还是黄毛月子娃呢！"说罢大家又笑。酒杯，董瑞雪是无处可借了，他们干脆对着瓶嘴喝。国庆节，他们不是太在意。几个同学聚会，好像才是他们真正的节日。三个男同学轮流喝了一口酒，话就更稠一些。按照他们在李营下乡的共同经历，话题应该是回忆那一段下乡的生活。可他们像是共同回避着，不怎么谈起那段知青生活，仿佛一谈起那段生活就会引起不愉快似的。张文山说的是他在汽车修配厂的事，说他已经学会开车了，是用大卡车学的。他学开车是在农民的打麦场里。师傅教他开了几圈，他以为他会了，要单独开。他想反正是在场院里，周围都是庄稼地，不会出什么大格。谁知他一上手，车头就向麦秸垛拱去，他把方向盘左打右打都回避不开，最后还是一家伙顶在麦秸垛上了，车头顶进去好深。他说，亏得是麦秸垛，要是撞在墙上，或撞在树上，事情就闹大了，因为他是偷着学的开车。说到场院，王建就想起在场院里目睹的一件事。那天晚上，他和队长在打麦场里看场，场中央堆着一堆新打出来的小麦。天将明前最黑暗的那一会儿，他看见队长一把一把往裤裆里装小麦。原来队长裤裆里缝有一只暗口袋，是专门到场院或仓库装粮食用的。他看见了，装作没看见，在黑暗里观察队长的小动作。队长并没有蹲下来，就那么躺着往裤裆里收获粮食。乍一看，队长的手伸进裤裆里像挠痒痒一样，只是痒痒包越挠越大。天色微亮之后，队长就开始喊他，说他睡得那么死，小偷把小麦偷完他也不知道。王建说他知道。队长问他知道什么。他用手指指队长的裤裆。这时队长已站起来了，裤裆里饱满得跟母牛的奶子一样。队长赶紧用双腿把“奶子”夹紧了，还把被子搭在肩上，被子一头垂下来，把裤裆遮住了。队长否认他裤裆里有什么东西。王建说让他摸摸怎么样。队长当然不让他摸，还说：“你这小子真捣蛋，人蛋有什么可摸的。”王建指出他的人蛋有些特殊，好像比较大。队长说那是的，他小时候得过疝气，蛋泡子是比别人的稍微大一些。王建问队长什么是疝气。队长解释说，疝气就是气蛋。他从小缺奶吃，成天价哭，肚子哭得鼓着。后来串了气，气就跑到蛋皮里面去了。王建笑着表示明白了，又说他会治“气蛋”这种病，不信他可以试一试，保证手到病除。队长说免了吧，这病都得了几十年了，不挡吃不挡喝的，治它干什么。王建心说，好一个队长，偷粮食都偷了几十年了，怪不得这么脸不变色心不跳。队长回家前又跟他交代，这事别跟别人说，气蛋不是什么好病，别人听了会脸红的。这个笑话够不错的，可听众的反应并不热烈，笑得很节制。显然，他们的思路一时都回到乡下去了。从城市到乡村，环境的改变，生活的反差，给他们精神上造成强烈的刺激，留下了不可磨灭的深刻印象。别看在农村生活不到两年，恐怕比他们在城市生活二十年加起来留下的印象还丰富、还深刻。想的是不提下乡的事，可那段人生经历像巨大的麦秸垛一样存在脑子里，恰如张文山在场院里学开车，想绕开“麦秸垛”，可不知不觉就撞上了。董瑞雪觉出了同学们在有意回避着有关下乡插队的话题，都是在为她着想，怕引起她不愉快的回忆。她有点对不起老同学似的，想主动讲一点农村的事，让同学们打消顾虑，开怀畅谈。可她想不起讲什么，好像什么都碰不得。王建大概意识到不该提队长的事，自己喝了一大口酒。张文山建议董瑞雪也喝一点。董瑞雪说不敢，她从来没喝过白酒。张文山让她尝一点试试，说好喝着呢，把酒瓶从王建手里接过来，递给董瑞雪。董瑞雪酒未沾唇，脸先红了。她看了一眼范明宇。范明宇也没反对她喝。她说好，她喝。喝前她先在瓶口闻了闻，这一闻她又犹豫了。张文山将了她一军，说他们到她这里来，她就是主人，主人连一口酒都不沾，他们喝着也没劲。董瑞雪觉得张文山说得很有道理，她不喝是理亏的，是说不过去的。她终于下定决心似的，喝了一口。一口酒下肚，董瑞雪的脸更红了。她双手捂腮，问王建，她的脸是不是红了。王建说，没有呀。董瑞雪说王建骗她，评价王建是蔫淘。王建让她问范明宇。范明宇说她没喝酒之前脸就红了。董瑞雪说看看，王建还是骗她吧。这时王建说了一句不得体的话，他说：“你别听范明宇的，他是情人眼里出西施。”话一出口，他赶紧说不对，他说错了。范明宇已经把话听清了，他说王建：“你小子胡说八道什么!”董瑞雪也说，王建再敢胡说八道，她就拧王建的耳朵。王建笑着把耳朵捂上了，说不敢，他的耳朵是假的，一拧就下来了。

下午他们三个回市里时，让董瑞雪跟他们一块儿回去，说到市里还可以看一场电影。董瑞雪挺想搭他们的自行车回去，想到还没见着李春光，就打消了回去的念头。她说她晚上就要倒成夜班，回家也不能住，还得返回来，这次就不随他们回去了。

23. 上夜班

李春光在宿舍里睡觉。上午，他刚要出门如约到镇上时，听见院子外面有人打听董瑞雪住在哪里，一听是张文山的声音，他赶紧退回去了。他往外瞥了一眼，看见张文山、范明宇和王建都来了，不用说，他们是趁节日期间找同学董瑞雪来聚会的。既然同学们来了，李春光断定董瑞雪今天不会回家了，他也不必到镇上新华书店去等董瑞雪。他缩回屋里没有再出门。中午开饭时，他怕在食堂碰见张文山他们，他连午饭都没吃。他不想让张文山他们知道他在这里工作。这个城市是他们的，不是他的。他是一个外来人，是沾光到这个城市讨生活的。这好比农村是他的，他们下乡是外来人一样。他们跟董瑞雪是同学关系，随聚随分都名正言顺，谁也说不出什么，谁也无权干涉。而他和董瑞雪呢，什么关系都说不上，只能说董瑞雪在他们那里下过乡。正是这一层，他和董瑞雪都不大愿意承认。倘若张文山他们知道了他李春光也在采石场工作，而且是和董瑞雪在同一个单位，说不定他们会认为他是追踪董瑞雪而来，会排斥他、敌视他，甚至会迁怒于他。他没有力量和他们对抗。他们的家都在这里，他在这里举目无亲。他们可以以同学或别的关系结成集体，他只有孤单一人。就是一对一，他和他们中的任何一个人也不能匹敌。他们生活在城市，从小就有好的营养，身体都很健壮，他的身体相对要弱一些。没有别的办法，他只有躲避他们。有那么一会儿，他觉得自己的处境是可怜的，也是悲哀的，有一种寄人篱下的感觉。他甚至怀疑到城市来是对了还是错了，这里到底有什么好！他看了一会儿书，闭上眼，强迫自己睡着了。睡了一觉醒来，觉得还需要睡，就又睡着了。再次醒来后，估计张文山他们还没走，却怎么也睡不着了。刘德玉和史然到市里去了，宿舍里剩下他一个人。阳光透过窗子照进屋里，一切都出奇地安静。杨树的叶子开始落了，没有风，大片子的叶子半天才落下一片，打在地上的声音有些大。大概因为是过节，别的宿舍的人也出去了，院子里听不见有人走动。倒是有几只麻雀落在院子里来了，偶尔叫一声，显得有些零落。李春光突然有些伤感，他想家了，想他母亲了。

有人在院子里走，李春光听出是董瑞雪的脚步声。董瑞雪的脚步总是急促的。董瑞雪敲了两下门，就推门进屋了。李春光赶紧从床上坐起来了，穿上了鞋。董瑞雪非常抱歉的样子，一开口就跟李春光说对不起，张文山他们来了，她想回家也没能回去。李春光毫无埋怨之意，说他知道。董瑞雪问他怎么知道的。李春光说，他刚要出门到镇上新华书店等董瑞雪，看见张文山他们三个来了，就没去。董瑞雪问："他们看见你了吗？"李春光摇摇头。董瑞雪说，她怕李春光着急，她也挺着急的，到新华书店找了李春光一趟，没找到李春光，她更着急了。这不，张文山他们刚走，她连屋子都没收拾，就到李春光这里来了。她问李春光是不是生气了。李春光说没有，他不是爱生气的人。董瑞雪说没生气就好，她真怕李春光一生气，不理她了呢。李春光说董瑞雪把话说反了，只有董瑞雪有朝一日可能不理他，而他没有不理董瑞雪的道理，因为董瑞雪家是这个城市的坐地户，而他是一个外来人，外来人对董瑞雪赔小心都赔不及呢。董瑞雪听出李春光的情绪还是有些低沉。说："还说没生气呢，我看你还是有些生气。中午吃饭了吗？"李春光撒了谎，说吃过了，哪能不吃饭呢。董瑞雪说，李春光要是没吃饭，她就去拿些来，她那里还有馒头和鸡蛋。李春光把精神提了提，说真的吃过了，肚子这会儿还饱着呢！为了表明他没有生什么气，就主动问了张文山、王建和范明宇的一些情况。董瑞雪一一告诉他们三个现在都干什么，说他们都干得挺好的。李春光问："他们知道我在这儿吗？"董瑞雪说："好像不知道。他们没问起你，我也没告诉他们。我不想让他们知道你在这里，我觉得没必要让他们知道。你说呢？"李春光说她做得很对。李春光又说，其实他对他们三个印象都挺好的，张文山挺豪爽，王建挺幽默，范明宇性格挺内向。董瑞雪夸他说得真准，一句话就把他们各自的性格抓住了。她跟他们同学那么多年，还不如李春光看得准。李春光说，董瑞雪只不过没说出来罢了，是谦虚。董瑞雪说，她不是谦虚，真的不是谦虚，她是个没心的人，理论水平也不高。李春光看了董瑞雪一眼，说："谁说你没心，我看你挺有心的。凡是说自己没心的人，都是有心的人。"他们说话时，各自坐在一张床上，李春光坐在自己床上，董瑞雪坐在史然床上，两个人面对面，中间隔着一条过道。别看他们面对面，说话时并不对视，有时看一眼就躲开了。特别是李春光，多数时间是在低着头的，看到的是自己的脚和脚上穿的鞋。他穿的是一双仿军用黄球鞋，鞋面都刷白了，看去很洁净。屋门也是开着的，好像随时欢迎别人进来，证实他们是光明正大的，是始终保持着距离的。其实他们不愿意任何一个人这时候进来，不愿意让别人看到他俩单独在一起。在李春光肯定地说到董瑞雪是有心人时，董瑞雪一时接不上话了，有些冷场。她说："你看，我都不知道说什么好了。"她找了一个话题，问刘德玉和史然都到哪里去了，李春光说到市里去了。李春光也换了一个话题，提醒似地对董瑞雪说，刘德玉和史然快该回来了。董瑞雪听出了李春光的提醒，但不想马上就走，坐在床沿不动，也不说话，脚来回动。李春光当然不好撵她走，问她今天是不是不打算回家了。董瑞雪说："都这时候了，还回去什么！回家也没什么事，还不如待在这里呢！"她说刚才张文山他们要用自行车带她回去，她都没回去，没回去的原因是她不放心一个人，不想让那一个人留在这里。李春光心里明白，那一个人指的是他，这话说得有些用心，也有些深入了。这一次不接话的是他，他只是低头默想，会心地微笑了一下。停了一会儿，他才抬起头对董瑞雪说："有你这句话就够了，我什么都不想了。"

当夜，他们上的是夜班。夜班是半夜十二点上班，早上八点下班。上夜班比较辛苦，正在被窝里睡得好好的，得爬起来到石坑里去侍弄生硬的石头。不过上夜班有夜班补助费，一个班三毛钱，大家还是愿意上夜班的。三个大探照灯，放在石坑上沿，从不同角度照着在石坑里干活的人们，石坑里如同白昼。"白昼"外面显得更黑，想看一颗星星，得仰着脸找半天。小蠓虫和一些硬壳虫围着探照灯的玻璃罩子瞎绕瞎撞，一派欢欣鼓舞的情景。它们一是喜欢光亮，逐光亮而至。二是秋寒了，它们想就灯取暖。有的小虫干脆趴在灯罩上不动，趴了一会儿，就跌落下去，永远也不动了。节令到了，属于它们生命的热量消耗尽了，不是靠取暖所能挽回的。若白天看，探照灯下方积着一层各类昆虫的尸体，它们没有垂死挣扎的样子，有着认命的安详。夜班干活的工人不大说话，像是舞台上追光灯下的哑剧演员，在做着一些单调的、疲于沉重劳动的动作。他们上演的次数比较多了，动作已烂熟于心，每个人都演得有条不紊，很像那么回事。石坑上方南沿一百多米处，破碎石头的钢铁破碎机，正把石头大口吞下去。由于夜深人静，沉静的空气特别宜于传播音响，破碎机的钢牙啃嚼石头时发出的声音特别响亮。“哐哐哐哐——咦咦咦咦!”“哐”的时候是正吃石头，“咦”的时候是暂无石头可吃。它用“咦”的声音催促人喂它。负责破碎石头的工人才不着急呢，半天才扔进它嘴里一块。不管石头有多坚硬，一到它嘴里就硬不起来，它的钢牙就那么毫不费力地挤几下，大石头就变成碎块，落进它肚里去了。有时工人赌气似地喂它，把刚拉上来的一矿车石头连三赶四地抛进它那贪吃的嘴里，意思是想撑死它，或把它的牙打掉一块。那样，就得叫修理工来修理，他们就可以借机休息一会儿。可破碎机的胃口好像特别好，牙齿也特别坚固，喂多少它吞下多少，永不餍足似的。于是工人就伸懒腰、打呵欠。到了后半夜，人人都觉得疲乏得要命。尽管没有睡觉，实际上脑子昏昏沉沉的，跟昏睡状态差不多。这是人体的生物钟在起作用，那个时候睡惯了，到时候不睡，惯性就来纠缠你，千方百计把你的眼皮往一块儿合。你的眼皮哪怕只合一下，惯性就觉得胜利了，就奖励似地给你一点精神。有人趁上厕所的时候搞一点插曲，搞插曲的办法是把控制探照灯的电闸拉了，使石坑陷入一片黑暗，如枯井一般。这时他们反而来精神了，石坑里一片骚动，乱喊“探照灯！探照灯”。当时有一部电影，我方的侦察兵要炸敌方的一座桥，为便于隐蔽行动，先把敌人的探照灯的电线剪断了，敌人的哨兵就乱喊探照灯。石坑里的工人喊探照灯都是模仿敌人的腔调，他们乐意当一回敌人，仿佛当敌人是一件让人兴奋的事。然而探照灯很快亮了，他们顿时有些泄气。

董瑞雪困得呵欠连连，一再说瞌睡死了。她扶住装满石块的车帮刚站定，头往下一垂，像是睡着了。李春光小声要她提提精神。小心着凉，感冒。见她没反应，就拿起一个小石块，在车帮上敲了一下。董瑞雪醒了，打了一个激灵。天气凉了，地上白花花的，像是霜。董瑞雪和李春光现在是一个车组了，李春光推车，董瑞雪和周师傅装车。是史然主动跟李春光换的，创造了李春光和董瑞雪在一起的条件。近来，刘德玉对他不像过去那样友好了，甚至神色严峻地警告他，他要是继续和董瑞雪来往的话，别人恐怕就不好跟他来往了。他明白，这是朋友向他发出的通牒，已经透出耻于和他为伍的意思，他要是和董瑞雪好，朋友就要收回他们的友谊。这个难题的确让李春光犯难。他珍视朋友之间的友谊，不愿让朋友离他而去。同时他也不能断然表态，从此再不与董瑞雪来往。两难的境地使他在朋友面前羞愧难当，心虚得很。史然的劝阻比刘德玉婉转一些，因而也更有力量一些，更具说服力一些。他说："春光，我的朋友，你听我说，用爱情的目光是看不清问题的。"他劝李春光理智一些，如若不然，会痛苦一辈子的。他从来没对李春光说过这么多话，还搬出大师的名言，忠厚是无用的别名，让李春光好好琢磨琢磨。李春光几乎被说服了，他点了好几次头。然而一见到董瑞雪，他就忘了史然的忠告。有一两次，史然试图再和他谈谈，他有点害怕似地躲避了，是的，他害怕史然的犀利和深刻，不愿动摇对董瑞雪的信心。看来，任何道理在情感面前都显得苍白和软弱无力。史然见劝阻不赢李春光了，就放弃了劝阻。李春光觉得史然还是很够朋友的，从心里感激他。

渐渐地，东边天上发灰了，发白了，发红了。北边镇子上的大喇叭响起东方红的音乐，太阳露出来了，好新鲜的一轮太阳。石坑里劳动了一夜的人们无不为之一振。探照灯熄灭了，没人再喊探照灯。他们看见了太阳升起的全过程，这就是在采石场里露天作业的好处。他们仿佛觉得，太阳能够升起，也有他们一份功劳，是他们用辛勤的劳动把太阳迎接出来的。随着光明面的迅速扩大，随着人们对阳光温暖度的感受逐步加深，这些采伐石头的工人们像是从沉睡中苏醒过来了，脸上增添了快乐的光彩。这里还有一个心理作用，太阳一出来，标志着他们终于熬完了这一夜，马上就要下班了。下班后，整个白天就属于他们自由支配了，想睡觉就睡个够；如果不想睡觉，爱干什么就干什么。董瑞雪的疲劳和睡意也消失得无影无踪，浑身洋溢着青春的朝气。她问李春光下班后准备干什么。李春光见身旁无别人，说听说北山挺好玩的。董瑞雪说："那咱们去爬山好吗?"李春光同意了。

24. 爬山

采石场北面有一座连绵的山峰，他们每天都能看见。山峰看似不远，走起来却不近。他们翻过铁路，如约在镇子上的书店碰面后，就开始向北山进发。他们走过一片田野，越过一个村庄，走了大约四五里的样子，还没到山脚。反正他们也不着急，边走边看，边看边玩。上了一个土坎，他们看见一个浅滩里有几棵柿树。柿树的叶子差不多落光了，柿子还挂在树上，红滴溜儿的，在秋阳的照耀下，像一树点燃的小灯笼。在这里，柿子不是稀罕物，沟沟坎坎，到处都有。当地山民吃不完，就让它挂在树上，霜越打，它就越红。有时下雪天还能看见柿子挂在树上，红柿子戴着一顶雪帽。还有的山民把柿子摘下来泡醋。当地的柿子醋是以独特风味出名的。李春光问董瑞雪喜欢不喜欢吃柿子。董瑞雪说喜欢。他们下进滩里，到柿子树下去了。李春光三下两下就爬到一棵树上，伸手摘下一个通红的柿子，让下面的董瑞雪接好。董瑞雪在地上乱找，不知怎么接，拿什么接。李春光逗她，让她仰起脸，张开嘴，他要把柿子垂直着丢进她嘴巴里去。董瑞雪把李春光的话当真，果然走到李春光提溜着柿子的手下方仰起了脸。但她的嘴张不开似的，向上努着。李春光不由得笑了，他觉得董瑞雪真是听话，连逗她玩都听不出来。李春光没有继续逗她，没让她把嘴张大，说她的嘴那么小，哪里接得住一个柿子，算了，把手捧起来，用手接吧。董瑞雪收回嘴，刚把手捧起来，肩上挎着的一个黄挎包滑脱了，滑到了胳膊上。她赶紧把挎包放在旁边一块干净的石头上，才又捧起小手，尽量把手举高。李春光说放了。她说放吧。李春光把柿子放下去了，眼看要落到董瑞雪手里，不料她一慌张，手一仄歪，柿子碰了一下她的手，落在了地上。董瑞雪可惜地呀了一声，蹲下身子去捡。柿子摔烂了，糖软的柿肉流了出来。李春光见柿子落地的地方有一片白色的鸟粪，让董瑞雪不要捡了。他想说董瑞雪真笨，但他没有说，他怕董瑞雪又把他的话当真。李春光蹬到一个高枝子上，又摘下一个更大更红的柿子，然后下到一枝平伸的横枝上，手拉一个斜枝，蹲下身子，伸长胳膊往下递。董瑞雪又要把手捧起来接。李春光让她伸手，直接把柿子放进她手里去了。她爱惜地把柿子把玩了一会儿，用手掌擦了擦柿子肚子上那层粉白的柿霜，准备吃。这时她又有了新的发现，柿子一侧有一个圆圆的小洞，她说那是虫眼，柿子里说不定有虫子。李春光告诉她，那不是虫眼，那是小鸟的嘴啄的，小鸟鸟瞰天下，眼最尖了，嘴也尖，哪个最甜，小鸟就啄哪个。董瑞雪把柿子轻轻咬了一下，果然甜汁满口。李春光在树上也挑了个柿子吃起来。吃够了熟的软柿子，他们又摘下一些硬的和并蒂的，放进董瑞雪的书包里，预备回场里放软了吃。李春光说，他这才明白董瑞雪为什么要背书包了，原来董瑞雪早就有预谋，是来摘取革命的胜利果实来了。他自我推荐，说他来当董瑞雪的运输大队长怎么样。这次玩笑开得比较明显，董瑞雪乐了。但她不愿任命李春光当运输大队长似的，没把装柿子的沉甸甸的书包交给李春光。李春光指了指书包，说当运输大队长有名无实不行啊！董瑞雪这才把书包交给李春光了。

到了山跟前，又看见一个苹果园。果园用土墙围着，墙头上还插了不少刺枝子。刺枝子都干了，有些发黑。从果园门口看进去，苹果结得很稠，累累坠坠的，有黄香蕉、红香蕉，也有国光、红玉。满园的果香正滚滚地扑出来。董瑞雪说，要不是刚吃了柿子，就买些苹果，果园里的苹果便宜。一个在园门口看果园的老人搭了话，让她进去买点吧，随便挑，摘树上的也可以。李春光对热情的老人说：“我们还要上山，回头再说吧。”老人还是想让他们到果园看看，说山上没什么可看的，原来山顶有兵家的寨子，寨子早倒了，只剩下一点儿墙根儿。董瑞雪对不买苹果好像很抱歉似的，说下次来一定买苹果。

上山没有现成的路，好在山坡并不陡峭，爬起来不是很艰难。李春光在前，董瑞雪在后，弯着腰往上爬。山的表面是风化的碎石，成鳞片或颗粒状。山坡上长满各种各样的草，草叶很柔韧，还没有枯萎。草丛里有不少羊粪。爬了一会儿，李春光站下等董瑞雪，见她脑门上冒出了细汗，还喘微微的，就要她别慌，慢慢来。他想拉住董瑞雪的手，拉她一把。这个念头一冒出来，他很快就打消了。不是因为董瑞雪的手像面团捏的，一碰就会变形；也不是因为董瑞雪的手像雪做成的，一摸就会化，主要是因为出于对董瑞雪的尊重和禁忌，他不能让董瑞雪把他看成一个不持重的人，不愿意给董瑞雪造成任何不良的印象。董瑞雪见李春光等她，就停下来喘口气，并背着身子往山下看。她看见了火车站，看见了他们采石场的房子，还看到了一个插红旗的地方，一时判断不出是哪个单位。李春光要她先不要急着看，等他们到了山顶再往下看，那才看得远呢！他们终于爬上了山顶，极目南望时，谁也没有说话。看了一会儿，相视笑笑，再看。要体会登山者的开阔视野和起伏的心潮，只有登过山的人才办得到。李春光和董瑞雪一时找不到得力的词汇表达他们的心境，但一种近似的概念还是冒出来了，李春光说：“这就是我们祖国的大好河山啊!”董瑞雪附和说：“大好河山太好了!”展现在他们面前的是一个开阔的盆地，在十月小阳春明丽的阳光照耀下，在诗意般波动的地气里，麦田碧绿，羊群雪白，载煤的火车乌龙一样滚向远方，大面积的水库镜面一样闪光。西边的城市也清楚可见，成片的高楼，林立的烟囱，飘扬在高大建筑物上的红旗和从市里开出的甲虫一样的汽车，都有了一种新的形态、新的韵味。近处，几只狗在追逐一只野兔儿，放羊的人们兴奋地大声叫着为狗们加油。往城里运送苹果的毛驴车出发了，赶车的人把鞭子甩得脆响。天空，是那样的清澈高远，南去的雁阵变得很小很小了，还能看得见。一只苍鹰在半山腰飞来飞去，头向下勾着，来回摆动，沉着地寻找可供攻击的目标。山顶的风有点大，董瑞雪的头发被吹得向后飘扬起来。她以为小辫子被风吹散了，摸摸，没散。李春光也被长风吹得眯着眼睛。他们都沉浸在一种忘我的境界里，像是看见了很多东西，又像什么也没看见；像是想了很多很多，又像什么也没想。他们的心胸都有一种开阔的空灵感。一只小松鼠从石头缝里钻出来了，探头探脑，欲跑又停，小圆眼睛鼓着，很亮。董瑞雪先看见了，蹑手蹑脚走过去，想把小松鼠捉住。小松鼠倏地跑了。跑到一堆乱石里，小松鼠又停下来，拿纤巧的爪子在脸上洗，毛绒绒的大尾巴在身后翘着。董瑞雪扎着架势又去捉。李春光认为逮不住的，这小家伙，机灵得很。他绕到另一边，帮着董瑞雪捉。小松鼠大概发现了他俩的企图，出出溜溜逃窜了。

这时从山下上来两个人，躬着腰往山上爬。看样子是一男一女，大概是一对恋人，因为他们是拉着手的。他们在山上看见下面的人了，下面的人不一定能看到他们。李春光指着西面的一个山头，建议到那边去。到那个山头要下一个山坡，坡上都是光滑洁净的大石头。有一块大石头挡住了路，李春光攀上了石头，一跃跳下去了。董瑞雪也攀上去了，往下看看，离地面挺高，没敢跳。她求助似地看着李春光。李春光此时若向她伸出手来，她会把手递给李春光，让李春光接她一把。李春光不伸手，她是不会先伸手的，她不能让李春光把她看成轻薄之人。李春光的双手向下垂着，没有伸向她的任何表示，让她蹲下身子，贴着石头滑下来。按照李春光的指点，她贴着石头滑下去了。这座山头上有一座古塔。他俩到塔跟前转着看，看了下面看上面，脸仰得高高的。古塔不知建于何代何年，通体为青砖结构，底座的砖被时间剥蚀得凹了进去，风化的灰色粉末落在地上。上面的砖起了绿苔，看上去还较完整。有一个挑起的塔角上，还悬着一只变成黑色的铜铃。山风吹来，铜铃偶尔轻响一下，余音袅袅，如梦如幻，像是在演奏一支古老的歌子，能把人的思绪载到很远很远的地方去。塔是实心的，不能走进去。要是能进去的话，他们肯定会走进去看看的。董瑞雪的心思不在塔上，她很想对李春光说点什么。她不知道这座塔是干什么用的，纪念的是什么。但她跟李春光到这里来是有意义的，尽管意义还比较模糊，还不太明确。他们的行动有了意义，塔作为一个记号，也就有了意义。后来董瑞雪说了一句很平淡的话，她说：“就咱们两个在这儿。”她说的是一个事实，无须李春光再加以认定。李春光想，两个人在这里怎么样呢，石头还是石头，塔还是塔，各有各的位置。他顺了董瑞雪的思路问董瑞雪：“要是让你一个人到这里来，你敢来吗?”董瑞雪的回答很肯定，她一个人是绝不敢来的。李春光问她怕什么。她说山上连个人家都没有，要是遇上坏人怎么办。李春光说：“跟我一块儿来，你就不怕坏人了?”董瑞雪说：“那当然了，有你保护着我，我什么都不怕。”李春光说：“我要是个坏人怎么办?”董瑞雪把他审视了一下，说李春光根本就不像个坏人，而是个好人。又说，李春光若真是个坏人，她也不怕。李春光见董瑞雪眼睛亮亮的，不敢看她了，低下头捡起一个石块说：“谢谢你对我的信任。”说罢奋力把石块向山下投去，石块在很远的地方响了一下。董瑞雪对李春光的说法似乎不太满足，她鼓了鼓勇气问：“春光，你真的喜欢我吗?”李春光说他已经说过了。董瑞雪问他说过什么了。他说他要说的话在他给董瑞雪写的信里。董瑞雪说那是以前。李春光怕她说出以后似的，说：“我现在的心情跟当初写信时的心情一样，这种心情一辈子都不会改变的，你相信吗?”董瑞雪点点头，说相信。太阳移至当头，山上越发静了。塔角的风铃又丁地响了一下，小心翼翼的样子。董瑞雪慢慢转过身去，垂下头，一只手在眼上擦着。李春光走过去，站得离董瑞雪很近，第一次喊了她名字的后两个字：瑞雪。他喊得很轻，好像有些碍口似的，声音还有些发颤。董瑞雪马上转过身来，回报似地喊了一声春光。

25. 说媒

这天下午，班长找到董瑞雪，说要跟她谈点事。董瑞雪一听别人找她谈事就条件反射似的有些紧张，问什么事。班长让她到陈书记办公室去，班长在那里等她。什么事神神秘秘的，还要到书记的办公室，她有些抵触，说不说什么事她不去。那次在广播站，有人在站长办公室找她谈话，结果谈出了一场不幸。这次到书记办公室，不知又要说什么。既然是书记办公室，书记当然也要参与对她的谈话。难道她与李春光去转山沟和爬山的事被别人知道了？班长见她不愿去，就说事不大，又说反正是好事。董瑞雪一遇事就不由自主地往坏的方面想，听班长说是好事，她心里才稍微放松些。来到书记办公室，却不见陈书记。班长说陈书记到生产现场检查去了。班长让她坐下，问她最近感觉怎么样。董瑞雪被问得有些摸不着头脑，说什么怎么样，不还是那样吗，上班下班，吃饭睡觉，再加上班后学习，天天都是三部曲。班长笑了笑，说他的意思问董瑞雪在采石场适应了吗？干活觉得累吗？搬石头还能不累。石头没长腿，不搬它不会自己跑到车上去，不适应又能怎样。她也笑了笑，没回答班长的话，心里在估计有什么好事会临到她头上。既然是好事还用得着这么兜圈子吗？只有坏事才遮遮盖盖。她有些不耐烦，要班长有什么话只管直说吧。班长说她真是个急性子，把书记的意思透露给她。书记的意思，董瑞雪照这样干下去，年终有可能被评为先进生产者。书记让班长注意掌握董瑞雪的事迹，评比时好往上报材料。班长问："你说，这算不算好事?"算是一种好事，董瑞雪心里一块石头落了地。她说当先进生产者她不够格，她来得比较晚，应该让那些在石坑干得时间长的人当。班长不同意她的看法，说当先进不在干得时间长短，关键看个人的表现。有的人在采石场干了好多年了，一次先进也没当过。班长说她当先进没问题，肯定没问题。班长话头一转，问董瑞雪有没有对象。对象？什么对象？董瑞雪一时没转过弯来。班长说恋爱对象呗。董瑞雪又有些警惕，说她现在不找对象。班长说，找也没关系，找了可以先不结婚嘛。班长说，他准备给董瑞雪介绍一个对象，对方是一位正在服役的现役军人。他指着陈书记桌子上的玻璃板，让董瑞雪过去看一下。董瑞雪疑惑地过去了，在玻璃板上角看见了一张放大的彩色发白照片，照片上是一幅戴红领章帽徽的军人头像，军人浓眉大眼，颇有几分英气。她看着这人怎么有点面熟呢，想起来了，像陈书记，一定是陈书记家的什么人，或许是陈书记的弟弟。她有点慌了，说不行不行，绝对不行。班长要她别急着封口，可以好好考虑一下，“你知道，解放军在我们国家是很有荣誉的，政治地位是很高的。你要是同意谈的话，对你们两个都有好处，你就成了军人的对象，受到组织上保护，他呢，复员时就不一定回农村了，有可能照顾你们的关系，安排在城市工作。小陈也是初中毕业生呢!”董瑞雪明白了，这位军人果然是陈书记的弟弟。她想到，班长给书记的弟弟介绍对象，定是征得书记同意的，是他们在背后商量好了的。这才是班长要说的好事，绕来绕去，她到底还是中了人家的圈套，顿时觉得很不自在。她绷着脸要班长千万别提这事了，说不行就不行。班长有几分不悦，仍勉强笑着，说陈书记说了，场里打算再配一位会计，要是董瑞雪想干的话，领导可以考虑。董瑞雪说她什么都不干，还是搬她的石头。班长眉头拧起来，做出十分不解的样子，说董瑞雪总是要谈对象的吧？董瑞雪说那不一定，也许她一辈子都不结婚。班长说那不可能。

当晚在石坑干活时，董瑞雪把班长给她说媒的事对李春光说了。她是当笑话说的，一开口就说了“真可笑”。也是当知心话说的，意思是她有什么话都会对李春光说，把李春光当成一个知己。李春光没说话，只听她说。天上下着小雨，还夹着一点小雪。雨和雪都不大，班长没让停工。董瑞雪让李春光猜班长介绍的是谁。李春光猜不着，也不愿意猜。人海茫茫的，往哪里猜。董瑞雪悄悄告诉李春光，班长给她介绍的是一位解放军。李春光听出董瑞雪的口气有点高兴，仿佛已经沾了解放军的光，就说那挺好的。小雨加雪是不大，但经过探照灯的强光一照射，雨星和雪末好像被放大了，竟也乱纷纷的。雨是化了的，雪一落下也化了，李春光的头发开始湿了，在灯光下，脸也显得有些青白。董瑞雪没想到李春光会说挺好的。她也不知道李春光应该说什么，但起码不应该是支持和赞成的态度，不应该说挺好的。李春光的情绪似乎也不高。装石头的车一侧有一个阴影，李春光坐在车把上低着头，让阴影遮住他的半个脑袋。董瑞雪看出来了，李春光不愿意听这个话，他说的挺好的也是反话。董瑞雪本来还要告诉他，班长介绍的是陈书记的弟弟，见李春光受了打击似的，她就不敢说了。董瑞雪由此知道了李春光对她的私心有多重，也知道了李春光的心有多敏感，她的心不知不觉又向李春光的心贴近几分，却轻轻叹了一口气。她对李春光说，她回绝了班长，她可能一辈子都不结婚。李春光告诉她，雪下得比刚才大一些了。

冬至到来之前，董瑞雪回了一趟家，妈也说了有人给她说媒的事。天气一天冷似一天，她回家是取棉衣。妈给她做了一条新裤子，还买了毛线，准备给她织一件像样的毛衣。她以前虽然也穿过毛衣，但都是一些旧线和杂线，从没穿过新毛线织成的毛衣。她摸着柔软和富有弹力的新毛线，心里先暖和了。妈对她有些埋怨，说她一去就不回来，到底是跟谁赌气！别管如何，这也是她的家呀。董瑞雪说天天上班，星期天也不休息。又说，这不是回来了吗？妈说："要不是天冷了，你还不知道回家呢！"妈说有一次做梦，梦见她瘦得皮包骨头，妈搂着她好哭了一场。醒来后，就催她爸赶快去看她。妈捏捏她的胳膊，说她吃胖了，肉也比过去结实了。妈跟她说的有人给她介绍的对象，也是一个军人，目前正在这个城市当兵，老家也是在农村。不用说，人家看中的也是她的城市户口，想通过和她结亲，复员后留在城市里，这其实是一种交换，当兵的虽然家在农村，却有军人的身份。军人的身份就是政治的身份，全国人民都在学习解放军，当军人自是荣耀。她呢，虽然有过那样一段历史，但她的城市户口也是很重要的。说白了就是政治身份和户口的交换。应该说董瑞雪对军人是很尊敬的，她也曾梦想当一名女兵。可尊敬和谈对象是两码事，她不认为自己只是一个户口的代码，也不喜欢别人把户口看得比她还重要。特别是想到了毁她的那个人也是当过兵的，对这样不谋而合的说媒顿生反感和抵触。她对妈说，她现在不谈对象，当兵的更不要提。妈说了一句话，跟班长的意思又是不谋而合，妈说，人到世上总得谈对象，总得结婚。早谈晚不谈，反正是个谈。一个人总不能一辈子不结婚吧！董瑞雪向妈提了一个问题："一辈子不结婚会怎样？难道就过不去了？"妈没有回答她的问题，要她不要瞎说，该结婚还得结婚。妈提到范明宇，说那小伙子不错，人很沉稳，话不多，说一句是一句，像是个可靠的人。范明宇又跟董瑞雪一块下过乡，一切知根知底的，不存在谁瞒谁的隐患。就算范明宇的爸爸是个右派，事到如今，对人家的家庭也不能太挑剔。董瑞雪不知道妈怎么了，老是跟她说谈对象的事，像是怕她嫁不出去似的，急于给她找个主儿，急于把她嫁出去。董瑞雪不高兴了，说："我不回来，你埋怨我心里没家。我刚回来，你就烦我了。"妈说没有呀。董瑞雪说："那你干吗急着把我推出去!"妈说好，不说这事儿了。妈不说了，董瑞雪却想到了李春光，她差点说了采石场有一个小伙子不错，话到嘴边，心里一打沉，赶紧把话咽回去了。她越想越感到，在家里是万万不敢提起李春光的。她一提，妈难免会问李春光是哪里的。李春光是经不起打问的。在采石场时，她没想到这一层，没把李春光和过多的人和事联系起来。到了家里，仿佛一下子把李春光推远了，推到李营去了。李春光距她越远，面目以及与其家人的联系就越清楚，拉出一个李春光，就带出一大片似的。而他们家，似乎已建立起一个巨大的障碍，这个障碍对那个地方所有的人都起着阻挡和排斥作用，更不用说李春光了。在家里，她的头脑似乎清醒一些。回想起来，前段时间跟李春光走得太近了，差点失了分寸。好在他俩做的秘密，别人不曾发现什么。要是别人知道了他俩的秘密约会，恐怕就不好了。董瑞雪想，再回到采石场得注意点儿。

26. 范明宇

妈要去买点肉，给董瑞雪包饺子吃。董瑞雪说她去吧。妈从一个小纸盒里给她找出肉票，是一斤二两，给了她。妈还要给她钱。她没要妈的钱。他们家离一家最近的卖肉店也有二里多路，董瑞雪想骑车去，才发现自行车不见了。妈告诉她，自行车被她妹妹骑到农场去了，只骑去一次就被人家偷走了。妈骂妹妹是个败家的东西，将来不会有好日子过。董瑞雪没说什么。那么好的自行车，她骑了那么长时间，说没有就没有了，她觉得有些可惜。没自行车，只好走着去。一来到肉店门口，她就被里面的情景吓住了。肉店是两间屋，顺长着从中间用水泥墙打开了隔断。水泥墙很厚，有一人高，也是卖肉的柜台。柜台里边是卖肉的，柜台外边是买肉的。卖肉的营业员有两个，都是男的，都吃得很胖，胸前戴着围裙油腻麻花，很具有屠夫的形象。肉是一头猪劈成两扇，每人负责卖一扇。柜台外边买肉的人就数不清了，人挨人，人挤人，简直是实填。要是从上面往人堆里浇一瓢猪血的话，估计猪血不会漏到地上。买肉的多是一些男人，而且多是一些青壮年人。他们踮着脚，伸长脑袋，手里举着肉票和钱，乱喊乱嚷一气。他们的要求是一致的，每个人都要求买到肥一些的肉。外边的人挤不进去，里边买到肉的人举着肉也挤不出来，大家都在挤，都在骂。董瑞雪想，亏得柜台是水泥的，要是木板的，早就挤塌了。她还想到了一群老虎，她觉得这些人跟老虎一样，是馋坏了，要是把他们放进去的话，说不定他们生吃就能把肉吃完。两个卖肉的却不慌不忙，他们手持尖刀，对着柜台外面近乎疯狂的人们戏弄似地笑着。并不是谁挤在最前面，他们就先卖给谁。他们在人群里挑人，见哪个人是他们的熟人或看着较为顺眼，他们就先接谁的肉票和钱。先收下肉票和钱是有道理的，如果先给肉，外面会伸出好多手抢肉，会争着付钱。一个小青年跳到柜台上头去了，弯腰指着肉让卖肉的给他割。卖肉的马上露出凶相，命小青年下去，并用刀子指着小青年，仿佛小青年晚下去一会儿，刀子就不割猪肉了，要割小青年的肉。下面都是人头，小青年已无退路，他只得爬在人头上，被人们打着骂着，爬到人围外头去了。人堆里还有一位妇女，她大概被挤得受不了啦，嚷着不买啦，让她出去。她的脖子转过来了，身子却转不过来，身子被强有力的人们给固定住了。董瑞雪想，亏得她妈没来，她妈要是来了，恐怕跟那个妇女的情况差不多。董瑞雪由此得出判断，她家可能好长时间没吃过肉了，妈不知道买肉这么艰难。妈要是到过卖肉现场的话，就不会同意她来买肉了。董瑞雪把手握了握，觉得自己身上是有力的，采石头的工作使她胳膊上的肌肉差不多像石头一样硬了。她跃跃欲试，一再往人堆里瞅，看能否挤进去。但她终究没往人堆里挤。为吃一顿肉，那么拼力去挤，何苦来呢。肉还没买到，恐怕自己身上的肉得挤掉几斤。不过她没有扭头就走，肉没卖完，人未散尽，买肉的希望就存在着，她要等“希望”都不存在了，她再走。这样对她妈也好交代些。另外，她想当一个旁观者，观看一番那群人都能挤出什么花样来。在采石场，她难得看到如此景象。她想这就是她的城市。城市的特点就是人多，人一多就容易弄出热闹来。她把肉店的拥挤当成热闹看了，面带微笑，流露出来的是欣赏的表情。有人回头看她，注意到了她的欣赏，于是那人像获得了动力似的，挤得更来劲，还嗷嗷叫着，像表演一样。

范明宇骑着自行车从肉店门口路过，看见了董瑞雪，双脚一支，在董瑞雪面前停下了。董瑞雪看见范明宇有些欣喜，仿佛她不是来买肉，而是来等范明宇，一下子就把范明宇等到了。她问范明宇去哪里。范明宇没说自己去哪里，却问她是不是来买肉。董瑞雪说是的，是她妈交给她的任务。范明宇说，买肉站在这里看什么，肉又不会自己飞出来，他把手一伸：“拿来。”让董瑞雪把肉票和钱交给他，他要进去替董瑞雪买。范明宇这种自专和仗义的精神，使董瑞雪感到一种很少见的亲切的武断，她愿意服从这种武断，乖乖地把肉票和钱交给范明宇了。范明宇不让董瑞雪站在门口看着他，给董瑞雪一指肉店的墙角，让董瑞雪到那边去等。他把自行车推到墙角那边去了，支起来，拍拍车座，说：“交给你一个任务，在这里给我看着自行车。”说罢，也不管董瑞雪同意不同意，身子一拐，到肉店去了。董瑞雪很听话似地扶着自行车站在墙角，她摸摸自行车的座位，又摸摸自行车的两个手把，摸到了范明宇留在上面的温热。她觉得范明宇好像变了，不是过去的风格了，变得不由分说，替她买肉不由分说，让她看着自行车也不由分说，就好像城里是范明宇的地盘，他才是这个城市的主人，而她是这个城市溜边的人，到了范明宇的地盘，一切都得听范明宇的，范明宇说一不二。又好像范明宇是家庭里的一个长兄，她是一个小妹妹，妹妹一般要听长兄的支使，长兄让妹妹干什么，妹妹不能跟长兄打别。再比方别的就不好比了，就让人不好意思了。但她还是想到了男人这两个字眼儿，世界由男人主宰着，单位由男人主宰着，家庭也由男人主宰着。范明宇很像个男人的样子了。范明宇的家庭情况，董瑞雪知道一些。范明宇家原住省城，其父原是某大厂的一位总工程师，因成了右派，就到这座小城来了。范明宇的母亲和范明宇的父亲离了婚，两个孩子，每人分一个。范明宇被分给父亲，其弟弟跟了母亲。范明宇跟父亲到了这个城市后，他们父子俩没有立锅灶，一直住在矿山机械厂的单身职工宿舍，各自到食堂排队买饭吃。逢年过节，食堂停火，他们父子俩才自己做点饭吃。他父亲虽当了右派分子，但架子不倒，是不愿做饭的，宁可不吃也不做。做饭的事只有范明宇承担。另外洗衣服和缝衣服的事也是范明宇干。上中学时，董瑞雪和别的同学结伴，到范明宇家看过一次。他们听说范明宇的父亲年轻时当过话剧演员，而且演的是外国人。还听说范明宇的父亲当了右派分子以后古怪得很，成天价不说话。他们是想看看，范明宇的父亲鼻子高不高，像不像外国人。还想证实一下，范明宇的父亲是不是真的不说话。范明宇反对同学们到他家里去。他的家不像一个家，只不过是一间宿舍。宿舍里除了两张床，别的就没有什么了。有一次，范明宇拾了两块木板，想自己钉一个小凳子。父亲看见了，二话没说，拿起木板就扔到宿舍外面的垃圾堆里去了。他又捡到两块木板，藏到了自己床底下。他想等父亲什么时候不在家时，他再动手钉小凳子。然而，他藏在床下的木板还是被父亲发现了，父亲发现后，这次并没有自己去扔，父亲等他回到宿舍，当着他的面，命他从床下取出木板，让他自己去扔。他不愿意扔，但他不敢违背父亲的意志，还是拿出去扔了。父亲要他记住，人生的目的不是收集，是抛弃，抛弃，懂不懂！到头来什么都要抛弃。晚抛弃不如早抛弃。他听不懂父亲的话，心里抵触情绪很大，还咬了牙，在肚子里把父亲叫成老右派，觉得人家把父亲打成右派真是非常正确，非常英明。他知道同学们去他家是怀有一种好奇心理，是想看看他的行为古怪的父亲。他在班里说，谁要去他家，他就骂谁。董瑞雪和几个同学，是冒着挨骂和别的不可预知的风险到范明宇家去的。他们事先没让范明宇知道，是采取突然袭击的办法到范明宇家去的。去的时候，他们手拉着手，互相给对方壮胆。结果令他们有些失望，范明宇的父亲见他们来了，二话没说，站起来就出门去了，仿佛知道别人是冲他而去，他就故意让别人失望。还好，范明宇没有骂他们，范明宇的神情只是有些不安。不过他们已经看见了，范明宇的父亲瘦削而高，腰板挺得笔直，眉毛又浓又长，鼻子又高又直，相貌的确清奇，非同一般。董瑞雪看出来，范明宇有不少地方长得像他父亲，比如他的身材、眼睛和鼻子。应该说范明宇长得没什么毛病，是称得上英俊的。女同学们在私下里议论，也认为范明宇是男同学里长得最好的。因为他长得有些像他父亲，同学们都不敢看好他，好像他的长相随了父亲，预示着他的前途和命运也不会好到哪里去，说不定也会随他的父亲。

有两个人拿着肉出来了，肉块都不大，煮熟了不够一个人吃一顿的。范明宇还没出来。范明宇替她买肉那么果断，她不知道范明宇有什么高招儿，难道范明宇认识卖肉的师傅不成！她把范明宇的自行车锁上了，到肉店门口一侧往里看。她看见了，范明宇并没有什么高招儿，也是靠自己的力气往人堆里挤。范明宇已经挤得靠近了柜台，他的工作服挤得在脖子里揪着，头上冒出了汗。董瑞雪还在嘈杂的人堆里听见范明宇喊师傅的声音："师傅，我要，给我，肥瘦我都要！师傅师傅！"然而卖肉的没有收范明宇的钱，当然也没把肉给范明宇。董瑞雪突然替范明宇有些难过，真是难为范明宇了。董瑞雪明白范明宇为什么不让她站在门口看的原因了，他不想让董瑞雪看见他在人堆里挤得盔歪甲斜的样子，他要在董瑞雪面前保持他的形象。范明宇就是这样，在什么情况下，他都保持着一颗自尊的心。董瑞雪心里一热，真想把范明宇喊出来算了。想到那样就违背了范明宇的一番好心，就悄悄退到墙角，继续在那里等。又有几个人走进肉店里去了，等于往里边又补充了几个有生力量，拥挤还会掀起新的高潮。

不知等了多长时间，范明宇才从肉店里出来，他捏着一小块肉，尽量压抑着喘息，故作轻松地对董瑞雪笑。董瑞雪指出他的一个扣子掉了。范明宇用衣襟掩盖了一下，说没事，再找一个扣子钉上就是了。董瑞雪要范明宇跟她一块儿到她家去，他们一块儿包饺子吃。范明宇说，这点肉还不够他一个人吃呢，他让董瑞雪赶快回去吧。董瑞雪想起范明宇上次说的，只有她在家，去她家吃饭才有意思，现在她回来了，正好让范明宇去“意思”一下。她把肉接在手里，看着范明宇，很诚恳地邀请范明宇，说去吧，真的，“我妈刚才还说你呢，说你是个可靠的人。”范明宇脸上红了一下，说很想去，可实在去不成，因为他正上着班。他是受班长的指派，到外面办一点事，马上要回到车间去。董瑞雪听说他正上着班，就不好勉强让他去了。范明宇问董瑞雪，是不是要在家里住两天。董瑞雪说今天不回采石场了，明天再回去。董瑞雪想，范明宇问了她在家的时间，也许会给她留一个话，她满瞅着范明宇，等他把话留下来。可范明宇什么话也没留，骑上车就走了。这个范明宇，拼着力地替她买肉，买完了，连感谢的话都不容她说一句，就逃也似地走了，这是为什么呢？

27. 小饭店

下午下班后，范明宇就到董瑞雪家来了。范明宇刚洗了澡，头发蓬松着，鼻眼都很光鲜。范明宇脱去了工作服，换了一身衣服。衣服料子不错，只是穿上显得宽大一些，像是他父亲的衣服。这身衣服一穿，范明宇一下子正规得像个人物了。因只有董瑞雪一个人在家里，她一时有些无措，不知该不该让范明宇进家。范明宇似乎也看出了什么，问都是谁在家里。董瑞雪说就她自己。说了就她自己后，她脸上红了，心里也跳跳的。范明宇是骑自行车来的，他双手握着车把，样子有些犹豫，说：“就你自己在家呀，你妈呢？”董瑞雪说她妈上班去了。董瑞雪见范明宇犹豫，反而不慌张了，把院子的门开大，让范明宇进去。范明宇把自行车推进院子里，支起来，却不马上进屋，看样子还是犹豫不决。他问董瑞雪一个人在家干什么呢。董瑞雪说打毛衣。范明宇瞅着董瑞雪家的菜园，夸菜园不错。这都不是范明宇要说的话，他是无话找话，连自己都不知道自己说的是什么。他的手也不离自行车，仿佛自行车是他的一个依托，离开自行车就失去了依托。董瑞雪让范明宇把自行车放在那儿吧，又没人偷他的自行车。范明宇说不是。董瑞雪说不是什么。范明宇抓了一下后脑勺，说不出不是什么。范明宇的窘迫使董瑞雪觉得自己占了优势，她把范明宇窘迫的原因道破了，说："就我一个人在家怕什么！我看你比一个姑娘家还害羞。"董瑞雪进屋把毛线活儿拿在手上织着，范明宇才进屋去了。他们没到董瑞雪的卧室，只待在客厅里。董瑞雪指了一个凳子让范明宇坐。范明宇按指定位置坐了，一坐下双手就绞在了一起，互相钳制似的。董瑞雪给范明宇倒了一杯开水，递给范明宇。范明宇不绞手了，两手都握在杯子上。董瑞雪觉得应该和范明宇开一个玩笑了，不然的话范明宇就不会放松。可是，她不会像张文山那样，玩笑的话张口就有，她跟人家开玩笑，总是不能收到应有的效果。不管如何，她得试一试。她说："范明宇，上午我让你来吃饺子，你不来，现在饺子吃得一个不剩，你来干什么?"说着自己先笑了，当笑话的引子似的。这个笑话效果不错，范明宇果然笑了，说："你当我是来吃饺子的，我就那么馋吗！"好的笑话是完整的，有开头部分，中间部分，还有后续部分。董瑞雪的笑话只有一个开头，中间部分和后续部分都没有，接下去比较困难，她说："我看你就是馋，不馋你来干什么?"是呀，这是一个问题，范明宇来干什么呢？范明宇不好回答，他说哎呀，董瑞雪，我算服你了。董瑞雪问他服她什么。这又是一个问题，董瑞雪好像只会提问题。范明宇被逼到墙角似的，把刚才那个问题又拾起来了，说："你说我馋，我就是馋，行了吧。"绕来绕去，笑话到这里有些意思了，突然像个笑话了，这叫笑话进行不下去的笑话。两个人都笑，屋里气氛轻松下来。这时候他们应该好好说一会子话，回顾也好，前瞻也好，他俩应该有话说。中学同学三年，一块儿下乡又一年多，加起来在一起的时间将近五年，这五年他们经历了多少事啊！人一辈子才有几个五年呢！也许要说的话太多，反而找不到头绪了，一时有些冷场。董瑞雪不提问题了，范明宇又提了一个不该提的问题，他问董瑞雪的妈什么时候回来。看来他还是紧张，还是不放松。这大概因为他的破碎的家庭，他的古怪的父亲，还有社会的歧视，造成了他谨慎和多疑的性格。董瑞雪不由得叹了一口气，说："你在我们家里是不是特别不自在。"范明宇承认有一点。那么董瑞雪说："咱到外面去吧。"范明宇马上同意了，说："今天晚上我请你吃饭。"董瑞雪问请她吃什么。范明宇说，董瑞雪想吃什么就请她吃什么。董瑞雪说，她什么都不想吃。董瑞雪给她妈留了一个纸条，说她到书店去看看，要妈吃晚饭的时候不要等她。董瑞雪的借口不是临时想出来的，她不知不觉就写了去书店。前几天，李春光跟她借书看，问她家都有什么书。董瑞雪想了想，说她们家什么书都没有。李春光不相信，说不可能，一个城市家庭怎么可能没有一些藏书呢，或许是"文革"刚起的时候烧掉了，或许是对书比较保密，概不外借。董瑞雪说真的，她家从来不买书，也不存书，只有一本伟人著作精装缩印本，还是放伟人的石膏像用的。李春光说遗憾，这是他没有想到的。她记住了李春光所说的遗憾，并受到了李春光的影响，开始光顾书店。人们准备过冬，街面上有些忙乱。买大白菜排队，买煤也要排队。买到大白菜的人，把大白菜装进推儿童的竹车里，吱吱呀呀往家里推。一两个专等着捡白菜帮子的老太太，趁买菜的人不注意，很快地从一堆白菜帮子里捡走一两片。她们盛白菜帮子是用很脏污的塑料布，把捡到的白菜帮子在塑料布里包起来，伺机再捡。有时她们捡白菜帮子的动作不够敏捷，被卖菜的看见了，卖菜的就大声斥责她们，让她们滚，说再看见她们偷菜就打断她们的腿。老太太脸上木着，似乎不在乎人家打断她们的腿。对别人的斥责也麻木了，一有机会，她们还是捡。买到煤的人，就在院子里和路边摆开战场。在煤末子里掺上黄土，和成煤泥，用蜂窝煤机一个一个在空地里脱按。不论走到哪里，都能看见成片的蜂窝煤在地上排列着。倘是那么多的"蜂窝"都钻进蜜蜂的话，不知能酿多少蜜呢。可惜，那些"蜂窝"都是假的，是烧火用的。这个城市还在大量进煤，空气里扬着煤尘，马路上撒着煤屑，这段时间这座城市简直变成一座煤城了。

董瑞雪他们两个没到书店里去，起主导作用的是范明宇，范明宇往哪里走，董瑞雪就往哪里跟。城市小，熟人就多，不适合在街上长走。范明宇用自行车带上董瑞雪，穿过两条横街，在一个小饭店门口停下了。董瑞雪问范明宇真要请客呀。范明宇说，他历来说到做到。到了外面，范明宇似乎自信多了，也幽默了，说："尊贵的董瑞雪同志，请吧。"饭店里冷冷清清，没人吃饭，饭店一角，倒是有两个要饭的先埋伏在那里了，一个瞎眼男人和一个八九岁的小姑娘，二人衣服破烂，都很脏污。瞎眼男人听见有人进来了，头往上长了长，表情兴奋，流露出总算等到了讨饭的对象的意思。灶间是敞开的，两个营业员在凳子上坐着聊天，都是女的，一个中年，一个青年。见有人进来了，她们也不站起来。范明宇问她们有什么饭。中年营业员说有面条。范明宇问有炒菜吗，有酒吗，营业员说她说过了，只有面条。范明宇问董瑞雪怎么办，董瑞雪说面条就面条吧。面条分肉丝面和鸡蛋面两种，他们要了两碗肉丝面。坐在桌前等饭时，范明宇说真不好意思，他早就想请董瑞雪吃饭，结果只请了一顿面条。难道除了吃饭就没有别的话了，董瑞雪不接他的话。她预感到范明宇有话对她说，她用沉默等待范明宇把话说出来，无论范明宇说什么，她都不会拒绝范明宇。她把范明宇和李春光比较过了，她对范明宇了解得更多一些，范明宇各方面的条件好像也好一些。范明宇毕竟是城里人，城里人有城里人的生活方式。而李春光虽然从农村出来了，他的家人还在农村，他还像是一个农村人。还有一个更重要的因素，对于范明宇，他们家的人有认可的可能，她妈已流露出对范明宇印象不错的意思。对李春光呢，她家的人简直没什么认可的可能性，在家里，她连李春光的名字都不敢提。她对范明宇说："我妈不会到这里来。"她这话对范明宇差不多有点敦促和讽刺的味道了，范明宇低下眉，终于要说了，他说的是："怎么说呢？"

范明宇的确有话对董瑞雪说，因为他最近陷入了一种困难的境地。范明宇所在的车工车间，有一个姓邱的姑娘看上范明宇了，对范明宇追得很紧，一有空就往范明宇身边靠，给大家造成了他俩谈恋爱的印象。邱姑娘长相很差，还比他大三四岁。邱姑娘的父亲在省里广播电台当记者，记者到矿山机械厂采访，认识了厂里的头头，就走了头头的后门，把邱姑娘送进厂里当了工人。记者的前妻在农村，邱姑娘为记者的前妻所生，也在农村。邱姑娘的父亲在城里娶了后妻，又生了两三个孩子。邱姑娘的家庭出身也不好，成分比较高。但其父亲作为一个记者，社会地位还是可以的。邱姑娘利用父亲的社会地位，以同情的姿态接近范明宇。她对范明宇说，别人都嫌弃范明宇的家庭出身不好，她不嫌弃。她看重的是范明宇这个人。范明宇虽然很被动，也有一些感动，他没有拒绝邱姑娘对他的友好，邱姑娘还到范明宇家里去了，认为一个家没有女的是不行，当仁不让似地帮范明宇家收拾房间，洗衣服，俨然以范明宇家的家庭主妇的面貌出现。范明宇的父亲好像并不反对邱姑娘到他们家去，只要邱姑娘一去，他就走了。父亲这样做，邱姑娘理解，那是为他们腾地方，是为他们谈恋爱创造条件。范明宇不敢这么认为，他父亲在邱姑娘的问题上从未明确表态，他们父子单独在一起的时候，父亲也从不提到邱姑娘半个字。有一次范明宇故意在父亲面前提到邱姑娘，父亲只是看了他一眼，什么话也没说。但他分明看出父亲的眼神不大对劲，父亲那次逼着他扔木板就是那样的眼神。他不会忘记父亲的话，父亲说人生的目的就是抛弃。父亲一连说了好几个抛弃。当然了，木板是可以抛弃，碗可以抛弃，鞋可以抛弃，屋里的东西都可以抛弃，人总不可以抛弃吧。一个星期天，邱姑娘来了，父亲走了。都后半夜了，还不见父亲回来。范明宇只好到厂里去找父亲。父亲名义上当的是技术员，厂里遇到什么技术难题都是找他解决。父亲还把自己当成一个普通工人，什么脏活累活他都干，成天价一身黑油。范明宇见父亲在车间一角的一张连椅上睡着了。父亲蜷缩着身子，身上裹着那件沾满油腻的劳动布棉大衣。父亲头下什么也没有枕，两个鼻孔张得黑洞洞的。那次范明宇掉泪了，觉得父亲是那样的可怜。他把父亲晃醒，让父亲回去睡。然而父亲对晃醒他有些不满似的，让范明宇回去吧，不要管他。又说他在进行自我抛弃。父亲一夜都没回家。此后，父亲时常不回家，一个人在车间里和衣而睡。为此，范明宇婉转地向邱姑娘提出，以后别到他们家去了。邱姑娘哭了，很痛心的样子，问范明宇有什么想法，是不是不想跟她谈了。这时邱姑娘有些放下了架子，说她家出身也不好，他们是一样的人。还提到了她的生母，说她生母年轻时候就被她父亲抛弃了，生母带着她，一直没再嫁人。从家庭方面看，他们也是有着一样命运的人。而同命运的人应当携起手来，互相支持。邱姑娘说得合情合理，范明宇也是近情理的人，他没有理由拒绝邱姑娘。可是，他心里总是有些别扭，有些不大情愿，对邱姑娘鼓不起热情来。邱姑娘对他越是热情，他越是有种被人强加的感觉。要是不发生别的障碍，也许他们就窝窝囊囊地谈成了，而后结婚，而后生孩子，完成人生的过程。可是，邱姑娘征求父亲的意见时，被她的后妈知道了，后妈勃然变脸，坚决反对邱姑娘和一个右派分子的儿子谈恋爱。后妈有后妈的道理，他们家的成分本来就不好，邱姑娘如果再跟右派家的儿子结亲，社会关系就会更复杂，后妈的几个孩子难免受到牵连，再无出头之日。后妈并不直接对邱姑娘说什么，只在暗地里对丈夫施压，并以和丈夫离婚相要挟。父亲只得命令邱姑娘，立即和那个姓范的孩子一刀两断，否则就不让她继续当工人了，把她送回老家去。邱姑娘把父亲和后妈的态度对范明宇说了，她的意思是表达对范明宇的爱多么深刻，她是多么坚定，什么力量也不能让他们分开。邱姑娘还向范明宇立了誓言，要是不能跟范明宇好下去，她就去死。邱姑娘没想到，邱姑娘父母的态度把范明宇的心给伤了。范明宇最怕人家说他是右派的儿子，邱姑娘的父母恰恰指出了这一点。范明宇最担心人家嫌他的父亲是右派，邱姑娘的父母所嫌弃的正是这一点。范明宇知道，正是因为邱姑娘家的成分不好，他们才对将要联姻的家庭成分格外挑剔。既然如此，还有什么谈下去的必要！他本来对邱姑娘就提不起兴趣，就不愿接受她的追求，过去找不到什么拒绝的理由，这下等于邱姑娘把理由提供给他了。他对邱姑娘挑明了态度，说他们俩的事算了，不要再来往了。他怕伤了邱姑娘的心，没说邱姑娘不好，把责任推给了邱姑娘的父母头上，劝邱姑娘尊重父母的意见。不料邱姑娘还是不放松他，把他盯得更紧了。邱姑娘一会儿要绝食，一会儿要吃药，说范明宇不跟她谈，她就不活了。范明宇就这样陷入了一种进不得退不出的两难境地。在这种情况下，他想到了董瑞雪。和董瑞雪同学和同下乡好几年，董瑞雪从没有提到过他的右派家庭，从没有流露出看不起他的意思。按说董瑞雪是个心直口快、没有多少心计的人，可她没说过一句伤害范明宇的话。这只能理解为董瑞雪是一个善良的女性。她的善良与生俱来，是长在骨子里的，让她恶她也不会。那天董瑞雪说他是一个善良的人，董瑞雪自己才真正是善良的人啊！另外，他觉得董瑞雪的母亲对他也是欢迎的态度，起码不反对他和董瑞雪交往。他心里越是苦闷，越想找董瑞雪聊聊。他正想到采石场去找董瑞雪，可巧，董瑞雪回到市里来了。

两碗肉丝面端过来一会儿了。碗真大，是那种大号的瓦碗，也叫楼碗。碗里的面条也够多的，几乎堆了尖。可范明宇和董瑞雪都无心吃饭似的，半天才挑起一根面条。范明宇把他和邱姑娘的事讲得断断续续，一点也不连贯。讲着讲着，范明宇就停下了，用筷子把碗里的面条拨一下，并不吃，再接着讲。董瑞雪当然也吃不出味来，只是做做样子罢了。事情讲了不到一半，碗里的面条就坨成一块，面条也朽了，再也夹不起来，一夹就断了。一开始，那要饭的小姑娘眼睁睁地往这边看着。后来大概实在等不及了，就过来站在桌子边等。小姑娘不看人，只看碗里的面条。小姑娘眼睛大大的，长得不算丑，只是小脸儿太脏了，头发也毛乱着，上面粘着煤粉和草屑。董瑞雪说她不想吃了，把碗往桌边推了一下，给了小姑娘。小姑娘很快把碗端走了，一边往瞎男人那里走，一边用手在碗里抓面条吃。小姑娘把面条端到瞎男人那里，让瞎男人也在碗里抓着吃。瞎男人却不吃，直着头往范明宇这边瞅，显然在等着吃范明宇那一份剩饭。范明宇也不吃了，喊过小姑娘，让小姑娘把这一碗也端过去。小姑娘把手里的面条碗交给瞎男人，跑着过来，把这一碗也端走了。饭店营业员的评价是，这两个要饭的今天可算打住食了。他们让两个要饭的吃完赶快走，不要待在这里了。

范明宇把他的苦恼讲完后，两个人都有点走神。范明宇脸色苍白，手梢儿好像有些抖。他把两手交叉着揣在腋下仍止不住抖，只好把两只手分别藏进裤兜里了。董瑞雪眼里隐隐地有一些泪光。她预感到范明宇有话对她说，以为范明宇要对她倾诉衷肠，表达一些什么，不料范明宇讲的却是他和别人的事。她不想听别人的事，别人先跟范明宇好了，这跟她有什么关系呢。一开始，她想打断范明宇，不让范明宇讲了。她觉得那是范明宇和别人的秘密，不想知道那些秘密。听着，听着，她就从范明宇话里听出味来了，范明宇这正是向她倾诉衷肠，表明是一心向着她董瑞雪的啊。范明宇使用的是否定的方法，或者说排除的方法，他否认了对邱姑娘有什么好感，传递的是对她董瑞雪的好感；他排除了和邱姑娘结合的可能，发出的是向董瑞雪爱的试探。范明宇最后的话几乎有些推心置腹了，他说："董瑞雪，你了解我，我这些话没人可说，只能跟你说说。"董瑞雪的眼睛一下子湿了，她说我知道，又说你放心，她不大说得成话，说："明宇，我们该怎么办呢？"她第一次这样称呼范明宇，还合用了"我们"这样的人称。她等范明宇说出怎么办。邱姑娘剥夺了范明宇的自主权，她愿意把自主权交给范明宇，范明宇说怎么办就怎么办。范明宇站起来，往门外看着，神色异常。董瑞雪顺着范明宇的目光往门外一看，见门外站着一位姑娘，姑娘正注视着范明宇，目光充满怨艾。董瑞雪心里一惊，想到这位看上去有些瘦弱的姑娘大概就是邱姑娘。邱姑娘也是骑车来的，她的车和范明宇的车并排放在一起，她就站在车旁往饭店里看着，却不进饭店。范明宇和董瑞雪互相看着，一时有些尴尬。不知为什么，董瑞雪还有些害怕，她小声对范明宇说"我走吧"。范明宇不让她走，说："我让她进来，跟你认识一下。"范明宇到外面去了，小声跟邱姑娘交涉着什么。邱姑娘一转身，给了范明宇一个后背。估计交涉没有成功，邱姑娘不愿进屋，拒绝认识董瑞雪。范明宇丢下邱姑娘，又回到饭店里来了。董瑞雪又提出要走。范明宇摇摇手，不让她走。门外的邱姑娘像是哭了，掏出手绢往眼上擦。范明宇和董瑞雪也没有再说话，和门外的邱姑娘形成一种僵持状态。

邱姑娘突然转过脸，脚步匆匆地往饭店里走来，冲着董瑞雪就过去了。董瑞雪本能地站子起来，往后退了一下。邱姑娘没有对董瑞雪出手，却对董瑞雪牵动嘴角笑了一下，说："如果我没认错人的话，你是董瑞雪吧？"董瑞雪的脸红得不行，赶紧承认："是，是。我是叫董瑞雪。"邱姑娘向董瑞雪报了她的姓名，说范明宇是她的朋友，他们正谈恋爱，希望董瑞雪别再找范明宇了。董瑞雪没有征询范明宇的意见，急于脱身似的，连说："可以，可以……我们不过是同学。你们俩谈吧，我不打扰了。"说着逃也似地出饭店走了。她听见范明宇在背后喊了她一声。她没有答应。

第五章

28. 信与诗

李春光得到一个不错的机会，局里要召开一年一度的先进生产者和先进工作者表彰大会，借他去帮助搞材料。因为他给采石场的陈书记写过一个先进民兵指导员的材料，人家记住他了。可是，陈书记不同意李春光去，陈书记先说采石场生产很紧张，采石工人一个萝卜一个坑，抽不出人来。上面的人是打电话通知陈书记的，陈书记大概对上边的人没说通，就关了门，说李春光这个人是有问题的，他叔叔是现行反革命分子，被枪毙了，李春光本人小资产阶级思想也比较严重，不适合为大会服务。打电话的人说借李春光是大会筹备组的领导定的，还要跟领导汇报一下，就把电话挂了。全采石场只有一部电话，安在书记办公室里。电话是手摇式的，通话效果极差，不论是打电话还是接电话，都要对着话筒大声喊叫。书记接电话时，在对面屋子坐着的场长听见了，场长问书记什么事。书记把上面要借李春光帮忙的事对场长说了，并说他不同意李春光去。场长说他也不同意。书记说，据下面的同志反映，李春光和董瑞雪的关系很不正常，上着班还眉来眼去的，这是一个很严重的动向。场长说，他也听到了一些反映，董瑞雪下乡插队的时候就在李春光老家那个村。书记又提供了一个更严重的情况，说他了解过了，那个破坏上山下乡运动的坏蛋就是李春光的二叔，和董瑞雪发生关系的也是李春光的二叔。场长神情严肃起来，他认为这是阶级斗争问题。但局里很快又来了电话，还是让场里马上通知李春光到大会材料组报到。这次打电话的是局里政工组组长，是一位军代表，口气非常武断，上来就强调了下级服从上级，一切行动听指挥。书记说，他是不是和场长一块到局里，把李春光的情况汇报一下。军代表说不要汇报，他什么都不听，李春光只要不是现行反革命分子，他就要使用，今天下班之前他若见不到李春光，就拿书记、场长是问。书记脸色黑下来了，很难看，还骂了人。没办法，他只得让班长通知了李春光。

这对李春光来说是一个很不错的消息，他有些激动，意识到这是一个机会，他要抓住这个机会好好干，给上面的人留下一个好印象。得到这样的好消息，他首先想到了董瑞雪，想马上让董瑞雪知道，分享一下他的喜悦。他到董瑞雪的宿舍找董瑞雪去了。董瑞雪不在宿舍，小王告诉他，董瑞雪洗衣服去了。洗衣服的地方是在食堂旁边，那里有一个两人高的水泥方形水仓，水仓四周有水管、水池，还有用水泥做成的搓板，采石场的工人都是去那里洗衣服。李春光去那里找董瑞雪。去帮忙的消息，他没告诉刘德玉，也没告诉史然，只急于告诉董瑞雪。他不知不觉地就把董瑞雪看成和自己最近的人、最知心的人。他没深想过为什么会这样，也没有过多考虑他和董瑞雪的前景，一切都好像有一只无形的手牵引着他，把他往董瑞雪那里牵。要不是好消息鼓舞着他，他不敢明目张胆地到处找董瑞雪。年轻人共有的虚荣心也推动着他，他急于让董瑞雪知道，他不光会采石头，还会写材料，他是有才华的。他的才华在上面已挂了号，上面的领导是看重他的。从这个意义上说，他在地位上和董瑞雪又靠近了一层。董瑞雪是干部家庭，他是农民家庭。也许有朝一日，他也会成为干部。去局里帮忙，不能说不是一个好兆头。另外，他这次去帮忙，时间没有定死，也许二十天，也许一个月，这期间他就见不到董瑞雪了。而在此之前，他俩天天一个车装石头、推石头，每天至少有八个钟头在一起，彼此的心灵已达成一种默契，一个不为别人所察觉的动作和眼神，都够他们欣慰半天的。这种默契也是一种交流，他们习惯了这种交流，仿佛交流成了每天的必需，他们谁也离不开谁了。李春光去局里帮忙，难免是一种分别。分别尽管是暂时的，但分别的性质是不可以改变的。在李春光这方面，分别前不与董瑞雪说一下，无论如何是讲不过去的。元旦过去了，水是冰凉的，有的池子里还有冰碴。洗衣服的董瑞雪挽着袖子，手和胳膊都冻得通红。洗衣服的只有董瑞雪一个人，李春光过去了，先没说去帮忙的事，他说水这么凉，干吗不去茶炉房打点热水，水太凉了，会冻得手和胳膊发痒。董瑞雪从李春光轻柔的语气里感到了一种从未有过的亲人式的关切，她有些惊喜地看着李春光，满脸顿时红得比冻红的胳膊还红。她说没事，她都是用凉水洗。李春光的关切也使她提高了勇气似的，问李春光有什么衣服要洗，拿来一块儿洗，李春光觉得有人在什么地方看他俩，一回头，看见了食堂里玻璃窗内的炊事员，那些炊事员都不干活了，饶有兴致地看着他俩，其中还有和董瑞雪同宿舍的小魏，李春光说他没什么衣服要洗，才把局里借他帮忙的事跟董瑞雪说了。董瑞雪对这件事并不十分惊喜，她说这是好事，让李春光去吧，好好干，争取留在那里。李春光说，留在那里他还不敢想，他还是愿意回来，跟董瑞雪一块儿干活儿。董瑞雪说："说不定你一到局里就把我忘了。"李春光摇头说："这不像你说的话。"董瑞雪也发现了食堂里的人在看他们，说："有人看咱们呢。"李春光说让他们看吧。董瑞雪对李春光说，要是去得时间长了，就给她来封信。李春光答应了。

李春光往自己宿舍走的时候，见陈书记迎面走来，他正要跟陈书记打个招呼，见陈书记脸往一边一扭，走过去了。他看见陈书记眉头皱着，脸色很难看，两条腿也很生硬。他心里一沉，想到临去局里帮忙之前，应该跟陈书记打个招呼，看看陈书记有什么话要交代。他转来转去在陈书记办公室门口等，终于把陈书记等回来了。他喊了声陈书记，陈书记也不抬眼，问他有什么事。他说了去局里帮忙的事。陈书记说他知道，是他让班长通知李春光的。李春光说谢谢陈书记的推荐。陈书记仍不放脸子，只说到那里好好干，完成任务后，早点回来上班。

李春光觉出陈书记对他态度有变，似乎不愿意让他到上级单位帮忙。他不知道陈书记对他有什么意见，他怎么得罪了陈书记。这从反面激发了他的上进心，使他得到了刻苦工作的动力。“双先”会筹备小组的办公地点设在局招待所，包了十几个房间，办公在招待所，住在招待所，吃也在招待所。会议筹备小组是一个挺大的班子，下设好几个组，有审查组、材料组、宣传组、会务组，还有后勤组。材料组下面又分为两个小组，一个是为领导起草报告的秘书组，另一个是先进生产者和先进工作者事迹材料组。李春光被分到了事迹材料小组。因为每个先进分子代表都要有文字事迹材料，工作量很大，光事迹材料组就从基层单位借用了好几个人。李春光只是其中之一。李春光是个不怕吃苦的人，每天一大早，打水是他，擦地是他。他虽然不抽烟，倒烟灰缸的也是他。他不声不响地把事迹材料小组的勤杂事务包起来了。有时晚上有电影，别人都去看电影，他不去，在办公室里干一些登记材料和抄写稿子的工作。李春光是个谦虚的人。下面的人来通材料，一个人念，事迹材料小组的几个人听。他们把这种方法叫作会诊。材料念完了，参加“会诊”的人一个个给材料提意见，如果材料相去甚远，就打回去让人家重写。提意见的时候，李春光一般是不发言的，他知道自己年轻，人微言轻。其实李春光对每份材料都听得很认真，也有自己的看法，是准备发言的，负责人没点到他，他不主动发言。负责人注意到了他的耐心，有时也让他说一说。他一说就说到了点子上，说得很有道理。别人稍稍有些惊奇地看着他，知道了他是个有心的人。李春光对一些事情是暗暗地上心。有的材料先报上来了，他反复地看，吃得很透，甚至把错别字都挑出来了。这样在通材料时，他都是有的放矢，不说废话，也不说模棱两可的话。负责人对他的工作表示满意，认为他有一定水平。说来李春光还是喜欢和文字打交道，他觉得每个字都是有来历的，都值得尊重，看去都很顺眼。他对由文字排列组合成的语言格外敏感，有什么新的语言，他一看就记住了。字还是那些字，在不同人的笔下，写出来的话就不一样。他之所以对那些在别人看来千篇一律、很枯燥的文字材料不厌倦，在于他总能看出一些不同的语言来。有的基层单位报来的材料很差，一改再改都达不到要求。遇到这种情况，事迹材料组的人就得亲自出马，到基层单位去开座谈会，重新搜集事迹材料，稿子也由事迹材料组的人来写。别的人都不愿意干这种事，因为太费力了，还不一定能讨好。一遇到这种事，事迹材料组的人就显得很谦虚，你推我，我推你。他们推来推去，就推荐了李春光。李春光作出不自信的样子，心里却很愿意去试一试。领导派他去了，他搜集到的材料很多，很生动，稿子一出手就获得了成功。这份材料原来没安排作大会宣讲用，因事迹材料比较突出，就提出来，成了大会宣讲用的材料。李春光的才能就这样一步一步显露出来。他心里激荡着，对这个小城充满热爱之情。登上招待所的楼顶，他把四面八方都看了一遍。招待所的楼顶比较高，他觉得自己也比较高了。他想他一定要调到市里来，真正成为这个小城的一员。董瑞雪的家早就在这座城市了，可惜他没问过董瑞雪，不知道董瑞雪家的门牌号码。要是知道的话，他很愿意悄悄地到董瑞雪家门口看一看，认一认从董瑞雪家里进出的人。董瑞雪家的人他都知道了，他相信，不用董瑞雪指点，出来一个他就能认出一个。这样想着，他就使劲往城市的东方看，试图看到他们的采石场。时值冬日，城市的上空一片雾蒙蒙的，他不可能看到几十里外的采石场。但他仿佛已经看见董瑞雪了，董瑞雪正站在石坑里，对着楼顶上的他招手，不知董瑞雪是要上楼，还是要他下石坑。李春光不由地往楼下看了一眼，下面没有石坑，当然也没有董瑞雪。楼前的马路上正驶过一辆大卡车，卡车的斗子里坐满了人，都灰秃秃的，像是进城办事的农民，有男也有女。李春光不知道他们进城干什么，也许是观光的吧。这天晚上，李春光给董瑞雪写了一封信，他回顾和记述的是他和董瑞雪到山沟、山顶游玩的情景。他文思如泉涌，用了许多比喻和美丽的句子。他并没有赞美董瑞雪，赞美的是山是水是阳光是云霞，赞美的是田园的庄稼是树木是果实，但每赞美一样东西，他都想到董瑞雪，都是献给董瑞雪的。他采取的不是通常写信用的平铺直叙的写法，而是断了行，一句一行，很像是诗歌的形式。在此之前，他从没有写过诗，他不知不觉就把信写成了诗。仿佛他天生就是有诗心的，他的诗心在成长着成长着，遇到适当机会，他一夜之间就成了诗人。连他自己也很吃惊，那么多美妙的句子，还有那么多整齐的韵脚，都向他纷至沓来，颇使他有应接不暇之感。如此一来，李春光把“信”写长了，一下写了十几页稿纸。写完了，他还两颊通红，心潮难平，对自己心里流出来的东西欣赏不已。对李春光来说，这是他的一个创造，本意要写信，却写成了诗。他把信和诗的意义混为一体。他隐约有些明白，原来信就是诗，诗就是信，它们都是为了倾诉，为了传递情感的。这样他的兴奋和愉悦就不仅是因为情感得到表达，好像上升到一个新的层面，使情感得到升华，升华到诗的高度，并得到了创造的快乐。第二天早上，邮局刚一开门，就把信发走了。他的信封装得有些鼓，像一只鸽子。他担心他的信超重了，问过邮局人员，人家说没有超重。他贴了邮票，往邮筒里放信时，竟有些舍不得，像是怕他的“鸽子”在邮筒里摔疼了。“鸽子”放进生铁铸成的邮筒后，他又退到一边，守护似地看了一会儿，见“鸽子”没有飞出来，他才恋恋不舍地走了。信刚放进邮筒，他就开始计算信的行程。因为发信和收信在同一个市，有两天时间就到采石场了。最长也不会超过三天。他接着开始想象董瑞雪收信的情景。采石场职工的信，都是由传达室门口那位老工人收发。老工人不识字，他只管收，不管发，不把信送到收信人手里。他的办法是用破木条钉成一个横长的小木盒，把信件竖着放在小木盒里，挂在传达室门口一侧的墙上，有谁的信，谁自己去取。反正采石场的职工每天都从门口进出，有信是会看到的。逢到下雨天气，老传达会及时把信盒取下来，放在传达室屋内的窗台上。李春光相信，董瑞雪一定会及时把信取走。董瑞雪说过让他给她写信，他也答应了，说不定董瑞雪每天都在等他的信呢！他想象不出，董瑞雪读了他的信会高兴成什么样子，反正董瑞雪会把他的信好好保存的。

29. 冷在三九

李春光没能留在局里，“双先”会开过后，各单位借用的人都回原单位去了。临散伙时，政工组长召集所有借用人员开了一个会，带有总结的意思。政工组长说了一套现成的话，无非是说大家都干得很好，为大会作出了贡献，他代表局党委、局革委会向大家表示感谢。政工组长看了李春光好几次，李春光意识到政工组长要表扬他。果然，政工组长提到了他的名字，特意表扬了他。政工组长表扬他的话他都记住了，不过他心里一点儿也高兴不起来。政工组长一说他很年轻，二说他很活泼。很年轻，这是事实。很活泼，这话不知从何说起。他不知道活泼和活跃是不是同一个意思，他哪里表现得活泼了。他自己觉得，他从来就不是一个活泼的人，他对活泼这个词也不太喜欢。李春光哪里知道，局里政工组是打算调他，让他在政工组搞宣传工作。可采石场的陈书记找到政工组长，以对党的工作负责的名义，要求政工组不要调李春光。采石场党支部还向政工组写了书面报告，列出了李春光的几条错误：李春光偷看《红楼梦》等黄色书籍；李春光在职工队伍中搞小集团，散布对领导的不满情绪；怀疑李春光和犯过作风错误的女工董瑞雪有不正当关系；李春光的二叔是被枪决的反革命分子，李春光受其二叔影响，阶级根源和思想根源复杂；李春光是由其反革命分子的二叔走后门塞进工人阶级队伍的，场里准备报请上级单位批准，开除李春光。李春光回采石场时心情有些失落，但一想到回采石场又能天天和董瑞雪在一起，心情便好转了。他怎么也想不到，等待他的是一系列对他的打击和伤害。

他刚回到宿舍，还没来得及去找董瑞雪，场长就把他喊走了。场长的脸色严峻得吓人，好像要对李春光宣判一样。李春光心里惴惴的，不知道发生了什么事。场长通知他，场部作出决定，从今天起，不让李春光推车了，让他打石头。他说出的理由是，打石头的人手不够，而李春光年轻力壮，应该去打石头，应该为场里作出更大的贡献。场长可能把这个决定看得比较重大，嗯啊哈地对李春光讲了一些关于加强纪律性革命无不胜的道理。见李春光未提出任何异议地点了头，他又咧开嘴笑了，说打石头是不错的，他本人就打了好多年石头。还说打石头比推车粮食标准高些，而且可以学到技术。接着，场长以关心下属的温和姿态，问李春光在农村老家有没有对象。当得知李春光还没有对象时，他的脸立时绷紧，变得严厉起来，指出了李春光最近犯下的一个错误：那就是不经班长允许，擅自和史然调换车组，把自己调到董瑞雪所在的那个车组。场长认为，这个问题不是小问题。在抓革命促生产的场所谈情说爱是绝对不允许的，一定要警惕资产阶级思想在石坑里作怪。李春光知道了，这才是不让他推车让他去打石头的真正原因。他脑子里紧紧的，心里也紧紧的，不知他外出帮忙这一个多月的时间里，采石场都发生了什么事。变故随时随地都会发生，因为阶级斗争年年讲、月月讲、天天讲，不一定讲到谁头上。阶级斗争的弦是绷紧的，既然绷紧了弦，就算箭在弦上，箭就要射出去，就得有靶子。靶子分死靶子和活靶子两种，死靶子一般指死去的古人或已被打倒的大人物；活靶子呢，一般都是就地取材，要在本单位活着的人中找出一个两个。李春光担心，采石场会不会把他当成活靶子的材料。他最急于见到的是董瑞雪。在他心目中，采石场不重要，董瑞雪是最重要的，仿佛董瑞雪是采石场的代名词，只要有董瑞雪在，采石场的一切都悄然退去，虚化为一种背景。问题是眼下一切背景材料都朗然在目，伸手可触，独不见董瑞雪出场。他想马上到董瑞雪的宿舍去找董瑞雪，看看董瑞雪的样子，证实一下董瑞雪的存在。还要问一下，董瑞雪是否收到了他的信。可是，场长刚跟他谈了话，他马上就去找董瑞雪，显然是不合适的。回到宿舍，宿舍的气氛也不大对劲。宿舍里有一炉煤火，刘德玉和史然正坐在炉台上的小凳子上，一边烤手一边说话，他一进去，二人说话就停止了。李春光告诉他的两个朋友，说场长不让他推车了，让他去打石头。刘德玉说李春光不应该再回采石场，应该千方百计留在上面，回来对李春光很不利。李春光说借用的人都回原单位了，他也没办法。史然对李春光说，采石场这地方是采石头的，领导有时难免把他们这些工人也当成了石头，难免要对石头踢一踢、打一打，大家都要有个思想准备。李春光听出刘德玉和史然话后面都有话，正要问一下他们都听说什么了，这时董瑞雪来了。董瑞雪穿了一件新罩衫，天蓝的，很合体。董瑞雪的头发像是新洗的新梳的，两个小辫子扎得很紧。她手上拿着一件线织的东西，看不出要织成什么。她不是用棒针，用的是钩针。几个手指凑在一起乱动，钩出的花呀叶的也乱动。董瑞雪不是只给李春光一个人打招呼，她说：“你们好呀！”刘德玉说董瑞雪的消息够灵通的，有一个人刚回来，董瑞雪就知道了。董瑞雪满脸通红地笑着，说她并不知道李春光回来，真的不知道。刘德玉不相信她的话，说既然不知道李春光回来，到他们这里来干什么。刘德玉的口气半真半假，有点逼人。董瑞雪看看李春光，又看看史然，她说她来找史然请教一个问题。史然笑了，他说他深感荣幸，他连董瑞雪要请教什么问题也猜到了，董瑞雪的问题是怎样钩出一朵石头花来，董瑞雪明知他在钩花方面一无所能，故意给他出这个难题。史然的笑话把几个人都逗笑了，李春光也笑了。李春光在董瑞雪脸上没看出什么不好的苗头和不祥的阴云，相反，他觉得董瑞雪满怀兴头而来，心里像是充满了喜悦之情。刚才没见到董瑞雪之前，他心里慌乱得很，总是担心董瑞雪会受什么委屈，现在看来没什么事，只是他太过敏感，把一些事情想得过于严重了。是董瑞雪及时来看他，才使他的心情有所放松的。他怀疑董瑞雪的心和他的心上的某一处是相通的，董瑞雪知道了他心情沉重，就马上过来安慰他。这使李春光心头突然涌出一股说不出的感动，倘不是刘德玉和史然在场，说不定他会冲动地握一下董瑞雪的手，对董瑞雪说出一些感动的话。有刘德玉和史然在场，他只能用目光表达他的感动。他的表达当然不那么直接，显得有些羞怯，不够自然。他想问给董瑞雪写的信董瑞雪收到没有，还没问，董瑞雪从口袋里掏出一封信对李春光说：“有你一封信，你不在家，我先替你收起来了。”把信递给了李春光。这一下刘德玉抓到了把柄，说：“还说不知道李春光回来，怎么样，这下露馅了吧！”董瑞雪无话可说，脸一下子羞得通红，她笑着对刘德玉说对不起，并承认“露馅了露馅了”。史然给董瑞雪解了围，他让刘德玉跟他一块儿去买牙膏，两个人出去了。

屋里只剩下李春光和董瑞雪了，两个人眼睛都亮亮的，像是要发生一点什么，可什么都没发生。董瑞雪说，李春光的信她收到了。李春光说收到就好。董瑞雪说她每天都到传达室那儿去看，老也等不到，后来终于等到了。她已经看了好几遍。李春光说别让别人看见。董瑞雪说不会的，她都是在宿舍没别人的时候看。董瑞雪让李春光先看他的信。李春光没有马上就看，而是把信放到枕头下面去了，他说不会有什么事。董瑞雪还是让他看，好像信里牵涉到她，李春光不看，她就放心不下似的。李春光只好把信拆开了。信是姐姐写来的，是没什么事，只说家里一切都好，父亲和母亲都很健康，要他好好工作，不用挂念家。姐姐还说，有人给她介绍了一个对象，是个当老师的，等过罢年，她就有可能出门子。看到这里，李春光的眼圈忽地红了，李春光看信时，董瑞雪大气不敢出，一直瞅着李春光，见李春光眼圈红了，她的心一下子揪紧，神情紧张起来。她不敢问信里写的什么。李春光看出了她的不安，把信递给她，让她看。她说她不敢看。李春光说看吧，没什么。她看了信，眼圈也红了。信里一点也没牵涉到她，她放心了。那么，她的眼圈为什么红呢？她和李春光红的原因是不同的，李春光为姐姐的即将出嫁而伤感，她是为李春光的伤感而伤感。董瑞雪说她正在钩一件线坎肩，问李春光："你猜我给谁钩的?"李春光心里一热，已经猜到了。但他摇摇头，说猜不到。董瑞雪问："真的猜不到吗?"李春光不好意思地笑了。"我看你是猜到了，就是不说出来。你什么都不爱说出来。"李春光承认他有这个毛病。他嘱咐董瑞雪，千万不要让别人知道。董瑞雪说，别人问起来，她就说是给她弟弟钩的。李春光想起场长指出他的错误，和刘德玉、史然说的为他担心的话，问董瑞雪，场里最近有什么事吗。董瑞雪说没有呀，只是场里搞了几次民兵训练，说是准备打仗。场里还准备挖防空洞，也叫战备洞，敌人空袭的时候好往防空洞里钻。李春光说，场长给他调换了工种，让他去打石头。董瑞雪问那为什么。李春光没说为什么，说他也不知道。又说对了，场长说了，场长认为他年轻力壮，应该去打石头。董瑞雪说："我还真怕你不回来呢!"李春光说："不对呀，我记得你让我争取留在那里，怎么又怕我不回来呢!"董瑞雪说："说是那样说，还是希望你回来。"李春光说他算是彻底知道董瑞雪了。

夜里下了一场雪，还呼呼地刮风，石坑里积了不少雪。采石头的工人暂不能干活，就被召集到一起学习。采石场没有会议室，也没有大一点的房子，三个班的工人集中学习时就得到饭厅里去。说是饭厅，其实一没桌子，二没椅子，只是大家排队买饭的地方。这是两个通间，上面没有顶棚，露着木头架子支起来的黑色油毡。墙没有粉刷，红砖参差不齐。当初砌墙时流下的早已凝固的泥浆也没刮去，干涸的泥浆上落了一层黑灰。墙根处有稀饭结的疤，还有泛白的粉条和酱色的萝卜片子。山墙上有三五个很小的长方形的卖饭口，尽管卖饭口堵着木板，蒸馒头的热气还能从里面冒出来。工人们有的带着小凳子，有的在地上垫一张报纸坐，连报纸也没有的只好站着。站着的多是青年小伙子。他们并不老实站着，而是来回游动，一会儿摸别人一下，一会儿把别人从小凳子上挤下来，要不就去玩火。屋子中间生了一大笼火，火炉是用大汽油桶改装的，里面装了一筒子煤块。煤块从下至上点燃了，烘烘地窜出火苗子。汽油桶外面都烧红了，有人往上甩了一把雪，雪很快化成水。水还没流下去，就滋滋地变成白气，干掉了。外面已经不下雪了，但下雪不冷化雪冷，各处的积雪都闪着清冷的白光。学习会由支部书记陈书记主持，他搬来一把带棉垫的椅子，地位突出地坐在离煤火不远处。念报纸的不是李春光了，也不是董瑞雪，而是场里的一位材料员。文章是由书记指定的，大意是说资产阶级无处不在，要对资产阶级实行全面专政，把巩固无产阶级专政的任务落实到基层。李春光没凳子坐，靠墙蹲着，低着眉，拿钢笔在左手的大拇指甲上画。空白处画满了，用右手的大拇指一抹，指甲盖上成了一层模糊的浅蓝。他把钢笔合上，插在衣兜里。腿蹲麻了，伸开一条腿，磕磕脚后跟，再蜷回去蹲着。董瑞雪不知跟谁借了一个钢筋腿、木头面的小凳子，在女职工堆里坐着。念完了报纸，陈书记开始讲话。他讲话眯着眼，不看人，眼皮眨得很快。他讲到学习要联系实际，特别要联系本单位的实际，这样才能有的放矢，解决实际问题。他提出了一个问题，采石场里有没有资产阶级思想的表现。提出这个问题后，他停顿了一下，目光在会场内睃巡着。李春光想坏了，实际要联系到他头上了。人们开始对学习会发生兴趣了，都仰起脸，支起耳朵，等书记说出资产阶级思想的表现。在书记没说出具体表现之前，心里打鼓的不止李春光一个，可以说人人都不敢把自己排除在外，人人都有可能被书记说出的表现对上号，所以人人心里都有些紧张。所谓阶级斗争一抓就灵，道理就在这里。按以往开会的惯例，书记在提出问题后，很快就会回答问题。果然，他在摆资产阶级思想在采石场的表现了，他摆出的表现让好多人都吃惊得张大了嘴巴。他说据他掌握的情况，采石场里有那么一个人，竟敢偷偷地看《红楼梦》，有的同志可能听说过，这本书是谈情说爱的书，是黄色书籍。看这样的书是什么性质的问题，不是资产阶级思想的表现是什么。这还不算，这个人看了黄书以后就中了毒，就模仿资产阶级的生活方式，和另外一个人进行谈情说爱。为了达到不可告人的目的，他们竟然不经领导同意，擅自调到一个车组，在工作岗位偷偷摸摸搞资产阶级那一套鬼把戏。他认为资产阶级思想猖狂得够可以了，简直是向无产阶级阵地发起了进攻。他说同志们啊，不警惕行吗？不斗争行吗？不行啊！书记点了一支烟，吸了两口接着讲。他大概讲得有些激动，点烟时手微微发抖。人们按自己的判断，已经把书记讲的具体表现对上号了，目光在李春光和董瑞雪脸上乱瞅。自己摆脱了干系，他们的表情变得活跃起来，议论鹊起，会场哗然。李春光和董瑞雪的脸都是由红变白，无一点血色。书记讲话声音并不高，甚至有些低沉，但每一句话都很冰冷，他说："这个人是很危险的。这个人有一个叔叔，由于资产阶级思想恶性膨胀，已成了人民的敌人，被专政机关枪毙了。所以这个人的表现不是孤立的，是有其阶级根源和思想根源的。有同志问这个人是谁，今天我先不点名了，在等待他的觉悟。同时我希望他不要执迷不悟。"会议结束时，书记宣布了一项决定，因工作需要，李春光由一班调到二班。

30. 风言风语

书记的话对李春光来说无疑是当头一棒，把他打懵了。又像是当众抽了李春光的耳光，使李春光蒙受到莫大的耻辱。书记说的是不点名，却点名把他调到二班。连傻瓜也会明白，这是不点名的点名。所谓调班，就是把他从董瑞雪身边调开，就是对他的一种初步的处罚。书记最厉害的一招，是提到了他二叔，这一招一下子捅到他心窝子里去了，使他寒彻心肺，痛彻心肺。这一招可谓一石二鸟，既打击了他，也打击了董瑞雪。想到董瑞雪有可能不堪承受如此重大打击，他心上痛上加痛。他身上软得像散了架一样，只得躺到床上。他用被子蒙上头，想睡，睡不着；想哭，也哭不出。外面冰天雪地，北风吹得杨树的枝子啸啸地响。有人铲雪，有人说笑话，北面镇子上大喇叭里的歌声断断续续传过来。这一切李春光像是听见了，又像是没听见。他的感觉似乎出了毛病，觉得他和别人不是生活在同一个世界里，他是在另外一个世界，或者说那个世界已经把他抛弃了，把他打入了另册。他意识到了自己的危险处境。二叔作为一个罪人是死了，但二叔对他这些直系亲属的株连始终活着，人家随便捏一个罪名往二叔身上一挂，他就得吃不了兜着走，人家想开除他是轻而易举的事。要是被开除回老家，他不知怎样见父亲母亲，不知还有没有脸活在世上。

似乎在一夜之间，李春光和董瑞雪的事全采石场的人都知道了，说是家喻户晓人人皆知，恐怕一点也不夸张。他们以前或许听说过那么一点点影子，因没得到证实，他们并不敢公开议论。现在一下子得到官方的证实，他们的议论就合法化了。食堂、传达室、绞车房、破碎机房、医务室，甚至在厕所，人们谈论的都是关于李春光和董瑞雪的话题。采石场相对闭塞一些，这里没戏看、没电影看，也没有球类比赛，什么文娱活动都没有，可以说人们寂寞得很，总盼着能出一点什么事。而男女之事，正合了大家的心意，碰上了大家的兴奋点，大家颇有点欢欣鼓舞的劲头。他们愿意给李春光和董瑞雪的事情添油加醋，把他们二人说成风流的一对。年轻人兴奋，那些老工人也兴奋，互相拿董瑞雪打趣。连那些在采石场劳动改造的右派分子和坏分子也暗暗有些得意。他们除了对李春光和董瑞雪的事情感兴趣外，更重要的一点，是人们转移了对他们的注意力，他们可以少挨些批斗，日子稍稍好过一些。李春光和董瑞雪一时成了人们关注的焦点人物，不论他们分别在哪里出现，人们的目光都追踪过去，仿佛那里是他们的舞台，他们到哪里都有故事可看。自从那天他们开了会，李春光和董瑞雪再没到一块儿去过。他们分别在两个班上班，一个人上班，一个人下班，不同的班次和时间把他们分割开。李春光现在干的活是打石头。他低着头，谁也不看，只打石头。再结实的石头，别人打不烂，他坚持把它打烂。他干得有些发狠，比哪一个人打的石头都多。他打烂的石头已经扔了一大堆，他还不停地打，不停地扔。因为他和董瑞雪的事，他料到有不少人看不起他，把他看成低下的人，他没有办法让人们转变对他的看法，只有拼命干活这一条路。他在别的方面被人看不起了，决不能在劳动方面被人看不起。新调到的这个班，班长是个老工人。老工人宣称，他看人看事只认干活，不认别的，干活不惜力，就是好样的。干活偷奸耍滑，头面子再漂亮，他也看不上眼。他对李春光没有歧视，目光里还流露出对李春光的赞赏。有的地方比较危险，因为上面有松动的石头，随时可能会滚下来。这样的地方，别的打石工不敢在那儿干，李春光不在乎，他不怕被石头砸到。身旁的大石头打完了，他放下锤，拿起一根铁撬杠，爬到石头坡上，撬上面的石头。一块石头撬动，上面更高处的石头跟着滑下来。初开始不太明显，整体悄悄向下移动。班长看见了，让李春光快闪开。李春光抬头一看，一大排石头正向下滑动，速度越来越快，直向他压来。他赶紧向旁边跳开。石块倾泻下来了，声音如同滚雷，势如排山倒海。排石落地时倒卷起的烟尘迅速腾空，淹没了李春光。烟尘刚落下去，李春光抖抖身上的尘土，又抡锤打开了石头。

有一位在石坑上面推车的工人，和李春光的老家在同一个县，自称是李春光的老乡。因李春光和董瑞雪的来往受到领导责难，连那位老乡也受到工友们挖苦。老乡面子上挂不住，本着对李春光负责的精神，要找李春光谈一谈。李春光见这位老乡郑重其事的样子，知道老乡要跟他说什么。这个老乡是半个文盲，平时说话很粗鲁，李春光不愿搭理他。李春光担心老乡会说出什么难听的话，心里别扭得很，想拒绝老乡跟他谈话。可那位老乡坚持要谈，说他是为李春光着想，要不是因为有老乡关系，别人的事想让他管他还不管呢。李春光只得跟老乡到老乡的宿舍去了。老乡问李春光，知道不知道全场的人都在戳他和董瑞雪的脊梁骨。李春光摇头。老乡表示十分不理解，李春光干吗要跟董瑞雪谈对象呢！像李春光这样的，要长相有长相，要文化有文化，当着国家工人，每月挣几十块钱，到老家后面能跟一群大闺女，都是黄花牌儿的，想挑哪个挑哪个。老乡是结过婚有了孩子的人，说他正准备把他的小姨子给李春光介绍一下。他的小姨子虽然不识字，但长得不错，屁股很大，将来生孩子不成问题。更重要的一点，他保证他的小姨子是正派人，没跟任何人睡过，不像董瑞雪……李春光知道老乡要说董瑞雪的难听话了，他打断了老乡的话，说他谢谢老乡的关心，老乡的意见他会考虑的，说他还有事，赶快走了。

场里人对董瑞雪的议论更多一些，也更下流一些。他们知道了董瑞雪原来下乡的地方就是李春光的老家，知道了第一个和董瑞雪做事的就是李春光的二叔。猜测李春光的二叔用过董瑞雪后，为了遮人耳目，就把董瑞雪送给李春光了，因为李春光和董瑞雪的年龄正好相当。这是叔侄两个二对一。或者说董瑞雪明着跟李春光好，暗着跟李春光的二叔好，这叫叔侄两个一肩挑。他们依此类推，说董瑞雪跟好多人都有一手，在广播站也不会干净。他们对董瑞雪横泼污水，议论不断升级，是为了过嘴瘾，也是为了寻求精神刺激。他们愿意把自己想象成其中一个角色，仿佛把董瑞雪说得越下作，他们才越能接近角色的本质。董瑞雪在石坑下面干活，有人到石坑上面去看董瑞雪，心里不住地赞叹，董瑞雪是他妈的长得不错。董瑞雪走在上下班的路上，过去一些从未和她说过话的人也敢于和她打招呼，喊她的名字。董瑞雪常被喊得一愣一愣的。那些人喊了董瑞雪的名字，却又不说有什么事，只那么对着董瑞雪谄笑，把董瑞雪笑得莫名其妙。董瑞雪很想见见李春光。书记把话说明了，等于把她和李春光的关系公开了，等于从反面把她往李春光身边推近了一步，她只能找李春光了。但现在她得忍着，不能去见李春光。她知道问题的严重性，万一人家把李春光开除回老家，那事情就不可挽回了。她明白这一切都是因她而起，班长要给介绍书记的弟弟，她不同意，才引发了书记对李春光的反感和报复。她觉得是她把李春光害苦了，她非常对不起李春光，仅从这一点看，她也得好好报答李春光。这时她似乎把一个念头固定下来，如果这一辈子非要跟一个男人的话，她就跟李春光了。

她和李春光的事不知怎么传到了市里，爸爸打电话命她回去一趟。她心里跳得厉害，问爸爸让她回去什么事。爸爸说等她回去再说。她预感到什么事了，脸吓得黄着，还问爸爸到底是什么事，是不是她妈生病了。爸爸有些不耐烦，说让她回去，她就得回去。她说她正上班，爸爸说，已经跟陈书记给她请过假了。

董瑞雪回到家，见爸爸妈妈都在客厅里坐着等她。她进屋后，爸爸挑挑手，让她妈妈回避了。妈妈目光恐惧，让爸爸跟孩子好好说话，说罢退到卧室去了。爸爸让董瑞雪坐。董瑞雪不坐，只站着。爸爸问："听说你谈恋爱了?"董瑞雪低着头，不说话。爸爸让她说，要求她要实事求是，谈了就是谈了，"因为你是我们的孩子，我们要对你负责，你应该理解父母的心情，好了，说吧。"董瑞雪否认她谈了恋爱。爸爸说，不可能吧，他是通过组织渠道了解到的情况，组织是最可信赖的。董瑞雪知道，爸爸所说的组织，无非就是陈书记，是陈书记把状告给她的爸爸妈妈了，真是可恶。她说："那都是造谣!"爸爸拍了膝盖，说："胡扯，难道组织上会造谣吗！你也是在组织的人，说这样的话对组织是什么态度，就凭这一句话，也应该处分你！我问你，你谈的对象是谁?"董瑞雪说："没谈就是没谈!"爸爸勃然变色，放了高声，说董瑞雪撒谎，他骂了董瑞雪，说看来不给董瑞雪厉害，董瑞雪就不会说实话。妈妈从屋里跑出来了，拦在董瑞雪前面，对董瑞雪的爸爸说："不是叫你好好跟孩子说话吗!"董瑞雪看见妈的眼圈很红，像是哭过。妈妈手里还握着一团手绢。爸爸对妈妈一指，让妈妈滚开："这儿没有你的事。什么孩子，我看她简直是个叛徒！气死我了，我不可能好好跟她说话，我都不想要她了!"妈妈不滚开，说："这是我的孩子，你不要我还要呢!"妈妈劝董瑞雪说实话，说爸爸妈妈都是对她好。董瑞雪还是一口咬定没谈恋爱，跟谁都没谈。爸爸给她指出来了，说那人叫李春光，是那个坏蛋的侄子。爸爸的眼睛瞪得吓人，两手也不住地颤抖，说："你应当明白，是他们家的人害了你，也伤害了我们全家，我跟他们家的人是记了仇的。我坚决反对你和李什么光谈恋爱，没有丝毫调和的余地。不止和姓李的一家人不能谈，凡是那个县的人都不许谈，那个县的人都是王八蛋!"董瑞雪到底没承认和李春光谈了恋爱，她说："我不是人，我一辈子都不结婚!"说罢，跑回自己卧室哭了。董瑞雪哭得伤肺伤肝，有些绝望。

董瑞雪回到采石场后，更不敢去见李春光了。两人虽离得不太远，但像隔了一道天河似的，有着不可逾越的障碍。交接班的时候，一个往石坑上面走，一个往石坑下面走，二人碰面时，他们会互相很快地看一眼，在食堂里排队买饭时，他们装着看别的东西，也会很快地互相看一眼。周围都是监视似的目光，他们不能到一起交谈，只能用眼睛很快地交流一下。这种交流是他们心上的一种支撑，相互支持的意思也在里面了。没有这种无声的支持，他们会支持不住的。其实他们把自己的要求降到了最低点，只要求对方的存在，只要对方还存在着，他们心里就踏实了，仿佛希望也同时存在着。

这天，范明宇骑车到采石场来了。见到董瑞雪，两人都满怀心事似的，怔怔地不知说什么好。当意识到互怀心事，怕对方看破了自己的心事，就开始说话。两个人不说话是不说，一说话成了同时说。董瑞雪问的是邱姑娘怎么样了。范明宇问的是："听说李春光在采石场里?"二人的话题都不对，好像各执了矛，又好像各执了盾，自己跟自己就矛盾起来。二人各有矛盾，谈话不能进行，再次陷入僵局。毕竟是范明宇到董瑞雪这里来了，董瑞雪打破了僵局，承认李春光是在采石场，她没来采石场之前，李春光就在采石场了，李春光在石坑里打石头。范明宇说李春光不错，人很聪明，他对李春光印象不坏。还说在农村的时候，他就看出李春光对董瑞雪有那个意思。那么，董瑞雪也说邱姑娘不错，说邱姑娘对范明宇挺痴情的，将来一定会对范明宇好。不料范明宇摇了头，似乎不爱听这个。范明宇说，他希望董瑞雪不要跟他提邱姑娘，他不会跟邱姑娘有什么长远结果，因为他和邱姑娘根本不是一路人。邱姑娘身上有一种说不出来的味道，也许是比较实用，也许是比较狭隘，反正他不能接受。范明宇说，他觉得从农村出来的人都有那股劲，既想跟城里人好，又对城里人留一手。董瑞雪听出来，范明宇这话把李春光也捎带上了，因为李春光也是从农村出来的人。她不知范明宇所说的实用和狭隘指的是什么，她在李春光身上没看出什么实用和狭隘来。她问范明宇，邱姑娘老是抓着他不松手怎么办，他摆脱不开邱姑娘怎么办。范明宇说，没有抓着不松手的道理，就他那样的家庭，那样的父亲，人家凭什么要抓他。范明宇一阵酸楚。董瑞雪说："只要人好就行呗，人家看中的是你这个人好。"范明宇赌气似地说："谁说我这个人好，我看除了你说我好，别人没人说我好。别人说我好，我也不相信。"范明宇是借着赌气，把心里话说出来了。董瑞雪又提起邱姑娘，说那天邱姑娘到饭店去找他们，把她吓坏了。范明宇叫着董瑞雪的名字，看样子这回是真生气了，他说："我说过不让你提她，你怎么还提她，说说咱俩的事不行吗！"董瑞雪见范明宇满脸红着，眼里似有泪光，一切非同往常，有些害怕，一时不知怎样说他俩的事，只说对不起。他俩说话时，都在董瑞雪的床边坐着，门虚掩着。范明宇还有话说，他说："别管怎么说，咱俩认识得总是早一些吧。我一直觉得你最好，我一辈子都这么认为，瑞雪，请你相信我。"这时，范明宇有了一个动作，他一下子把董瑞雪的手拉住了。董瑞雪本能地抽了一下手，没有抽回，手就抖起来。她不知范明宇要干什么，手在范明宇手里握着，却侧着脸，不敢看范明宇。范明宇反复叫着她名字的后两个字，把另一只手也加在她手上了。董瑞雪愈加害怕，她的抖从手和胳膊那儿波击到全身，全身都抖起来。她的另一只手无处放无处躲似的，蜷缩着放在嘴边。看样子，她像是要用牙把这只手咬住。可她的嘴微微张开着，手并没有往嘴里放。她的这只手与被范明宇握着的手同病相怜似的，也抖得很厉害，连她的嘴唇也簌簌发抖。范明宇感到了她的抖，问她抖得为何这样厉害。董瑞雪说不成话，费了好大劲才说了不知道。她抖得更厉害了。外面有脚步声，范明宇赶快把董瑞雪的手放开了。董瑞雪把手收回后，两只手寻求保护似的，赶紧绞在了一起。可它们像谁也保护不了谁，绞在一起还是个抖。脚步声过去了，并没有人进来，但范明宇再也不敢动董瑞雪的手了。范明宇从床边站起来了，离董瑞雪稍微远一些。他见董瑞雪脸色苍白，目光惊恐，迟迟不能缓过来，知道自己把董瑞雪吓着了，他十分愧疚地对董瑞雪说：“对不起，我让你害怕了！”董瑞雪的眼泪忽地下来了。

31. 出了事故

离过春节还有五六天的时候，采石场发生了一起意想不到的死亡事故。当时，李春光上的是夜班。后半夜时，放炮员敲钟，喊着放炮喽、放炮喽。所谓钟，是吊在矮树上的一截铁轨，在寒冬清冷的空气里，一连串敲击金属的声音，显得有些突然，像发自梦中。急促的钟声一响，在石坑干活的人们不用班长招呼，就纷纷带上自己的工具，钻进预制板和土层盖顶的小屋里。小屋跟地窖差不多，墙壁乌黑，灯光昏暗，屋里泛着寒冷的潮气和木头霉烂味儿。人们进去一抽烟，一哈气，屋里才有了一些人的气息。有的人抓紧这一小会儿躲炮的时间，把两根钢叉在地上一支，就仰倒在叉把上睡起来，其实等于睡在两根木棍上。谁也得佩服他们的平衡技术，就这样，他们不仅能稳稳当当地躺着，而且一躺下就睡着了，并打起了呼噜。有的靠墙根蹲着，把头软软地垂在怀里，大概也睡着了。他们都穿着再生劳动布的棉袄，腰里扎着布带或草绳，有的人棉袄烂了，露着棉花。不管睡着的还是没睡着的，他们都不说话，像是在等待着什么。当然，他们是在等炮响。但从着装和神情看，他们更像一群避难的人，或是战乱年代临时躲避空袭的人。等炮声响过，他们才能走出小屋。李春光在墙根蹲着，没有睡觉。干活时出了汗，一停下来，衣服透心凉，他担心一睡着就会感冒。这个班也有两个女工，她们是从知青农场新招收来的，都很年轻。她们两个紧紧靠在一起，想捂耳朵又不好意思捂，就那么空着耳孔等待炮响。李春光察觉到，其中一个粗辫子的女工，眼睛老是一溜一溜地看他，看样子想跟他说话，又不说，只是用眼角溜他。李春光知道，这个女工一定是听说他和董瑞雪的事了，出于好奇，才这样看他。李春光觉得很不自在，他塌着眼，谁也不看。他不愿意接受除董瑞雪之外的任何一位女工和他说话，他愿意自已把自已孤立起来。炮终于响了，用铁丝连接起来的几十眼炮同时响了，在寂静的冬夜里，突发的炮声有些惊天动地。李春光不明白，放炮工为什么选择夜里放炮，难道夜里没人在周围活动，安全些。可是那些睡梦里的人呢，听见炮声会不会惊飞了魂？飞石落在小屋顶上了，噗噗腾腾一阵闷响。冲击波裹挟着砂石，哗啦打在门上，如饿狼的爪子抓门。硝烟和放炮卷起的尘土扑满巨大的石坑后，又从小屋的门缝里冲进小屋，有个女工被呛得咳嗽起来。小屋在抖，脚下的地在颤动。炮声息了。爆炸引起的震动还不息。停了一会儿，放炮员下到石坑来了，一边收拾放炮用的铁丝，一边检查有无没炸响的哑炮。老班长开了门，问放炮员是否可以出去了。放炮员跟老班长开玩笑，说谁要是不怕头开瓢，就可以出来。出来也可以，先把头扎进裤裆里。老班长骂了放炮员，说放炮员满嘴放炮，屁股眼子也放炮。他宣布警报解除，让大家出来接着干活。

工人们各就各位，在露天的寒冬里，在其他行业的人们还在热被窝里熟睡时，他们冒着零下十来度的干冷天气，又开始摆弄冰块一样的石头。直到这时，还没人发现石头砸死了人，还不知道采石场发生了死亡事故。工人们嘴里哈出缕缕白气，眉毛尖上挂着冰花，仿佛每个人的骨头都冻硬了，动作显得迟缓而笨重。探照灯如常地照着，灯光里再也见不到有任何昆虫飞行。所有的昆虫都被肃杀的寒冬给冻死了。在严寒的冬季，探照灯似乎也失去了热量，照到哪里出现的都是冰雪的颜色。石坑的地面上，这儿那儿散布着一些刚才放炮时崩落的石头。它们有的大一些，有的小一些，形状各异，很不规则。它们定是从高空落下的，地面砸成了坑。下面吃进坑里。不知什么地方传来一两声狗叫，还有鸡鸣，工人们听来有些亲切。石坑上面的破碎机还在响，向夜空发表着像是大工业的声音。采石场有两种破碎机，一种破碎机是把牛头样的石头破碎成拳头样的，可以铺路基。另一种破碎机是把拳头大小的石头再破碎成指头肚大小的，拉到水泥轨枕预制厂，做水泥轨枕用。过去铁路轨枕都是用木头，木头经不起风刮雨淋。水泥轨枕是木轨枕的替代用品，比木轨枕结实多了。水泥轨枕预制厂是采石场的上级单位，从党组织的隶属关系上讲，水泥轨枕预制厂是一个总支，而采石场不过是一个支部。总支上面才是铁路局的党委。换句话说，采石场和铁路局之间还隔着一个水泥轨枕预制厂，预制厂才是采石场的直接主管单位。采石场不起眼，采石工人也不起眼。旅客列车每天都在隆隆运行，列车是在铁轨上运行的，铁轨下铺着水泥轨枕和很厚的石块。旅客们一般不会想到，有那么一群采石工人，他们冬干三九、夏干三伏，年复一年日复一日地干着采石头的工作。路基上铺的石头和轨枕里包含的石子，有一部分就出自他们的手。他们为采石头献出了青春年华，有的还献出了宝贵的生命。他们在铁路系统工作，但算不上正规的铁路工人，只是算铁路的边缘工作，是铁路工人的附带部分。有时外出，他们也不敢理直气壮地自称是铁路工人。别人问起来，他们躲躲闪闪，甚至有些羞羞答答，只说在铁路系统工作，却不说具体干什么工作。采石场不发铁路服，不发带有铁路标志的纽扣儿。他们千方百计找关系，托熟人，到正规的铁路工人那里讨来几枚纽扣儿，自己买来蓝咔叽，到缝纫店做一件铁路服穿。样板戏里有一个好生了得的英雄人物叫李玉和，李玉和就穿着铁路服。他们把李玉和看成他们的代表，以李玉和为骄傲。在穿着上，他们也模仿走红全国的李玉和，以李玉和为榜样。

一个工人冻得受不了，跟班长要求回去换一顶棉帽子。那个工人回石坑时，是沿着斜坡飞跑下去的，一边跑一边嚷不好了，死人了，砸死人了。众人一时没反应过来，都有点犯愣。那个工人惊魂未定的样子，喘息着讲他看到的惨景。说他取了棉帽子后，想顺便去厕所撒泡尿，一看，厕所门口有黑黑的一条东西，他还以为是谁丢的衣服呢，近前一看，是一个人。他问那个人躺在那儿干吗，大冷天冻病了怎么办，是不是喝酒喝醉了。他想把那个人拉起来，弯腰仔细一瞅，不得了啦。工人们都向他围过去，问怎么了。他说太惨了，没法说。老班长问他太惨的是谁。他说那人的头都砸开瓢了，看不出是谁。工人们纷纷跑上去了，要看个究竟。李春光心中大跳，也跑上去了。两个年轻女工往上跑时，互相拉着手。报信的人不敢一个人留在石坑里，也跟在人后头跑了回去。这个班的人还没跑进宿舍院子里，就听见整个宿舍区人声嘈杂。天色已经有些发亮，人们都起来了，在急切地互相打听死者是谁。打听不清就往院子里挤。书记在门口恼怒地吵人，问上班的人，谁让他们跑回来的，该上班的好好上班，坚守生产岗位，往这里瞎挤什么。人都死了，谁还怕谁。工人们不听他的，只管到院子里去。院子底部有一个厕所，好多人都围在厕所门口。李春光也往人堆里挤。正挤着，听见有人说到一个名字，是史然。李春光脑子轰了一下，接着耳边响的都是史然的名字。李春光站下，不敢上前了。他听见场长在人堆里大声命令人，让人拉住死者的脚，把死者抬起来。人们闪开一条道，场长等几个人扯着一条被子走出来了，被子被压得往下坠着。李春光禁不住伸头看了一眼，是他的朋友史然。史然穿一身蓝色的秋衣秋裤，显然是从被窝里出来到厕所去的穿着。史然被抬到场长办公室去了，场长关了门，不许工人入内，工人都去看厕所门口那块罪恶的石头，石头有一个狗头那么大，上面粘着血。地上的一摊血已经凝固了，像是结成了冰。不难想象，史然从厕所里小解刚出来，这块在石坑放炮时被崩上天的石头，就从夜空中垂直落下来，砸在他的头顶，他就永远倒下了。史然的脑袋比较大，哲学思维很发达，可横空过来的石头偏偏击中了他的头部，这太不可思议了。史然的死来得这么突然，对李春光打击很大。仿佛他也中了一石头，虽然没有致命，但他的头蒙得很大，像是僵化得失去了思维。一时间，他似乎经历了整个人生，觉得人的生命太短暂了、太脆弱了，不堪一击。而史然是那样的聪慧、睿智，待人是那样真诚、忠厚和宽容。他想起当初结识史然时的情景，想起史然教他吹口琴的事，当然也想起史然劝阻他和董瑞雪谈恋爱说过的不可辩驳的话。到了后来，史然对他和董瑞雪的恋爱就默许了，史然每每看到他时，目光里从没有轻视，都是宽厚地微微一笑。一次，人们在石坑里议论一件别的事，史然借题发挥，说一个人认准的事情，就应当坚持下去，不能反悔。反悔是意志薄弱的表现，是最没出息的。史然还说，世界上最没有正确和错误之分的就是人类之爱，有些人的爱也许一开始被人们认为是错误的，但只要坚持下去，就会变成正确的。爱的力量就是坚持，坚持到最后，就是正确，就是胜利。李春光在史然的话里得到了暗示，受到了教诲，也得到了鼓舞，在他的内心深深地感激着史然。想着总有那么一天，他们还会坐在一起倾心吐胆的。没想到史然说没就没了。这简直像是在做梦，在做一场噩梦。在梦里，李春光很想哭，但他的胸口像是被什么东西压着，憋得难受，就是哭不出来。李春光听见有人大哭，像是刘德玉的声音。他到宿舍一看，果然是刘德玉，刘德玉使劲擂着史然空着的床铺，喊着史然史然，哭得痛不欲生。李春光的眼泪这才漉漉地流了下来。

32. 过年

天亮之后，市里来了一辆医用救护车，把史然的尸体拉到轨枕预制厂本部的招待所去了。史然被一床被子蒙得严严实实，头和脚都看不见。刘德玉要跟车去，场里领导不让他去。书记和场长都跟车去了。刘德玉恼怒得把宿舍的窗玻璃砸碎了。

史然的死，使李春光看到了生命的尽头，并激发了勇气。他想，还有比死更可怕的吗？没有了。他突然产生了爱的紧迫感，人在活着的时候，该爱就赶快大胆地爱，万一遇到什么变故，就什么都没有了。据李春光所知，史然还没谈过恋爱。史然的家在省城，他一直希望能调回省城，等回到省城再考虑找对象的事。那么，史然就只能是一个死在异乡的孤魂。李春光由史然想到他自己，倘是石头不是落在史然头上，而是落在他李春光头上，父亲母亲和姐姐会怎么样呢？董瑞雪会怎么样呢？于是李春光一改近日躲着董瑞雪的做法，到女职工宿舍找董瑞雪去了。女工们三三两两地站在院子里，也在小声议论这件突发的死亡事故。她们一边议论，一边往天上看一下，似乎担心随时会有天外来石，落下来变成横祸。李春光不看人，低着头往董瑞雪的宿舍走。董瑞雪本来在院子里站着听别人议论，见李春光到她宿舍去了，就跟回去了。董瑞雪穿了一身工作服，准备上班。她上的是八点班，李春光在董瑞雪床边坐着，低着头，见董瑞雪进屋来了，他说他有些受不了，不知道怎么办才好。说着又流下泪来。董瑞雪知道李春光和史然关系很好，亲如兄弟，见李春光为史然落泪，她的眼圈儿也红了。董瑞雪从铁丝上抽下自己的毛巾，递给李春光，意思让李春光擦泪。李春光没接毛巾，却说他想握一下董瑞雪的手。说着，生怕稍一停顿就会失去握手的勇气似的，没等董瑞雪表态，就一下拉住了董瑞雪没拿毛巾的那只手。董瑞雪没抽回自己的手，但她的手像是有某种条件反射似的，刚被李春光握到就不由自主地抖起来，而且越抖越大。李春光大概受了传染，他的手也抖起来。两只手仿佛是两只受伤的小动物一样，抖在一处。李春光像是意识到了什么，赶快把董瑞雪的手松开了。

下午四点多，董瑞雪刚下班，李春光又到她宿舍去了。刘德玉在他们的宿舍收拾行李，说是准备回老家过春节。这一回去，还来不来上班还不一定。大概由于史然的突然死亡，使刘德玉对李春光和董瑞雪的事看开了，刘德玉对李春光变得温和起来，他说史然这一走，宿舍里就剩他们俩了。他一再感叹，人活着真没意思，没意思透了。他们宿舍的炉火像是哀悼史然似的，已经熄灭了。刘德玉嫌它熄灭得还不彻底，在炉口浇了一些水。炉口升起一团白气，很快消散得无影无踪。寒风从刘德玉打碎的窗玻璃烂口里吹进来，宿舍里冷得几乎成了冰窖。李春光到董瑞雪宿舍里一直沉默着。史然死亡的阴影笼罩着他，他脑子里翻来覆去老是死亡的问题。董瑞雪问他想什么呢，他回答不出想什么。有那么一会儿，死亡和爱一起纠缠他，好像这两者是有关系的。他试图弄清死亡和爱的关系，可越想越混乱，仿佛死亡就是爱，爱就是死亡。两者是一码事。这时外面下起了雪，雪一开始下得并不大，东一朵西一朵，似乎带有一些试探性。试探的结果，下大一些没什么妨碍。于是后续的大雪就过来了，逐渐铺天盖地起来。大雪给人的感觉是物质化的，众多物质化的雪朵子充塞着天地的空间，把采石场与外界隔绝了，采石场变得一片死寂。偶尔，采石场北面一所铁路小学的钟声传过来，钟声在大雪中颤抖着，让人觉得更加寂静。天将晚时，在石坑上四点班的工人从石坑里撤回来了，场部没有组织他们学习，没顾上拿千万不要忘记阶级斗争吓唬他们。工人待在各自的宿舍里，有的睡大觉，有的趴在床头写信。到了开晚饭的时间，李春光也没离开董瑞雪的宿舍。董瑞雪冒着雪，从食堂买来了馒头和菜让他吃。他不吃。董瑞雪也不吃。菜和馒头放凉了，董瑞雪就把菜和馒头放在煤火边烤。方形的煤火炉是用砖头垒成的，紧靠墙根。火炉里的火着得挺旺，蓝色的火苗一闪一闪地往上蹿。这种炉子烧的是煤泥，把煤掺上兑水，用铁锨和黏糊了，封在火口上，封严后抹光抹平，拿火锥在中间扎一个孔，以便透气。因为炉膛里有一腔子火，封上的湿煤很快就会被烤干。如不需要大火的话，只保留这一个孔，火炉能燃烧两天不灭。如需要烧大火，用火锥把烤干的煤捅烂，火苗嗵嗵嗵地就上来了。有了这样的炉火，尽管外面大雪纷飞，屋里却暖融融的。董瑞雪把馒头表面一层烤焦了，烤得黄黄的，掰开，递给李春光一半，李春光才慢慢地吃了。

这年李春光没有回老家过春节。老乡约他一块儿回去，他说他给家里寄过钱写过信了，说好不回去了。老乡说，过年时董瑞雪肯定也要回家，他一个人在场里有什么过头。李春光不愿意老乡提到董瑞雪，好像因了董瑞雪，他才不回家过年似的。他要老乡不要瞎说，他就是想一个人过年。过春节期间，场里说的是放三天假，实际上是放五天。董瑞雪离家这么近，当然是要回去。她很关切地问李春光一个人怎么过年。李春光让她放心，说时间过去了，年就过去了。过年就是过时间，这时间和平常没什么两样，只是给时间附加一些平常没有的热闹，就算过年了。董瑞雪说，她在过年期间应该让李春光到她家看看，可是她不敢。李春光说，就是让他去，他也不会走。但他问了董瑞雪家的门牌号码。董瑞雪一开始没告诉他，说问这个干什么。李春光说不干什么。董瑞雪嘱咐李春光千万不要去她家，她爸爸脾气很不好。那么李春光就不问了，李春光不问了，她反而把自己家的门牌号码告给了李春光。怕李春光记不住，她找了一个纸片，把街道和门牌号码都写在上面，交给了李春光。等真正开始过年，李春光才感到了难耐的寂寥。炊事员也放了假，食堂停了火。李春光无处买饭，只得提前买回一堆馒头和几样熟菜，自己在宿舍里热着吃。他把熄灭的炉火又生着了，烂了玻璃的窗户也用几层报纸堵上。除夕之夜，外面漆黑一团，只有墙根和树根处未化尽的雪堆有一点灰白的微光。李春光从里面插上门，早早地钻进被窝里睡了。他想通过睡觉，把除夕夜尽快地打发过去。可除夕夜要照顾每个人的情绪似的，迟迟不让他入睡。于是，他脑子里出现了老家过除夕时的辉煌情景。门上贴了春联，屋里贴了年画，大红的蜡烛闪闪烁烁，桌上的供品满满当当，到处是一派喜庆的气氛。相比之下，他的宿舍显得冷清了些。他把灯拉灭了，煤火炉上面的火孔发出一些光亮。在暗夜里，他发现火孔里冒出的火苗是蓝色的，还有一些发绿，类似传说中的鬼火。风吹着堵窗户的报纸发出的呼嗒声，也像是有人在敲窗户。他不可避免地想到了史然，头皮有些发紧，赶快把电灯拉开了。好在外面不时地有炮声传来，听声音有鞭炮、有二踢脚，还有在空中呼啸而过并在空中炸响的钻天猴。贺年的炮声可以帮他壮胆，却不能安慰他那颗寂寥的心，他觉得自己更孤独了。炮是别人家放的，炮声跟他无关。今年他连一只炮都没买，当然谈不上放炮。从五六岁学会放炮那年起，他们家的过年炮都是他放。今年是他第一次过年时没有放炮。放炮代表的是快乐。他没有什么快乐可言，过的是屈辱的日子。想到和董瑞雪的没有结果的纠葛，他忽然悲从心来，差点哭了。他这才知道了，过年这几天的时间绝非平常的时间可比。好像平常的时间都是预备，是为过年而预备，只有过年那几天好好过一下，这一年才算圆满。否则的话，一切的预备都白预备了，一年也没有个结果。又好像，平常的日子人们都是无心无情的，到了过年那几天，心也有了，情也来了，心情都饱饱满满的。而饱满的心情是通过亲人的团聚，通过灯、酒、炮仗等实现的，没有了这些，心是无用的心，情是无用的情，都变成了无着无落的空虚二字。再好像，中国人过年是一种文化，也是一种仪式。参与了这种仪式，新的一年的大门就对你敞开了。如果不参加这种隆重的仪式，新的一年的大门对你还是关闭的。李春光对新的一年有些敬畏和茫然。

到了大年初二那一天，李春光在宿舍里无论如何也待不住了，他裹紧棉衣，往北边的镇子上走去。路边车辙的水洼子结了一层冰，冰是白的，很薄，冰下面是空的。李春光沿途故意踩碎了几块冰，发出的声音很脆，使他的过年总算有了些动静。不料镇子上也很冷清，所有的商店都关了门，小饭店的门也是铁板一块。小饭店门前卧着一条成年狗，狗不算瘦，只是有点脏，它应该是一条白狗，却脏得成了灰狗。李春光试着向狗走过去，如果狗不反对的话，他打算跟狗说几句话，问狗是谁家的，不回家过年，待在这里干什么！他刚向狗走近，狗就发现他了，目光有些警惕，好像在说："别人都回家过年了，这个人在这里干什么！"李春光很友好地叫狗的名字，他叫道："狗，狗。"狗一点也不承情，一点也不表示友好，它慢慢站起来，走了。走了几步，它回过头看了喊它狗的人一眼，仿佛在说："谁是狗，讨厌！"街面上也很脏污，到处是烂雪烂冰烂泥，还有烂白菜帮子、烂稻草绳、烂猪毛、烂炮屑等。年前，人们为了筹备年货，发疯似地来这里进行交易，地上的破烂东西都是交易的残留物，也是过年的副产品。有一块烂纸被风吹到空中去了，在空中飘飘忽忽的。李春光把鸟似的烂纸盯住了，看它能飞多久，最终落到哪里去。"鸟"飞得时间不够长，落点也不理想，竟落到一处露天的粪池里去了。李春光有些失望。一辆长途汽车开过来了，车门开处吐出几个穿新衣服手提礼品的男人和女人。李春光知道这辆车是往市里开的，他心里一动，跳上了汽车。

到了市里，李春光就开始找董瑞雪的家。他不打听，只那么一条街一条街地找。他把棉大衣的领子竖起来，遮住了脖子和耳朵。他把口罩戴上，捂住了鼻子和嘴巴。口罩也是他们采石工每月必发的劳动保护用品。这样，他留在外面的只有眼睛，别人不会认出他来。他找得有些小心，觉得自己像是一个侦探，又像是一个特务。终于找到董瑞雪的家门口了，他心中大跳，生怕董瑞雪这会儿出来会看见他。他躲在董瑞雪家对面的一棵树旁，装着漫不经心的样子，透过董瑞雪家的篱笆墙的墙缝往董瑞雪家的门口看。他始终没看见董瑞雪露面。先是一个干部模样的出来了，站在门口抽烟。他估计那是董瑞雪的爸爸。董瑞雪的爸爸抽完烟就进屋去了。停了一会儿，董瑞雪的妈妈出来了，她腰里扎着围裙，往院子一角的下水道泼水，水落地时哗啦一响。又有两个男孩子出来放炮，那一定是董瑞雪的两个弟弟。当一个穿花上衣的女孩子从门里走出来后，李春光眼睛一亮，以为是董瑞雪。他赶紧背过身子，让树干挡住他。他听见了开院子门的声音，觉得董瑞雪正向街上走来，心里跳得越发厉害。当董瑞雪向街的另一头走去时，他才敢悄悄地转过身看一眼。他发现董瑞雪突然长高了，走路的姿势也跟以前不一样。他想起来了，这个姑娘不是董瑞雪，大概是董瑞雪的妹妹。他猜不出董瑞雪到外面去了，还是在家里待着。要是在家里待着的话，董瑞雪会干什么呢？

采石场是初六上班，董瑞雪初四那天上午就回到采石场去了。她心里惦记着李春光。她带回一个大号的铝制饭盒，里面装了满满一盒食品，有饺子、肉丸子和干炸带鱼。她到了采石场，还没到自己宿舍，就先到李春光的宿舍去了。董瑞雪提前回场，这使李春光十分惊喜，也很感动，一时说不出话来。董瑞雪问他年过得怎么样。他说挺好的。他说他到市里去了，看见了董瑞雪家所有的人，单单没看到董瑞雪。董瑞雪有些惊奇，问李春光什么时候去的。李春光说是初二上午。董瑞雪想了想，说是了，初二那天上午她在家里整整睡了一上午觉，连门口都没出。大过年的在家闷头睡大觉，可见董瑞雪过年过得也不开心。李春光替董瑞雪委屈，也替自己委屈，眼睛一下子湿了。董瑞雪问他是不是想家了。李春光承认是有点想家。董瑞雪说："我一直以为你是个大人，原来你也是个孩子啊，也知道想家。"她安慰了李春光，说好了，别想家了，她来帮李春光过年，他们把年重过一遍，反正不到初五都算过年。他们把阵地转移到董瑞雪的宿舍去了。李春光来了兴致，帮董瑞雪和了煤，生了火，提了水。董瑞雪呢，以饭盒当锅，给李春光煮菜热饭。董瑞雪是认真的，还透出一些紧张，她显然把给李春光做吃的当成了一件大事，这件事像是一场预演，带有居家过日子的性质。观众和配角只有一个，那就是李春光。她把一切都做得很细致、很到位，看似平常的动作里，透出一些故作的镇定和镇定后面掩饰不住的喜悦。她把馒头用小刀切成片，放在火边慢慢地烤。她把饭盒里添上水，放在火上慢慢地煮。水煮开了，下进肉丸子。她要给李春光煮肉丸子汤喝。李春光转来转去想帮她的忙，请示董瑞雪，让他干点什么。董瑞雪要李春光什么都不要管，坐在那里不要动，只等着吃就是了。李春光会心地笑笑，当真坐到一边去了，他甚至连话也不说，专心致志地看着董瑞雪一个人忙活。董瑞雪还设置了一些推动情节发展的悬念和转折点，转折点环环相扣，不到哪一环，她就不把悬念放下来。比如说，她把丸子汤煮得差不多了，该放盐了，就看着李春光。这是第一个悬念。李春光意识到了没有盐，刚说了一句糟糕，她就笑了。她把手伸进自己随身带来的挎包里，掏出了一个小瓶子，向李春光炫耀似地晃了一下。不用说，瓶子里装的白色的粉末是盐。她把小瓶子的金属盖儿拧开，把盐末倒进手掌心一些，撒进丸子汤里去了。第一个悬念结束，她接着推出了第二个悬念，说要是有点味精就好了。李春光说没有味精没关系的，他们老家的人现在还不吃味精。董瑞雪对放味精很坚持，说该放什么就得放什么，做汤没有味精是不行的。李春光说那怎么办呢，现在商店都不开门，想买都没地方买。这时董瑞雪又笑了，要李春光不要发愁，好在她会变魔术，今天就变一下试试吧。她很调皮地让李春光转过脸去，自己的手伸进挎包里摸索，嘴上还说着变变变。李春光回过脸时，她手里已“变”出一小塑料瓶味精。董瑞雪最后还拿出一个小玻璃瓶子，瓶子里的液体黄澄澄的，那是小磨子磨出来的芝麻香油。这些东西都是董瑞雪在家里准备好的，名义上为自己准备，心里却是在为李春光准备。她的心不在家里，而是放在了李春光身上。油、盐，加上味精，都是家庭生活用品，别看它们不起眼，过日子却离不开它们。它们身上带着家庭的烙印，过居家的日子，它们都是不可或缺的重要标志。今天，董瑞雪把家庭生活用品带到她的宿舍里来了，使他们的生活一下子有了过日子的味道，散发出家庭的气息。李春光意识到了董瑞雪的用心和创造，看到了董瑞雪的快乐，他产生了幻觉，几乎掉进一个名字叫幸福的地方了。他们共同品尝着董瑞雪亲手做的饭菜，李春光没说一句感谢董瑞雪的话。董瑞雪问他味道怎么样。他说非常合适，每一样都非常合适。董瑞雪对他的评价似乎不太满意，问什么叫合适。他解释说，合适就是正好。正好的评价按说是很高的，董瑞雪听来好像还不够味，仍达不到她的期待。那么，李春光就把话说得明白些，他说："等以后，我来做饭给你吃。"这话里包含着一个重大的承诺，一个美好的前景，这才是董瑞雪希望听到的。董瑞雪脸红了，问哪以后。李春光不会再往深处说，他的脸也很红，说："以后就是以后，以后你就知道了。"

从正月初四到初五的两个整天的时间里，李春光和董瑞雪是一块儿度过的。场里人极少，只有两三个值班的人，连书记、场长都回老家过年去了。这对两个年轻人来说，是一个很好的机会，他们若是抓住这个机会，勇敢地往前走一点，也许就给生命的结合打下一定的基础了。可惜得很，他们丧失了机会。任何机会都是难得的，一次丧失机会，有可能会造成终生的遗憾。白天，他们一块儿在宿舍里说话，做饭吃，还到田野去看残雪，去寻访迎春花。一到晚上，他们就分开了，各自住在自己的宿舍里。有几次，他俩都偎在火炉边烤手，四只手都伸在文火上方，彼此离得近得不能再近，其中一个人的手稍微动一下，就把对方的手抓到了。可是他们都克制着，谁也不碰谁。伸到一起时，手与手之间的距离如果是半寸，那么就一直保持着半寸的距离。不用烤他们的手就很热了，热血在他们手上的血管里奔突，他们的手指有些发胀，个个都很饱满，而且通红得有些透明。他们的手不太安静，都微微抖着，透着愿意行动起来的迹象。说来他们对自己的手真是有些狠心，像对待敌人一样，硬是没让手有所作为。李春光回自己宿舍去的时候，董瑞雪没说不让他回去，只说让他再坐会儿，说天还早着呢。董瑞雪的脸也许是被炉火烤红的，也许是它自己红的，反正董瑞雪的脸红得厉害。她的眼睛弯弯着，目光很亮。炉火映进她眼里，跟映进明亮的镜子里一样。她的鲜红的嘴唇微微张开，满怀渴望的样子。她嘴角两边的小坑也出现了，像是准备接收什么。然而，李春光什么也没给她。李春光上次鼓起勇气，握了董瑞雪的手一下，董瑞雪惊恐似的颤抖他铭记在心，感到心疼，他再也不敢动董瑞雪一指头了。

33. 地洞

春节过后，采石场的工人陆续返回采石场上班。场里流传着一些不利于李春光和董瑞雪的话，说他俩春节期间同居了。传说真鼻子真眼，说他俩跟小两口一样，白天一块儿吃饭，一块儿说笑，到晚上把灯一拉，就在一块儿睡觉。书记找董瑞雪谈话，问是不是真有其事。董瑞雪有些气愤，断然否定。在广播站时，外调人员找她谈话，她那时是心虚的。这一次她心里非常有底，一点鬼都没有。她说别说同居，李春光连她的手都没碰一下。这时她心里有些庆幸，亏得春节期间他俩没做什么出格的冲动事，要是做了冲动的事，恐怕就陷入被动了，就得受人家摆布了。这得感谢李春光，是李春光理智地把握住了自己。初五那天晚上，她对李春光恋恋不舍似的，一再要李春光在她宿舍里多坐会儿。李春光说，天晚了，在她宿舍里坐久了不太好，别人知道了会说三道四。李春光预先想到了这一层，才没给人留下什么把柄。这使董瑞雪对李春光的敬重又增加了几分。她不由地对书记说，李春光是一个正派的人，也是一个很自重的人，这一点，她可以拿党籍为李春光作保证。书记对董瑞雪的话持怀疑态度。

场里对李春光的惩罚进一步升级，不让他在石坑打石头了，派他去打地洞。地洞是战备洞，准备打仗用的。洞口在采石场一角，斜着打进去几十米，再平着往前打。和在石坑里打石头比较起来，石坑里是干爽的，能见到阳光，能呼吸到新鲜的空气；而地洞里是潮湿的，终日不见一丝阳光，空气是呆滞、腐朽和霉烂的。在石坑里可以站着干活，可以抡开膀子打石头，干累了还可以走动一下；而地洞里只能蹲着、跪着或坐着干活，一不小心就碰了头，基本上没有活动的余地。在石坑里干活可以看见人，看见树木和云彩。地洞的环境差不多是幽闭的，触目都是亿万年不变的泥土。李春光很快就尝到了受惩罚的滋味。地洞的尽头有一把镐、一把锨和一个筐头子，这是他的工具，原始的工具。他用镐头把土一点一点刨下来，潮湿的土纷纷落在他怀里、他身上、他头发里，再落在地上。刨够一小堆了，他就用铁锨把土铲进筐头子里。他累得出了汗，手往脸上一摸，脸上就粘了泥。他几乎成了一个泥人。他听过关于地狱的说法，据说地狱有十八层。他不知道自己目前干活的场所属于第几层。据说被打进地狱的都是一些灵魂，他们生前犯了罪，灵魂才被打进地狱。而他李春光并没犯什么罪呀。就算他对董瑞雪好一些，这难道就算犯罪吗！明知人家是对他进行惩罚，他又对抗不了惩罚，还自觉地惩罚着自己。他自己安慰自己说，地洞反正得有人来打，他不来打，就得别人来打，那么还是他来打吧。他不下地狱谁下地狱呢！

让李春光不大好接受的是，跟他一块打地洞的两个人，一个是反革命分子，另一个是奸污妇女的劳改犯。这就是说，李春光被送进了坏人堆里，他也被别人看成是与反革命分子和劳改犯一样的坏人。李春光受的是肉体和精神上的双重折磨。如果仅仅是繁重的劳动，身体上吃苦受累，凭着李春光的体质和意志力，他还是可以承受的。李春光难以承受的是政治上的歧视和精神上的折磨，他心里痛得很，很想大哭一场。他想起了母亲，提出跟场长请假，想回家看看。场长没有准许。反革命分子和劳改犯对李春光微笑着，仿佛对李春光加入他们的队伍表示欢迎。这让李春光感到更加屈辱。原来在地下打洞子的是那个劳改犯，李春光被派来后，劳改犯就开始耍滑，不愿抡镐打洞子了，只愿意往洞口运土。李春光觉出劳改犯也想欺负他，顿生敌意，他也不打洞了，和劳改犯对峙着。劳改犯做出一副可怜相，说他有肺结核病，活不了多久了，请李春光可怜可怜他吧。劳改犯还说李春光是一个好人，最后的胜利一定是属于李春光的。李春光对劳改犯保持着警惕，尽量避免和劳改犯交谈，但他还是把打洞子的活儿承担下来了。他把刨下的土装进筐里，由劳改犯运到洞口底部，搬上一个带有四个轱辘的铁架子，然后由上面的反革命分子开动小绞车拉上去倒掉。有一回，劳改犯在地洞里主动和李春光说话，说他当劳改犯是很亏的。他原来是一家大厂的电工，有一次，他给一家双职工家庭换电灯泡，他站在凳子上，把坏了的灯泡摘下来，让那家的女工接着。不料那女工接下坏灯泡后，却不扔掉，拿灯泡在他的下身敏感部位乱接触。他跟那个女工本来就熟，人家一调戏他，他有些把持不住自己，就犯了错误。本来他和那个女工是两厢情愿，不算犯罪。坏就坏在那个女工的丈夫是厂里的一个干部，那个干部一告发，他稀里糊涂就成了强奸犯。李春光对劳改犯一点也不同情，他很鄙视地对劳改犯说，谁让劳改犯动人家呢，劳改犯要是不动人家，女工的丈夫再告也没有根据。既然动了人家的有夫之妇，判刑当劳改犯就不亏。劳改犯的话从反面给李春光提供了一个教训，他想，自己在这方面对自己要求很严，是值得骄傲的。今后他更得严格要求自己，在人品上不留下任何污点。

场里还给李春光调了宿舍，不让他在原来的宿舍住了，让他和反革命分子、劳改犯住一个宿舍。这对李春光又是一个打击。不过有让他打地洞的打击在前，这个打击就不算什么了。李春光懂得出淤泥而不染的道理，他不会和反革命分子、劳改犯同流合污。他在心上筑了堤防，和他们划清了界限。他不知道反革命分子犯的是什么罪，也决不打听。他二叔就是反革命分子，他以为反革命分子都是那样的类型。除了睡觉，李春光不在宿舍里待着。当然，他也不到别的工友的宿舍里去。他知道有的工友把他当成了不好的人，他不会去给人家添烦。每天从地洞里出来，开完学习会，他就一个人悄悄地到采石场外面的田野里去了。到了田野里，他也不到处乱转，好像他没有资格乱转，田野里有一处小小的场院，场院中间有一个不是很大的麦秸垛，他愿意让麦秸垛把自己遮挡起来，靠着麦秸垛静静地坐一会儿。农村的气味儿，就是麦草的气味儿，就是麦草在地边经雨水浸泡沤烂发出的气味儿。农村出来的人，对这种记忆中的气味有着强烈的认同感，一闻到这种气味，就如同回到农村的怀抱里了。春天开始来了，风里有了暖意，田里泛潮，小草芽子钻出了尖，空气里充溢着稠密的生机勃发的气息。麦苗退去了冬季的燥色，一下子变得绿葱葱的，掐得一片叶，染得指头都是绿的。李春光近日没去找董瑞雪，但他的精神没有一天不是靠董瑞雪支撑着。董瑞雪是他的希望，是他心理上的支撑点，也可以说是他的精神力量的源泉。每日把董瑞雪想一想念一念，他就不会绝望，不会倒下，再苦再累也能对付。他不去找董瑞雪，是怕失去董瑞雪。他暂时和董瑞雪疏远，是为了以后能长远地和董瑞雪在一起。他要保住他的工作，他的工作就是他的青山。他对董瑞雪充满信赖之情，相信董瑞雪是倾向他的，不论别人怎样整治他，董瑞雪都不会背离他。现在他靠回味过日子，回味的是春节期间那两天和董瑞雪在一起的日子。他回味董瑞雪的每一个动作、每一句话和每一个笑。他回味得很细，细到董瑞雪指甲盖的形状和颜色，细到董瑞雪头发下面脖颈上面黄黄的绒毛。他像一头反刍的牛一样，把需要反刍的东西细细地加以咀嚼，加以品味。有时候他竟心满意足地笑了。

这天傍晚，李春光正一个人坐在从麦秸垛上揪下的麦草上，背靠着麦秸垛，眯着眼睛回味董瑞雪用小勺尝汤的样子，听见旁边有沙沙的响声，睁开眼扭头一看，是董瑞雪。董瑞雪站在离他几尺开外的地方，手上揪下几根麦草，正不声不响地看着他。李春光惊喜异常，问董瑞雪怎么知道他在这儿。董瑞雪不回答，看样子有些怒气。李春光招招手，意思让董瑞雪向他走近些。董瑞雪赌气似地站着不动。她把手里揪下的麦草扔掉，又揪下几根麦草。她揪得劲有些大，麦草刷啦一响。董瑞雪这才说话，问李春光最近为什么老躲着她。李春光只得跟她解释：“你以为我是躲你吗？我是躲那些人的耳目。按我的心愿，我恨不能天天和你在一起。我暂时不去找你，是为我们的长远着想。我怀疑那些人在千方百计想把我们彻底分开，我们不能让他们的阴谋得逞。你知道吗，你现在对我来说非常重要，说一句不怕你笑话的话，我每天都是靠想你支撑着，没有你的支撑，我能不能坚持下去都很难说。”李春光这么一说，董瑞雪就释然了，她走得离李春光近些，但仍然站着。她对李春光说，她昨夜里做了一个梦，梦见李春光被坏人抓走了。事情好像是战争年代，一片白色恐怖，而李春光是地下党组织的一个负责人。据说李春光被叛徒告了密，才遭逮捕的。李春光被敌人五花大绑着，头昂得很高，一副宁死不屈的英雄气概。眼看李春光被抓走，她十分揪心，却不敢声张。因为一声张她就有可能暴露。她跟李春光是单线联系，得隐蔽下来，继续和敌人作斗争。可是，事情隐隐约约的，仿佛叛徒不是别人，就是她董瑞雪，是她叛变了革命，出卖了李春光。她想了想，自己没当叛徒呀，怎么就被别人认为是叛徒呢！她委屈得很，躲在一个背人处哭了，一哭才醒过来了。讲完了梦，她眼里泪涔涔的，似乎在梦里走不出来，问李春光："我像个叛徒吗？"李春光只得顺着她的思路，说董瑞雪绝对是革命的好同志，什么情况下都经得住考验。他怕董瑞雪把他的话和眼下他们的处境联系起来，联系起来就显得牵强和可笑了，他夸董瑞雪的梦做得够长的，差不多够一部电影了。董瑞雪说她也觉得奇怪，平常她也做梦，但做的梦都忘了，这个梦清清楚楚，历历在目。梦醒后，她就到处找李春光。还是李春光宿舍里的那个反革命分子告诉她，李春光有可能在麦秸垛那里，她才找来了。李春光顿生纳闷，他从来没告诉过反革命分子，反革命分子怎么知道他在这里呢！看来反革命分子贼心不死，还在眼观六路、耳听八方。他跟董瑞雪说笑话："你刚才还找不到叛徒是谁，这下找到了，那个反革命分子就是叛徒，我要代表人民枪毙他。"见董瑞雪没领会他说的笑话，就变了一个方向，继续说笑话："这样吧，以后这里就是咱们的秘密联络点，你要是有什么情报，就送到这里来。"说罢他先笑了，董瑞雪也笑了。

李春光挖地洞期间，这有一件事可记，他被马俊来打了一顿。那天，他从地洞里下班回到宿舍，马俊来就找来了，问他就是李春光吗。李春光说是。"你知道我是谁吗？"李春光摇摇头说不知道。马俊来在门口站着，对李春光往跟前勾手，让李春光过去，他让李春光认识一下。李春光见来者不善，没有过去，说没有必要认识。马俊来虚假地笑着，说自我介绍一下，他姓马，叫马俊来，是董瑞雪的同学。他听说李春光在勾引女人方面挺有手段的，今天来领教一下，说着故作轻松地向李春光接近。李春光问他干什么。他不说干什么，抬脚向李春光的腿裆里踢去。李春光早有防备，一转身子，马俊来踢在他腿上了。马俊来说："你还敢躲！"接着又是一脚狠的。马俊来脚上穿的是大头翻毛皮鞋，这一脚把李春光踹倒了。李春光恼了，让人家打死他，说不打死他就不是人。马俊来说：“打死你怎么了，跟踩死一只蚂蚁一样。”他对着李春光的腰和腿乱踢一通，说：“你叔那老王八蛋欺负我同学，你也敢欺负我同学，我看你是活腻了！”这时和李春光同宿舍的那个反革命分子说话了，让马俊来有话好好说，不能随便打人，打坏人是要抵命的。那个劳改犯也到门外喊人，说有人打人啦。马俊来见门外围来了人，才不踢了，说先给李春光留下一口气，下次再好好收拾他。

第六章

34. 回老家

李春光接到姐姐打来的一份电报，说母亲病了，让他速回。他平生第一次接到电报，拿到手上觉得有千斤重，每一个字都压在他心上。他来不及多想，马上去找场长请假。他担心场长不准假，一张口差点哭了。场长这次很爽快，准了他十天假，让他赶快回去吧。场长说，假如果不够，到时候还可以续，谁家里没有父母。李春光简单收拾一下提包，想到回家前应该跟董瑞雪说一声，就找董瑞雪去了。董瑞雪好像害怕李春光回老家似的，预感很不祥，眼里渐渐地涌满了泪水。李春光说，他母亲也许没什么大病，因为想他了，才让他回去。董瑞雪的念头走得很快，李春光还没动身，她的念头已回到李春光的老家去了。那里是董瑞雪的悲痛之地，仿佛到了那里就不会有什么好事，她去那里没什么好事，李春光回去恐怕也不会有什么好事。她问李春光，马俊来打李春光的事是不是传到李春光的老家去了。李春光说不知道。那次马俊来把李春光打得不轻，李春光身上肿了青了好几块，好在总算没有骨折。马俊来打李春光之前，没去找董瑞雪。打完李春光之后，就骑上自行车扬长走了，也没去找董瑞雪。但董瑞雪还是觉得，李春光挨打都是因她而起，她恨马俊来，心疼李春光，同时深感愧疚。有些事情总是传得很快，董瑞雪隐隐觉得，李春光家里的人已经知道她和李春光的事了，家里来电报，不一定是因为李春光的母亲生病的事，极有可能是以此为由，把李春光召回去，然后，劝李春光和她断绝关系。她想象得到，她的名声在那里是很不好的，李营的人会把她看成是一个灾星，会一致反对李春光跟她好。那么，李春光这次回去，对她和李春光的事定是凶多吉少。是董瑞雪替李春光拎着提包，送李春光上的火车。往火车站走的路上，两个人都默默的，心事很沉重的样子。有几次，李春光想把提包接过来自己提。董瑞雪有些生气似的，李春光一伸手，她就一躲，坚决不让李春光摸到提包。她也不说话，眉头皱着。这时提包在她手里仿佛是一个象征，至于象征什么，她心里也不是很清楚，反正她愿意把提包紧紧抓在手里，谁要把提包夺走，她一百个不答应。李春光坐了火车，还要换乘长途汽车才能到家。这个小火车站几乎是敞开的，他们不必从火车站的门口进去，跨过火车道，直接就到站台上了。李春光要上车了，董瑞雪还抓着提包不愿撒手。最后不得不撒开，她的手还向提包伸着。她想，李春光应该握一下她的手。可李春光没握，李春光让她回去吧。她想主动握一下李春光的手，她试了试，到底没伸出手来。董瑞雪没有走，在等火车开动。火车开动前，她却不看李春光，眼睛向别的地方看着。其实她的目光是虚着的，什么也没看见。她想让李春光到家后给她来信，嘴张了张，也没说出来。李春光在车窗口一再让董瑞雪回去吧。董瑞雪不说回去，也不说不回去，就那么站着不动。等列车开动，他们要互相对视时，却看不清了，因为他们的眼里都泪花花的，泪水模糊了他们的视线。

李春光紧赶慢赶，赶到公社所在地的镇上，已是下午五六点钟的光景了。到了镇上，他突然有些紧张，生怕遇见了熟人。熟人一时还没碰见，但镇上的街道、房屋、气味还是原来的，仿佛对他很熟悉，已经把他指认出来。不知为什么，他对这些熟悉的场景也有些害怕。他有些犹豫，不知是马上回李营好，还是等天黑下来再回去好。天黑下来回去好一些，那样村里人就看不见他了。他不知不觉就有些心虚，好像在外面做下了什么见不得人的亏心事似的。他想到，母亲的病不知怎样了，自己还犹豫着不敢回去，是不是显得太没人心了。他跟董瑞雪的预感差不多，姐姐打电报让他回来，不一定是因为母亲生病，极有可能是他和董瑞雪的事传到老家来了，家里的人要劝阻他。李春光的脑子里乱糟糟的，觉得要遇到麻烦了，一时又不能确定麻烦在哪里。等他走到李营，夜幕已落下来。在朦胧的初春的夜色里，他看见李营还是原来的格局、原来的样子。房屋还是那么低矮，树木没有增加，护村坑还是方方正正的。在村头光秃秃的场院里，他甚至觉得那个石磙从来没有移动过，他走的时候石磙不声不响地在那儿躺着，如今还是在那个位置沉重地躺着。村里的人正做晚饭，他又听见了他所熟悉的拉风箱的呱达声，又闻见了家乡特有的烟火味。一切都那么熟悉，这里毕竟是生他养他的故乡啊！可是，他又觉得有些陌生，觉得一切都不该是这个样子。至于应该是什么样子，他自己也说不清楚。他是怀着一种既亲切又忐忑不安的心情走到村头的。他没有马上进村回家，而是先到饲养室去了。饲养室和村子是分离的，他打算先到饲养室看望一下当饲养员的父亲，问一下母亲的病情，好心中有底。饲养室的门锁着，父亲没在饲养室。隔着饲养室的门缝，能听见里面的牲口吃草的声音，能闻见草料和牲口粪混合的气息。父亲大概回家吃饭去了。然而，李春光有些走不动似地在一间小屋门口站下了，那间小屋是董瑞雪住过的。董瑞雪走后，小屋又被摘去了门，屋里又盛上了铡好的牲口草，一切都恢复了原来的样子。夜色越来越浓，小屋里堆的草有些发白，像雪。李春光一时产生了错觉，似乎董瑞雪还没有走，还在小屋里住着。恍惚中，他仿佛看见了董瑞雪的床，董瑞雪披着衣服为他开门的身影，还有董瑞雪红肿的眼睛，他嘴里喃喃的，差点叫出了董瑞雪的名字。饲养室里拴马的铁链子碰在石头槽帮上哗啦一响，他才回过神来。董瑞雪虽然走了，但她和小屋的联系永远留在这里了，小屋有知，会永远记住那个从城市里来的女孩子，记住她的青春、她的眼泪、她的气息和她的孤独而茫然的梦。

在村口，李春光往村里走时，看见一个人往村外走，因天黑，他看不清走过来的是谁。走近时，他站下了，那个人也站下了。李春光认出来了，往村外走的人是队长大叔。队长也认出了他，问他什么时候回来的。他把手里的提包往上提了一下，说他刚回来。大叔亲昵地骂了李春光一句，说他长高了，问他过年时怎么不回来。李春光胡乱说着忙，遂放下提包，掏出一盒烟，开了封，抽一支，敬给队长，并擦火给队长点上，问了一句他母亲的病怎么样了。队长说没听说他母亲生病呀，下午还看见他母亲在地里干活。问家里是不是给他打电报了。他说是的。又说可能是他母亲想他了，让他回来看看。队长说那是的，儿走千里母担忧，老的想小的不由人，他让李春光赶快回去吧，他到饲养室看看，队里有一匹马生病了，李春光的父亲带着马去十几里外的兽医站给马看病，队长要去看看马的病治得怎样了。李春光告诉队长，他刚去过饲养室，那里的门锁着，他父亲大概还没回来。队长说他去饲养室那里等一会儿。李春光走进自家院子，见灶屋里亮着煤油灯，就向灶屋走去。母亲和姐姐正在灶屋吃饭，一人端一只碗在锅灶门口坐着。小煤油灯在泥巴锅台上放着，豆子似的灯头发出微弱的光亮，照着母亲落了柴草灰的头发，照着姐姐穿的旧衣服，也照着他们碗里的稀饭。她们吃的像是红薯片子稀饭，稀饭是够稀的，在灯下反着水光。李春光觉得鼻子很酸，他忍了忍，才喊了娘和姐。母亲和姐姐惊喜异常，仿佛李春光回来既在意料之中，又在意料之外。姐姐赶紧站起来，放下饭碗，问着“春光回来了”，接过春光手里的提包。娘有些愣怔，手里端的碗也忘了放下，像是自言自语地说，真的是春光回来了吗。李春光又喊了一声娘。当娘的这才反应过来似的，让李春光快过去让她看看。她放下稀饭碗，把李春光拉在灯明儿里，身子往后仰着，看儿子的脸，看儿子的胳膊看儿子的腿，把儿子从上到下打量了一遍。看着看着，就拐起胳膊，拿袄袖子擦眼。李春光的眼圈也湿了，问母亲身体好吗。母亲说她身体没啥毛病，就是光想他。姐姐听母亲把话说露了，问李春光吃饭没有。母亲接过话，说孩子急着往家赶，哪里顾得上吃饭。让夏季把锅里的稀饭刮出来，给孩子擀面条吃。春光的父亲也没吃饭，让他们爷俩一块儿吃。李春光说他不饿。母亲说哪能不饿呢，路有那么远，坐车也累人。李春光不让姐姐擀面条，说他喝点稀饭算了。母亲不让他喝稀饭，坚持让夏季擀面条，还说泥巴坛子里还有两个鸡蛋，拿出来打进面条锅里。面条做好，父亲回来了，父亲只说了一句春光回来了，就无话可说似的，埋头吃饭。李春光见父亲有些显老了，头上出现了白发，脑门上皱纹加深。他看着父亲，父亲却不看他，他几次发现，父亲看他一眼，目光很快就躲开了，父亲像是羞于看他似的。面条锅里卧了两个荷包蛋，姐姐给父亲和春光每人盛了一个。父亲把面条吃完，把荷包蛋留在碗里了。父亲说他不爱吃荷包蛋，给春光吃吧。春光躲不及，父亲已把荷包蛋倒进他碗里去了。李春光知道，这就是不会嘴上疼人的父亲疼他的方式。他问父亲，马的病治得怎么样了。问到马，父亲有了话，从马发病，到给马看病，说了一大篇子话。父亲说还要给马熬药，让李春光好好歇着，说罢又到饲养室去了。

吃完饭，刷了碗，姐姐把灯移到堂屋里，给李春光整理了一个床铺，让他早点睡。母亲和姐姐也各自在自己的床上躺下了。母亲一躺下，就把煤油灯吹灭了，屋里陷入黑暗。李春光想，母亲和姐姐大概要跟他黑着灯说话。因为村里人一旦听说当工人的李春光从外面回来，见他家亮着灯，就会来他家吸烟，说闲话，一直说到很晚，母亲和姐姐就插不上话。别人见他们黑着灯，以为他们睡下了，就不好意思再敲门进来。在黑暗里，李春光心里乱跳，不知母亲和姐姐怎样跟他摊牌。可母亲和姐姐只字不提董瑞雪，只字不提打电报的事。先是她们问他做工累不累，干活用不用机器。又问他生活怎么样，是不是顿顿都能吃白馒头。李春光一一答了。李春光介绍了他在采石场的工作，说那儿的石头多得很，恐怕采一百年都采不完。又说修铁路用的石子、铺的轨枕，都是用他们采的石头做成的。他说一句，母亲赞一句。见母亲愿意听，他就拣城里一些新奇事说。他们说得小心翼翼，像是共同回避着什么，他们不提董瑞雪，不提那几个回城的男知青，连李春光的二叔也没提到。李春光明白，那个敏感的话题在母亲和姐姐心口堵着，迟早会提起来的，一时不提，是因为那个话太沉重了。姐姐大概急于切入正题，对别的话已不感兴趣，开始沉默。为了表示她没有睡着，偶尔向春光打听一点什么。姐姐一开口，他心里就猛地一跳，生怕姐姐提到他和董瑞雪的事。然而姐姐问的都是一些无关紧要的话。屋里黑得不透气，说话声凭着黑暗的寂静，在两间屋来回传递。偶尔，老鼠在箔篱子上攀走，哧哧啦啦响，还互相打架，发出尖叫。母亲骂了一句老鼠该死，问儿子城里有没有老鼠。李春光说没看见老鼠。母亲觉得稀罕，哪地方越穷，老鼠越多。老鼠也没谁管着，为啥不跑到城里享福呢，老鼠也是贱，是受穷的命。李春光解释说，城里的屋子都是水泥抹的，老鼠打不成洞，没法做窝，无处藏无处躲，还不够担惊受怕的，它们哪里敢往城里迁移。母亲说老鼠就会闹耗乡下人。窗台外面有两只鸡，不知为什么，有一只鸡呻吟了几声，还扑啦了一下膀子。远处，有公鸡开始啼叫了。姐说天不早了，睡一会儿吧，明天再说话。母亲也说睡吧。却又说起村里谁谁死了、谁谁活了，谁家闺女出门子了，谁家媳妇生小孩了。说到谁死了时，母亲就长长地叹气。母亲说到的死了的人有两个，一个是老头儿，老死的；另一个是年轻媳妇，喝农药死的。母亲没说到李春光的二叔。二叔也是李春光离开村子后死去的，母亲数起村里的死人时，应该包括二叔。二叔不管是怎么死的，反正是死了。可母亲把二叔的死绕开了。姐姐大概怕提到二叔，又打起精神，讲了那媳妇喝药自尽的原因和经过。姐姐说，那媳妇主要是对自己的婚姻不满意，自嫁到李营，三天两头和男人生气，动不动就打架骂架。后来才知道，那媳妇原来在娘家有相好的，因为爹娘不同意，才嫁到李营来了。有一天赶集，有人看见她和原来相好的那个人躲在背人的地方哭。回来后，她男人说了她几句，并没有打她。她一恼，就喝了药。药力一发，就喊那个相好男人的名字，临死前非要见那个男人一面。那个人赶到医院里，她已不会说话，光直着眼珠子流泪。后来抓住那个人的一个手指头，送到嘴里，狠劲咬了一下。指头没咬断，媳妇就断气了。姐姐得出的结论是，婚姻是一辈子的终身大事，万万马虎不得。要是马马虎虎成了一家人，一辈子都没好日子过。终于接近婚姻问题了，一时间三个人都沉默下来。李春光对那个年轻媳妇的自尽感慨颇多，世界上其实只有两个人，一个男人，一个女人。有男人和女人就有爱情，有爱情就有爱情悲剧，好像悲剧是爱情的伴生物一样，什么时候都不可避免。李春光想到了董瑞雪，他从董瑞雪悲观的情绪里看出来，董瑞雪对他回家非常不放心。他也没说让董瑞雪放心，但他心里说了。现在看来，他要做到让董瑞雪放心的确不容易。母亲和姐姐越是避开他和董瑞雪的事不谈，他越是感到问题的严重性。这主要是，母亲和姐姐把那个问题看得太严重，严重到不好直说出来；

严重到怕说出来他受不了，她们也受不了；严重到怕一旦说出来一家人就会闹僵，就会马上破坏掉亲人刚团聚的和谐气氛；严重到得跟他讲究策略，得实行迂回战术。这使李春光感到十分压抑和不安。他本来是很有耐性的，可在母亲和姐姐更好的耐性面前，他几乎有些失去耐心，差点主动把他和董瑞雪的事说出来。停了一会儿，母亲接着说起那媳妇家里的事，那媳妇死了不当紧，把她男人和孩子撇得好苦。一个男孩才七个多月，生得团头团脑，正是摘不下奶的时候。孩子的娘一死，孩子由他奶奶带着，眼看着瘦成了一包骨头，多可怜。母亲的话有指责那媳妇不该死之意，李春光心里一动，觉得这是个开导母亲的机会，就说这事不能怨那媳妇，不能怨媳妇的男人，也不能怨和媳妇相好的那个人，就怨那媳妇的娘家父母。要是当初她的父母不活活拆散她和那个人，人家一定过得不错。硬把人家拆开，说是为闺女好，结果把闺女的命要了。婚姻上的事，谁愿意跟谁好，就让他们好去，父母不必管那么多。日子是人家过，父母也不会跟人家一辈子，何苦管那么宽呢！只要他们两个过得好，比什么都强，父母落得省心呢。母亲一时没转过弯儿来，赞同了李春光的说法。姐姐听出他话里面的话了，说："那也得看看人咋样。"母亲回过意来，附和夏季，说那是的，到什么时候，到哪里，也得讲人好，人得知根知底儿，勤快，品性好。话说到这儿，又到了敏感区，姐姐再次说该睡了，鸡都该叫了。姐姐话音刚落，鸡果然叫起来。先是有一两声鸡叫，接着整个村子的公鸡都响应起来，此起彼伏，一声比一声近，一声比一声高亢。窗台上的母鸡受了感染，开始扇动翅膀，喉咙里发出咯咯的声音。春天的气息从窗口扑进来，李春光脑子很活跃，一点睡意也没有。他听见母亲和姐姐也没睡着，虽然她们极力不翻身，或者翻身很轻，但有一点响动他都听得见。他知道，母亲和姐姐都是为他的事苦恼着，觉得自己都长成大人了，还让亲人们这样为他操心，真是太不应该了。

35. 摊牌

第二天，母亲和姐姐都起得很早。早饭都做好了，李春光还在床上睡着。村里的一些孩子消息总是很灵通，他们不知从哪里听说李春光回来了，陆续来到李春光家，或站在屋里，或靠在门口，都不声不响，像是在等待着什么。这里有个约定俗成的规矩，在外面工作的人回到村里来，都要给大人带烟吸，给孩子们带糖吃。若不带，就算违反了规矩，村里大人孩子都会说你小气，都会看不起你。李春光小时候多次吃过人家带回的糖，懂得这个规矩，他一准备回家，马上买了两条烟和几斤糖块。孩子们，也知道这个规矩，并养成了习惯，一听说有人从外面回来，就纷纷涌去了，等着吃糖。吃不到糖，他们是不甘心的。李春光的母亲知道孩子们盼什么，她把水果糖块抓在手里，一一给孩子们分发，每人一块。孩子们也不客气，纷纷伸手接糖，有点争先恐后。孩子们得了糖，并不马上就吃，也不马上离开，拐起胳膊，把硬糖虚攥在手里，互相看着笑。这个说，他有红的，那个说，他有绿的。说着红的绿的时，把小手向对方展开，还没等对方看清，就倏地把糖收走了，手攥得更紧些。来的这些孩子们，有男孩儿也有女孩儿，他们的小手都很脏，手背上结着一层灰垢，灰垢裂开的地方像鱼鳞的纹路。有的小孩儿的手在冬天被冻烂了，至今还结着疤，没完全好。他们耳朵后面和脖子里的灰垢也结了一层，是黑色的。只有等到夏天，他们才有机会到水塘里洗去灰垢。他们一冬天都不洗头，头发有些锈结，恐怕用梳子梳都梳不开。这样的头发比较适合虱子生存，它们的环境一直很安定。安居乐业的环境对于它们繁育后代也很适宜，它们把虮子下进孩子的头发丛里还不算，还顺着每根头发，爬到头发高处，把虮子下在头发梢处。珍珠色的虮子在孩子头发上连成了串。虽然天气暖和些了，但孩子们还穿着棉衣。棉衣穿了一冬，差不多都烂了，五叉子六门，露出棉花，也露出皮肉。大多数孩子都把鞋甩掉了，露着黑黑的小脚丫子。穿棉袄光脚丫子，这是初春时节农村孩子特有的景观。别看这些孩子在个人卫生上不太讲究，但他们都很皮实，因皮实而显得干净。这种干净是内在的干净。他们的小模样也显得纯真、可爱。孩子们得到的糖差不多暖化了，有些黏手了，嘴里的口水也不知咽了多少回了，有一个孩子终于忍不住，把糖纸剥开，把糖块放进嘴里。别的孩子才下定了最后的决心似的，也开始剥糖纸，这时，糖纸已粘在糖上，不好剥了，一剥糖纸就烂了。烂了的糖纸他们也舍不得扔，用舌头尖舔，舔了糖纸才开始吃糖呢！别以为孩子们馋糖，一把糖放进嘴里就吐不出来，才不是呢，孩子们才舍不得一次性甜完，得甜好多次呢。看吧，他们刚把糖放进嘴里转了几个过儿，就毫不犹豫地吐出来了，吐到手里，仍拐起胳膊在手心里虚攥着。这个说，他还有呢，那个说，他还没吃完呢。有的孩子见别人剩的糖比他的大些，当别人向他炫耀时，一巴掌把人家手里的糖打落在地上。被打落糖的孩子顾不上报复对方，急切地低头找糖，待找到了，也不管上面粘得有土没土，把失而复得的甜蜜赶紧捂进嘴里。李春光的母亲让孩子们回去吧，说吃过糖了，该吃饭了，家里的大人该找他们了。有的孩子开始撤退，有的孩子还不走。不走的孩子对糖仍心存想法，因为来了第二批第三批孩子还要发糖，说不定再发糖时，发糖的人记不清了，他混入新来的孩子当中，会再领到一块糖。父亲从饲养室回来了，姐姐喊李春光起来吃饭。

吃过早饭，父亲又到饲养室去了，母亲和姐姐也要下地干活。太阳已升到树梢，村子里弥漫着春天的雾气，各处都有些泛潮。这时，母亲对李春光布置了任务，说李春光带回的点心、罐头都别动了，反正她和春光的父亲从来不吃这些东西，让李春光带上这些东西，到陆营他女同学家里去一趟。李春光一愣，坏了，母亲开始向他摊牌了，他没想到母亲是以这样的方式向他摊牌。母亲和姐姐都见过他的那位中学时的女同学，多次夸那女同学不错，母亲这不是明摆着让他去向女同学求婚吗！母亲和姐姐闭口不提董瑞雪，原来他们压根儿就不承认董瑞雪，而是给他派定了他的女同学。李春光的抵触情绪顿生，问去陆营干啥，他不想去。姐姐问他真的不知道去陆营干什么吗，因为他的女同学到他们家来看望过他们的母亲，有一来就得有一往，李春光得去谢谢人家。李春光说，他又没让女同学来，是女同学自己要来的，没必要谢她。他还是说不想去。姐姐有些着急，话里透着强硬地对李春光说："你这样说话不太讲理。不错，是人家自己来的，人家来咱家为的什么，还不是为了你，还不是为着你是她的同学，要不是人家看得起你，一个百里挑一的大姑娘家，人家凭什么抛头露面到咱家来！人家的意思很明白，你也很明白，用不着我和咱娘多说。人家冲着谁来，谁就得去谢人家。我劝你不要再惹咱娘生气，你别以为我说咱娘生病是假的，过罢年咱娘在床上睡了两三天呢！"李春光被姐姐的道理讲得无话可说，似乎没有理由拒绝去女同学家了，但他在心里说，不能去，坚决不能去，一去陆营，就等于对女同学认可了，同时等于把董瑞雪背弃了，他说不可能，这不可能。不可能的话本来是对自己说的，不料说出了声。姐姐说："什么不可能，我知道你心里的想头，我看还是不说破好一些，那才叫不可能呢！不光我不同意，咱爹娘不同意，恐怕咱姓李的老八辈的人都不同意。你的女同学怎么了，我看可能得很呢！听人家说，在学校时，你就对人家有意。现在是不是因为你当上了工人，就看不上人家了！"

这时有一位堂嫂听说李春光回来了，来到李春光家院子里看李春光。堂嫂是一位风风火火的人，心里没成算，眼里没眼色，嘴里没遮拦，一进院子就问李春光呢，听说春光回来了，怎么没见露面呢！等看见李春光她就问："小董跟你一块儿回来了吗？怎么不让小董跟你一块儿回来呢？"李春光的脸一下子黄了。从堂嫂的话里听出来，他和董瑞雪的事，大概全村的人都知道了。一个全家讳莫如深的名字，就这样被堂嫂给点出来了。母亲和姐姐顿感不快，脸子有些难看。母亲骂堂嫂："你胡说些什么！"姐姐的话更难听，说堂嫂的嘴要是痒了，就到南墙根蹭蹭去，别到处胡说八道。堂嫂方知话不对路，一时说也不是，笑也不是，走也不是，不走也不是，样子难堪极了。堂嫂正没法下台，见她的女儿在门口站着，像是找到了垫脚的台阶，捉住女儿的胳膊使劲一拽："我满庄子找不到你，你在这儿死着呢，快跟我回去。

再见你满道儿地跑，我把腿给你打断!”把女儿拉得跌跌撞撞出门去了。

既然话都挑明了，也不必遮遮盖盖了，母亲看着李春光，问小董真的和他在一个场吗。李春光说是的。李春光觉得，他不能不说话了。他上来就替董瑞雪辩解，说他非常了解董瑞雪，而好多人都不了解，都是道听途说，都是误解，都是听信谣言。董瑞雪根本就没有人们瞎说的那些事。只是因为董瑞雪长得出众一些，有人就编出谣言，往董瑞雪身上泼污水。他不知道自己怎么就编出这一套谎话，事先他没想过这样说谎，为了维护董瑞雪，为欺骗母亲和姐姐，也为了欺骗自己那颗已经很脆弱的心，他不知不觉就编出这么一套谎言。他说得很激动，也很肯定，像是生怕别人插嘴打断了他。他见母亲脸上出现了疑问的表情，就趁热打铁，滔滔不绝地说下去，说的都是董瑞雪的好处。他说出的董瑞雪的每一样好处都举有实例，不是空泛的、概念化的，有些不容置疑。比如说到董瑞雪心眼好，他举例说，董瑞雪有一次在火车站看见一个要饭的老大娘，就把老大娘领到饭馆，给大娘买了热面条，看着人家吃饱，临走还送给人家钱和粮票。比如说到董瑞雪心灵手巧，他说董瑞雪什么样的毛线活都能打，无论什么复杂的花样儿，董瑞雪过目不忘，一看就会打。说着，他有些豁出来似地掀开自己的外衣，让母亲和姐姐看他穿在里面的线坎肩儿，说这件线坎肩儿就是董瑞雪拆了手套线为他织的。他说董瑞雪虽生在城里、长在城里，一点也不娇气，最能吃苦耐劳。在采石场干活，哪块石头大就拣哪块搬，手指头磨流血了，也不喊疼，连歇一会儿都不歇。采石场的领导经常表扬她，还准备让她当先进呢。李春光见姐姐想插话反驳他，他不容姐姐插话，更不容姐姐反驳，他的话还没说完呢。他不无夸张地又说了董瑞雪许多好处。他仿佛成了董瑞雪的辩护律师，把所有的聪明才智发挥得淋漓尽致，都用来为董瑞雪辩护了。他相信他能说服任何人，让人相信他说的都是实话，要人承认他的选择，而他的选择是唯一正确的选择。为了让母亲和姐姐更相信他的雄辩，他调动自己的学问，不惜使用了普遍流行的唯物辩证的法则，指出了董瑞雪的一个缺点，那就是董瑞雪比较单纯，心里没有那么多弯弯，总是把世界想得太好，把人想得太好，以致对复杂的社会缺少应有的警惕。大概他不愿让人把董瑞雪这个缺点往深里想，说到这里，他很快就把董瑞雪这个缺点否认了，说董瑞雪这个缺点按说也不算什么缺点。接下去他的逻辑变得有点混乱，又说谁能没一点缺点呢，世界上从来就没有十全十美的人。最后李春光勇敢地、不可避免地提到了二叔，说二叔之所以犯罪，是跟别的村的女知青有关系。二叔知道他对董瑞雪好，就对董瑞雪比较疏远。姐姐对李春光长篇大套地为董瑞雪辩白和摆好，有些不可容忍似的，说，她看董瑞雪没有那么好。姐姐提出了几个连珠炮似的问题："她那么好，那次到咱家哭什么？别人不能入党，她为什么能入党？她在广播站干得好好的，人家为什么要把她下放到采石场？这些问题你怎么解释？你根本解释不清。我看你是让鬼迷了心了。"李春光不甘心败下阵来，说怎么解释不清，依他看很好解释。董瑞雪那次哭，是因为人家下雪天想家；能入党说明人家表现好，符合入党的标准；从广播站到采石场，那是因为董瑞雪嗓子坏了，不适合当播音员了，是她自己主动要求到艰苦的地方去的。李春光就这样瞒天过海般地欺骗着亲人和自己，他难免心虚和害怕，心上颤抖得很厉害。他咬紧牙关坚持着，脸白得像一张纸。

36. 二婶子

李春光到底没去女同学家。晚上，他带了一瓶糖水橘子罐头和一封饼干，到二婶子家去了。二叔活着时，他们一家从老宅子搬出去了，搬到了村子南头。他们家盖了四间堂屋、两间灶屋，外带院墙和门楼。房屋的墙是外包青（里层是坯，外面包了一层砖），房顶是瓦剪边（房坡靠房檐处盖了一些细瓦），当时在村里，是很显眼的。那时二叔在公社水利站工作，村里不少人议论，二叔是把修水利的材料倒腾回家盖成房子了。李春光来到二婶子家的院子门口，推了推，门从里边上着。他敲了两次门，里边才有应声，问是谁。听声音是二婶子，二婶子的声音像是有些警惕，也有些害怕。李春光说是我。二婶子到了大门后面，仍不开门，问他是谁。李春光喊了二婶子，说了他的名字，二婶子才把门打开了。院子里是黑的，堂屋里没点灯，也是黑的。二婶子问着春光什么时候回来的，摸索着到堂屋点上了煤油灯，并把煤油灯移到堂屋当门的桌子上。桌面上落了一层尘土，很脏，不知多久没擦过了。李春光把饼干和罐头放在桌子上，说来看看二婶子。二婶子说了当地人通常说的那套客气话，说来就来了，还带东西干什么。李春光见二婶子头发很乱，衣襟耷拉着，扣子还没扣，像是刚从床上起来的，就问二婶子这么早就睡了，晚上没吃晚饭吗。二婶子说现在没什么重活，不饿，晚饭就不吃了。李春光见二婶子瘦得眼眶大大的，眼睛都陷下去了，脸上非常憔悴，知道二婶子家的光景大不如以前了。二叔在世时，他们的日子在全村是数得着的，可以说吃不愁，穿不愁，花不愁。二叔出门进门有加重自行车，口袋里经常装着烟卷。自行车哗啦一响，二叔从公社回来了。村里人刚迎上去，他一手扶着车子，另一只手就把烟卷掏出来了。那时二婶子吃得又白又胖，比村里哪家的女人都胖。农村谁家的日子是否过得富足、如意，是以家人吃得胖不胖来衡量的。二婶子吃得胖，是二叔家日子好过的一个标志。二婶子也识些字，在村里算是有文化的人。加上二婶子见谁都笑着，从不傲人，人缘很不错。二叔家有两个男孩儿、一个女孩儿，三个孩子都穿得光鲜鲜的，让村里的孩子眼热。过年时，二叔家买的蜡烛很大，鞭炮也最长。一挂鞭炮老也响不完，那准是二叔家的鞭炮，孩子们哄叫着跑到二叔家拾炮去了。因为二叔败了，这个家就败了。李春光看见，二叔的那辆自行车还在墙角的暗影里放着，只是泥点斑斑、锈迹斑斑，破旧得不成样子，跟一个废铁架子差不多。李春光不大相信一辆自行车会破旧得这么快，问二婶子这是二叔那辆自行车吗。二婶子说是的，他二叔死后，自行车这个借罢那个借，谁借，她都不敢不借给，谁借走了都不爱惜，摔坏了也不给修，很快就成了这样子。二婶子刚说到二叔，二婶子家的小女儿从床上爬起来了，依偎在二婶子怀里，眼巴巴地看着桌子上放的罐头和饼干。小女儿穿着棉袄，敞着怀，下面光着小腿。二婶子问小女儿起来干什么，让她回到床上去睡。小女儿不去睡，往二婶子怀里挤得更紧些，指着桌子上的罐头和饼干，问那是什么。二婶子把小女儿的手打了一下，说什么都不是。李春光让二婶子把饼干拆开，给小女儿吃。二婶子没拆，说小孩子太没规矩。二婶子喊睡在屋里的二儿子春满，让春满起来，说："你春光哥回来了，你还不起来跟你春光哥说说话。"二婶子家的儿子跟李春光一样，都是春字辈，二婶子的大儿子叫李春风，二儿子叫李春满。春满没有说话，但床箔响一阵，像是在穿衣起床。李春光问二婶子："春风呢，还在上学吗？"二婶子还没说春风在哪儿，眼泪先下来了。二婶子说，春风本来该上高中，可上高中都是凭贫下中农推荐，你二叔的事一出，就没人推荐春风了。春风失了学，在家待不住，自己跑到外头去了。说是出去找工作，工作没找着，却被人家当盲流送回来了。送到公社那天，大队通知二婶子去领人，二婶子来到公社院里，见春风被五花大绑着，靠一堵墙坐着。春风赤着脚，光着头，衣服烂得跟鸡叨的一样，没有一块好地方。二婶子一见春风就心疼得哭了。而春风怒着眼，恼着脸，不喊二婶子娘，也不跟二婶子说话，把脸一别，别到一边儿去了。春风在家里待了不到三天，又跑走了，这一走又是两个多月，是死是活还不知道。二婶子一边说着，一边撩起衣襟子擦泪。

春满从屋里出来了，也不跟李春光打招呼，在一个小凳子上低头坐下来。二婶子让他喊哥，他才勉强喊了一声哥。李春光去当工人的时候，春满正读初中一年级，按年头算，春满该读初中三年级了。李春光问春满是不是正在上学。春满不吭。二婶子说："你哥问你话呢，你哑巴了？"春满这才摇摇头。李春光问为什么，春满仍不说话。二婶子替春满答话，说那死鬼（二婶子把二叔称为那死鬼）出事后，春满的同学把春满也喊成反革命，还动不动把手指头当枪，对着春满比画，春满受不了，就不去上学了。春满这才开腔，有些恼怒地制止二婶子："别说了！"二婶子对李春光说："你看看，现在我成了这个家的罪人，在外受人家的气，在家受孩子的气，死又死不了，活又活不成，我上辈子不知做了什么恶，这辈子遭这样的报应。"停了一会儿，二婶子又说，她现在成了反革命分子的家属，贫下中农开会不让她参加，地富反坏右开会才让她参加。她跟别的妇女干一样的活，她的工分却是最低的。到年底，生活困难的贫下中农家庭，队里可以照顾一些工分，她家一分也得不到照顾。虽然分到一些人口粮，把粮食卖卖还人家欠款，粮食剩得就不多了。说到这里，二婶子说了实话，说她家天天晚上都不吃饭，不是不饿，能省一顿是一顿。春满大概不愿意听母亲再把苦诉下去，猛地站起来，对抗似地又回到屋里睡去了。趁着大人说话不注意，二婶子的小女儿不知什么时候走到桌子前面去了，在悄悄地用手指头抠那包饼干的封纸。二婶子听见了声响，发现了女儿的小动作，厉声说："别动，再动我把你的爪子剁下来!"小女儿吓得一愣，赶紧缩回了手，退到一边去了，把手指头放进嘴里。李春光鼻子一酸，心头涌起一股悲哀。他没有想到，二叔的事会给他们家造成这样严重的后果。他想到过，二婶子和孩子会受到一些歧视，生活境况会不如以前，还不至于破落到这种山穷水尽几乎过不下去的地步，看来二叔的事对家庭造成的后果是灾难性的。李春光再次建议二婶子把饼干拆开给小女儿吃，见二婶子还不放话，他走过去把饼干封撕开，捏了几片饼干，给二婶子的小女儿。小女儿胆怯地看着二婶子，把饼干接了。二婶子命令她："给你二哥吃两块。"春满在屋里接话："我不吃，饿死我我也不吃!"李春光听出来，春满貌似决绝的声音里带的是哭腔。李春光能理解春满苦闷和痛心的心情，他原来在老家急于走出去，就整天痛苦不堪，而春满少小的心灵所承受的压力比他大多了。他从口袋里掏出二十块钱递给二婶子，让二婶子给家里买些粮食吃。二婶子却推着手不要，说春光在外面挣点钱也不容易，她哪能要春光的钱。李春光说，他的工作还是二叔帮着安排的，要不是二叔帮忙，说不定他现在还在家里种地。都是一家人，他不说感谢的话了，要是二婶子不嫌钱少，就把钱收下，这是他的一点心意。二婶子听李春光这么说，不好意思地把钱接下了。二婶子接下钱却不装进口袋里，放在桌子上了。二婶子说，那死鬼出事后，她还担心人家会把春光退回来呢，还算不错，人家没把春光退回来。二婶子接着说起李春光二叔的事，说那死鬼是在公社北边的河坡里枪毙的，她不敢去收尸，还是春光的父亲拉着架子车把那死鬼的尸体拉回来的。要说天底下还有好人，春光的父亲就是最好的好人。别看春光的父亲成天价不言不语，遇到事却敢作敢为。那死鬼的尸体拉回来后，族里的人不让埋在老坟地里，说那死鬼不是好死，丢了李家祖宗的人。后来只好把那死鬼埋在村西一块地的地头，坟很小，在地上趴趴着。李春光说，哪天他到坟前看看，给二叔烧点纸。

李春光要走，二婶让他再坐会儿。门开着，院子里很黑。二婶子家好像没喂鸡，也没喂羊，院子里寂静无声，处处都是黑暗的阴影。阴影似乎很强大，已堵了门口，堵了窗口，随时准备扑进屋子，把小灯头扑灭。李春光往门外看了一眼，仿佛觉得黑暗中有一个身影，那是二叔。二叔个子比较高，人也比较瘦，在孩子面前很有几分威严。有时二叔也唱唱歌，他唱的多是一些军歌，嗓音浑厚，铿锵有力。据说恶死的人都是很恋家的，鬼魂时常回家暗顾一下。还据说，恶死的人怕吓着家里的人，回家前都要修饰打扮一下。他们的修饰打扮不是面面俱到，而是有所侧重，拾遗补缺，缺什么补什么。比如说恶死的人被人打断了腿，那么他们回家前就先把腿接上。大概阴间和阳间的尺度不大一样，他们的腿接得有些长，比过年时踩高跷的人腿还长。按这种说法，二叔会重点修饰他的头。二叔会把他的头修饰得有多大呢，会不会比大斗盆还大呢！顶着斗盆一样大的头颅的二叔，也许不认识他的侄子李春光了。李春光还不合时宜地想起了董瑞雪，他知道，二叔曾带董瑞雪到这所房子里来过，二婶子也请董瑞雪吃过饭。他恼恨自己不该想起董瑞雪，不该把董瑞雪和二叔联系起来。他不能在二婶子家里待了，万一二婶子提起董瑞雪来，他会难堪至极。李春光站起来了，说天不早了，他要回去。二婶子站着又跟李春光说了几句话。二婶子虽说没提到董瑞雪，但话里边的意思跟提到董瑞雪差不多。二婶子以很负责的态度，劝李春光千万不要在城里找对象，说城里那些女人都是害人精。要不是城里那些害人精跑到乡下来害人，李春光的二叔就不会死，他们一家就平平安安。那些害人精到乡下就是专门害男人的，她们把人害死，拍拍屁股就走了，回到城里照样穿光的、吃香的，可那些被害死的人家呢，就人不人鬼不鬼，再没了一天好日子。李春光不敢赞同二婶子的说法，也不敢反对，怕一接二婶子的话，二婶子说起来没完没了。他要二婶子早点休息吧，他改日再来，开始往外走。二婶子大概平日里捞不到一个人说话，话一开头，有些收不住，李春光往外走着，她跟在后面还在说。她说她恨死城里那些害人精了，要说犯罪，那些妖精才是罪人呢。李春光脚下不知绊着了什么东西，往前跌了一下。二婶子让他慢点走。他说没事，赶快走了。

37. 父亲的态度

李春光没有到镇上赶集，也没下地干活。去赶集难免会碰上一些熟人和同学，他不知道跟他们说些什么。没下地干活，是怕村里人跟他说起张文山、王建、范明宇和董瑞雪。在以前，很少有人到这个村子里来，凡是在这个村里住过的人，哪怕是一个逃荒要饭的，他们都经久不忘。土地改革时，村里住过一个工作员，常被大家提起来。要说时间长，四位知青在李营住的时间是最长了，李营的人对四位知青留下了深刻的印象，恐怕一辈子都不会忘记他们。这个村要是以后写村史的话，也应该写下他们四个人的名字。村里人都知道李春光和那四个知青在同一个城里工作，要是李春光下地干活，村里人一定会向他打听知青们的情况。李春光不愿意跟他们说知青们的事。李春光在家里找些事情干。粪窑子里的粪满了，李春光拿起一张铁锨，跳进粪窑子里，把粪刨出来。院子里有一棵桐树，树上有一些病枝子。枝子一生病，就变得细枝细叶，枝叶伸展不开，影响桐树的生长。李春光爬上树，把那些病枝子砍下来了。院子一角扔着一个树疙瘩，李春光找来一把镢头，硬是把树疙瘩劈开了。虽然家里没有什么事，但他跟家里人说过请了十天假，假期未满，不好提前回去。母亲不让他干活，让他只管在家里歇着。他歇不住。母亲很少再跟他提董瑞雪，好像一提起来就会让人不悦。李春光看出来，母亲一直怀着心事的样子，显然还是对他放心不下，还是不同意他对董瑞雪的评价。姐姐的态度一直很明确，坚决反对他和董瑞雪好下去。李春光这次回来才知道，因为二叔的事，姐姐也受到了影响，人家不让姐姐当妇女队长了，姐姐好像对什么事都有些灰心。自从那天他对母亲和姐姐说了董瑞雪许多好话，姐姐就对他有些冷淡。有时他想跟姐姐说句话，姐姐一开口就很伤感，说："我不争气，你也不争气。"姐姐显得很气恼，说李春光不嫌丢人，她还嫌丢人呢。到了晚上掌灯时分，一些串门的乡亲还是来了，来的多是一些男人，来了就一支接一支地抽烟，屋里一会儿就满屋子的烟雾。李春光不愿意让他们打听那些知青，可他们一来就是带着知青们的问题来，似乎不打听知青们的事就无话可说。他们问到范明宇，李春光轻描淡写地说了。他们问到张文山，李春光也简单地说了。当他们问到董瑞雪时，本来在里间屋的姐姐冲出来了，说："你们不要问董瑞雪，春光参加工作后从来没见过董瑞雪，一点也不了解董瑞雪的情况。"姐姐把春光支走了，说三叔找春光有点事，让春光到三叔家去一趟。姐姐说这话的意思是撵别人走。别人听出话意，纷纷走了。

三叔在大队的小学教书，也是成了家的人。李春光在家期间，三叔是郑重其事地代表族里人跟李春光谈了一次话。三叔说了一些规劝的话，也说了一些威胁的话，李春光都不大在意，只有一句话，让李春光感到非常刺心和恶心。三叔一开始拿出当老师的做派，对他还算客气，说了一大堆绕圈子的话，问他全国的形势和城里的形势怎么样。李春光对三叔谈形势绕圈子的做法有些抵触，说哪里的形势都很好，报纸上和广播里天天在说，形势一派大好，不是小好，现在的形势比以往任何时候都好。谈完了形势，三叔才说到正题，说据别人瞎讲，李春光和董瑞雪有些扯不清，是否真有此事。李春光反问，扯得清怎样，扯不清又怎样，扯清或扯不清怎样理解。三叔说，他不相信他的侄子和那个姓董的会有什么纠葛，因为他的侄子李春光是个聪明的孩子。李春光否认他聪明。三叔说不聪明难道糊涂吗。李春光说他就是糊涂。三叔把他的话接过去，说知道自己糊涂就好，就有救，怕就怕自己糊涂着还自以为聪明。李春光见三叔把他绕进去了，有些不耐烦，要三叔有话直说。那么三叔就直说，三叔说：“你知道，董瑞雪是你二叔的人，你再跟董瑞雪好，成什么体统!”让李春光刺心和恶心的话就是这一句，他觉得三叔说出这种混账话简直是一个混蛋，他想跟三叔讲理都没法讲，说：“你不要血口喷人!”三叔脸上挂不住，说：“我怎么血口喷人，我是实事求是，实话都不好听。”三叔威胁李春光，说李春光要是一意孤行，坚持跟董瑞雪好，李营姓李的人永远不许李春光和董瑞雪回到李营。等李春光死后，也不许埋进李家的老坟地。李春光再也不能容忍，他站起来走了。又觉得咽不下这口气，回头对三叔说：“我李春光从来就不稀罕进什么老坟地，老坟地让你一个人进得了!”三叔骂了李春光，质问他怎么跟叔辈人说话的，命李春光站住。李春光梗着脖了走了。

没有和李春光闹别扭的亲人是父亲，父亲好像是一个局外人，不问他的来，也不问他的去，更是不提董瑞雪。按母亲的说法，父亲是个最没用的人，除了会喂牲口，别的什么事都不过问，也不会过问。村里人也公认，李春光的父亲是一个老实人，老实得成天跟闭着眼塞着耳朵一样，什么也看不见，什么也听不见，连话都不会说。有人说，李春光的父亲喂了几十年牛，把人喂毁了，人也快变成一头老黄牛了。在假期的后两三天里，李春光天天到饲养室去，帮父亲铡草、淘草、拌草、喂牲口，听牲口嚼草的声音。牲口撒了尿，李春光马上撒些干土垫上。牲口圈里粪积多了，李春光趁把牲口牵出去晒太阳的工夫，把里面的粪清理出来。干着活时，父子俩不说话。干完活坐下来歇一会儿时，父亲也不说话。父亲不让儿子正面看他的眼睛，儿子一看，父亲的眼睛就躲开了。父亲从地上捡起一根草棒，一点一点把草棒掐断。父亲的样子很像害羞的孩子。有时李春光跟父亲找话说，问父亲成年六辈子地喂牲口烦不烦。父亲说干什么都是干，那烦啥呢！李春光又问父亲，牲口生下小牲口时，父亲是不是很高兴。父亲说那是的。李春光说，等父亲什么时候不喂牲口了，他带父亲到城里看看。父亲没说同意，也没说不同意，只笑了一下。儿子问：“你不想到城里看看吗?”父亲说：“哪儿都一样。”“你又没去过城里，怎么知道哪儿都一样呢?”父亲又笑了一下，说：

“我想着差不多。”父亲说话从来都是慢慢的，而且很轻，就是对调皮捣蛋的牲口，父亲也不大声斥责。比如有一头驴，自己嘴前有草不吃，却伸长了嘴，吃别的驴嘴前的草，还用身子使劲挤别的驴。父亲看见了，对那头不安分的驴说：“哎，这不好，这不好。”李春光想试试父亲的态度，说拿拌草棍揍驴一顿不行吗。父亲不同意揍驴，说一头驴一个脾气，你揍它，它也改不掉。晚上，李春光也不回家睡了，跟父亲一块儿在饲养室里睡，他跟父亲打通腿，父亲睡一头，他睡一头。只有一个枕头，父亲让给他了。说是枕头，只是一个黑粗布口袋，里面装的是麦草。李春光说他不用枕头也睡得着，又把枕头拿到父亲那头去了。可他刚一转脸，父亲又把枕头放到他那头了，这就是他的父亲，他的成天不声不响的父亲。他能感到，父亲是很疼他的，枕着父亲的枕头，他差点哭了。煤油灯头一闪一闪的，牲口也安静下来，像是想着牲口自己的心事。李春光觉得父亲是很细心的，说不定他和董瑞雪的事父亲早就知道了，只是父亲不说而已。李春光突然产生了一个愿望，想把他和董瑞雪的事跟父亲说一说，听听父亲的看法。可话到嘴边，他又犹豫了。要是父亲不同意，他说出来岂不是让父亲为难了。父亲是穿着裤子睡觉，这也是他常年喂牲口养成的习惯，为的是夜间起来喂牲口方便。每天夜里，父亲都要起来两三次为牲口添草。牲口们像是父亲的一群不会说话的孩子，父亲对它们的照料非常悉心。李春光的腿在一边，父亲的腿在一边，他们谁也不挨谁的腿，互相小心地保持着距离。被窝到底比较小，李春光的腿无意间碰着了父亲，父亲躲开了。停了一会儿，李春光翻身，无意间又碰着了父亲的腿，父亲又躲开了。父亲这样躲，说不定会躲到被子外头，甚至会掉到床下面。饲养室的床是土坯垒成的，很高。床下面有个大洞子，放草，也放料。父亲要是从床上掉下去会摔着的。那么李春光就往一边靠，避免再碰到父亲。父子俩显然都没睡着。后来父亲冷不丁地说了一句话，父亲说：“人怎么活着不是一辈子呢!”这话没头没脑，李春光不知父亲这话从何说起，又落在什么地方。因为父亲的话说得有些突然，屋里又很静，李春光听来，父亲说的像是一句梦话。可分明又不是梦话。这就让读过不少书的李春光有些听不懂了。是的，每个人都只有一辈子，不管人多高贵，还是多低贱，都只能活一辈子，谁也不会比一辈子多一点，老百姓不能多，皇帝老子也不能多。一辈子是个量词，又是个不定量词。因为每个人一辈子所包含的年数都是未知的，与别人是不相同的。一辈子是由两个点组成的，一头是生点，一头是死点，从生点到了死点，一辈子就结束了。可是，一辈子和怎么活是个什么关系呢？知道了人只有一辈子这个限数，是该好好活还是不好好活呢？琢磨来琢磨去，李春光觉得父亲的话是悲观的，是望着一辈子的尽头往前过的。通常人们爱说看得近和看得远，目光长和目光短，能看到一辈子的尽头，应该说目光算是长的了，看得算是远了。是呀，人还能看多远呢？再往一辈子尽头的远处看，不仅自己的目光所不能及，再看远了有什么用呢？从父亲日常对牲口那么好，对人那么友善，又不像个悲观的人，更像个达观的人。看来人都是先有悲观，后有达观。悲观是达观的基础，经过了悲观，才有可能到达达观的境界。这样，李春光对父亲闭口不提他和董瑞雪的事就有些想通了，原来父亲的一辈子和他的一辈子是平行的，中间没有交叉。父子是两股道上跑的车，各有各的轨道，各有各的时间和空间，谁也不会干涉谁。躺在饲养室的坯床上，闻着有些香的草料味和牲口身上的气息，李春光有些开朗了。他成天跟这个学、跟那个学，原来父亲才是他真正的老师。他成天学这哲学、学那哲学，原来跟牛马打交道的不识字的父亲，才是真正的哲人啊！

有人给李春光捎话，说大队部有他一封信，让他去取。李春光想，信一定是董瑞雪写来的，他马上到大队部拿到了，一看信封，果然是董瑞雪的字。信封下方没写发信的地址，信封口处像是被人拆开过又粘上了。他没有计较谁拆过他的信，把信装进口袋里就走了。他没有马上看信，对自己说不要着急、不要着急。他走到一个无人的河坡里，坐下来，对着河里的流水看了一会儿，静静心，才慢慢地把信拆开了。信上说，春光，你走了，把我的心也带走了。你知道吗？自你走后，我像丢了魂一样，干什么都没心思。我搬着石头，不知怎么就滑了手，石头砸在我自己脚上，胶靴砸烂了，脚面也砸破了，流了血。看我，跟你说这些干什么，这没关系的，我不怕疼，没那么娇气，再砸重点也没事。只是我有点犯疑心，常言说，搬起石头砸自己的脚，我真是应了这句话了。你要是在跟前，该说我讲迷信了。可我赶不走这个念头，不由人地就这么想。春光，我没做过什么亏心事呀，没害过人呀，干吗遭这样的报应呢。砸了脚后，我恐怕一两天不能上班。待在宿舍里老是想你，才给你写这封信。跟你说吧，我老是想哭。我也不知道哪里来的那么多委屈，一低头眼泪就流下来。我恨我自己，恨我没出息，你刚走两天我就牵肠挂肚的。春光，你可能不觉得，在我心目中你是多么重要。你在场里时我还体会不到这么深切，你一离开，我才知道我已经离不开你了。真的，我不知道怎么办。我不会写信，不知道怎样才能表达我的心。当着你的面，我什么都不敢说。写信应该好说一些，可我还是不敢说那个爱字，说实话，爱得我都不敢爱你了！春光，你母亲的病不知怎么样了？倘若大娘的病是因为我们的事所起，你就把我忘了吧。我知道我配不上你，我只能敬重你，不能靠近你。春光，春天来了，你也该回来了。我做梦都盼你回来。祝你一路顺风。李春光看着信，不知不觉流出了眼泪。他把信又细细地看了一遍，就躺在河坡里，闭上了眼睛。阳光照在身上，他感到了温暖。顺河坡过来的春风吹在脸上，他觉出了和煦。远处，有小孩子放羊的声音。近处，流水在款款细语。他手捏着董瑞雪的信，信通过他的心一再证实，这是董瑞雪的信，董瑞雪终于给他写信了。几年来，他不知道自己的所盼是什么，得到了董瑞雪的信他才知道，自己所盼的正是董瑞雪的信。董瑞雪的信代表的是董瑞雪的心，董瑞雪给他的是一颗心啊！李春光想到了父亲说的一辈子，有了董瑞雪的信，他觉得这一辈子就值了，就是没有白活。他还是第一次想到幸福这两个字眼，心想，这大概就是人们所说的幸福的感觉了。往回走的时候，他意外地看见了那年他给董瑞雪掐蔷薇花的那丛蔷薇，不由地蹲下身子，对那丛蔷薇左看右看。蔷薇的枝梢儿虽被严冬冻焦了，但根子还活着，靠近根部的老枝已开始泛青，并微微鼓起一些芽苞。芽苞很小，像半个小米那么大，不仔细观察是看不出来的。李春光观察到，芽苞是青色的，还带着那么一点紫红，是花儿的颜色。可以预料，等春天全部到来的时候，这丛蔷薇定会枝茂叶稠，花红似火。

38. 张国良

董瑞雪被石头砸了脚，到医务室包扎后，慢慢地挪回自己宿舍去了。张国良问她自己能走吗，意思要扶着她。她摆摆手，不让人扶，说自己能走。她的一只好脚着地，受伤的脚缠着绷带暂时不能穿鞋，不能着地，她宁可扶着墙，一点一点地作单脚跳，也不让张国良扶她。张国良为她提着那只裂了口子的胶靴，在后面紧紧跟着她。董瑞雪不让扶，他就不扶。但他做的是保护的姿势，似乎准备随时扶董瑞雪一把。是班长派张国良送董瑞雪到医务室的。石头砸在脚上，董瑞雪细叫了一声。推车工张国良问她怎么了，她说没事。张国良发现她脚上流了血，都流到胶靴外面去了，惊讶地告诉她，她的脸才吓白了。班长过来看过，让她马上到医务室包扎，并让张国良和她一块儿去。班长问她能不能走，不能走的话让张国良背上她，说治伤要紧，不要不好意思。董瑞雪坚决不让任何人背她。那会儿受伤的脚还木着，不怎么疼，她说自己能走。她看了一眼张国良，张国良的脸很红，似乎也不好意思背她。董瑞雪走着到医务室去了，张国良在后面跟着她。看着她脚上的血滴在路上，张国良有些着急，英雄无用武之地的样子。董瑞雪在医务室清洗和包扎伤口时，张国良一直在那里守着。在医务室里，他还算被派上了一些用场，女医生对他指手画脚，让他帮着把董瑞雪的深筒胶靴脱下来。他犹豫了一下，女医生就不太满意，说他怎么缩手缩脚的，还不快点动手。董瑞雪坐在椅子上，他只得蹲下身子，两手抓住董瑞雪的鞋底，把鞋脱下来。董瑞雪这时觉得疼了，吸了一口气。脱了鞋，还有一层尼龙袜子，袜子已被董瑞雪的鲜血染红了。女医生继续让张国良帮着脱袜子。董瑞雪咬着牙要自己脱。女医生不让董瑞雪动，说这会儿越动，流血会更多，催张国良快快快。董瑞雪弯着腰去脱袜子时，手竟抖得脱不下来。还是张国良帮她脱下来了。这次张国良脱得很小心，生怕把董瑞雪再碰疼似的，把袜口儿那儿用手撑大，轻轻地把袜子脱下来了。按说下面的事张国良都插不上手了，可女医生一会儿让张国良搬一个小凳子过来，让董瑞雪把受伤的脚放在小凳子上。一会儿让张国良把垃圾斗子端过来，她把清洗伤口用过的酒精棉球扔进垃圾斗里。一个采石场就那么多人，女医生对张国良和董瑞雪都熟悉，对他们的名字记得很准。女医生让张国良干什么，都是直呼张国良的名字，支使张国良一点也不客气。女医生用了不少纱布，把董瑞雪的整个脚都包起来了，使董瑞雪的脚一下子变得又粗又长，有些夸张。女医生跟董瑞雪开玩笑，说董瑞雪的脚这样裹上一年，就成旧社会的小金莲了。董瑞雪笑了，说她可不愿意她的脚变成小金莲。包完了脚，女医生又让张国良弄些炉渣来，把地上的血迹清扫一下。张国良痛快地照办了。张国良似乎不反对女医生支使他，相反，女医生支使他干的事情越多，他越觉得自己有用，情绪越高涨。后来他主动请战，问女医生还让他干什么。女医生说没事了，让他把董瑞雪送回宿舍去吧。女医生跟班长的主意一样，对董瑞雪说："让张国良背着你!"董瑞雪失血后苍白脸一下子有了血色，她说不不不。张国良见董瑞雪单脚一跳一跳的太费劲，让董瑞雪等等。他很快找来一张铁锨，把铁锨头在一棵树干上退掉，只把铁锨把交给了董瑞雪。董瑞雪把铁锨把当拐棍，走起来就不用扶墙了，也不用跳了。董瑞雪对张国良说了谢谢，让张国良回去上班吧，不用管她了。张国良没说不用谢，也没有马上去上班，一直看着董瑞雪走到自己宿舍里。这一下，张国良护送董瑞雪的任务算是彻底完成了，董瑞雪再次催他快去上班吧。张国良没说话，他在宿舍里转了一圈，是走了，可他临走时把空了的水壶提走了。既然提走了水壶，必定是替董瑞雪打水去了。董瑞雪想，这个张国良。张国良提来了水，倒进洗脸盆里，试试水温，让董瑞雪洗手洗脸。董瑞雪觉得这些事情都不应该是张国良干的，而张国良干得太多了。董瑞雪跟张国良一个班，对张国良为人处世的情况知道一些，张国良是好人，就是做事琐碎一些，鸡毛他拣，蒜皮他也拣，而且很细心、很周到，细心周到得让人受不了。举例来说，在石坑采石头时，等车期间，可以坐在铁车杠上休息一会儿。张国良在一个车杠上坐下了，把另一个车杠指给董瑞雪，让董瑞雪也坐下休息一会儿。董瑞雪不想和张国良坐得那么近，就说车杠太凉了，她不想坐。这本是董瑞雪的一个托词，不料张国良却上了心。工间休息时，张国良不休息了，不声不响地开始忙活。他找来拆水泥袋子的废牛皮纸，抖干净，裹在车杠上。又捡来一些红绿炮线，在牛皮纸外面密密地缠绕。董瑞雪看来，张国良的做派有点像开绞车的女工小王，小王打扮她的自行车就是这种包装法。别人都不知道张国良搞的这叫什么名堂，倘是为自己的自行车，当然可以打扮一下，一个装石头的破铁车，打扮它有何意义。有人跟张国良开玩笑，问他这是扎花轿呢，还是绣花呢。张国良只是笑，说他弄着玩呢。只有董瑞雪心里明白，张国良这是为她而忙。她心里有些别扭，对张国良的琐碎做法有些小瞧，还觉得他有些可笑。她想，张国良这是在做游戏呢，一个人高马大的男人，做的却是小孩子的游戏。然而张国良一点也不是游戏的表情，胸中怀有大目标似的，脸微微红着，做得严肃认真，一丝不苟。两根铁管做的车杠都包严实了、缠严实了，他悄悄地对董瑞雪说，现在不凉了，可以坐了。董瑞雪虽然一百个不愿意坐，她还是坐了。她知道，她要是不坐，就辜负了张国良的一片好意，说不定还会伤了张国良的心。她一坐下，张国良果然就高兴了。有一点董瑞雪是放心的，她相信张国良对她无所求，张国良愿意做一些灵巧的小事，是出于一种习惯。因为张国良不光乐意为她做事，还乐意为任何一个人做事。哪个宿舍的炉火不旺，张国良去给人家拆掉重垒。谁的钥匙丢了，他给人家重配一把。有个女工生了孩子，需要一个小推车，人家求了他，他下了班觉都不睡，连夜给人家做好了。前面说到张国良把温水给董瑞雪倒好，放到炉台上，让董瑞雪洗脸。董瑞雪说好吧，张国良一走她就洗。言外之意，张国良不走她就不洗。张国良也有主意，他说等董瑞雪洗了脸，他把洗脸水倒掉就走。张国良的主意有一定道理，因为董瑞雪一手要拄棍子，不能双手端盆，倒洗脸水很不方便。张国良把一条毛巾从铁丝上取下来了，搭在洗脸盆的边上，一半在盆沿，一半在水中。在水中的一半有一朵花，花一入水，马上变水灵了。一个是张国良不走她不洗脸。一个是不给董瑞雪倒掉洗脸水他不走，两个人一时僵持住了。董瑞雪有些拿张国良没办法，张国良不光做得周到，想得也周到，就因为他想得周到，才做到了周到。张国良的周到好像驳不倒似的，还有一点逼人就范的味道，让人不悦。董瑞雪故意拖延了一会儿，才去洗手洗脸。她洗得有些潦草，向张国良表明洗手洗脸并不重要，洗不洗都可以。董瑞雪洗完了，张国良就把水端出去倒掉了。这一次张国良总该走了吧，不料张国良又往盆里倒水。董瑞雪问他又倒水干什么，口气有一点不耐烦。张国良没说干什么，却把董瑞雪粘了血的袜子从胶靴筒里取出来，放进水盆里。凝血一见水，很快扩散开来，盆里的水变成了殷红。要是不制止张国良，眼看他有可能会动手为董瑞雪洗袜子，董瑞雪脸上实在挂不住了，要张国良不要动，说："张国良，你再不去上班我就生气了，以后再也不理你了！"张国良眨眨眼皮，像是想了一会儿，才走了。他一点也不生气，临走还对董瑞雪说："那我走了，你好好歇着吧。"董瑞雪赌气没理他。

张国良刚走，董瑞雪就想，她对张国良的态度是不是太生硬了。张国良只是为她做的事情多一些，人家并没有做错什么事。张国良本来把她送到医务室就行了，没有义务为她做这做那。可人家做了，没有一点怨言。倒是他差点埋怨了人家，这不应该。以后再见到张国良，对张国良的态度要稍稍好一些。她看见泡袜子的水盆里的水越来越浓，像是没有了水，都变成了血。她不敢看这么多血，想把袜子搓洗出来，把血水子倒掉。可她的脚疼得霍霍的，身上一点气力也没有，只好作罢。她在床上躺下来，轻轻叫了一声妈呀，呻吟了一声。她听见自己喊妈的声音，心中的悲苦就泛上来了，眼角冒出了两珠子泪。她的脚这次砸得够重的，女医生给她清洗伤口的时候，她瞥见伤口里面有发白的东西，不知是筋还是骨头。她瞥了一眼就不敢看了。她不知道伤口能不能很快长好，长好后走路会不会瘸。她以前做梦，曾梦见自己是一个瘸子，一个腿长，一个腿短，走路非常难看。瘸腿的毛病不是突然变成的，像是天生就瘸，她以前把毛病掩盖着，别人不大看得出来。掩盖的方法是两条腿上都穿着长裤子，有短处的那条腿下面接的是一根棍子。不知怎么搞的，有一天当腿使的棍子露出来了，好多人都对着她看，她一慌，就醒了。她想，自己的脚这次要是落下毛病的话，就糟糕透了，就真的成了跛脚的人了。由自己想到史然，史然也是吃了石头的亏，把命都丢了。看来石头不是好惹的，人硬不过石头。她想得最多的还是李春光，不知李春光这会儿正在家里干什么。李春光要是知道她的脚受了伤，一定很心疼。如果是李春光为她服务的话，她倒是很乐意。到了晚上开饭时间，她躺在床上没有起来。她宁可不吃饭，也不会拄着铁锨把到食堂去买饭。她想象得到，她要是带着伤脚去买饭，不知会吸引多少人看她的“好看”呢。可是，她觉得有点饿，确实想吃点东西，特别是想喝一碗稀饭。她晚上不能去买饭，当然明天早上脚也不会好，也不能去买饭。这样拖下去的话，她吃饭就成了问题。而她受伤后流了那么多血，只有通过吃饭才能补充身体的养分和水分，才能生出新的血。她决定等小王回来后，请小王替她买些饭。小王回宿舍后，看见了放在炉台上的半盆子血水和那只血袜子，皱起了眉头，问什么东西那么吓人。董瑞雪说她的脚受伤了。小王说，她还以为泡的是卫生带呢。小王这么一说，董瑞雪也觉得有些像，她赶紧挣扎着起来，把盆子塞到自己床底下去了。小王没问她的伤怎么样，是轻还是重，对她受伤的事似乎不大关心，这样，董瑞雪就不好意思求小玉给她买饭了。小王拿了自己的碗和勺，到食堂吃饭去了。董瑞雪正有些伤感，想着是不是给爸爸打个电话，让爸爸把她接回家，听见有脚步声，一看是张国良来了。张国良端着一大碗稀饭，两根筷子上各串着一个馒头，还有一碗菠菜豆腐。张国良喊董瑞雪起来吃晚饭吧，趁热吃，别凉了。又是张国良，而不是别人。董瑞雪说她不饿，不想吃。张国良说，不知道董瑞雪喜欢吃什么，事先也没问董瑞雪，就随便给她买了稀饭、馒头和豆腐。董瑞雪说漏了嘴，说张国良买的饭挺好的，她正想喝一碗稀饭。她意识到自己说漏了嘴，有些不好意思，问张国良吃了没有，让张国良先吃。张国良说他吃过了，这一份是专门给董瑞雪买的。董瑞雪还是不马上吃，别人都不给她买饭，场长不给她买，班长也不给她买，只有一个张国良给她买，这不大对劲。另外，用别人的碗吃饭，董瑞雪也觉得有些张不开嘴。张国良似乎看出了她的心思，说要不然把饭菜倒进董瑞雪碗里吧。张国良这么一说，董瑞雪倒不好计较谁的碗了，她说没关系的。她跟张国良讲了一个条件，要马上把买饭的饭票数给张国良。这次张国良有些急了，说："我说你这个同志怎么这么外气呢，同志之间买点饭算什么！"董瑞雪心说，外气，是外气，不外气怎么办？她坚持自己讲的条件，说张国良要是不收饭票，她就再也不让张国良给她买饭了。她这个条件让张国良听出一个信息，如果收了董瑞雪的饭票，他下一顿还可以给董瑞雪买饭。他把这个信息记在心里，却装作有些生气的样子说："我收饭票，行了吧！"他搬出人人都会背的一条伟人语录，我们都是来自五湖四海，为了一个共同的目标走到一起来了。我们的同志要互相关心、互相爱护、互相帮助。董瑞雪夸他不简单，背语录背得挺熟的。董瑞雪吃饭时，让张国良先出去了，她说有人看着她吃饭，她就吃不下。趁张国良出去，她吃得很快，把一大碗稀饭和一碗菜都吃完了，还吃了一个馒头。吃完了饭，她赶快刷碗。不然的话，张国良回来一定会抢着刷碗。她不能欠张国良的劳动太多，欠得劳动太多，就有可能变成欠人家的情，到了欠情的程度，还起来就不容易了。果然，张国良回来后见董瑞雪已经把碗刷过了，立即流露出懊悔的情绪。董瑞雪看在眼里，觉得自己取得了一个小小的胜利，暗自有些得意。

39. 追求

张国良除了一天三顿给董瑞雪买饭，还到北面镇子上给董瑞雪买零食。一次，张国良拿来一个草纸包的纸包，让董瑞雪猜是什么。董瑞雪不猜。他把纸包在董瑞雪面前打开了，是一包很碎很烂的拆骨牛肉。董瑞雪见草纸不干净，张国良的手不干净，便觉得拆骨牛肉也不会干净，不知什么人拆的呢。她让张国良快拿走，说她从来不吃这个。张国良有些尴尬，说挺好吃的，让董瑞雪尝一点试试。董瑞雪坚决不尝。张国良作示范似的，捏起一点碎牛肉放进嘴里去了。董瑞雪说了实话，说她嫌拆骨牛肉不干净。又一次，张国良有点兴冲冲的，好像还有点激动，从口袋里给董瑞雪掏出了炒花生。当时董瑞雪正给李春光写信，见张国良来了，她赶紧把信收起来，放在枕头下面去了。花生属于油料作物，市场上不许卖。谁要卖就算投机倒把，就算是走资本主义道路，轻则把花生没收，重则还要把人带走，要买到炒花生是很难的，不知张国良从哪里买到的。张国良要董瑞雪别问花生是从哪儿来的，只管吃就是了，保证花生是干净的，花生外面有一层麻屋子，里面还有一层红帐子，干净肯定是干净，但来历不明的东西，董瑞雪不能吃。张国良只得把花生的来历跟董瑞雪说了。他是深入到山沟里农户家买到的，他跟人家说有一个工友受伤了，别的东西都不想吃，光想吃一点炒花生，人家就把花生卖给他了。董瑞雪心里打了一个沉，觉得张国良真够费心的。她已经闻见了炒花生的香味，意识到一两年没吃到花生了，于是就吃，让张国良也吃。张国良吃得很慢，一粒花生老是在嘴里嚼，显然是舍不得吃。吃着花生，他们说些闲话，张国良说，他知道董瑞雪给谁写信。董瑞雪让他说说看。他一说就说准了，说是给李春光写信。董瑞雪有些惊奇，问他是不是看见信了。张国良说他是瞎猜的，信就是让他看见，他也不认识，因为他不识几个字。董瑞雪知道张国良是个文盲，她问张国良小时候为什么不上学呢。张国良说，他小时候不是没上学的机会，不知道为什么，他一点也不想上学，到了学校就头疼。等他知道了上学有用，想上学时，已经晚了。董瑞雪说，一个人识字太少可不行。张国良点点头。既然张国良猜到了她是给李春光写信。她问张国良："你看李春光这个人怎么样？"张国良承认李春光识字很多，有文化，接着又说了一个"不过"，说了就不往下说了。谁都知道，"不过"这个词有否定前面所说的意思，也有转折的意思，"不过"后面一般都是有话的。董瑞雪问他"不过"什么。张国良有些挠头。董瑞雪追问了两次，他才说了"不过"后面的话，他说依他看，董瑞雪和李春光不会成。这话董瑞雪不爱听，张国良的话如同说破了她的担心，打中了她的要害，她冷笑了一下，问为什么。张国良没说为什么，说反正不会成，不信就走着瞧。董瑞雪说那不一定。

张国良从小失去了父母，跟着哥嫂长大。长兄和嫂子对他尽了父亲未尽的责任，他在长身体和吃穿上，没受什么委屈。到了上学年龄，哥嫂打定主意供他好好上学。如他自己所说，他却不爱读书。他爱动手，爱摆弄小玩意儿，用铁条砸个小刀啦，用针弯成渔钩啦，都是他的拿手戏。在家务劳动上，他也不偷懒，烧锅，刷锅，推磨，喂猪，他都干。农忙时，哥嫂下地还没回来，他就把面和好了，把面条擀出来了，把下面条的水也烧开了。他爬到村边的高树上张望，见哥嫂刚从地里往家走，他就从树干上滑下来，赶紧回家下面条。这样，哥嫂一进家门，面条正好做得了。哥嫂都很高兴，夸他中用、能干。嫂子问他怎么就学会了擀面条呢。他笑而不答。在家务活方面，他是留心的，哥嫂怎么做，他也怎么做。哥嫂会做的，他渐渐地都会做了。得了哥嫂的夸奖，他更上心，更来劲，上次擀了面条，下次就敢在鏊子上摊煎饼。摊煎饼难度大一些，既要管鏊子上面的面糊儿，又要管鏊子下面的火，上下都要照顾到，一方面照顾不到，不是火灭了，就是面糊流到地上了。他一开始有些手忙脚乱，浪费一些面糊。哥嫂吃煎饼时，并看不出他的浪费，他把流到地上的面糊打扫干净了，不留一点痕迹。为了把浪费造成的损失补回来，他就少吃一两张煎饼。张国良简直不得了，他还学会了纺花、织布。村里人都说，张国良投错了胎，他比一个女人还手巧。张国良在手艺的学习上永不满足，再长大一点，他鼓捣着修锁。嫂子把钥匙丢了，锁成了废锁。他把嫂子扔掉的废锁捡回来，埋着头鼓捣了三天，不仅把锁打开了，还新配了钥匙，使死锁变成了活锁。这项手艺非同小可，它带有工业和技术的性质，消息一传开，人们对张国良的无师自通有些刮目相看，以后谁家的锁死了，都请张国良给予起死回生。张国良开始学习裁剪和缝纫。别人赶集都是东游西逛，他赶集是来到缝纫店里，悄悄地看一位男师傅裁剪布料，再看男师傅的妻子在缝纫机上把剪好的布料缝成衣服。这样看了几个集，他就会了。家里买不起缝纫机，哥哥就向队长建议，由队里买一台缝纫机，由他弟弟张国良给生产队的社员们做衣服。队长采纳了张国良哥哥的建议，真的买了一台缝纫机，在队里成了缝纫组。张国良是在缝纫组听说了招工的消息，求了大队的干部，出来当工人的。我们知道了，张国良是个讲究实际的人，他用那双灵巧勤劳的双手来讲究，通过实际的手和世界对话，也和人对话。张国良是个会过日常日子的人，善于把柴米油盐和针头线脑当成日子抓在手上，做起来既不缺乏锻炼，又富于灵感。他对人的理解，也是认为人生来就是过日常日子的，能有条不紊地把日子过下来，一辈子就可以了。他对过独立生活和家庭生活都充满自信。说到底，张国良是个偏重于物质的人，以为一切问题必须靠物质来解决，虚头巴脑的，什么问题也解决不了。

张国良手上打着毛线活儿，到董瑞雪的宿舍去了。他打得又快又熟练，一边打着毛线活儿，还不耽误和董瑞雪说话。他这么干有点炫技的意思。当董瑞雪说他比女人还巧时，他一点也没觉得不好意思，说他还会裁衣服做衣服呢，还会纺花织布呢，还会蒸馒头炸麻花呢。董瑞雪跟他开玩笑，说以后谁要是找了张国良当丈夫，算是占了大便宜，什么活儿都不用干。董瑞雪话里有那么一点讽刺的意思，言外之意，是嫌张国良有点女性化了。张国良大概没听出董瑞雪讽刺的意思，只听出了夸奖的意思，他的脸腾地红了，看董瑞雪看得有些大胆。他激动得说话不大连贯，说以后……他要给董瑞雪做衣服，以后……还要给董瑞雪炸麻花吃。张国良说的以后跟董瑞雪刚才说的以后对了点子，董瑞雪心上一惊，觉出问题严重了。原以为张国良对她没有什么想法，现在看来张国良是有想法的，她把张国良低估了。她沉了沉脸，委婉地警告了张国良，要张国良不要胡思乱想。为了避免张国良天天到她宿舍里来，脚伤稍好一些，她就上班去了。天越来越长，下班后太阳还高挂着。树发了芽，空中有了细微的毛状飞行物。人们的户外活动增多，但一时又不知道干什么，看见一个人去洗衣服，好多人都去洗衣服，水池四周，人多得都站不下了。人们在院子里扯了绳，把衣服晾在院子里。衣服虽然花色不多，总是有些颜色的，成为宿舍区春天的一景。董瑞雪到镇子上去了，她没想好买什么，到镇子上转转再说。随着天气转暖，镇子上卖东西的人多起来。卖菜的居多，菜有新菜，也有旧菜。旧菜主要是白菜、萝卜。这些菜大多是用手扶拖拉机拉来的，带有甩卖的劲头。有的白菜萝卜已经坏了，拖拉机周围扔了一地烂菜。董瑞雪在市场上走着，似乎觉得有一个人远远地跟着她，她回头找，没看见跟她的人。她到了商店，还是觉得有人跟着她。这一次，她看见跟她的人是谁了，是张国良。她对张国良这种近乎盯梢的做法有些看不惯，或者说有些反感，就转过身，大步向张国良走过去。张国良也迎上来了。二人走近了，董瑞雪有些严肃，问张国良老跟着她干什么。张国良有些发窘，说没有呀，他来这里买东西，无意中碰上董瑞雪了，说着把买的东西展示一下，是一盒牙膏。他问董瑞雪准备买什么，董瑞雪说不知道。董瑞雪要张国良别跟着她，说别人看见了影响不好。张国良答应了。可当董瑞雪买了一双袜子要交钱时，张国良突然就冒出来了，抢着替董瑞雪交钱。董瑞雪生气了，对张国良说："你这是干什么，我买东西干吗让你交钱！"张国良只跟营业员说话，让营业员接他的钱。营业员把这两位青年男女看了看，大概有些误会，按照常规，接了张国良的钱。这时董瑞雪急了，也是对营业员的误会表示抗议，对营业员说："我不认识他，你要是收他的钱，这袜子我就不买了！"营业员这才退回了张国良的钱，接了董瑞雪的钱。董瑞雪抓起袜子就走了。董瑞雪的话对张国良是个打击，伤了张国良的心。他一个人走到一块下坡的麦田里，像一个受屈的孩子一样抹开了眼泪。他是真心实意喜欢董瑞雪，要让他说出天底下最好看的女人是谁，他肯定会说董瑞雪。他喜欢董瑞雪的手，喜欢董瑞雪的脚，甚至喜欢董瑞雪摸过的东西和踩下的脚印。因为识字少，他在董瑞雪面前是自卑的，论说他不应该对董瑞雪有什么想法。可是他知道了董瑞雪曾失过身，就不那么自卑了，觉得和董瑞雪平等一些，勇气也提高不少。这不是说他不看重女人的贞节，不在意女人是否失过身，恰恰因为他比较看重女人的贞节，比较在意女人是否失过身，才敢于追求董瑞雪。在他看来，董瑞雪是掉了价了，比他不识字还掉价。对掉了价的董瑞雪，识字的人不会要她。人识的字越多，心眼子越多，忌讳也越多。他是把自己的价值和董瑞雪的价值作了对比之后，才试着接近董瑞雪的。李春光回家，董瑞雪受伤，都给他提供了接近董瑞雪的机会和条件。他相信，只要他把功夫下到家，董瑞雪最终会同意跟他好的。他从实际出发，展望的远景也离不开实际。董瑞雪是城市户口，他也是城市户口，他要是和董瑞雪成了家，他们就是双职工家庭。要是在老家农村找一个老婆呢，就是人们说的一头沉，就是夫妻两地分居，一年到头只能享受十二天的探亲假。关键还不在这儿，关键在孩子。那些在农村找了老婆的工人，生下的孩子还是农村户口，还改变不了土里刨食的命运。自己好不容易从农村挣脱出来了，到自己孩子那一辈又回到农村，是悲哀的，也是可怕的。最终代表自己的是孩子，孩子不能从农村走出来，等于自己只是到城里转了一个圈子，转也是白转，是没有成果的。要是娶董瑞雪做老婆呢，生下的孩子当然就是城市户口。以后，再以后，祖祖孙孙都是城市户口。那么他就是他们老张家的功臣，是城市户口的开创者。从他这里开始，他的后代就都是城里人了，就彻底与农村告别了。从远景看，董瑞雪只要会生孩子就行，别的都不太重要。至于董瑞雪过去的事，他不说，老家的人都不会知道。老家的人看到的是他的漂亮的老婆和老婆生下的漂亮的孩子。丈夫不能洗刷老婆的过去，孩子却可以洗刷母亲的过去。女人一当了母亲，就会受到尊敬了。从哥哥和嫂子那方面看，他在外面自己成了家，立了业，不仅免得哥嫂再为他的婚事操心，还给了哥嫂一个美好的交代，等于给哥嫂长了脸、争了光。在家庭财产上，家里的房子、家具等，都留给哥嫂，他不再跟哥嫂平分。哥嫂抚育了他，他正好在舍弃父母留下的有限的财产上，给哥嫂一点回报。不难看出，张国良对董瑞雪的追求是务实的追求，是关系重大的追求，张国良一生的成败如何，系于董瑞雪一身，他不会轻易放弃追求的。麦田里的春风吹着他，空中有飞得极高的鸟。张国良难过了一会儿，就缓过来了，他还要去找董瑞雪。

40. 离开采石场

董瑞雪在商店里说了不认识张国良，出了商店就觉得有些不妥，还有那么一点后悔，觉得自己做得有些过分了。张国良愿意对她好，那是张国良的一番好意，绝对没有一丝一毫的恶意。她可以对张国良好意的表示不加理会，可以拒绝张国良一厢情愿的追求，但不能打击人家，不能伤了人家的心。回想起来，张国良在她面前小心翼翼，分寸适当，从没有过失礼的地方。别看张国良不识字，有时做得比识字的人还有心、还周全。平心而论，张国良除了识字少，别的方面还真挑不出什么毛病来。像张国良这样在家务活儿方面样样精通的男人，在城里是很难找到的。往采石场走的时候，她留心注意了一下，见张国良没有回采石场，一个人低着头，踽踽地向野外走去，一副丢魂丧气的样子。她动了恻隐之心，差点向张国良跟去，向张国良道歉，让张国良原谅她。她站下犹豫了一会儿，到底没有去。她想到，若是跟张国良到野外的话，一定会给张国良造成误会，张国良会以为她同意跟他好了，那样的话，麻烦会更大。现在她不理张国良，张国良会有一些痛苦，但痛苦不会很大。要是误会加深，她再不理张国良，那时张国良的痛苦就大了。

这天下班后，董瑞雪正想着张国良不会找她了，张国良就敲门进来了。张国良进门就对她笑着，好像没发生过任何不愉快的事。张国良头脸洗得很干净，上身没穿外衣，露出自己织的白线坎肩。张国良脚上穿的是崭新的蓝色网球鞋，裤腿向上挽了几折，挽到恰好露出脚脖上的花尼龙袜子。董瑞雪说他打扮得够利索的。张国良把自己从上到下看了一遍，笑得更憨厚一些。董瑞雪问他有什么事吗。他说请董瑞雪到他的宿舍看一看。董瑞雪不禁觉得可笑，问："你的宿舍有什么好看的？"张国良的理由是，他到过董瑞雪的宿舍好多次了，董瑞雪连一次还没去过他的宿舍呢！这理由倒是算一个。要不是张国良说出这个事，董瑞雪还真的没意识到自己从未踏进过张国良的宿舍呢。想到上次在商店对张国良说的话太重，这次她说话尽量轻一些，没有断然拒绝去张国良的宿舍。她想把跟张国良的交谈变成开玩笑的口气，问："我去你宿舍，你拿什么招待我？"不料这一问正是张国良所要答的，张国良准备好了要招待董瑞雪。张国良说，他擀好了面条，炒好了鸡蛋，腌好了葱花儿，水也烧开了，要招待董瑞雪吃家常面条，单等董瑞雪一到，面条就可以下锅。董瑞雪这下没理由推辞了，她还是开玩笑的口气，说："你让我看你的宿舍是假，让我吃面条是真。常言说，吃了人家的嘴软，我吃了你的面条，说话就该变软了，恐怕比下到锅里的面条还软。不行，我不吃软的，我要吃硬的。"张国良硬的也有，他说他买了一块咸牛肉，吃起来可能比较硬。董瑞雪有些惊异，她问张国良还有什么，都说出来，别让人处处碰壁似的。张国良别的没什么了，还有一点自制的咸菜。董瑞雪让张国良先走，说她一会儿就去。张国良眼巴巴的，几乎恳求董瑞雪了，说："你不会不去吧？"董瑞雪说："我不去，你不会哭吧？"张国良眼皮眨了眨，眼圈真的红了。董瑞雪这才说她是跟张国良说笑话呢，当即随张国良去了。张国良床上放的是粗布被子，铺的是粗布单子，可被子和单子都很整洁，可说是一尘不染。被子上的印花是素白的，在蓝被底上似闪着荧光。大方格的粗布单子，绿是绿，红是红，泾渭分明。不论是被子上和床边上，都盖有装饰物，装饰物是钩花的方巾。枕头上也盖着钩花的方巾。床头和床里的墙壁上，贴的是雪白的纸，正中贴有一幅《红灯记》中李铁梅的剧照。李铁梅穿着碎红花的衣服，胸前甩着又粗又长的辫子。董瑞雪夸李铁梅不错。张国良说，要是董瑞雪上了画，肯定比李铁梅还好看。董瑞雪要他不要瞎扯，她哪能跟人家李铁梅比。参观完张国良的床铺，张国良又把董瑞雪领到门口一侧的一个小棚子里，说那是他搭建的厨房。董瑞雪进去一看，里边有煤炉、有案板、有菜坛子，还有油盐酱醋，可以说厨房里应有的东西一应俱全。这让董瑞雪对张国良的认识又加深了一层，别人都在食堂吃饭，张国良自己已经过开了小日子。自己做着吃当然合适，吃得可口，又省钱。说话之间，张国良把鸡蛋汤面条下好了，给董瑞雪盛了一碗。董瑞雪不得不承认，张国良做的面条比食堂里的面条强多了。张国良做的面条很筋道，筷子一挑有一尺长。食堂的面条一般都烂糟糟的，挑不起来。张国良做的面条咸味香味都正好。食堂的面条不是咸了，就是淡了，还清汤寡水。最难得最独特的是张国良自己泡制的一种咸菜，菜是两种，一种是白菜，一种是剥去皮的蒜瓣儿。当张国良用一双长筷子从小口大肚子的陶制坛子里夹出咸菜时，董瑞雪只认出了白菜，没认出另一种菜是什么。那种咸菜碧绿碧绿的，绿得有些透明，像翡翠一样。董瑞雪问那是什么。张国良告诉她，那种大咸菜叫翡翠蒜。董瑞雪不明白蒜怎么会变得跟翡翠一样，张国良告诉她，白菜是绿的，蒜瓣里面的芽胚是绿的，在腊月初八那天，把两样东西放在一起，放上盐，放上醋，放上糖，封上口一腌，蒜就变成绿的了。董瑞雪一尝就禁不住称赞好吃，两种菜都清脆可口，酸甜适度，她从来没吃过这么好吃的咸菜。张国良很高兴，让董瑞雪随时可以来吃。

董瑞雪受了张国良的热情招待，不好意思抹抹嘴就走，跟张国良说一些闲话。不管她说什么，张国良只是笑，显得很不自在。董瑞雪看出来，张国良没有听进去她说的是什么，张国良脑子里定是有自己的话，张国良的脑子被自己的话填满了。董瑞雪想，她得给张国良打打预防针，别让他说出不该说的话来。她的“预防针”还没打，张国良已经把话说出来了，张国良说：“董瑞雪，咱俩好可以吗?”董瑞雪估计得不错，张国良憋了好多话，一开头就有些收不住。不管董瑞雪反应如何，他只管说下去。他说，董瑞雪要是跟他好了，他一切都听董瑞雪的，董瑞雪让他向东，他就不向西；叫他打狗，他就不撵鸡。将来家里的事都是董瑞雪说了算。钱和物都归董瑞雪管着，不经董瑞雪批准，他一分钱都不花。他现在存的已经有二百多块钱，如果董瑞雪批准，他明天就到市里给董瑞雪买回一块手表。他说好多人都在背地里说过董瑞雪的坏话，他一句都没说过。打人不打脸，说人不揭短，他无论什么时候，什么情况下，都不会嫌弃董瑞雪，都不会在董瑞雪面前说一个不字。这一点，他可以向董瑞雪发誓，做不到这一点，让天打五雷轰他。董瑞雪的脸被他说得发着烧，烧得热辣辣的，他还没说完。他说，董瑞雪不就是嫌他识字少吗，这没关系，只要董瑞雪答应跟他好，他从今天就开始学。一天认一个字，一年就是三百六十五个字，两年就是七百三十个字，三四年工夫就学得差不多了。将来他还可以跟着董瑞雪学，虚心拜董瑞雪为老师。张国良为自己的话激动着，他的脸比董瑞雪的脸烧红得还厉害。他的眼睛亮亮的，带着水光。他的手有些哆嗦。为了不让手哆嗦，两只手互相压手的骨节，发出了声响。他的话终于告一段落，想看董瑞雪又不敢看，目光躲来躲去的。董瑞雪这时反倒坦然一些了，索性让张国良说个够吧。她问张国良还有什么。张国良说没什么了。董瑞雪让他有什么想法都说出来。张国良大概受了鼓励，敢于张着眼睛看董瑞雪了，目光也热切一些，又说了一句话。这句话让董瑞雪害臊。他说，董瑞雪长得这么好看，生了下一代，也一定好看，聪明。董瑞雪不敢让张国良再说了，该她说了。她说谢谢张国良对她受伤时候的照顾，谢谢张国良对她的一片真心。但他们是一般的同志关系，希望张国良不要误会，不要有别的想法。董瑞雪抬出了李春光，问："我和李春光的事你难道不知道吗？"张国良说知道。"既然知道，你为什么还这样？"张国良重复了他上次对董瑞雪说的话，断定李春光和董瑞雪不会成。这次他说了三个原因：第一，董瑞雪的父亲绝对不会答应。第二，李春光的父母会坚决反对。第三，李春光不会长久的对董瑞雪好，因为李春光识字太多了，人识字一多，想法就多，顾虑就多，干事情不能一竿子插到底。董瑞雪说，至于和李春光能不能成，她现在还没想那么远，他们能走多远算多远，别人无权说三道四。再说，人来到世上，结婚也不是唯一的目的，不结婚也能过一辈子。这时张国良对董瑞雪的话有些不服，他说，人一辈子不可能不结婚，不结婚就没有下一代，没有下一代就等于白活。董瑞雪说："我不同意你的观点，我也不跟你抬杠，咱俩根本说不到一块儿。我现在把话说到明处，我这一辈子结婚也好，不结婚也好，跟你没什么关系，我承认你是个好人，是个很勤劳很能干的人。但我跟你不是一样的人。"张国良问她是什么样的人呢。她说："我是什么样的人，我自己也不太清楚。好像李春光比较清楚。他比较理解我。如果你愿意的话，等李春光回来，你可以问问他。”话说到这份上，张国良不好再说什么了，他叹了口气，脸上的红色慢慢散去，变成了白。他有些泄气地垂下了头，眼里含了泪。董瑞雪站起来要走时，他也赶紧站起来了，向董瑞雪提出了最后的要求，这就是，他等着董瑞雪，等李春光什么时候不跟董瑞雪好了，他再跟董瑞雪好。董瑞雪说：“那何苦呢！”

董瑞雪盼着李春光赶快回采石场，想起李春光，她仿佛涌起了满腹的委屈，泪水蒙了眼睛。天下男人千千万，别的人不值得这么想，不值得她这么惦念，只有那个神情忧郁的李春光，让她一想起来就愁肠百结。难道人生就是忧郁的吗？难道李春光代表着人生的本质吗？她难免把李春光和张国良加以比较。不错，李春光不太讲究实际，不大像是一个农村出来的年轻人。他身上有一种与众不同的东西，像是浪漫的情怀、艺术的气质。这从他写的信和他写的叙事诗里可以看出来。这样的信和这样的诗，张国良写不出来，别人都写不出来，只有李春光才写得出来。她每一次看李春光的信和诗，都有一种说不出的感动，都想哭。她觉得李春光写下的文字里有一种超拔的东西，一看就让人神思渺远，超然物外。正是这些东西抓住了她的心。是的，李春光对一些类似家务劳动方面的事不大在行，也不大上心。他不会做饭，不会做衣服，不会打毛线活儿，更不会修锁。他在一些日常的生活技艺方面，不光与张国良差距很大，连她董瑞雪也比不上。春节期间，她和李春光在一块儿做过饭，基本上都是她做，李春光吃。李春光不是懒，不是不愿动手，而是他一动手就有些笨手笨脚，不像那么回事。因此，董瑞雪觉得，李春光的手，更像男人的手，脚，更像男人的脚，做派，更像男人的做派，心胸，更像男人的心胸。和行为琐碎的张国良相比，李春光显得大气一些，脱俗一些。说到底，李春光是一个比较注重精神性的人，他把物质看成是一个基础，而不是全部。在基础的上面，就该构建精神的东西了。李春光爱看书，爱写东西，爱七想八想，是一个耽于幻想的人。之所以这样，就在于李春光有文化，张国良没文化。她不敢想象，她能跟一个没文化的人过一辈子，要是那样的话，她岂不寂寞死。当然，她自己的文化水平也不高，正因为她自己文化水平也不高，才要找一个文化水平比她高的人。这个人就是李春光。李春光上的学并不比她多，他们是同一届的初中毕业生，但她觉得，李春光的文化水平要比她高出好多。

爸爸给董瑞雪打来了电话，问她脚上的伤好了吗。董瑞雪说好了，受了点轻伤，两三天就好了。她问爸爸，听谁说的她受了伤。爸爸说，听场里的书记说的。爸爸批评她，说受了伤为什么不跟家里说一声呢？要是给他打个电话，他派个车把她接回家，在家里养伤总方便些。董瑞雪跟爸爸解释，说这点小事，不想让爸爸妈妈操心。爸爸不同意她的说法，说受伤了还是小事吗，在爸爸妈妈眼里，孩子什么时候都是孩子，孩子受一点委屈，爸爸妈妈都会心疼。董瑞雪说，那，她以后注意点儿。爸爸跟她说了一个消息，爸爸跟有关领导说好了，马上把她从采石场调出来。这个消息让董瑞雪感到意外，她问爸爸，把她调到哪里。爸爸说，先调到轨枕预制厂，预制厂和采石场是同一个单位，调动起来方便些。预制厂的工作环境也不太理想，可毕竟是在市里，离家近些，不至于受了伤家里还不知道。爸爸让她到预制厂先干着，等联系到更好的单位，再给她调。她问爸爸，把她调到预制厂干什么工作。爸爸说，具体干什么工作还不好说，让她只管去预制厂报到，听从厂里的分配。爸爸跟她说完话，又跟场里的陈书记说话。陈书记说了好几个好说，没问题。陈书记放下电话，向董瑞雪表示祝贺，说董瑞雪要是想走的话，今天就可以走。陈书记还说了客气话，说董瑞雪在采石场期间，场里对她照顾不周，有做得不周到的地方，请董瑞雪多原谅。董瑞雪到了采石场的上级单位，希望不要忘了采石场，随时欢迎董瑞雪回采石场走走。

得到这个消息，董瑞雪一时分不清是喜还是忧。虽然在采石场干得不满一年，但她觉得经历太多了，感受太丰富了，苦辣酸甜都有。能调到市里，当然是好事。可她走了，李春光怎么办呢？她和李春光的事怎么办呢？李春光明天就该回来了，如果明天早上不能回来，晚上也应该回来。她是每天计算着李春光的假期过的。如若等不到李春光回来她就走，李春光回来会作何感想。她无论如何要等李春光回来，要征求一下李春光的意见。如果李春光同意她走呢，她就走。如果李春光不想让她走，她走不走还两说着呢。她给李春光写了信，也不知李春光收到没有。她对自己的信很缺乏自信，她得听听李春光对她的信的看法。想到信，她就收到了一封信，听别人告诉她的，说传达室门口有她一封信。她一听说有信，马上断定是李春光写来的。还没见到信，她就心口大跳，仿佛全身的血都涌到心口去了。她几乎是跑着到传达室门口去的，拿到信一看地址，信封下面果然是李春光老家的地址。她的心脏跳得更猛烈，拿信的手禁不住抖起来。同时，她的腿有些发软。脑子里也有些供血不足似的，微微地有些晕眩。不知出于何种心理，她没有马上在外面看信。她大概把看信的事看得太重大了，似乎要举行一个仪式之后，才可以郑重地看信。她把信装进口袋，手抚胸口镇静了一下，一步一步走回宿舍。她回手掩上宿舍的门，搬来一个小凳子放在床前，面对床铺在小凳子坐稳当，才把信掏出来。她看了几句，觉得不大对劲，赶紧翻到信尾一看，才知不是李春光的信，是李春光的姐姐夏季写来的信。她坚持着把信看完，就再也坚持不住似的，趴在床边，头埋在臂弯里，闭上了双眼。这次她真的晕了，天旋地转，晕得她抬不起头来。她陷入了无边无际的黑暗。信上说，他们的母亲这一次生病，都是让李春光气的，都是因为李春光不争气。千不该，万不该，李春光不该跟董瑞雪谈什么恋爱。这件事不光他们的母亲反对，他们全家人反对，李营姓李的人全部都反对。因为他们的二叔出事后，他们家遭受到了重大打击，承受的压力非常大，在人前抬不起头来。特别是二婶子家，几乎到了家破人亡的地步。如果李春光跟董瑞雪谈恋爱，等于雪上加霜，他们家的人就更加被人看不起，再也没有了出头之日。夏季在信上没有埋怨董瑞雪，没有写什么难听话，而是一个劲地检讨。说事情到了这一步，不怪董瑞雪，只怪二叔和弟弟李春光，怪二叔不要脸，怪弟弟糊涂，没出息。信上说，李春光其实并不是真正的喜欢董瑞雪，李春光对董瑞雪好，主要是出于一种同情心理和负罪心理，李春光是在代表二叔和李姓家族的人，想用自己的一生，向董瑞雪赎罪。村里还有一个说法，说他们家的人在上一辈子一定是欠了董瑞雪太多的债，董瑞雪是向他们讨债来了，从二叔那里没讨完，还要从二叔的侄子李春光那里接着讨。这个说法要是成立的话，他们家的人真是在劫难逃、万劫不复了。在信的最后，夏季不惜称董瑞雪为“我的好妹妹”，用哀求的口气，让董瑞雪放了她的傻弟弟李春光吧，饶了他们全家吧。如果董瑞雪能答应她的恳求，他们全家什么时候都会铭记董瑞雪的恩德，过年时一定给董瑞雪烧高香，祝愿董瑞雪大富大贵！

既然如此，董瑞雪还有什么必要等李春光呢。她像是害怕李春光突然回来似的，收拾起自己的铺盖卷和提包，匆匆地走了。她没有直接到预制厂报到，而是先回家去了。她一见到妈妈，就禁不住泪流满面。妈妈吃惊地问她怎么了，她说的是感谢爸爸妈妈，还惦记着她这个不争气的女儿。说着，索性扑在妈妈怀里痛哭失声。我们的董瑞雪，她到底为谁而哭呢？她哭得好痛心啊！

第七章

41. 床板和胶靴

董瑞雪是上午走的，李春光是傍晚时分回到采石场的，阴差阳错，他们错过了在采石场碰面的机会。正巧和不巧，都挂着一个巧字，其实质也有共同之处，那就是都是一个偶然。世界上的偶然是吓人的，它让人记住的差不多都是变故，都是从天而降的忧伤。设想一下，如果董瑞雪晚一天接到爸爸的电话，晚一天收到夏季的信，晚一天离开采石场，她就会见到归来的李春光。而李春光呢，倘是早半天上车，早半天回到采石场，也会见到董瑞雪的。别后重逢的两个人见了面，肯定有一番话要说，有一番衷肠要诉。也许他们一开始谈话会遇到一些困难，会有陌生感和障碍感，但他们会克服困难、跨过障碍，重新找回以前的感觉。他们也许会有一些误会，比如夏季的信里谈到的一些内容。通过交谈，他们会把话说开的，会消除误解的。消除误解后，他们彼此之间极有可能会获得新的推动力，使他们各自向对方推进、再推进，以致取得历史性的进展。取得进展后，或许他们的大事就成了。当然，这都是假设。事实不承认假设。事实是，李春光本来可以在上午回到采石场，他在省会转车时故意拖延了一些时间。他转了新华书店还不够，还转了一个大罢工纪念馆，直到半下午，才买了路过采石场所在地的长途汽车票。同回老家时心情一样，他回采石场时的心情是矛盾的，既想赶快回去，又有些心虚，害怕又有什么意想不到的痛苦等着他去消受。那时的事情可以说变化多端，一个人头一天还好好的，说不定第二天就成了阶级敌人，就要挨批斗。一个人被送进学习班学习，实际上等于被送进了班房，被监禁起来。参加学习的人去吃饭，或去上厕所，都有人在后面跟着。有一条最高指示说，办学习班是个好办法，许多问题都可以在学习班得到解决。学习班如办在楼上，参加学习班的人趁看管人员眼一不留神，就从楼上跳下去了。好多问题就是这样彻底解决的。人人都面临危险，心上的弦都绷得紧紧的，又很脆弱，似乎一碰就断。李春光的担心不是没有道理，他一回到自己的宿舍，那个反革命分子就告诉他，那个劳改犯被拉到医院去了，很可能不行了。地洞冒了顶，把劳改犯埋进去了。反革命分子在上面等往上拉土的信号，等了个把钟头不见动静。他下到地洞里喊，不见应声。到地洞尽头一看，只见落土不见人，劳改犯被活埋了。他赶紧喊人把劳改犯扒出来，劳改犯脖子软沓沓的，面如白纸，嘴角还挂着稠血。李春光一听就想到他自己，他要不是回家探亲，冒顶砸到的可能是他。他有些后怕，也有些庆幸自己没摊上冒顶。他问反革命分子那怎么办，防空洞还打不打。反革命分子说，场里领导没让继续打，有可能不再打了。反革命分子还说，本来就没有必要打。这时，李春光还不知道董瑞雪已经调走了。他没有急着去见董瑞雪，压抑着对自己说不要着急。他先找场长销假去了。场长问他母亲的病是不是好了。他说好多了。场长告诉他，防空洞暂不打了，让他仍回石坑上班，还是打石头。场长没有告诉他董瑞雪调走的事。场长也许以为，董瑞雪调走与否，和李春光无关。那个反革命分子对年轻人李春光的心事似乎关注得更多一些，他问李春光："场长没告诉你吗？"李春光以为反革命分子关心的是打地洞的事，说场长说了，地洞不打了，还让他去打石头。反革命分子说，他指的不是这件事。李春光问他是什么事。他告诉李春光，听说董瑞雪调走了。李春光心往上一提，不说话了。停了一会儿，李春光才问，董瑞雪什么时候调走的。反革命分子说，好像是上午走的，他看见董瑞雪背着铺盖，提着提包，一个人走了。李春光问董瑞雪调到哪里去了。反革命分子说不知道，大概是市里吧。李春光坐在床边，心里乱得很。门外有一棵杨树，杨花落了一地。酱红的花穗颤悠悠的，还在落。每落下一朵，李春光的心事就重一层。李春光不想让反革命分子看出他像是受到了打击，像是六神无主，觉得应该干些什么。他站起来原地转了一圈，却不知干什么好。其实现成的活儿就在跟前。临回家时，他的铺盖是兜底折起来的，褥子包在被子上，上面又盖了两张报纸。因为劳改犯天天用煤火做饭又熬药，屋里的炉灰很多。报纸上的落灰厚厚一层，有些毛绒绒的。他需要马上做的，应该是轻轻把报纸端开，把褥子铺展。可他像没看见自己的被褥似的，又失神落魄地坐下了。董瑞雪突然调走，对他来说是一个很大的变故，他想不明白，董瑞雪怎么说走就走了？他请假的天数董瑞雪是知道的，董瑞雪为什么不等他回来再走呢？难道半天都不能等吗？这其中定是有原因的。李春光想到，这原因不会发自董瑞雪本身，一定是外来的原因，外部的压力。这压力有着裹挟的力量，为董瑞雪自身的力量所不可抗拒，就在他回来的前几个钟头，董瑞雪被裹挟走了。至于外力来至何方，李春光一时是找不到目标了。反革命分子建议李春光去找董瑞雪，他说董瑞雪可是一位优秀的姑娘，像董瑞雪这样优秀的姑娘是不多的。李春光听出来，反革命分子说话是很讲究修辞的，他强调董瑞雪是一位姑娘，又用优秀二字来修饰。关于董瑞雪优秀的说法，李春光是第一次听说，这个说法是独特的。他觉得，这个说法应由他来说出，一个反革命分子，没有资格评价董瑞雪。他接受的是社会的观点，把反革命分子看成另外一个阵营的人，也就是阶级敌人。关于判断是非的标准，他是很熟悉的，这就是：凡是敌人反对的，我们就要拥护；凡是敌人拥护的，我们就要反对。按照这个标准来套，反革命分子不反对董瑞雪，他就应该反对董瑞雪；反革命分子把董瑞雪说得一无是处，他爱起董瑞雪来才能理直气壮。而反革命分子夸奖董瑞雪，这让他感到别扭，好像反革命分子玷污了董瑞雪似的。他站起来出去了。

李春光到董瑞雪住过的宿舍去了。小王在宿舍里。小王告诉他，董瑞雪调走了。李春光点点头，表示知道了。小王正用红绿炮线编小篮子，篮子如帽子大小，已有了初步的形状。小王是越来越巧了。李春光到董瑞雪床前呆站着。床上褥子没了，被子没了，枕头没了，只余一张凳子支起的床板。床板上光光的，连一个纸片都没有。床板是用一些窄木板拼钉而成，板与板之间裂开了缝隙，宽的地方比韭菜叶子还宽。这样裂着大缝隙的床板冬天是透风的。床里的墙壁上，董瑞雪从没贴过什么东西，原来是空的，现在当然也是空的。经过长时间烟熏，石灰刷过的白墙壁已有些变黄。一些不太平的地方，还粘了细微的灰尘。李春光试图在床板上找到董瑞雪的一根头发，可床板连根头发也没有，是真正的人走床空。将近一年的几百个日日夜夜，董瑞雪就住在这间宿舍里，就睡在这张床上。这张床几乎等于是她的家。她在床上看书，在床上写字，在床上做梦。做好梦，也做不好的梦。春节期间那两天，他和董瑞雪就坐在这张床上聊天。他们的话没有准稿子，一会儿跳到这儿，一会儿跳到那儿。不管他说什么，董瑞雪都喜欢听，都听得很专注，听完了还笑。他受到鼓励，话越说越多，把自己小时候干的偷瓜摸豆的调皮捣蛋的事也说出来了，惹得董瑞雪笑得直拍床铺。其中有一天早上，他来早了，董瑞雪还没起床，但董瑞雪说："进来!"董瑞雪只穿着紧身毛衣和秋裤就跳下床，趿拉着鞋，给他开门。开了门，董瑞雪吸哈着，仿佛很冷的样子，又缩回被窝里去了。他站在门口没有进去，说等一会儿再来。董瑞雪说她穿着衣服呢，怕什么。让他快进屋关上门，不然的话，寒气就进到屋里来了。他进了屋，在煤火炉边站着，一只脚蹬在炉台上，在小火孔上面烤手。董瑞雪从被子里伸出一只手拍拍床边，让他坐在床上。他迟疑了一下，过去在床边坐下了，他只坐了一点点床帮。董瑞雪让他讲个故事听听。他一时想不起讲什么。董瑞雪在床上躺着，他看了董瑞雪一眼就不敢看了。董瑞雪的小脸儿睡得红红的，连耳朵垂儿都红了。董瑞雪的嘴唇更红，比五月里熟透的草莓果儿都红。而且董瑞雪的嘴唇又饱又嫩，似乎稍微一碰，就会有甜汁子溢出来。董瑞雪的头发睡得有些松脱，有些发毛，呈现的是自然的形态。在董瑞雪乌黑头发的衬托下，董瑞雪的脖颈粉白粉白，玉白玉白，美得简直有些吓人。更让李春光觉得呼吸急促的是董瑞雪的气息。气息无形无色，当然不可形容。但他分明感到，董瑞雪的气息是温煦的、浓郁的、有质量的，那是一种深入骨髓、醉入骨髓的气息。他忘了讲了一个什么故事，反正讲得很不连贯，很不精彩，甚至思维有些混乱，讲得前言不搭后语。那次没有好故事，他李春光就很难再有什么好故事了。现在董瑞雪走了，他的故事还往哪里发展呢？还有什么发展前途呢？

李春光眼睛一亮，终于在董瑞雪床头的地上发现一个小纸团，纸团是被揉皱后团成团的。他相信纸团里一定有字，有董瑞雪写下的话，他一下子把希望寄托在纸团里了。他把纸团拾起来，满怀希望地轻轻展开了，皱皱巴巴的纸上有字是不错，是“社会主义”四个字。看了这面再看那面，还对着窗口的亮光照了照，别的什么字都没有了。笔迹是董瑞雪的笔迹，字是董瑞雪的字，这不会有错。笔迹是圆珠笔的笔迹。董瑞雪一般不用钢笔写字，因为她很少写字，钢笔吸了墨水，一段时间不用就干了，干结的墨水就把钢笔舌头堵住了，急用时还得临时涮笔，还得到处找墨水。而圆珠笔就省事多了，不用吸墨水，短时间也不至于干。董瑞雪的字他也算熟悉了。董瑞雪的字不算好，一看就可知是女性的字体，里面透出的是娟秀。他对那仅有的四个字反复地看，越看越莫名其妙，不知这四个字代表的是什么意思。他想，董瑞雪也许是试一试笔里还有没有油儿，不假思索随手就写下了这几个字。这几个字有着不可逃避的笼罩性，整个国家都是以这四个字命名的。尽管他有些失望，还是没舍得把字纸扔掉，他把纸的皱折抚平些，折叠起来，放进口袋里去了。李春光还在董瑞雪的床下找到一双胶靴，顿感亲切，弯腰把胶靴从床板下面拿出来了。胶靴的表面光亮全无，已老化得发硬、变白，还有一道道细碎的裂纹。他一眼就看见了一只胶靴的前脸处烂了一个口子，知道那是董瑞雪的脚受伤时砸烂的。董瑞雪写给他的信里提到了脚受伤的事，把受伤的事看得很重。从信上看，董瑞雪不光脚受了伤，好像心也受了伤。又好像她心上先受了伤，身体别处就再也受不起伤，一受伤就和心上的伤联系起来，董瑞雪受伤期间最需要安慰的时候，他却不在场，董瑞雪心里不知多么苦呢！

小王见李春光翻看董瑞雪遗留下来的胶靴，让李春光拿走吧，说补补还可以穿。李春光有心想把胶靴拿走，小王这么一说，他倒不好意思拿了。他知道，小王对胶靴的看法与他不一样，他把董瑞雪留下的任何东西都看成是纪念品，都是一种符号。而小王把胶靴看成是物品，看到的是残余的使用价值。他把胶靴又放回床下去了。

李春光刚要走，张国良来了。张国良见李春光在这里，表情窘了一下。他告诉李春光，董瑞雪调走了。其实这个话是不必说的，但他不知对李春光说什么。李春光说知道。他又对李春光说，董瑞雪的脚受伤了。李春光也说知道。李春光不知道张国良到这里干什么，自己先走了。他回到自己宿舍刚要整理床铺，张国良跟来了，张国良手里提着董瑞雪的那双胶靴，给李春光送胶靴来了。张国良的说法跟小王是一样的，说胶靴虽然砸烂一点，补补还可以穿。张国良没有自行把胶靴拿走，没有送给小王，也没有送给其他人，这说明张国良承认李春光跟董瑞雪的关系非同一般，董瑞雪没带走的物品理应由李春光收藏。张国良这种做法是明智的、懂事的，是值得赞许的。但李春光没有感谢张国良，李春光犯了有文化的人和敏感的人常犯的毛病，他对所有的鞋都是敏感的，他想到别的地方去了。张国良提着破了的胶靴，穿过宿舍区，招摇过市般地把胶靴送到他的宿舍，使他产生了一种受辱的感觉。他相信张国良是出于好心，绝没有羞辱他的意思，可他管不住横行的文化和思想，不由地就那么想了。他装作没想那么多，一点也没有发作。倘若发作了，显得自己轻薄了，于董瑞雪也太不尊重。他把心放平，把气放和，让张国良把胶靴拿走吧。张国良的思想当然不如李春光的思想复杂，不是在一个水平线上，他大概对李春光心怀愧疚，成心在李春光面前卖乖，成心表现自己不贪财似的，蹲下身子，自作主张地把胶靴往李春光的床底下放。李春光问张国良干什么，让张国良马上把胶靴拿走，不然的话，他马上把胶靴烧掉。李春光不知不觉就流露出反感和不耐烦的口气，听见自己的口气后，他立即意识到不该这样，看着有些不知所措的张国良，他口气恢复了缓和，说真的，他有一双新胶靴还没穿，穿不着旧的，让张国良拿走。张国良有一套粘补胶靴的家伙儿，时常为工友们粘补胶靴，什么废品到他手里都不废，都可以修旧利废，变废为宝。他是想把胶靴拿走，因李春光到董瑞雪住过的宿舍看过，想必看到了胶靴，他就不好意思拿走。听李春光这么一说，觉得把胶靴拿走就没有什么不好意思了。张国良手上提着胶靴的腰子，没有马上就走。得了实惠的人都是这样，都回报似地再待一会儿。他问李春光母亲的病好了没有。李春光说好了。李春光把褥子铺展时，床上腾起一些灰尘。停了一会儿，张国良又问，什么时候吃李春光和董瑞雪的喜糖。李春光觉得张国良的话有些多了，反问什么喜糖。张国良变得有些神秘，趋得离李春光近一些，问："怎么，你和董瑞雪的事儿家里人不同意呀？"李春光扭过脸看着张国良："你问这些干什么？"张国良说没什么，随便问问。

42. 盼信

李春光很快就知道了，董瑞雪调到轨枕预制厂去了。他想抽个时间去找董瑞雪，但他没有去。有一天下班后，他似乎下定了决心，一定要到预制厂，见到董瑞雪。他脚步急促地赶到火车站的月台上去了，傍晚时分，早上开往省会的那趟列车就会返回来，开到市里。他准备搭乘那辆车到市里去。可是，当列车开来的时候，他又犹豫了，他觉得这样登门去找董瑞雪，是不是太不自重了，别人会不会小瞧他。结果，他眼巴巴望着火车开来，又眼睁睁地看着开走，独自在月台上徘徊好久。杨树叶子已经长圆，柳树叶子已经长宽，春天的空气布满人间。月台上有一棵桃树，桃花开得红烁烁的，鲜艳夺目。天上下着小雨，月台上到处都湿漉漉的，闪着水光。李春光的头发湿了，眼睫湿了，仿佛心也湿了，满腹都是惆怅。他想换一种方法，先给董瑞雪写一封信探探路，看看董瑞雪回信说些什么，再作道理。他克制着自己的热情，把信写得比较平淡和冷静。他先祝贺董瑞雪脱离了采石场，调到了新单位。说那样离家就近了，回家就方便了。他写了自己回采石场的时间，连几点几分都写上了，是按时回采石场的。他说家里一切都好，母亲是生病了，但病得不重，是感冒发烧，吃点药两三天就好了。他在信上撒了谎，说他的父亲、母亲和姐姐都很关心董瑞雪，都向董瑞雪问好。他接着称赞董瑞雪的信，说董瑞雪的信写得太好了，要比他的信好一百倍。他把信看了一遍又一遍，连标点符号都能背下来。他问董瑞雪受伤的脚怎么样了，还疼不疼，阴天下雨时有没有什么反应。他说他刚回到采石场，就到董瑞雪的宿舍去了，一看人去床空，才知道董瑞雪调走了。当时他的心里一下子空落落的，像被人抽去了灵魂一样。他现在不打防空洞了，又回到了石坑。因为董瑞雪走了，石坑里剩下的全是石头，一切都冷冰冰的，一点意思都没有。他以请示的语气，问董瑞雪什么时候给他一个机会，让他背背董瑞雪写给他的信，他等着董瑞雪的示下。信的最后，他使用公共语言，祝董瑞雪在新的工作岗位作出新的贡献。落款是全姓全名的李春光。信发走的第二天，他就开始估算信的运行过程。采石场不能发信，整个镇子也没有信箱和邮筒，发信必须跑到镇子北头的小邮电所。邮电所在一条背街，只有一间屋。邮政员也只有一人，是一位四十多岁的中年人。他买了八分钱的邮花，贴在信封的封口处。信交给邮政员后，邮政员就手把邮戳盖上了，邮戳砸在信上啪地一响，李春光的心不由地震了一下。隔着高高的水泥柜台，他看见邮政员把信盖完戳子后随手扔到一边去了。他觉得邮政员干得有些轻率，要是把信扔到地上怎么办，要是地上有水怎么办。他本来走出了邮电所，越想越不放心，就返回邮电所，踮起脚尖。扒着柜台，伸着脑袋往里边瞅。原来地上放着一个竹筐头子，邮政员把需要发走的信都扔在里面了。他看见了筐头子里面的信还不够，还要看看写了董瑞雪同志收的那封信是否在上面。那封信还没看到，邮政员看了他一眼。他问邮政员，往市里发的信什么时候能走到。邮政员说，要是顺利的话，明天就到了。他对邮政员说了谢谢。李春光估算得比较细致，每一道过程都尽量不忽略。信拉到市里一个汇总的地方进行分拣，分到各个分局，由分局派骑绿自行车的邮递员送到各单位传达室，传达人员再把信摆放在门口，等收信人去取。李春光的估算留了一些余地，加进了一些可能会出现的不顺利的因素。比如说，按正常情况估算，董瑞雪应在第二天收到他的信，为了增加时间上的保险系数，他就把董瑞雪收到信的时间推迟到第三天。再比如，他估算第六天能收到董瑞雪的回信，为减少盼信之苦，他很慷慨似的，一下子给董瑞雪留下两天的富余量，准备到第八天才接到董瑞雪的信。他排的计划虽然是第八天才能收到董瑞雪的信，但到了第五天头上，他就开始一天不落地往大门口跑了。送信的还是那位中年邮政员，他上午在邮电所办理邮政业务，下午骑上自行车往各单位送信。除了送信，他还要送报纸，所以每天都要到采石场跑一趟。采石场每天收到的来信不是太多，有时两封，有时一封，有时连一封都没有。传达室的老师傅放进门外木盒里的每一封信，他都拿出来把收信人看一看，确认不是给他的信，他再把信放回去。有时信盒里明明连一封信都没有，他还要把手探进去，在信盒底摸摸，或许有一封信倒在盒子的底部呢！或许倒在盒子底部的信正是他李春光的信呢！到了第八天、第九天、第十天还没收到董瑞雪的信，他就有些焦虑，有些坐卧不安。他每天到传达室不止去一次了，下午去，早上也去。他明明知道邮递员早上从来不送信，但万一传达室的老师傅忘了把头一天的信摆放出来呢！在那些日子里，李春光像是病了，他得的是盼信的病，吃饭为了信，干活为了信，睡觉为了信，做梦为了信，仿佛是为盼信活着，仿佛盼信是他人生的唯一目的。他没想过到书记的屋里给董瑞雪打一个电话，不知道电话该往哪里打。在此之前，农村出来的青年人李春光，从没接到过电话，也从未打过电话，电话在他看来是陌生的，还是神秘之物，他不知道电话怎么打。他所掌握的唯一通信手段就是写信。他热衷于写信，也热衷于看信，对信这种形式有着特别的爱好。报纸上的话都是指示和批判，没什么可看的。墙上的大字标语都是打倒和声讨，让人触目惊心。那些字虽然也是字，但离人已经很远了。只有装在信封里的信，还比较接近人，比较贴近人心，才有一些个人的东西，说的话才像人话，才像真话，才柔软一些。那时几乎没有文学作品，人们用写信代替文学创作，用读信代替阅读文学作品，可以说那个时代的文学是通信文学，文学并没有完全死去，文学以通信的方式活着，活在私下里，也活在人们的心里。从这里可以看出，人类是多么奇怪的生物，人需要吃、需要穿，还需要精神上的东西，好像精神上的需要，也是人类的基本需要。这种需要不是来自后天的训练，而是天生有游戏的本性，有吃精神食粮的胃口。你不让他吃，他千方百计也要吃。你不让他这样吃，他就那样吃。仿佛不吃就不得活似的。李春光对信渴望到这样的程度，以致半夜里从厕所出来，他如同患了夜游症，不是走回自己宿舍，而是不知不觉向大门口传达室走去。走到半道，他清醒过来了，知道自己盼信盼糊涂了。清醒过来后，拐回头回自己宿舍接着睡觉就是了，可他不，他怀疑自己受到了某种牵引和暗示，说不准真有董瑞雪的信在盒子里等着他。这是清醒状态下的糊涂，他索性糊涂到底，径直向传达室门口走去。结果可想而知，信盒里空空如也。夜是安静的，地上有月光。李春光抬头看了看，天上的月亮是圆的。低了头，他的影子是黑的。他想，阴历今天大概是十五吧？董瑞雪一定在睡梦里吧？他突然觉得事情有些怪，时间是半月的时候，月亮不是半块，是圆的；时间到了整月的时候，月亮不但不整，反而消失了。这真是该整不整，该缺不缺；缺中有整，整中有缺。这种自然现象是不是向人类昭示，人世间从来没有长久的圆，也没有长久的缺，圆和缺都是一个过程，都是一种轮回呢！李春光像是一下子悟出了人生的哲理，他有点笑话自己了。传达室的老师傅曾善意地看着他笑，问他是不是等董瑞雪的信。他没好意思承认。老师傅认定他是等董瑞雪的信，让他到预制厂找董瑞雪去，说看信解决不了什么实际问题。大概连老师傅都看出他的行为可笑，都有些笑话他，他自己不觉得。这会儿他总算自我觉悟了。

等到第二十天，还不见董瑞雪的信，李春光觉得希望不大了，渐渐地有些心灰意冷，去传达室那里找信不那么勤了。他的希望还没有完全破灭，他每天装作到大门外面去玩，还是坚持往信盒里瞥一眼。就在李春光接近完全失望的时候，董瑞雪终于来信了，李春光拿到信时的激动心情可想而知，这里就不多说了。我们还记得，董瑞雪接到夏季给她的信，误以为是李春光给她的信，心情就无比激动。可以说李春光此时的激动比董瑞雪未看信前的激动还强烈得多。李春光白激动了，如果说董瑞雪的信是给李春光兜头浇了一盆凉水，一点也不过分。董瑞雪的信只有寥寥几句，每一句都冷冰冰的。信的抬头，董瑞雪把他称为李春光同志，说“来信收到了”。这一句就是一段。第二段说她给李春光写的上封信是胡说八道，让李春光把信撕掉。第三段对李春光打击最大。董瑞雪说她现在正跟范明宇谈着，要李春光不要再给她写信了。就是写信，她也不再回信。李春光没等回到宿舍就把信拆开了，是站在一处墙角看的。看完信后，他想把信重新装回信封里去，可他的手抖得厉害，信折不成原样子，也找不到信封口似的，塞不进去。他只好把信和信封两分着，先装进口袋里去了。往宿舍走的时候，迎面碰见了张国良，张国良叫了他的名字。他懵懵懂懂听出有人是叫他，又吃不准是不是叫他，没有站下。张国良又叫了他一遍，有些吃惊地说他的脸色很不对劲，是不是生病了，建议他到医务室看看。这一次他听出的确是叫他，并且认出叫他的人是张国良。他没有听从张国良的建议，心里强挣着回宿舍去了。一回到宿舍，他就躺在床上，拉被子蒙住了头。他的第一个念头是：完了。

43. 楼梯下面的小屋

董瑞雪调到预制厂后，一开始还是当工人。原来她不懂预制这个概念，干上了预制的活儿她才懂了，所谓预制就是预先制作。比如轨枕，不是要铺铁轨了，才临时在铺路现场制作轨枕，而是提前在预制厂制作好，需用时再成批地拉到路基上。也是到了预制厂她才知道，这个厂出的产品品种不少，有轨枕，有矿井下用的水泥支架，还有盖楼用的楼板。她的活儿是在一片露天的沙场上打制楼板。五个人一个劳动小组，一个人专门用铁车推运用碎石子、沙子、水泥和水搅拌好的泥浆，两个人用铁锨往模子里铲泥浆，一个人操纵震动器，还有一个人是组长，负责指挥和把质量关。董瑞雪用铁锨往半人高的平板架上的模子里铲泥料，泥料又黏又沉，很不好铲，比石坑里的石头还难铲，她铲得又慢又少。另一位铲泥料的是年轻力壮的小伙子，铁锨往敞口的车斗子里一推一拉就是一满锨，很利索地倒进模子里。她呢，铁锨推不进去，拔不出来，好不容易铲了半锨，往上端时，锨把还要扛在腿上，身子使劲往后仰。她觉得很累，体力有些不支，身上的力气不知跑到哪里去了，难道自己老了不成。春天已经过去，头上顶的是夏天的太阳。连累带晒，她出了一头的汗。后背的工作服也溻透了，一片黑湿。她浑身上下溅了很多泥料，斑斑点点的，像珍珠鸡身上的斑点。她脸上也溅上一些泥点。泥点刚溅上是黑的，干后变成灰白的。有一阵子出汗多些，泥点被汗水浸湿了，落下来。脸上落下泥点的地方留下一个白印，那是起的白皮。水泥的名字也叫硅酸盐，里面含有不少化学成分，而化学成分是烧皮肤的。她脸上已多处起了白皮，像是银屑癣。她不怎么注意自己的形象了。震动器是平板式的，下面是一方铁座，上面是一个小型震动马达。马达两侧拴了两根耳绳，操纵震动器的工人站在平板架子上，靠两根耳绳把震动器拉来拉去。刚堆到模具里的混凝土料一经震动就塌了下去，上面震成稀糊状。震到边沿时，震动器要赖似的，老是想往地上滑，想躺倒不干。那个工人便使劲往中间拉它。它像是不大服从管束，越拉它，它叫得越响，哇哇啦啦的，巨大的噪声震得人的头脑发胀发疼。董瑞雪被噪声聒得耳鼓都快胀破了，仿佛她的头也变成了一台震动器，在快速地震颤，发出巨大的轰鸣，她的手脚都有些麻木。铲完了一铲，她拄着锨把，掏出手绢擦擦汗。她看见，从厂门口进来的一条水泥路上，有汽车开进来，车上装满了石子。不用说，那是从采石场拉来的，石子是李春光、张国良他们采的。有人骑着自行车出厂门，也有人站在门口里边，往噪声大作的这边看着，并有所议论。这一切都只能看见动作，听不见声响。组长手里拿着一根带钩儿的铁棍子，在木模具上敲了两下，大概是提醒董瑞雪不要忘了干活。董瑞雪拿起锨，赶紧又去铲。她连手绢都没来得及装进兜里，就那么把手绢垫在锨把上干活。震动器终于停止了震动，一块楼板打成了。模子被猛地倒扣在沙地上。组长用铁钩子把附近小绞车上的钢丝绳钩过来，挂住打进楼板里的钢管，然后过去慢慢开动小绞车，贴着地皮慢慢把钢管拉出来，一连拉出几根钢管，楼板就成了空心的。

董瑞雪虽然离家近了，但她没有回家住，而是住在预制厂里。厂里的女工宿舍没有空床位了，她只好住在宿舍楼一楼楼梯下面的半间小屋里。小屋没有窗户，一闭灯里面就漆黑一团。她没有任何怨言，觉得这里挺好。好就好在是她一个人单独住一个地方。她觉得自己是被这个世界抛弃的人，她也不知不觉地抛弃着自己，变得孤僻起来。小屋原来是盛打扫卫生的工具和破筐烂纸用的，里面有一股霉烂的气息。这种气息憋得人透不过气来。但她不愿开门通风。她不愿和人交往，不愿和人说话，下了班哪儿也不想去，就一个人躲在小屋里。小屋的屋顶是倾斜的楼梯下部，屋顶没有粉刷，当年建楼梯时嵌印在水泥台阶上的木头纹路清晰可见，还有的地方露着锈迹斑斑的钢筋。阶梯的棱角处结了蜘蛛网。她的床板就支在楼梯下面，凡是上楼的人都仿佛先要从她身上趟过。刚住进去时，一有人在楼梯上走，屋顶就响，就震颤。她担心屋顶会塌下来。后来就习惯了，头顶打雷她也不怕了。床上方有根从外面扯进来的电线，电线尽头挂着一盏灯泡。灯泡不大，能看见里面发红的钨丝。她还是嫌灯泡太亮，把灯拉灭了。黑暗马上包围了她，并像固体一样挤压她，她顿感害怕，又把灯拉亮了。到了新的工作单位，换了新的环境，她的心情一点也没有好转。她觉得有些浑浑噩噩，心力交瘁，一点也打不起精神。她不止一次想到死，并在黑暗中闭上眼睛，伸直腿，屏住气息，感受死的滋味。这滋味迅速漫及全身，威胁着她全身的每一根神经，紧张得头皮都有些紧。为了驱赶死亡的恐怖，她有时整夜开着灯睡觉。她出门就锁上门，进屋就插上门，利用锁门插门把自己封闭起来，并拒绝任何人跨进她的小屋。一天，同组的那位操纵震动器的工人，要到她的小屋里看看。她一手抓着门，一手抓着门框，堵住门口，不让人家进。她说对不起，屋里没什么可看的，要看就站在门口看。那个工人说，让他进去不行吗。她毫不让步，说不行。那个工人只好走了。一天夜里下大雨，还发生了这样一件事。她听见门外有响声，像是老鼠啃门的声音。她仔细一听，断定有人用小刀拨弄插销。她大声问了一声谁，声音就不响了。外面的雨下得很大，呼呼作响，小屋里涌进了湿腥的雨气。还不时地打闪打雷，白闪通过门缝照进屋里，像是把门劈开了。董瑞雪不敢再睡，穿衣坐起，眼睛盯着门后的铁插销。插销插得很紧，插销的弯头向一侧别着，外面的人是无论如何也拨弄不开的。但她不放心，很警惕地守卫着铁插销。停了一会儿，门又响起来。这次董瑞雪没有出声，而是悄悄来到门后，拿起自己的鞋底，狠狠地在门板上抽了一下，发出啪地一声响。外面的人大概受了惊，跑掉了。第二天，董瑞雪到钢筋车间捡了一根带螺纹的粗钢筋，放在门后。她想，哪个图谋不轨的人胆敢把门弄开闯进去，她就敢抡起钢筋砸在那个人的脑袋上。董瑞雪准备好武器后，没有人再骚扰她，她的武器一直没派上用场。董瑞雪在小屋里什么事情也不干，不打毛线，也不看书，就那么躺在床上愣神。她脑子里乱七八糟，像是想了很多东西。她想抓住一样东西仔细想想，可一样也抓不住，一抓那些乱七八糟的就躲开了。有一天，屋里真的进去了一只老鼠，老鼠不大，小巧玲珑的样子。董瑞雪顿时来了一些兴趣，不说话也不动，微闭着眼，用余光观察小老鼠的动静。小老鼠在门口里侧的地上停下了，左嗅嗅、右嗅嗅，嘴巴乱动一气。小老鼠的眼睛黑黑的，贼亮贼亮。小老鼠的尾巴拖在地上，不怎么动。她想让小老鼠多待一会儿，然而，屋顶上响起脚步声，小老鼠倏地逃走了。吃饭时，她特意留下一口馒头，放在小老鼠嗅过的地方，而后躺在床上观察和等待。她等了半天，直到迷迷糊糊睡着了，也没见小老鼠出来吃馒头。妹妹到她的小屋来过一次。妹妹也参加工作了，到城近郊区一家煤矿当了炊事员。妹妹吃得粗胳膊粗腿，又白又胖，跟她的又黄又瘦形成了鲜明对照。妹妹对她的住所很不满意，问姐姐怎么住这里。董瑞雪说："这里有什么不好，一个人住一个屋，想干什么就干什么。"妹妹问她干什么了。她说睡大觉呗。妹妹认为，只有那些正挨斗的走资派和牛鬼蛇神才住这样的小屋，小屋里又黑暗又潮湿，简直跟牢笼一样。董瑞雪不许妹妹胡说八道，说别人想住这样的小屋，还没那么多呢。妹妹建议董瑞雪买一台半导体收音机，没事听听收音机总好一些，不那么寂寞。董瑞雪说，她不爱买东西，也不爱听收音机，寂寞点挺好的。董瑞雪不愿让妹妹在她的小屋里多待，问妹妹找她有什么事，有事就快说，别东拉西扯的。妹妹看出了姐姐的不耐烦，疑惑地把姐姐看了一会儿才说明来意，她说她想做一件铁路服，只是缺少有铁路路徽标志的扣子，想着姐姐是在铁路系统工作，应该有那样的扣子。董瑞雪一听就摇头，说他们这里从来没发过铁路服，当然也没有那样的扣子。又说预制厂名义上是铁路系统，实际上离铁路还差得很远，他们是铁路系统的杂牌军。妹妹说姐姐在铁路系统总应该有熟人吧，让姐姐找别人给她要几个，有五个就够了。董瑞雪拒绝了，说她一个熟人也没有，没地方讨要。妹妹说了实话，说铁路扣是她的一个男朋友托她找的，她的那位男朋友在矿上宣传队演李玉和的角色，需要穿铁路服。董瑞雪说："你的男朋友演不演李玉和与我何干，要找扣子你自己找去，我这里又没开着扣子铺。"妹妹的疑惑像是得到了证实，她说："姐，我看你变了，跟原来不一样了。"董瑞雪不否认她的变，她说谁不变，谁都得变，谁都得一天天变老。妹妹说，她指的不是姐姐变老了，姐姐并不老，只是性格变了，她也说不来，反正觉得姐姐有些怪。她问姐姐现在有男朋友吗。董瑞雪最不爱听这个，她冷冷地说："男朋友是什么？我干吗要有男朋友！"妹妹不解，说："难道没有人追求你吗？"董瑞雪说："可笑，我干吗要别人追求我呢？你不要跟我说这些。"妹妹不问姐姐了，说她自己，说现在矿上有不少男孩子追求她，她差不多每个星期都收到一封求爱信或一个求爱纸条。她在卖饭窗口卖饭，那些从矿井底下上来的人，看她时都不带眨眼的，眼睛饿着呢。董瑞雪给妹妹泼冷水，要妹妹不要得意太早，弄不好人家就把她吃了。妹妹好像很自信，说谁吃谁还不一定呢！妹妹正要举例子，正要跟姐姐讲她现在的男朋友"李玉和"的事，姐姐说，妹妹要是没别的事，她还有事，等于把妹妹撵走了。

44. 上楼

董瑞雪所在的打楼板小组的男工们，对打楼板有自己的说法，把预制楼板说成是脱大坯。这是从两方面说的，一是打楼板劳动强度大，跟和泥脱坯的活儿比较相似，常言说，脱坯搭墙活见阎王，就是指劳动强度而言。二是楼板是盖房用，坯也是盖房用，只不过楼板大一些，是扩大了的坯。上班，他们说，走，脱大坯去。打好一个楼板，他们说又脱成一块大坯。小组的男工们对董瑞雪都很友好，也很照顾，他们认为脱大坯的活儿不是女人干的。组长跟董瑞雪开玩笑，说脱大坯这活董瑞雪干不长，顶多干到结婚。董瑞雪现在不适合听别人跟她开玩笑，听了不但不笑，还把脸沉下来了。她问为什么，组长没说为什么。其他工友也没说为什么。但他们在交换眼神儿，在笑，似乎他们都知道为什么，只有她一个人被蒙在鼓里。董瑞雪有些生气似的，要他们肚子里不要冒坏水，小心震动器把他们的肚皮震破，把耳朵震聋。董瑞雪说到肚子和耳朵，似乎跟他们未说透的笑话有些连带，他们的样子更得意了。董瑞雪赌气走了，到厕所去了。等董瑞雪回来，组长才对别的工友说，震动器的噪音是害人的东西，胎儿的小嫩耳朵最怕听震动器的噪音了。董瑞雪这才明白，组长为什么说她顶多干到结婚，才明白他们肚子里憋的笑话是什么，她觉得应该恼，没恼出来，她的脸却红了。

组长的估计不完全对，董瑞雪脱大坯只脱了五六个月，结婚的事还没有影儿，她的工作岗位就变了。厂里恢复成立了工会，工会缺一个干事，调她到工会当女干事去了。工会主席找她谈话时，她一开始不敢相信，到工会就是以工代干，就是坐机关，这样的好事怎么会轮到她头上呢！工会主席姓龙，是一位很和气的老干部。龙主席问她，知道找她是什么事吗？董瑞雪心里打鼓，神情紧张，摇头说不知道。龙主席说，工会的工作大有可为，需要补充新生力量。龙主席的话她竟没有听进去，说她除了上班，就待在宿舍里，哪儿都没去过，连厂门都很少出，领导若不信可以调查。龙主席见她误会了，才笑着说："小董你这孩子，真是个孩子，你想到哪里去了！"龙主席把厂里决定调她进工会工作的事对她说了。她看着龙主席，好像一时没反应过来。龙主席问她有什么想法。她眼里渐渐地含了泪，说没什么想法，觉得怪突然的，她一点也没想到。龙主席说她应该想到，她是一名年轻的共产党员，工作很踏实，作风很朴实，经过多方面锻炼，思想也成熟了，应当承担更多的责任，发挥更大的作用。董瑞雪听着龙主席夸她的话，觉得除了共产党员还是她的一个虚名外，别的话都跟她的实际联系不上似的，一点自信也没有。她问龙主席，她能干什么呢？龙主席表示，相信董瑞雪什么都能干，而且能干好，眼下工会正组织各车间开展社会主义劳动竞赛，董瑞雪的任务是了解劳动竞赛开展的情况，把好人好事搜集上来，一个月出一期简报。董瑞雪一听出简报，觉得这事情有些大，说她可不会写简报。龙主席说那有什么难的，只要会表扬人，就会写简报。龙主席说她不是在市委广播站当过播音员吗，念过那么多广播稿，那些话早就记熟了，简报比广播稿简单多了。董瑞雪原以为她当播音员的事已经很遥远了，遥远得恍若隔世，连她自己几乎都淡忘了，不料那段事情还在人家嘴上，龙主席轻轻一提就提起来了，她如同被人揭穿了底细，神情顿时有些黯然。龙主席大概意识到了董瑞雪不喜欢别人提起她当播音员的事，遂笑着给董瑞雪出了主意，让董瑞雪督促各车间把黑板报办起来，而且每半个月必须出一期，到时候，董瑞雪把黑板报上表扬的好人好事一摘抄，换成厂工会的口气，简报不就出来了吗！董瑞雪看出面目和善的龙主席确实在为她着想，心里不由地存了一些感激。

工会办公室在楼上。这座楼是一面楼，走廊上面有廊檐，前面栅有绿漆铁栏。三楼工会办公室门口钉的写有红字的木牌，站在楼下就看见了。楼梯是暴露式的，在楼的一头。踩着铁楼梯上楼，在廊下一走，楼下过路的工人看见他们裤腿飘飘的，人像是长高不少。干部们来到楼上，也习惯凭栏往楼下看一看。楼下是一个打成水泥地坪的篮球场，球场四周种有几棵法国梧桐，整体看像一个大院子。董瑞雪小心地上楼梯，轻轻地在走廊上走，进了办公室就很少出来。以前她天天从楼前过，从未往楼上打量过，她觉得办公楼跟她无关，楼上的干部也跟她无关，现在她居然也成了坐办公楼的。她难免想起市委的办公大楼。厂里的楼虽然和市委办公大楼不可比拟，但毕竟也是上楼，也是登高。有时候她产生了一点错觉，把厂里的办公楼当成了市委的办公楼，觉得自己不知在哪里转了一个圈子，又回来了。她还是不能明白，自己凭什么就可以坐办公楼。有人还在石坑里打石头，有人还在沙地上打楼板，这座办公楼就是用石头和楼板建成的，那些为建楼付出汗水的人，大多数没到楼上来过，而她却脱离了石坑和沙地，一下子就成了楼上的人。她有些愧疚，觉得对不起那些一起劳动过的工友似的。她买了半书包糖，去看望那些脱大坯的工友。那些工友都变得拘谨起来，看见她只是笑，像是不知说什么好。她给每个工友掏了两大把糖。每个工友都把手抱在腹前，说的是同样的话，都说好了，够了，太多了。组长接糖时，有两块糖从手指缝里漏到了沙地上。组长弯腰捡糖，落地的糖还没捡起来，他一松手，捧在腹前的糖哗啦撒在地上一半。董瑞雪蹲下身子帮他捡，让他把糖装进口袋里。组长显得很不好意思，脸都红了。董瑞雪想起了李春光，想起了张国良，还想起了采石班的班长等许多人，鼻子突然有些酸。她说，谢谢大家过去对她的照顾，欢迎大家到工会办公室去坐，话一出口，她的眼睛就湿了。董瑞雪工作很勤勉，每天上楼很早，下楼很晚。除了抄抄写写，打水扫地擦桌子，精心办好每一件龙主席交办的事，没事也待在办公室里。预制厂的工人星期天不休息，干部们也不休息。干部们说是不休息，其实跟休息差不多。他们到办公室待一会儿，装装上班的样子，然后就上街买菜去了，回家去了，或几个人凑在一起，插上办公室的门在里边打扑克。他们玩的一种打法叫打五百分，四人两个对家，对家很讲究心领神会和配合，哪方先打满五百分就是赢了。他们不赢钱，不赢烟卷儿和糖块，赢的只是一种精神上的胜利和满足。他们打得很紧张，也很上瘾，白天打不够，有时晚上还接着打，打一个通宵的情况也是有的。上班时若有人敲门，他们就不耐烦，说是学习呢，不开门。晚上他们一般是转移到家里去打，天亮了再去上班。董瑞雪不买菜，不回家，也从不到别的办公室串门。有人到她的办公室串门，她跟人家说话也很少，几乎都是人家说，她听。她也想对同事表现得热情一些，让座倒水都做到了，但就是无话可说。工会只有两个人，一个是龙主席，一个就是她。办公室是两间通房，中间放了一排木柜，算是隔开了。龙主席在里面办公，她的办公室在外面一间。外间还放了两张连椅，如有工人来访，外面的屋子也是接待室。董瑞雪跟龙主席也很少说话。工会订的有两份报纸，董瑞雪无事时就看报纸，从头看到尾。报纸看完了，如同什么也没看，因为她什么也没记住，于是她再从头看起。这天外面下雨，没有风。雨下得不紧不慢，打在窗外梧桐树的叶子上沙沙响，一上来就有些连绵的意思。天气阴暗，梧桐的叶子又湿又沉，看去有些发黑。凉气从窗口阵阵袭进屋里，屋里便充满秋意。董瑞雪冒着雨在厂区转了一圈，回来对龙主席说，各车间出的黑板报都被雨淋坏了，粉笔字变成了一塌糊涂。龙主席说淋坏没关系，等天晴后再让他们出新的。董瑞雪对淋坏的黑板报有些惋惜似的，坐在桌前，扭脸看着窗外的梧桐叶子，听着持续不断的雨声，渐渐地走了神。她的神一会儿走到下乡插队的地方，一会儿走到石坑。在李营和石坑，她都有过秋天的经历，都在落雨的日子里有过凄凉和欲哭的心情。是秋雨的气息和声音使她的回忆有了凭借，把她拉回到过去的日子。记得有一次下秋雨，她和李春光在采石场南边的一个麦秸垛头约会，麦秸垛掏得凹进一些，上面有一个草檐，正好可以避雨。他们望着秋雨茫茫的远山和田野，在草檐下不声不响地站了许久。后来，当两人对望时，两个人眼里都泪汪汪的。龙主席吸着一支烟，从柜子后面转出来了，靠柜子站着，跟董瑞雪说话。说这雨恐怕一两天不会停，说他的胃病，说他的女儿比董瑞雪还大一岁，也下过乡，现在铁路局印刷厂当工人。闲话的方向不是固定的，后来龙主席问董瑞雪，认识梁书记吗。董瑞雪一时不知梁书记指的是谁，问哪个梁书记。龙主席说是铁路局的党委副书记。董瑞雪说不太认识。龙主席说，梁书记原来在团市委当副书记，今年夏天调到铁路局当党委副书记，名字叫梁建梅。董瑞雪心里慌张了一下，仍说不认识。龙主席说，怎么会不认识呢，梁建梅和她原来都在市委机关，应该认识的。董瑞雪隐瞒了实情，说认识是认识，见面也打过招呼，只是不太熟悉，因为市委机关比较大，人与人之间交往也不多。龙主席说，据说梁书记对董瑞雪还比较熟悉，这次董瑞雪调到工会工作，主要也是梁书记的意见。梁书记听说董瑞雪还在车间当工人，就跟厂里的书记说，应该发挥董瑞雪的作用。董瑞雪这才明白了，她之所以能调到机关工作，原来上面有人替她说话，这个人不是别人，却是梁建梅。真是山不转水转，她原以为自己已经走得很远了，原来并没走远，转来转去又转回来了，跟梁建梅转到了一起，成了梁建梅的部下。她还有一点不明白，梁建梅身居高位，完全可以装作不认识她，梁建梅为什么要关照她呢？难道梁建梅同情她了？她有腿可以走路，有手可以干活，能走路能干活，就有碗饭吃，不需要任何人同情她。接受别人的同情，就等于承认别人是强者，自己是弱者，于自尊是不利的，同时还欠下一份无法还清的人情债。董瑞雪的心情灰暗起来，比外面阴云低垂的天空还灰暗。她有心提出不在工会干了，还到车间去当工人，又怕龙主席多心，怀疑她和梁建梅以前有什么恩怨。实在说来，她和梁建梅是好说好散，了无牵挂，谁也不欠谁什么。另外，她要是再去当工人，工人们也会刨根问底，无端地又会生出一些流言蜚语，不如暂且什么也不说，走一步算一步。

45. 在酒桌上

入冬的一天，梁建梅到预制厂检查工作来了。董瑞雪事先一点消息也没听说，只见厂区打扫了卫生，插了新红旗。墙上的标语也是重新写的：抓革命，促生产，促工作，促战备；掀起批林批孔新高潮。一辆伏尔加小轿车开到办公楼下的篮球场，书记、厂长赶快迎过去了。一些干部也从办公室里出来，在楼上手扶栏杆往下看。董瑞雪不知出了什么事闹出这么大的动静，她伸头往楼下一看，赶紧缩回屋里去了，并把屋门关上了。她往下看的时候，梁建梅正从小轿车里下来。梁建梅穿了一件军棉大衣，大衣是披着的，衣襟往两边张开着，显得身体很宽。梁建梅留了背头，头发往后梳得一丝不乱，露出光光的前额，一副气宇轩昂的样子。梁建梅刚从车里出来，书记、厂长就抢上去和梁建梅握手。亏得董瑞雪赶紧退回屋里来了，若是梁建梅开始打量周围的环境，说不定就看见她了。董瑞雪心里跳得很厉害，一时不知怎么办才好，站不稳坐不安的。她想她不能待在办公室里，得找个地方躲一躲，等梁建梅什么时候走了，她再出来。可这会儿又不能出去，梁建梅虽被人趋奉包围着，但动向还不明。要是梁建梅到会议室听取厂领导的工作汇报，等他们都坐安稳后，她当然可以趁机往外躲。要是梁建梅在厂领导陪同下到厂区检查呢，她就不便出去。这时有人开门，是龙主席。龙主席说梁书记来了，梁书记要听取厂里的工作汇报，他也参加。董瑞雪看出来，龙主席对梁建梅的到来也很重视，好像厂里从来没接待过上级领导似的。是的，铁路局是一个大单位，上面直属铁道部管，下面管着十几个处级单位，像预制厂这样的小厂，迎来一位局级领导不容易。龙主席嘱咐董瑞雪在办公室不要远走。董瑞雪害怕的就是这个，问为什么。龙主席说办公室要有人值班，万一有点什么事，找不到工会的人就不好了。龙主席拿了一个笔记本，就出门去了。可龙主席又拐回来了，笑着问董瑞雪："梁书记来了，你不想见见他？"董瑞雪说："不想，人家那么大的领导，见人家干什么！"龙主席走后，董瑞雪越想越不能在办公室待着，听听外面静下来了，她在龙主席桌子上留了条，说是到车间参加劳动，赶紧下楼去了。干部参加劳动是那时的一种时尚，上头有号召，厂里也有规定，每个干部每个星期必须参加一天劳动，与工人阶级打成一片。预制厂的干部参加劳动一般都是到钢筋车间，那里有大屋子，是室内作业，没有多少噪音。董瑞雪也到钢筋车间去了。那里女工居多，董瑞雪一去，有的女工跟董瑞雪热情打招呼，笑得有些灿烂。有个生性调皮的女工还把董瑞雪喊成董主席。董瑞雪一听顿生排斥，说谁是主席，可不能瞎喊。那个女工还犟嘴，说现在不是主席没关系，喊着喊着就成主席了。董瑞雪说："那，让大家都喊你主席得了。"女工说好呀。钢筋车间里有拉条机、切割机，还有点焊机，把钢筋拉直、截断，焊成架子。每样预制品里面都要有钢筋作骨头，否则就撑不起来。女工们干的活儿，是用一个特制的两道弯的小铁钩子，绑细一些的钢筋。她们手里拿着一把一样长短的细铁丝，系在钢筋相接的十字处，拿小钩子拧上几圈，钢筋就绑紧了。董瑞雪干的活儿也是绑钢筋。女工们手上拧着铁丝，嘴上不耽误说话。她们问董瑞雪，局里来了什么领导。董瑞雪说，她也不知道。钢筋车间的地上到处都是发黄的锈，整个车间充溢着铁腥味。女工们的工作服上也是铁锈斑斑，身上都是铁味。她们自称是铁姑娘、铁媳妇。董瑞雪到来之前，她们说的大概又是有关男人的话题，董瑞雪一来，她们就不说了。一时无话可说，空气有些沉闷。后来有个女工试探着问董瑞雪有了对象没有。在场的女工都对这个话题感兴趣，眼仁儿亮亮地看着董瑞雪。董瑞雪装作不懂，问什么对象。那个女工说，对象就是男朋友呀。董瑞雪说，什么男朋友不男朋友，她从来不想这些事。女工说，董瑞雪大概挑花了眼吧。董瑞雪只好拿出工会干事的口气，说："你们说点别的不行吗！"女工们再说别的事时声音很小，两人一组，嘀嘀咕咕的。说话到了中午，龙主席到钢筋车间找董瑞雪来了，龙主席神情有些着急，说书记让董瑞雪到会议室去，马上就去。龙主席还说，说好的让董瑞雪在办公室值班，怎么又到车间来了。真是怕什么就有什么，她躲到车间也躲不过。她问书记让她到会议室干什么。龙主席说去了就知道了。让董瑞雪赶快洗洗手，回宿舍换件衣服。龙主席的话更让董瑞雪不自在，甚至有些抵触，她说不去，龙主席不告诉她找她有什么事，她就不去。龙主席说，不是梁书记来了嘛！那些女工们听出龙主席和董瑞雪的话里似有文章，而且这文章还不算小，都惊奇地张着眼睛，竖起耳朵，等着听下文。董瑞雪觉出女工们都在看她，她的脸红得管不住似的，连眼睑都有些红。她还是说不去不去，她不认识什么梁书记。她不看龙主席，低着头往钢筋上拧铁丝。龙主席说了不好听的话，说："我请不动你，行了吧！"龙主席走了，厂里的一位副书记来了。副书记先跟女工们打招呼，说："你们好哇！"女工们没有向副书记问好，她们对董瑞雪的事还没琢磨透，脑子里还转不过弯儿来。副书记比较讲究策略，他没有当着工人们的面让董瑞雪马上到会议室去，而是招招手，让董瑞雪到一边去，他跟董瑞雪商量点事。董瑞雪过去了。女工们有些着急，副书记说话声音太低，她们听不清副书记说的是什么。她们只看到了结果，结果是董瑞雪到水池边洗了手，跟副书记走了。女工们有些猜测，看来董瑞雪是有些来历的。

副书记把董瑞雪领到会议室门口，站下让了一下，请董瑞雪先进。董瑞雪硬着头皮进去了。所谓会议室，屋子中间放的不过是一张乒乓球案子，周围摆放了一些连椅。会议室一头的墙壁上，贴着马、恩、列、斯四个外国伟人的头像。董瑞雪一进去，梁建梅站起来了。书记厂长们都站起来了。书记例行公事似地先给董瑞雪介绍梁建梅，说："这是局党委梁书记，年轻有为的梁书记。"董瑞雪看了梁建梅一眼，眼睛像受到了强光刺激一样，眼里光点乱闪乱躲，紧张得没说出话来。书记又向梁建梅介绍董瑞雪，说："这是我们厂工会的董瑞雪。"梁建梅说："董瑞雪，你好！"走过去向董瑞雪伸出了手。董瑞雪像是迟疑了一下，把手抬起来。二人握手时，董瑞雪才说了一句："梁建梅，你好！"突然意识到不该称梁建梅，说："不对，错了，应该叫梁书记。"她这一纠正，会议室的人都笑了。梁建梅也笑了，说："一点也不错，我是叫梁建梅。"梁建梅大概想活跃一下气氛，说："知道老同事来了，你也不来看看我。"这一次董瑞雪反应还算机敏，说："你当了那么大的领导，谁敢见你呀！我就是怕见领导。"众人又捧场似地笑了一下。梁建梅继续做活跃气氛的工作，他对大家说："董瑞雪一来，今年的收成就不成问题了。"大家一时不明白梁书记话意何在，嘴眼都有些发呆。梁建梅把包袱抖开了，说："瑞雪兆丰年嘛！"他这一说，大家才不甘落后地笑起来。还有人叫好，说不错，瑞雪的确是兆丰年。董瑞雪笑不出来，她记起梁建梅跟她说过的梅花欢喜漫天雪的话，顿时羞得面红耳赤。梁建梅让大家都坐吧。书记却提议，去就餐吧，都准备好了。梁建梅说也好。听说去吃饭，厂里领导难免要对梁建梅招待一番，董瑞雪要告辞，书记说那可不行，他接过梁建梅刚才说过的意思，说董瑞雪要是不去，就没有粮食、没有菜，大家就要饿肚子。董瑞雪说真的，她不去了。这时梁建梅来到她身边，轻轻地说："去吧，一块儿坐坐吧，今天算我请客。"梁建梅又对书记说："咱们先说好，今天吃饭的钱和粮票都由我出。"书记打着哈哈不置可否地搪塞过去了。往食堂餐厅走的时候，除了厂办公室主任在前面带路，别人都退到后面去了，只把梁建梅和董瑞雪让在前面。梁建梅大大方方，似乎也不避讳什么，一边走一边跟董瑞雪说话，问董瑞雪工作怎么样，顺心吗。董瑞雪说还行，只是她能力不行，不是当干部的材料。梁建梅劝她要建立自信，说她各方面的素质都不错，是很有发展前途的。梁建梅见她上身穿了一件褪色的黑衣服，袖口处磨得发白，下面穿一件劳动布的工作服，说她还是这么朴素啊！她说穿这样的衣服下车间干活方便。这个厂以前大概没招待过上级领导，没有小餐厅。食堂的管理人员临时把一间盛菜的屋子腾出来了。扫了地，洒了水，还生了一炉火。餐桌是用两个三斗办公桌拼对的，椅子凳子参差不齐。书记和厂长都很抱歉的样子，一再说厂里条件不好，说着把梁建梅往上座让。梁建梅当仁不让地坐下了。梁建梅坐下后，把披着的军大衣脱下来了，可大衣竟没地方挂。办公室主任赶紧把大衣接过去，放在一张凳子上。董瑞雪看见，梁建梅里面穿的也是军装，的确良的料子，都很新。书记厂长们，还有龙主席，都没落座，书记示意董瑞雪挨着梁建梅坐。董瑞雪不懂这些礼节，只觉得离梁建梅太近不合适，往后退着身子不去坐。梁建梅发话，让书记和厂长分坐在他左右，别人都随便坐，这里不讲那么多规矩。大家才坐下了。很快上了一桌子菜，还上了白酒。菜都是大盘子大碗，量很足。酒是本省最好的大曲酒。梁建梅客气了一句，说怎么还喝酒，不喝吧。书记说，梁书记第一次到预制厂来，也没什么好招待的，随便意思意思。办公室主任给每人都倒了一杯酒。董瑞雪一不小心，她面前的酒杯也倒满了。董瑞雪刚要说她不会喝酒，书记已端起酒杯开始讲话。书记说了好几个"我代表"之后，热烈欢迎铁路局党委梁书记到预制厂检查指导工作，提议大家共同干杯。梁建梅喝得很节制，书记提议了三次，喝干了三杯，梁建梅的一杯酒才喝干了。董瑞雪呢，众人邀她举杯，要跟她把酒杯碰一下，她把酒杯端起来碰过之后，只往嘴边送了一下，并不喝，就放下了。她记得那次张文山、王建他们让她喝酒，她喝了一口就辣得不行。三杯酒好像是一个公式，一个开场白，共同举过三次杯后，厂里的领导就开始给梁建梅敬酒了。敬酒的先后秩序也是有讲究的，谁的职务最高，就最先敬酒，要是乱了秩序，就是僭越，会吃白眼的。职务在什么位置，自己都清楚，于是书记厂长副书记副厂长工会主席办公室主任等依次向梁建梅敬来。每人敬酒时都有说词，每个人的说词都是打了腹稿的，这有些像考试，看谁敬酒的话说的最好听。还有些像表演，一人表演，别的人眼睁睁的，都是观众。有那善于表演和善于现场发挥者，既能讨得被敬酒者的欢欣，又能把大家逗笑，把酒场上的气氛搞得很欢乐。敬酒的人有一个共同的说法叫先喝为敬，不管是敬一杯还是敬两杯，都要自己先喝干。而被敬的对象一般是有身份的人，不能勉强让人家喝干，只能说随意。比如对梁建梅，就说“梁书记您随意”。梁建梅保持着领导的风度，当然不多喝，吃了差不多一圈敬，不过喝了一两杯酒。谁给梁建梅敬酒，董瑞雪都看着。有人说了可笑的话，她也跟着笑。她把酒桌上的事看成一场游戏，觉得挺好玩的。有一次她听见了自己的笑声，那是男声中的唯一的女声，意识到自己笑大了，笑得有些过头，才收敛了一下。她没有意识到，她并不是一个旁观者，她也是有任务的，也要上场。当酒场上一时静下来，董瑞雪发现大家都微笑地看着她。也许是酒精已经开始发挥作用，她觉得大家的眼神跟平日不大一样，好像大家不认识她，又好像跟她太熟悉了。不管是“不认识”还是“太熟悉”，目光里都充满了热辣辣的期望。董瑞雪有些慌神儿，不明白这是怎么了。见她迟迟没有举动，书记只好点拨了她一下，说：“小董，梁书记不辞辛苦来咱们厂，你和梁书记是老同事，还不敬梁书记一杯。”董瑞雪一下子明白了，连说对不起，说她没喝过酒，不懂得该怎么办。她模仿前面敬酒人的动作，端着酒杯站起来了，说：“好吧，我也敬梁书记一杯。我不会说话，真的，我不知道说什么。”梁建梅也站起来了，端了自己的酒杯说：“女同胞敬的酒我一定要喝。”把酒杯和董瑞雪的酒杯轻轻碰了一下，一饮而尽。众人都说好。董瑞雪却没有喝干，只尝了一点点。书记说这可不行，梁书记都喝干了，她一定得喝干。别人附和书记的话，像是一致敦促她似的，要她一定要喝干。她想想，也是，梁建梅都喝干了，她有什么不可以喝干的呢，哪怕是一杯苦酒，她也要喝完它，她没听见梁建梅说话，梁建梅没劝她喝，但梁建梅也没说不让她喝，于是她一仰脸，把一杯酒喝下去了。这次大家的叫好声更大，像是终于掀起了高潮似的。中间还夹杂着一些评价，说董瑞雪够意思，说看来董瑞雪还是有一定酒量的。董瑞雪喝完一杯酒，坐下来眼睛就有些发虚。酒杯有些大，她觉得酒力很快就攻到头上来了。她想起在市里当团委副书记的梁建梅，那时梁建梅是真心对她好，他们的确共同度过了一些难忘的愉快时光。要不是因为她不好，说不定她早就成了梁建梅的人了。梁建梅从团的书记到党的书记，地位又高了。梁建梅长相明朗，为人严谨，天生就是做官的人。梁建梅的父母都是官，他从小耳濡目染，把为官的套路摸熟了，自己做起官来也自信，好像一点不费力似的。自从和梁建梅分手后，她从没打听过梁建梅的情况，不知梁建梅结婚没有。她害怕见梁建梅，是怕想起往事，也怕梁建梅居高临下，对她卑微的心造成威压。现在看来，梁建梅对她平等相待，真诚相待，目光里还流露出一些经历过沧桑的温情，表明梁建梅并没有完全忘记她。她有些说不出的感动，愈加感到对不起梁建梅。书记让她吃菜，她一看，一盆子红烧鱼块端上来了，冒着腾腾的热气。她没有夹鱼，只在面前的凉菜盘里夹了一点粉皮。酒还要喝下去。书记端起酒杯，选择了董瑞雪，说："小董，咱俩喝一杯，以前对你照顾不够，请原谅！"书记的话让董瑞雪惊慌，她说着"不敢不敢"，不知不觉地把又倒满了酒的酒杯端起来了。书记说："来，给老头子一点面子。"把酒喝下去了。董瑞雪豁出去似的，也把酒喝下去了。接着厂长也跟董瑞雪喝了一杯，厂长也有让董瑞雪不得不喝的理由。又连着喝下两杯酒，董瑞雪有些支持不住了，觉得天旋地转，看人看菜都有些模糊。她心中突然涌起莫名的委屈，委屈的浪头一浪又一浪往上打，她几乎压制不住了。她觉得自己的眼睛是辣的，仿佛蒙她眼睛的不是眼泪，而是酒，酒已经变成眼泪涌到她眼里去了。轮到副书记跟董瑞雪喝酒了，梁建梅替她说了话，说："算了，你们不要跟小董喝了，我知道，她的确不能喝酒，再喝她会受不了的。"董瑞雪听了梁建梅的话，觉得一下子碰了心，也碰着了她的委屈，她再也抑制不住，眼泪漉漉地流了下来。她掏出手绢刚把眼泪擦去，更多的眼泪又涌流出来。她没有闭眼，眼泪无遮无拦地横溢出来。她也没有哭出声，她流的是无声的眼泪。厂里的头头们都看见了董瑞雪的眼泪，面面相觑，场面有些尴尬。梁建梅说："小董，你要是觉得不舒服，就先回去休息吧!”办公室主任离了座，准备送董瑞雪回去休息。董瑞雪这时升起一个固执的念头：我不能走，我要是走了，就更对不起梁建梅了，就是醉死，我也要坚持待在这里。她说：“没事儿，我就是不能喝酒……”她的声音有些哽咽。梁建梅说：“那就吃饭吧，不要再喝酒了!”董瑞雪一口饭也没吃。吃完了饭，梁建梅按规定掏出了钱和粮票。他掏了自己的一份，还给董瑞雪掏了一份。书记说什么也不收这两份钱和粮票，说预制厂条件这么差，他心里已经很不安，如果再收梁书记的钱和粮票，他心里会更不安，他让办公室主任把钱和粮票装进梁书记的大衣口袋里。梁建梅拿出了当书记的威严，说：“这可不行，如果不收钱和粮票，我以后怎么再敢来你们预制厂。”梁建梅这么一说，书记就不敢不收了。梁建梅从食堂出来，没有接受厂领导的建议，再到会议室喝茶休息，他坐上车，直接回局里去了。临上车，他对董瑞雪说，有事就给他打电话，电话打到路局总机，转他的办公室就行了。

46. 回绝

梁建梅到预制厂这一趟，使董瑞雪在人们心目中的地位提高不少。那些干部们看出梁建梅和董瑞雪的关系非同一般，且他们的前程都在梁建梅手里捏着，平常够不上巴结梁建梅，跟董瑞雪说话也就上心些。当然，他们都懂得讲究分寸，对董瑞雪保持的是不远不近的关系。欲近，对他们来说是不妥，梁书记跟董瑞雪近了，谁敢再跟董瑞雪靠近。欲远，对他们来说也是不妥，以后万一需要董瑞雪替他们在梁书记那里美言几句，平时不给董瑞雪留些好印象是不行的。这样，等于梁建梅带来的是一个光环，这个光环使董瑞雪一下子放出了光辉，光环也把董瑞雪罩住了，使人们都跟她保持着一定的距离。龙主席对董瑞雪比以前更客气，还让董瑞雪以后对他多关照。董瑞雪明白这话是从梁建梅那里说起，是把她和梁建梅的关系看深了、看重了，遂有些不悦，说：“这是什么话，我看您是把话说反了，我有什么做得不对的地方，您指出来就是了！”龙主席以为董瑞雪有了靠山，脾气就长了，忙自我检讨，说人一上了岁数，脑子就不够用了，还是年轻人好哇。龙主席灰白的眉毛往下垂着，神情有些自怨，董瑞雪意识到自己把话说急了，对龙主席不够尊重，心里想的是作一个反驳，或作一个辩白，说明梁建梅是梁建梅，她是她，井水河水互不搭界，话一急，效果就走向反面，使龙主席误会加深。有心跟龙主席推心置腹解释一番，又感到心是深藏的心，腹是隐痛的腹，推不得也置不得。那些事情只适合封着藏着，只适合忘却，不适合说出来。她想了另外一件工作上的事跟龙主席商量，口气温和起来。工人中间有了一些猜测和传说，说梁建梅以前跟董瑞雪谈过恋爱，梁建梅旧情难忘，就找董瑞雪重温旧梦来了。还有人不知从哪儿听来的消息，说梁建梅现在的对象是部队文工团的舞蹈演员，还是一位领舞者。这些传说董瑞雪都听不到。

董瑞雪有一天回家，半道上碰见了王建。董瑞雪离家有三里多路，还是抄近道。近道大都是小路，要穿过一片菜地，翻过一道路基垫得挺高的铁道，下了铁路还要绕过一处苹果园围墙外面的小路，才能走上正规的街道。董瑞雪每次回家，都是走着来走着去。她愿意看看菜，看看果木。这天她刚登上路基，见路基的另一面斜坡上，有一个人正低头弯腰往上攀登。她一看，这不是王建吗！王建背着一个马桶包，胳膊一甩一甩的，嘴里好像还哼着小曲儿。她有些高兴，正要喊王建，又突然掩了口，改变了主意。她想逗逗调皮的王建，看王建是不是能看见她。她赶紧让开几步，脸扭向一边，装作向苹果园方向眺望，用眼角的余光观察王建的动静。王建登到路基上来了，还是低着头，目不斜视的样子。他的胳膊还是甩着，像是为哼着的小曲儿打着节拍。王建真的没看见她。好小子，他真得意啊！眼看王建要从路基的另一面下去，董瑞雪喊住了他，董瑞雪喊得声音有些大，意思要震他一下。王建慢慢转过脸，笑意浮上来，说：“董瑞雪，是你呀？”董瑞雪说：“我问你，你眼里还有没有我？我早就看见你了，就是要试试你眼里还有没有你大姐！”王建连连点头致歉，说对不起对不起。又说：“其实我早就看见你了。”董瑞雪说：“好一个王建，你明明看见我了，故意装作不认识我，故意不理我，是不是？”董瑞雪禁不住笑了。她是一看见王建就想笑。王建的可笑在于王建自己不笑，或者说从不大笑。他眼底、嘴角甚至连耳朵上都充满笑意，可他就是不笑出来。他的笑是引而不发。或者说他的笑意在心里是九分十分，露出来的微笑只有三分两分。他的笑需要别人配合，需要别人补充，需要和别人一起来完成。他就有这样的本事和魅力，你看见他那种笑法，自己不想笑也得笑，不想配合也由不得你。从这个意义上说，王建简直是一位让人发笑的天才。王建受到董瑞雪的质问，一副输理的样子。董瑞雪知道，他这输理的样子是装出来的，要不了三句话，他就会把理赢回去。果然，王建嘿嘿两声说话了，他说他见董瑞雪的表情像是在赴约会，像是在等心上的人，他就没敢干扰董瑞雪。董瑞雪乐得简直要捶王建两拳头，她指着王建说：“你故意不理人，还倒打一耙，看我不撕你的嘴！”王建身子一躲，把嘴捂了一下，仍不笑，眨着眼皮问董瑞雪：“哎，真的，你是不是在等人？”董瑞雪说：“我是等人，我等你！我算着你今天该从这儿路过了，所以就在这儿等你！”王建让董瑞雪说实话，问董瑞雪是不是在等范明宇。董瑞雪说：“我说你贫不贫哪，我干吗等范明宇，我今天等的就是你王建。”王建说不敢当不敢当。董瑞雪问他有什么不敢当的。王建装出羞怯的样子，说他不好意思说。董瑞雪非要让他说。他吭哧了一会儿，说出来的是，怕董瑞雪在他不防备的时候亲他一下。这一回，王建是真的该挨打了。王建大概估计到董瑞雪要追打他，话刚说完，没等董瑞雪打到他身上，拔腿跃上路轨跑了。董瑞雪见追不上他，就命他站住，说：“臭王建，你当我那么稀罕你呢，我看你是越学越坏了，你回来！”王建见董瑞雪不追他了，慢慢往回走。董瑞雪不想跟王建闹了，想跟王建说一会儿正经话，她问王建这是准备去哪儿。王建的回答还是让董瑞雪觉得不正经，他说，他是专程来找董瑞雪的。董瑞雪问他：“你到底还有没有一点正经？”王建换上了正经表情，说：“真的，谁骗你谁是小狗。”董瑞雪还是不大相信他，问找她什么事。王建说，他是受范明宇之托，才来找董瑞雪的。董瑞雪见王建这次不像是开玩笑，让王建跟她一块儿沿着路轨往南边走走，避开人们来回路过的地方再说。

据王建讲，邱姑娘和范明宇的恋爱关系有了新的进展，以致邱姑娘服了毒药，进到医院里去了。邱姑娘的父亲和继母还是坚决不同意邱姑娘跟范明宇谈恋爱。邱姑娘的父亲做不通自己女儿的工作，就通过矿山机械厂的领导对范明宇施加压力，让范明宇放弃跟邱姑娘谈恋爱。厂里政工部门的领导对范明宇的谈话还是比较委婉的，说现在门当户对虽然不讲了，但大家对政治条件还是比较在意的。找范明宇谈话的领导一再强调绝不干涉年轻人的婚姻恋爱自由，只是向范明宇转达一下对方父母的意见。范明宇是个灵透人，当然明白领导的意思，他像是受到了某种侮辱，心中充满激愤，他说，他对邱姑娘根本就谈不上爱，根本无意攀人家的高门，只是邱姑娘老是找他，给别人留下了他和邱姑娘谈恋爱的印象。找不到对象他不找，他还不至于那么下贱。领导似乎不能完全相信他的话，微笑着说，这个事情是双方的事情，一定要处理好，尽量淡化，不要激化。范明宇对邱姑娘原本就爱不起来，在一块儿也是别扭的时候多，早就有心对邱姑娘淡化，现在得了领导跟他的谈话，他像得了尚方宝剑一样，更有理由把他和邱姑娘的关系淡化了。他淡化的方法就是躲避邱姑娘，让邱姑娘抓不到他的影子。为躲避邱姑娘的追踪，范明宇可说是费尽了心机。在班上，他当然是逃不脱的，他是车工，邱姑娘也是车工，他们二人的车床相距不远，他始终处在邱姑娘的视线范围内。下了班，他说是去洗澡，骑上车，一溜烟就跑了。他不一定跑到什么地方，有时跑到郊区农村，有时住进大车店里。到一个地方，他先把自己的自行车藏起来，以免邱姑娘通过找他的自行车找到他。他一般很少回到他和父亲的那间宿舍。跑了和尚跑不了寺，他担心邱姑娘会到“寺”里去等他。就是回去，他也是等到天很晚了再回去。有天晚上，他到电影院连着看了两场样板戏拍成的电影，电影散场时已是夜里十二点多了。他回到宿舍没有开灯，怕影响父亲休息。摸黑来到床前，正要脱衣睡觉，却发现父亲床上是空的，自己床上像是躺了人，他心里一惊，正要退出去，一个人从他床上坐起来了，说："范明宇，我看你还往哪里躲！"原来是邱姑娘。范明宇问："这是怎么回事？"他摸索着去拉灯。邱姑娘不让他拉灯。他说不开灯怎么行，啪地把灯拉开了。邱姑娘从床上起来了，她刚才是和衣躺在床上，连范明宇的被子都没展开，盖的是自己的棉大衣。范明宇问她是怎么进来的。邱姑娘说，范明宇能进来，她就能进来。范明宇问他父亲到哪里去了。邱姑娘说她也不知道，大概是找范明宇去了。邱姑娘很温情地看着范明宇，让他赶快坐下来歇歇吧，又问饿不饿。范明宇靠在门后站着，说这样不好，黑更半夜的，他不能跟一个女同志在一起。邱姑娘对范明宇把她说成女同志很不愿意接受，瞥了范明宇一眼说，什么女同志不女同志。范明宇让她赶快回厂里去吧。邱姑娘说："我就知道你要撵我，我要是不走呢？"范明宇说："你要是不走我就走。"说罢欲开门走。邱姑娘跑过去拉住了范明宇的衣服。拉住了范明宇，她却不说话，像是酝酿了一下情绪，就低下头抽泣起来。邱姑娘一哭，范明宇就走不脱了。范明宇对邱姑娘说，厂里领导找他谈了，不许他再接近邱姑娘。邱姑娘问范明宇，哪个领导找他谈的，她明天就找哪个领导去，要质问那个领导是怎么当的，还许不许人家谈恋爱。范明宇没说出哪个领导找他谈的。邱姑娘要范明宇不要找这借口那借口，关键是范明宇自己，要是范明宇坚定不移，谁拿他们也没办法。她问范明宇，到底爱不爱她。范明宇苦笑了一下，没作回答。他还是让邱姑娘回去吧，他要去找一下他父亲。邱姑娘说她不走，她就是要看看范明宇的心。范明宇觉得邱姑娘催人太甚，有些生气。他生气还是把矛头指向自己，说他是右派的儿子，他的心坏透了，他根本就没想过爱人怎么爱。范明宇说着走到自己床前，颓丧地坐下了。邱姑娘跟过去，刚要再抹眼泪，刚要安慰他，并指出他说的不是真心话，范明宇突然站起来，几步走到门口，拉开门出去了。邱姑娘要他回来，邱姑娘要跟他一块儿走。他走得很快，没有回头。第二天下班后，范明宇找父亲去了。父亲一手端着一只破得发瘪的饭盒吃饭，一边低头在桌上看一张图纸，父亲的浓眉紧锁着，半天才想起往嘴里扒一口饭。范明宇对父亲有些意见，父亲既不保护他，也不帮他拿主意，他觉得父亲对他太不负责任了。他问父亲还管不管他的事。父亲看了他一会儿，似乎明白他指的是什么事，说，那是他自己的事，自己大了，自己的事干吗还要别人管。离开父亲，范明宇转来转去，无家可归似的，后来就找到了王建。王建家的条件还比较好，自己有一间卧室。王建找来一张折叠床，让范明宇跟他住在一室。范明宇把他的苦衷都跟王建说了。王建只是嘿嘿地笑，也没帮范明宇想出什么好主意。王建后来想出一个办法，自称是上计，兴奋得直搓手。范明宇让他快说。王建的办法是，让范明宇到省城找他的母亲去，让他母亲想办法把他调到省城去。范明宇摇了摇头，说他哪里还有母亲，父亲和母亲离婚时订的有协议，父亲不许他去找母亲。邱姑娘真是神得很，范明宇住进王建家的第三天，她就找到王建家里来了。邱姑娘做得很讲究策略，礼仪上也很周全。她见到王建家的每个人都表示感谢，说谢谢他们对范明宇的照顾。给人的印象，仿佛范明宇已经是她的人了。以致王建的母亲说，这姑娘不错呀，多懂礼貌呀！邱姑娘不讲究策略还好一些，一讲究策略，范明宇从中看出一些造作，还看出一些可怕。他觉得男女之间的事情永远不是讲究策略所能成功的，到了讲究策略的份儿上，两个人的事情就算到头了。当着王建的面，他要邱姑娘不要再找他了，士可杀不可辱，他不能忍受邱姑娘的父亲对他的侮辱。直到这时，范明宇还没有明确说出他根本就不爱邱姑娘，你说他善良也好，说他怕伤了邱姑娘也好，反正他还是有些拖泥带水。邱姑娘的态度是很明确的，她反复说过，她心里只有一个人，那就是范明宇。也许邱姑娘真的爱着范明宇。她设想过了，她要把范明宇带回老家去，带到生母面前，带到村里姐妹们面前，她要拿范明宇高挑的个头，英俊的长相，让村里人吃一惊。她要拿范明宇把村里所有姐妹们的丈夫都比下去，拿范明宇为母亲争光。当然，她不会告诉母亲和村里人范明宇的父亲是右派，只让他们知道范明宇是城里人就行了。还有，她要拿范明宇和父亲对抗，和后妈对抗。父亲抛了她的生母，也抛弃了她，这都是因为有后妈在作怪。她每次到省城看望父亲，不管她带多少礼物，不管她怎样在后妈面前轻声敛气，后妈都不能容忍她，都对她没有好脸面。也可以说，她对无情无义的父亲和夺去父亲与夺去母亲位置的后妈是有些恨的。以前，她不知道怎样表达她的恨，也没有机会表达她的恨，担心她的恨会埋在心里一辈子。当得知父亲和后妈反对她和范明宇谈恋爱，她豁然开朗，像是一下子得到报复父亲和后妈的武器和机会了。她在肚子里一次又一次咬了牙，她就是要找一个右派的儿子，就是要给父亲和后妈添上不好的社会关系，就要让后妈的那些孩子受到影响。她不知不觉使用了阶级斗争的观点，要拉住范明宇和父亲、后妈斗争一番。如果说一开始她对范明宇还是出于一种爱的话，后来就掺杂了一些斗争的需要。她对范明宇说，要是日后范明宇不愿见她的父亲，她宁可跟父亲断绝父女关系。范明宇想，要是真的走到那一步，他就被套住了，就没有退路了。他的话这才说得明确些，他说，就算邱姑娘跟父亲断绝了关系，他也不会跟邱姑娘谈恋爱，因为他根本就不想谈恋爱，这一辈子也没打算结婚。因为王建在场，邱姑娘没说什么不好听的话，邱姑娘只是说她不信，说范明宇说的不是心里话。邱姑娘跟范明宇的关系这样夹生，却写信给她父亲，把她和范明宇的关系说得很熟，好像生米已经做成熟饭了。父亲急急火火赶来，训斥了邱姑娘，还要把邱姑娘带走，再严加管束。邱姑娘是有准备的，她没有跟父亲走，一转脸就把药吃下去了。邱姑娘被送到医院抢救过来后，谁都不愿意见，只要求范明宇去看她。范明宇迫于压力，只得到医院病房去了。

董瑞雪听了王建说的范明宇和邱姑娘的恋爱进展情况，一时有些愣怔，还有些害怕。王建问她怎么办。她问王建："你跟我说这些干什么?"王建说："范明宇苦恼得很，他让我跟你说说。"董瑞雪仍说她不明白，范明宇让王建跟她说这些有什么用，她又帮不了范明宇半点忙。王建问她："你是真不明白，还是装不明白?"董瑞雪想了想，说她真不明白。王建说："这有什么不明白的，范明宇那小子爱的是你呀!"董瑞雪说王建又在胡扯，说她现在最怕的就是扯上她，要是真的闹出人命来，谁担当得起！她让王建转告范明宇，要好好地对待人家邱姑娘，不要胡思乱想。

董瑞雪回到家，妈妈告诉她，有一个姑娘到家里找过她。董瑞雪问了姑娘的大致模样，估计是邱姑娘。她心里明白，邱姑娘找她是假，找范明宇是真，说不定邱姑娘把范明宇的所有同学家都找遍了。邱姑娘这样找范明宇还有另一层作用，等于向范明宇的同学们发了通告，告之她跟范明宇好了，别人都不要再对范明宇有什么想法。妈妈问那个姑娘是谁。董瑞雪说可能是范明宇的同事。妈妈目光有些疑问，问范明宇的同事找她干什么。董瑞雪觉得应该趁这个机会，打消妈妈的一个念头，就说："那个姑娘跟范明宇谈对象，她大概是请我去喝他们的喜酒吧！"妈妈不说话了。妈妈去厨房的时候，她听见妈妈叹了一口气。

在工会办公室里，董瑞雪接到范明宇的一个电话。范明宇证实她是董瑞雪后，不说话了。董瑞雪让范明宇说话呀。范明宇一说话不大对劲，好像说不出话一样。董瑞雪把耳机紧紧贴在耳朵上，才听见范明宇说出的意思。范明宇像是喝了酒，舌头很硬，声音有些变，一边说，一边叹气，说他心里难受得很，说他找不到一个人说话。又说人真没意思，人活着真没意思啊！董瑞雪不知道出了什么事，心里非常紧张，神情有些惊恐，她问范明宇怎么了，到底出了什么事。范明宇却说："没事儿，没事儿。"董瑞雪想，也许邱姑娘又出了什么事，于是她问邱姑娘怎么样了，邱姑娘好吗？范明宇在电话那头重复了一句邱姑娘，突然哈哈地笑了，一笑电话就断了。放下电话后，董瑞雪越想越怕，马上给范明宇写了一封信。信的内容跟写给李春光的信差不多，只是把两个人互换了一下。在给李春光的信里，她说正跟范明宇谈着，而给范明宇的信里，她说成正跟李春光谈着。她要求范明宇尊重她的选择，以后不要再找她了。

第八章

47. 宣传队

上面来了通知，局里要在国庆节前后举行文艺会演，局属各单位都要出节目。节目内容除了可以移植革命样板戏外，各单位必须有自编自演的节目，汇报演出的节目以自编自演的节目为主。人们互相斗争斗了好多年，大概斗得有些累了，想放松一下、欢乐一下。虽然有样板戏，但唱来唱去就那几个戏，普及得人们差不多都会唱了。电影也是有的，不过是《地道战》《地雷战》之类，人们不知看了多少遍了。说是制造一点欢乐，通知上写的却是政治任务，指导思想还是以阶级斗争为纲。预制厂本来不具备办宣传队参加演出的条件，上面一说成政治任务，厂领导就不敢不执行。有两句话当时很流行，干好干不好是水平问题，干不干是态度问题。这两句话相当厉害，把好多人都吓住了。它说的态度指的是政治态度，要是一个人的政治态度出了问题，这个人就不能用了，就完了。而水平问题不过是技术问题，技术再低也是次要的，是可以原谅的。这两句话也算是对人们起着鼓舞作用，许多干不成的事情硬着头皮也要干。厂里经过研究，把组织宣传队的任务交给了工会。工会龙主席让董瑞雪具体负责承办。董瑞雪一听头就大了，说这么大的事她可办不了。龙主席要她不要着急，慢慢来，办到哪一步算哪一步。又说这对董瑞雪也是个锻炼，他年纪大了，身体又不好，年轻人总得顶上来。董瑞雪知道，龙主席的胃病又犯了，吃不好，睡不好，瘦得眼眶都大了，说话都少气无力。她确实不忍心让龙主席为宣传队的事费心劳神，答应试一试。关于宣传队，董瑞雪所有的经验就是在中学宣传队里跳过舞，当过报幕员。她想回忆一下当时的宣传队是什么样子，来个照猫画虎。可她想来想去，都是宣传队的同学们排练和演出的场景，都是一些细枝末节，既想不起完整的组织形态，也想不起宣传队的指挥系统。那时她还小，在宣传队是吃凉不管酸，组织工作都是老师做。现在轮到她做组织工作了，她才后悔当时在宣传队里没有好好留心。龙主席看出她有些犯难，给她推荐了一个人，钳工吴师傅，说吴师傅老家是上海的，拉得一手好风琴，歌也唱得好。还说吴师傅在局里的文工团也干过，见多识广，干宣传队很有经验。

董瑞雪马上找吴师傅去了。吴师傅正在宿舍里擦皮鞋，听董瑞雪说明来意，他很爽快，对办宣传队的事也很热衷，说可以可以，他协助董瑞雪把宣传队办起来，说预制厂早就应该有一支自己的宣传队了。董瑞雪平时走路目不斜视，不大注意厂里的人，也不大和人交往，没想到厂里还有吴师傅这样一位人物。吴师傅看去五十来岁，头发梳得很光。吴师傅的衬衣是雪白的，裤子是带背带的，显出与众不同和大上海人穿着的特点。吴师傅手上擦的皮鞋是一双红皮鞋，皮鞋旧了，鞋脸子处有些发白，露出了牛皮的本质。但鞋的式样还保持着，没有变形，加上吴师傅刚给皮鞋打了油，皮鞋油光闪亮的，一看就是产自上海的真货。这样有来历的皮鞋，恐怕全厂只有吴师傅这一双吧！董瑞雪对吴师傅先有了几分敬意，向吴师傅请教宣传队怎么办。吴师傅哈哈笑了一下，操着南方人的普通话，说好办，从各车间抽些有文艺才能的年轻人，买点必备的乐器，再找一处地方当排演场，就行了。董瑞雪听见吴师傅说话声音挺大，笑得很响亮，估计他唱起歌来可能是个男高音。吴师傅说好办，董瑞雪觉得哪一样都不好办，对文艺人才，她不摸底；买什么乐器，她不知道；找空房子当排演场，恐怕也不是容易事。吴师傅胸有成竹似的，一一帮助她指出了办法。厂里原来就有一帮业余文艺爱好者，加上厂里最近从农场招进一批新工人，其中有几个小姑娘，客观条件是不错的，跳跳集体舞大概不成问题。乐器嘛，也不宜多买，买一只手风琴，一台扬琴，再买两把二胡，就差不多了。锣鼓家伙厂里原来就有一套，欢呼最高指示的时候用过，找出来就是了。板胡也不用买，因为厂里有一个拉板胡的，自己备有板胡。至于排演场地，吴师傅也心中有数，他说厂里有三间阶级教育展览室，锁了一年多了，他从门缝往里看过，里面除了墙上有一些绘图和图片，墙根有几只玻璃柜，基本上是空的，打开就可以使用。董瑞雪对吴师傅简直有些敬佩，看来人生来喜欢什么是一定的，吴师傅人是文艺的人，心是文艺的心。吴师傅手上做的是钳工的活，因为他生有一颗不泯的文艺之心，他看什么还是从文艺出发，还是文艺的目光。厂里虽然没有宣传队，可在吴师傅的心里，宣传队大约早就存在着了。

董瑞雪跟各车间的主任商量，把人员抽出来了，集中起来了。阶级教育展览室的门也打开了，变成了排演场。屋里灰尘很厚，哪里都是尘封着。玻璃柜上的灰尘积得像沙盘，厚得可以画字。有人手快，已经在上面画了字，画的是毛泽东思想文艺宣传队。锣鼓家伙也在这里，在一口破纸箱里胡乱扔着，上面也封了灰尘。那帮负责敲打锣鼓家伙的宣传队员们，仿佛对锣鼓家伙久违了，进了屋就直奔它们而去，有人支鼓，有人掂锣，有人持镲，连灰尘都顾不上擦一下，就咚咚锵锵敲打起来。那些锣鼓家伙被搁置已久，沉默已久，可它们的声音不但一点也不沙哑，它们的功能不但一点也不丧失，反而如同积蓄了能量似的，一敲打它们，它们马上兴奋起来，进入良好状态，每敲打一下，它们马上做出热烈的响应。锣鼓上的灰尘被震得飞扬起来。声音的冲击波把屋里各处的尘土都带动起来了，宣传队员们还没起舞，那些灰尘们却抢先一步，闻声起舞。锣鼓是很有召唤力的，锣鼓家伙一响，厂里不少工人就围过来了，站在门口和窗外往里看。宣传队尚未正式开张，厂里已开始有了欢乐的气氛。

吴师傅到屋里一看，就被飞舞的灰尘呛得跑出来了。董瑞雪让敲锣打鼓的人停。锣鼓声停下来了，董瑞雪要求大家先打扫卫生，说屋里这么脏，怎么能开展活动呢！董瑞雪表情严肃，话说得也很严厉。她懂得，带宣传队可不能稀里马虎，必须厉害一些，让队员们有点怕头。俗话说宁带千军万马，不带一个戏班。戏班的人一般都是浪漫的人，都是心活眼活的人，你给他们一点好脸，他们就敢蹬着鼻子上脸。你把他们镇住了，他们才有可能练活儿，出戏。队员们还算听话，董瑞雪一发话，他们就行动起来，洒水的洒水，扫地的扫地，擦玻璃的擦玻璃，一会儿就把地扫得露出下面铺的砖，把玻璃擦得透明瓦亮，像是什么都没有了。董瑞雪心里有些小小的得意，心想，她的话也有人听啊。董瑞雪也是干惯活的人，她冒着尘土跟大家一块儿干。吴师傅爱干净，却不屑于干这些小活儿。等大家把屋子都收拾好了，他才进来了，左看右看，好像还不太满意。董瑞雪叫着他吴师傅，问他怎么样。他笑了，说挺好。他向董瑞雪建议开个会吧。还没等董瑞雪表态，他就让大家安静安静，现在开会。队员们安静下来后，他说："现在，我们请——"他小声问董瑞雪："怎么称呼？"董瑞雪还没想出怎么称呼，他有些等不及似的，宣布说："我们请董队长给大家讲话，大家欢迎。"说着带头鼓掌。吴师傅给她安了个队长，又把她推到前台，都是她始料不及的，一下子闹了个大红脸。她想否认自己是队长，又一想，拉起一个宣传队，没人负责群龙无首是不行的，队长就队长吧。另外，她站在人前，给这么多人讲话，也是前所未有的，未免有些心慌，不知从何讲起。可是，既然上了场，不讲也得讲。这好比演戏，开场戏要由她来演。她拿在中学宣传队当报幕员的经历为自己壮胆，心里说，就当自己是报幕吧。她说，她不懂文艺，可厂里把组织宣传队的事交给工会了，她只得来跑跑腿，联络联络。刚才吴师傅把她说成了队长，她是不敢当的，不管队长不队长吧，这个宣传队暂由她和吴师傅负责，她负责全队的思想政治工作，吴师傅负责业务指导。她一开始讲，声音有点发颤，底气似乎也不足，可讲到后来，她的声音就顺畅了，底气也增加了。她听见了自己的声音，听见自己讲的意思，还从宣传队员们脸上很注意听的表情上看到了对她讲话的反应，她觉得自己还行。原以为自己不会讲话，不适合当领导，看来以前对自己认识不足。她想起来了，自己以前当过播音员，每天都对成千上万的人讲话，怪不得自己的普通话说得那么好呢！她按照通知上的精神，讲了这次成立宣传队准备参加会演的意义。意义有一整套，她讲得抑扬顿挫，使用的是播音的方法。她看见吴师傅不住地微笑着对她点头，流露出赞同的意思，讲得更带劲。她要求大家团结协作，群策群力，排出最好的节目到局里参加会演，为全厂职工争光。她举了武松打虎的例子，特别强调了团结的重要，说不论演武松的，还是演老虎的，都是角色的需要，都是合作的关系，谁也不许以己之长比人之短，谁也不许在队里搞小动作、闹别扭。最后她还称赞了吴师傅一番，说吴师傅在文艺宣传上能力很强，很有经验，大家一定要听从他的指导。董瑞雪讲完了，吴师傅高兴得又带头鼓掌。大家都鼓掌。董瑞雪让吴师傅也讲一讲。吴师傅说董瑞雪讲得很好，他不要讲了。吴师傅还向董瑞雪伸出了大拇指，大拇指是吴师傅趁人不注意时暗暗伸的，弄得董瑞雪有些不好意思。

48. 忘我

董瑞雪到财务科借取买乐器的钱时，财务科长不同意买手风琴，说厂里原来有一台手风琴。手风琴是有一台，还是外国造的，只是太旧了，也太小，跟儿童玩具差不多。全厂职工会拉手风琴的只有吴师傅一个，吴师傅买手风琴的心情最迫切。董瑞雪把财务科长不同意买手风琴的话跟吴师傅一说，吴师傅的情绪顿时低落下来，还要了小孩子脾气，说如果厂里不同意买手风琴，他就不干了。董瑞雪第一个做的是吴师傅的工作，劝吴师傅用小手风琴凑合着拉。吴师傅说那不行，不买一台像样子的手风琴，他坚决不干。董瑞雪心想，吴师傅参加宣传队原来是冲手风琴来的。她对吴师傅有了一些看法。据说上海人都有自己的小九九，吴师傅的小九九在手风琴上。吴师傅要是撂挑子不干，宣传队很难办出名堂来，她得想办法把吴师傅拢住。于是她再去找财务科长商量，财务科长还是不答应。董瑞雪气得眉头皱着，找龙主席汇报情况。龙主席让她直接去找书记。书记倒是没把门堵死，让董瑞雪写一个报告，把买新手风琴的理由写充分，他看了报告再说。董瑞雪心想，办点事真麻烦。为找理由，她又请教吴师傅。吴师傅说，小手风琴音不全，音量太小，还有点漏风，拿不到台面去。董瑞雪把这些理由都写上了，补充说，本厂宣传队的节目以小合唱为主，没手风琴伴奏是万万不行的。她把报告拿给书记，书记一看就批了“同意”。

到省城买乐器，是吴师傅跟董瑞雪一块儿去的。吴师傅理了发，刮了脸，头脸收拾得光光鲜鲜。吴师傅穿了一身毛料衣服，裤线直得跟刀切的一般。吴师傅的皮鞋擦得差不多能滑倒苍蝇。董瑞雪一见吴师傅这身打扮禁不住笑了一下。吴师傅问她笑什么。董瑞雪说没有呀。坐车到了省城，吴师傅又掏出一副眼镜戴上了。眼镜是金丝边的，吴师傅眼镜一戴，腰背挺直，神气又提高不少。董瑞雪问吴师傅的眼睛怎么了，是不是近视。吴师傅说戴着玩呗。董瑞雪想，吴师傅这个人肯定是有些来历的。吴师傅的家在上海，他却一个人在预制厂里。她想问问吴师傅家里还有什么人，话到嘴边，她又咽回去了。据说中国的资产阶级在上海，上海的资产阶级是最多的，上海的人多多少少都跟资产阶级沾点边。即使沾不上边，资产阶级思想也是免不了的。别的不说，单看吴师傅的穿戴，恐怕就值得怀疑。吴师傅买乐器很在行，挑得也很细致，每样乐器都选了再选，试了再试。董瑞雪都有些不耐烦了，吴师傅还挑个不休。吴师傅挑得理直气壮，也不管营业员翻了多少次白眼，像是要把乐器商店的乐器试个遍。董瑞雪实在耐不住性子了，小声对吴师傅说，差不多就行了。吴师傅面目认真地对董瑞雪说那可不行。他要董瑞雪不要管，等着付钱就行了。乐器买好，已中午十二点多了，该吃午饭了。吴师傅不提吃午饭的事，却问董瑞雪，他们出来为公家办事，有没有出差补助费。董瑞雪说她也不知道，回去问问吧。吴师傅这才问，那中午吃饭怎么办，谁掏钱。董瑞雪说：“当然是我掏钱，我请吴师傅的客。”吴师傅笑了，说不好意思。在一家餐馆，吴师傅点了两个菜，一个汤，还喝了点啤酒，吃得很满意，董瑞雪付了餐费。吴师傅说，要是有出差补助费的话，他就不要了，让董瑞雪留下就是了。董瑞雪说那不可能，要是有补助费，她会一分不少地给吴师傅。吴师傅不说话了。饭店里就餐的人不多，吃炒菜的人更少，大多是要两个火烧，一碗馄饨，吃完就走了。手风琴和扬琴都是带盒子的，提着挺沉。他们不打算在省城里转了，歇一会儿就往回返。吴师傅看着董瑞雪说："小董，你长得很美呀!"董瑞雪不知道吴师傅为什么突然想起来跟她说这个，她的脸腾地红了，说："吴师傅，你瞎说什么!"吴师傅说，他一点也不是瞎说，董瑞雪的长相的确挑不出什么毛病。还说，他见过的漂亮女孩子很多，像董瑞雪这样的，就是放在上海，也算得上美人儿。董瑞雪对美人儿的说法很不习惯，她把这个说法跟资产阶级思想联系起来了，觉得有资产阶级思想的人才说什么美人儿不美人儿的。如果被有资产阶级思想的人说成是美人儿，恐怕这个人就成问题，起码离无产阶级就远了。董瑞雪严肃起来，说什么美人儿，她是共产党员。吴师傅愣了一下，恍然大悟似的，连说对对对，又连说对不起。

宣传队的杂事出乎意料的多，而每样事都得董瑞雪出面。审看节目台词，领宣传队员到市里文工团观摩学习，订做服装道具，处理队员之间出现的矛盾，等等，每样事情做不好都会直接影响节目的排练。比如宣传队的女队员们排练了一个斗笠舞，这个集体舞是从电影芭蕾舞《红色娘子军》的一个片断移植过来的。这个舞排得不错，队员们总得有统一的服装吧。做服装得花钱，还得花布票，事情又在财务科卡了壳儿。上次因为买手风琴的事，董瑞雪找了书记，财务科长大概有意见，就在做服装的事情上拿一把。这次董瑞雪几乎把厂里领导都找遍了，做服装的事仍没有进展。董瑞雪找龙主席赌气，说宣传队的事她不管了。龙主席使出老面子求人，财务科长勉强同意给每个参加集体舞的女队员做一个小围裙。最麻烦的是队员动不动就使小性子，互相之间闹别扭。有一个姓陈的女孩子，在《红灯记》痛说革命家史那个片断里演李铁梅。她演得好好的，不知为什么突然走了，回车间干活去了。董瑞雪追到车间找到她，问她怎么了，谁得罪她了。小陈没说话眼圈就红了，很伤感的样子，听李奶奶讲家史，她都没这么伤感。董瑞雪耐心跟小陈谈了一会儿，小陈才说了原因，原来"李奶奶"跟别人说小陈的眼睛长得太大了，不像李铁梅。董瑞雪觉得好笑，这点小事儿还值得生气吗。董瑞雪没有笑，对小陈好一通开导，说眼睛越大越好，小眼睛还不行呢！劝小陈不要听别人传话，“李奶奶”是夸奖小陈，“李奶奶”跟她说过，小陈长得最像李铁梅。小陈听了董瑞雪的开导，又磨叽了一会儿，才跟董瑞雪回到宣传队去了，接着给“李奶奶”当革命的孙女儿去了。自从厂里成立了宣传队，董瑞雪可说是东奔西忙，焦头烂额。有时候，她早上起来连头都顾不上梳，只用手理几把，就毛着头上班去了。她顾不上喝水，嘴唇干得起了白皮。有一次，她的一边裤口掖进袜口里去了，弄得两个裤腿一边高一边低。她没有察觉到，就那么穿着两条裤腿不一致的裤子在宣传队忙活。女队员们看着她的裤腿老是笑，她后来才发现了。她没觉得这有什么好笑的，把裤口从袜子口里提出来就是了。她不在楼梯下的那间小屋住了，住进了楼上的宿舍。会演时间迫近，她安排宣传队的队员们每天晚上也要排练一两个钟头。等宣传队员们排练完，她还要收拾一下屋子，回到宿舍已经很晚了。回到宿舍，也有队员去找她，向她说一些心里话，她又得陪人家说话说到很晚。就这样，当了宣传队代理队长的董瑞雪，不知不觉地就忘了自己。时间不是她的，空间不是她的，她把时间和空间都用在工作上了。她几乎变成了一台工作的机器。不过董瑞雪忙得也有乐趣，也会得到一些心理上的满足。宣传队里有一个姓杨的女孩子，是女队员中长得最漂亮的，眼睛里透着纯真，还有那么一点忧郁。小杨排练时也很认真，很投入。有一个集体舞最后的造型动作中，需要一个女孩子劈叉坐在地上。别的女孩子都不愿做这个动作，主要是怕把衣服弄脏。小杨不怕，每次都把动作做得很到位。裤子沾了土，她站起来拍拍，下次还是蹲坐在地上。可小杨在宣传队里处境不好，据说她在小学五六年级时，就跟男老师发生过那种事，男老师受到揭发和批判，她的事也传得很广泛。有的女队员因此嫌弃她，不愿与她为伍，还嘲笑她的劈叉动作是男老师教给她的。董瑞雪对小杨的处境十分同情，她不想承认也不行，是小杨的遭遇触动了她心中的隐痛。她到工会当干部后，厂里来的一些新工人不知道她过去的事，可这并不等于她的隐痛不存在了。只是存在得隐秘一些，成了个人的隐私，稍有触动，还是隐隐作痛。董瑞雪没把自己的隐痛露出半分，也没批评那些嫌弃和嘲笑小杨的人，只是在一天晚上的排练总结会上，董瑞雪对小杨提出了表扬。表扬的话也没什么新鲜的词儿，都是一些平常用语，无非是说小杨排练认真，不怕脏，不怕苦，有一种争气的精神，这种精神值得大家学习。董瑞雪对小杨的表扬是发自内心的，是以自己一系列的痛苦经历为基础的。或者说因为她饱尝了受恶待的滋味，她才这样善待别人。是不是可以这样说，每一个富有同情心的人，每一个善良的人，他们心上都是有痕可循的，这个痕就是痛苦的经历留下来的。心上有过痛苦的痕迹才能体谅别人的痛苦，才能将心比心。从这个意义上说，董瑞雪表扬小杨，也是为自己，是为自己找回一点公平。她没有想到，她的表扬会使小杨那样感动。当晚她刚回到宿舍，小杨就找她去了。小杨叫了她一声队长，两行眼泪就流下来。董瑞雪说："你别叫我队长，咱们都是姐妹。我比你大几岁，你就叫我大姐吧。"董瑞雪体味出小杨的心情，她的眼圈也红了。小杨就改口叫她大姐，说多少年了，别人都看不起她，不管她干什么干得多好，都没人表扬她，今天总算听到大姐表扬我了。小杨说着，抽抽噎噎的，眼泪流得更长些。董瑞雪的鼻子酸得紧，眼泪差点也流出来了。她给小杨递上毛巾，让小杨擦眼泪，还轻轻拍了小杨的肩，把小杨叫成"好妹妹"，劝小杨往远了看，别在意别人说什么，人活一辈子活的是个问心无愧。小杨看着她点点头。小杨走后，董瑞雪翻来覆去睡不着，想了很多很多。表扬的话不过是几句好话，过去她对自己说几句好话并不看重，原来好话这么重要啊！它能抚慰一颗人心，而人心是最需要抚慰的。看来今后得上心些，当说好话时就多给人家说好话。

说来让人泄气，宣传队的节目都排练好了，只等着到局里汇报演出，上面又来了电话通知，会演不搞了。局里动员大干今年最后一百天，大部分干部都要下基层参加劳动。宣传队员们听说了消息，顿时都蔫了。有的女队员眼里还泪水吧唧的。董瑞雪想，这不行，大家辛辛苦苦排练了节目，不能这样付诸东流。她找到书记，说干脆在本厂演一场吧。书记同意了。预制厂有一个礼堂，宣传队演出那天晚上，全厂的职工几乎都去了，书记厂长等厂领导，也被董瑞雪请去了，礼堂里坐满了人。节目有样板戏片断，有合唱、清唱、舞蹈、对口词、三句半等，演了将近两个钟头。队员们都化了妆，情绪有些悲壮似的，演得都很卖力，总算赢得了不少掌声，给大家留下了热闹的印象。特别是吴师傅自己拉琴自己唱的男高声独唱，一曲“亚非拉人民要解放，反美——怒火高万丈”，声音不仅高万丈，简直是声震寰宇，使演出上了高层次，掀起新高潮。吴师傅唱完一支歌，观众不让他下台。他逮住了机会似的，一连唱了好几支歌，连他自己都被自己感动得热泪盈眶，这个爱唱歌的上海人啊！演出结束，书记厂长模仿大领导的做派，走上台去，和队员们一一握手。书记还特意和董瑞雪握了手，说：“小董，你干得不错呀!”董瑞雪心里热浪一翻，忙对书记说：“谢谢，谢谢!”

49. 篮球队

来年五一节前，上面又下通知了，要求各单位成立男子篮球队，在全局范围内进行比赛。可笑的是，通知上的说法跟要求成立宣传队时的说法相同，也说要把组织篮球比赛当成一项政治任务来完成。组织篮球队当然又是工会的事。龙主席跟董瑞雪商量，问董瑞雪怎么办，意思是让董瑞雪把任务承担下来。董瑞雪鉴于办宣传队半途而废的教训，不愿管组织篮球队的事。她有她的理由，上面要求成立男子篮球队，她一个女的，怎么好插手组织。龙主席传达书记的意见，说书记说了，董瑞雪组织宣传队搞得挺好的，篮球队的事也交给董瑞雪吧。董瑞雪说，宣传队的事她多少还懂一点，而打篮球的事她一点都不懂。龙主席说不懂不要紧，把人员召集起来，让他们天天练就是了，不必天天陪着他们。这次龙主席没有大撒手，他找来在后勤科当副科长的老篮球运动员老李，三个人一块儿矮子里拔将军，在全厂职工的篮球爱好者中挑选运动员。挑来挑去他们挑到了八个人。龙主席让老李任篮球队的教练，董瑞雪负责篮球队的上下联络和后勤工作。这些被挑中的小伙子本来就喜欢打篮球，现在把他们从工作岗位上抽出来打篮球，一个个求之不得似的，兴致都很高，一天到晚在办公楼前的篮球场里扑腾。另外有一些小伙子，不知道他们有任务，难免参加进去抢两个球。他们很不高兴，仿佛别人参加进去会妨碍他们训练，会影响他们的训练质量。他们把意见反映给当教练的老李。老李反映给董瑞雪。董瑞雪从楼上工会办公室下来，在球场边站着，来一个想打球的小伙子，她就好言相劝，讲明这是厂篮球队在训练，劝阻人家不要进场抢球。董瑞雪原先想着，把运动员召集起来，任他们扑腾就是了。篮球队不比宣传队，不用审查节目。篮球就那么一个圆皮球，不管怎么摔，怎么打，都不会出什么政治问题。打篮球是有好多规矩，也有犯规和不犯规之说。但那些规则都是小规则，都是游戏的规则。只要参加游戏，犯规是正常的。篮球队刚成立头两三天是没什么事，不到一星期，事情就来了，小伙子们要求买新篮球，要求发给运动鞋、运动衣。董瑞雪把篮球看了看，篮球是旧得不行了，磨得都起了毛，像是随时都会爆炸。小伙子们穿的鞋和衣服也各式各样，不像个篮球队的样子。有一个小伙子穿着笨重的翻毛皮鞋，跑不快，跳不高，一不小心踩了别人的脚，把别人踩得龇牙咧嘴，坐在地上半天起不来。有个小伙子的裤子被撕叉了，露着大腿和短裤。他不把撕叉的裤子换下来，还对场边的观看者出怪样，意思是说，如果厂里不给买运动服，丢脸丢的是厂领导的脸，他才不怕丢脸呢！当教练的老李站在运动员的立场上，也对董瑞雪说，当运动员穿回力球鞋和弹力运动服，这是最起码的要求。不信可以到别的单位篮球队看看，他敢说没有一家篮球队的运动员是穿着自己的衣服打球的。董瑞雪让老李去买吧，说老李当着后勤科的副科长，正好有这个权力。老李让董瑞雪给他钱。董瑞雪让老李找领导批钱去。老李笑了，说："我哪有那个面子，领导一看我长得这么黑，说不行，我就傻眼了。"董瑞雪见老李跟她开玩笑，她也学会了开玩笑，说："你不会先到食堂里去吗？"老李不知董瑞雪让他到食堂干什么。董瑞雪说："把你的头往面袋子里拱一拱呀，出来脸不就白了。"老李很开心，说："好你个董瑞雪，我看你一说话就脸红，不敢跟你开玩笑，你倒跟我开上玩笑了。谁不知道你是个通天派，连咱们厂的书记厂长都得看着你的脸色行事。"董瑞雪一想，老李说的通天，大概是指她认识梁建梅，遂否认她通什么天，要老李莫要胡说。老李指着她说："看看，刚才还说你一说话脸就红，这不，你的脸又红了。"董瑞雪知道自己脸红了，老李一指出来，她的脸又红了几分。那些正练球的小伙子们听见他们的教练老李跟董瑞雪说笑话说得热闹，也回过头看着董瑞雪乐，结果把球往董瑞雪头顶传过来了。董瑞雪赶紧往下一蹲，才把球躲过了。球飞出了场外。

董瑞雪不免找这个找那个，跑省城，进商场，把运动鞋、运动衣和新篮球都买回来了。小伙子们穿上新衣新鞋，面貌和精神状态果然大大改变，跑得快了，跳得高了，投篮也准确了。老李对小伙子们说："这都是董瑞雪董指导给咱们谋的福利。"小伙子像受过导演一样，一齐向董瑞雪鞠躬，并异口同声地说："谢谢董指导！"董瑞雪看着老李，老李也得了一套新鞋新衣裤，就送给她一个"指导"的头衔，还"教练"了这场答谢，肯定是这样的。董瑞雪说："你们不用谢我，好好练球比什么都强，别一开始就让人家把你们淘汰下来。"小伙子们说："请董指导放心！"这句大概事先没经过训练，说得不那么整齐。董瑞雪心说，这些小伙子蛮讨人喜欢的。小伙子们都不愿意让董瑞雪上楼，不愿意让董瑞雪离开，愿意让董瑞雪一直在场边看着他们练，一直陪着他们。他们对董瑞雪嬉皮笑脸，说董瑞雪陪着他们，他们练起来才有劲，董指导一离开，他们就像跑了气的皮球一样，就蹦跶不起来了。他们千方百计拖住董瑞雪，一会儿让董瑞雪给他们看着换下来的衣服，一会儿让董瑞雪给他们提点水喝。董瑞雪从茶炉房提来了水，他们不自己倒着喝，而是端着茶缸子，让董瑞雪为他们倒。茶缸子不够每人一个，他们就抢，仿佛谁先喝到董瑞雪倒的水谁就占了便宜一样。

篮球队有一个叫汪大明的，是一名主力队员，也可以说是全队的核心和灵魂人物。与全队其他队员比，他的个头儿不是最高的，但人生得很精干，对打篮球特别有灵感。他速度快，跑动积极，站位好，身手灵活，弹跳能力强，人称孙猴子。投篮是他的拿手戏，特别是在外围穿插跑动中的急停跳投，命中率相当高，别人很难防住他。训练时，老李有意以汪大明为中心，让别的队员都给他喂球。汪大明自知在球技上高出别人一筹，又被大家捧着，为人也自信些，并有了一些架子，像跑到场外捡球这类的小事是不屑于干的。这好比旧戏班子里的主角，大家靠主角撑台面、挣饭吃，对主角自然要让着些，把主角哄高兴了，大家都跟着高兴。就是这个汪大明，对董瑞雪似乎很有好感，注视董瑞雪时眼神有些发直。他支使董瑞雪也多一些，一会儿让董瑞雪给他倒水喝，一会儿摘下手表让董瑞雪替他戴着。别人休息时，他喊董瑞雪到篮下陪他练攻防。他把球左运右运前运后运，让董瑞雪在前边防他。董瑞雪不好驳他的面子，就把两只胳膊伸开，像拦一只羊在前面拦截他，一边拦一边不停地笑。别的队员在旁边为董瑞雪出主意，让董瑞雪抱住汪大明，喊着为董瑞雪加油。汪大明一个漂亮的原地转身，躲过董瑞雪跳起一投，球进了。董瑞雪说不行不行，欲退出陪练。汪大明不让她退出，他把攻防关系转换了一下，把篮球交给董瑞雪，让董瑞雪攻，他防。董瑞雪双手把球抱着，像抱着一个西瓜，仿佛一不小心，“西瓜”就会掉在地上摔碎。她问汪大明怎样攻。汪大明要她在地上拍着球往篮下冲，冲到篮下就把球往篮筐里扔。汪大明往后退了两步，给她留下一些拍球的余地。她把球往地上拍了一下，刚要拍第二下时，球已经滚跑了。她把球拍得太轻了，没有弹跳起来。汪大明笑着说她真是个笨蛋。董瑞雪听见汪大明骂她的话了，心里反感了一下，觉得汪大明太上脸了，对她太不尊重了，不过她没有跟汪大明计较，装作没有听见，沉了一下脸就走到场外去了。汪大明跟董瑞雪套近乎愈发大胆，也不避讳什么。有时汪大明坐在场边的长条凳子上休息，就招手喊董瑞雪过去。董瑞雪以为汪大明跟她商量什么事，就过去了。汪大明并没有什么事，只是拍拍凳子，让董瑞雪坐在他身边。到别的单位参加热身赛，厂里派一辆卡车拉他们去。驾驶室里可以坐两个人，汪大明抢先占了一个座位后喊董瑞雪：“董指导，你来坐这里。”董瑞雪说让老李坐吧，老李是老同志。汪大明说：“老李不坐，老李风格高，让给女同志坐。”老李也说他不坐，他愿意站在车厢里兜兜风。董瑞雪坐在驾驶室里，觉得汪大明一侧的身子挨着她，浑身都不自在。汪大明在路上跟董瑞雪说话，说他认识梁建梅。

他把梁建梅说成那小子，说别看那小子人五人六的，其实没什么本事，就是官运好。还说那小子还不是靠着有一个当官的老子，一个当官的妈，不然的话，他也不会爬那么高。董瑞雪不愿意别人在她面前谈梁建梅，更不愿意听到别人以贬低的口吻谈梁建梅。她听得出来，汪大明是妒忌梁建梅了，汪大明以为贬低了别人，就把自己抬高了。事实往往是适得其反，你贬低别人的同时，暴露的正是你的低。董瑞雪没有接汪大明的话。

第一场比赛开始了，预制厂的篮球队打的是主场。厂里领导和董瑞雪对这场比赛都很重视，因为比赛采取的是淘汰制，如果第一场输掉，等于一上阵就被刷掉了。篮球场重新画了白线，场边插了红旗，办公楼的墙上贴了红纸写的标语，发展体育运动，增强人民体质。还有友谊第一，比赛第二。场边还摆上了桌子，布置了主席台。主席台上放了扩音器，篮球架子后面扯上了高声喇叭，一遍又一遍地放运动员进行曲。全厂的职工家属，除了上班的以外，都被动员起来，到现场观看比赛，为本厂的球队加油助威。球场四周围满了观众，人们好久没看到这样的热闹了。厂里的头头脑脑也都在主席台就座，互相交头接耳。书记不知想起了什么事，问董瑞雪呢？人们传书记的话，一迭声地传呼董瑞雪。董瑞雪正给运动员准备开水，还拿来了自己花钱给运动员买的饼干，听说书记喊她，赶快过去了。书记问她怎么样，拿下这场比赛有没有把握。董瑞雪觉得别人都在看她，样子有些窘迫，说不太好说。书记让董瑞雪马上去告诉运动员，如果能拿下这场比赛，厂里给每个运动员发十块钱的大运动量营养补助费。董瑞雪觉得书记这个决定很及时，立即过去把书记的意思向运动员作了传达。运动员们回头看了看书记，情绪高涨不少。经过激烈较量，预制厂的篮球队还真的赢了，全厂职工皆大欢喜。只是下半场有一段时间，预制厂篮球队打得比较被动。比分原本一直领先，却被对方逐渐追上来了，比分最接近时，双方只差一分。对方的球队是一个编组站的球队，球队的队员虽然年龄偏大，但人家打得很沉着，也很顽强，简直像一群打不死的老狐狸。董瑞雪紧张坏了，她心口怦怦乱跳，跳得分不出点儿来。为预制厂篮球队的加油声一浪高过一浪，她双手不由地握着，什么都喊不出来。她的脸色煞白，膝盖微微地发抖。她没想过赢了会怎样，反正就是怕输。连她自己也不明白，她为何会这般紧张。仿佛那只篮球不再是篮球，而是她的心。她的心被人争来抢去，抛来扔去，一分一秒都不得安宁。球扔空了，她的心是空的。球砸在篮板上，她的心疼了一下。她的心紧张得几乎要从胸腔里跳出来。关键时刻，还是汪大明发挥了作用。汪大明左突右冲，跑动如一匹战马。预制厂队发动了一次快攻，汪大明飞马赶到，皮球应声进筐。场外响起一阵欢呼声。接着，汪大明又从对方手中断下一球，单刀赴会，晃过两名防守队员的夹击，高高跃起投篮，又进了。这时汪大明成了观众心目中力挽狂澜的英雄，加油声叫好声都喊汪大明的名字。董瑞雪的目光也追着汪大明跑，对汪大明的良好表现有一种说不出的感激。比赛结束后，许多观众没有马上散去，他们看着汪大明，像是对汪大明的辛苦表示慰问。特别是一些女工和年轻的女孩子，看汪大明时眼神有些异样，目光里有点近乎佩服的意味。厂里领导向队员们祝贺，夸他们打得不错，要他们再接再厉，再夺好成绩。每个领导都特意和汪大明握了手，称赞汪大明是好样的。董瑞雪也兴奋地对汪大明说："汪大明，你打得不错呀！"汪大明说："董瑞雪，我这可是为你卖命。"董瑞雪听着这话怎么有点别扭呢，笑着纠正他说："你是为厂里卖命。"不料汪大明不高兴了，翻下脸子，说了一句骂人的话："扯球淡！"董瑞雪一下愣住了，她想，这人太缺乏教养。以前，董瑞雪也听说过汪大明的一些传闻。汪大明是厂里的电工，屁股上挎着皮袋子，袋子里插着钳子、改锥、电工刀等几大件，走起路来皮袋子悠达悠达的。要说吊儿郎当是电工，用在汪大明身上是比较恰当的，人们只见他到处转悠，很少见他干活。电器方面出了问题，大都是一些老师傅干，他能在一旁守着打个下手就不错了。他的特长就是打球。他不光篮球打得好，乒乓球也打得好。每次乒乓球比赛，厂里的冠军都是他。因为大球小球他都玩得出色，厂里把他看成一个特殊人才，工作上对他的要求就不那么严，干多干少照样给他记工，发工资。汪大明被惯着捧着，也觉得自己很有优势，不大看得起别人。汪大明看不起的主要是一些男人，对一些漂亮的女孩子他却比较看得起。厂里医务室有一位身材高挑长相明亮的女医生，被汪大明盯上了，他不是这儿疼了，就是那儿痒了，几乎天天去找女医生看病，看得次数多了，两个人就看出“毛病”来了。有人看见，一天晚间汪大明进了女医生的宿舍，他们不仅关了门，还拉灭了灯。汪大明和女医生着实热火了一段。后来二人分手，据说汪大明又跟一个正上学的女中学生好上了。汪大明在放学的路上等人家，等到了女中学生，就带人家去吃饭，看电影。汪大明还散布自己的观点，说看准了哪个女孩子要早点下手，下手一迟，女孩子就被别人先得到了。董瑞雪不能完全相信这些传闻，传闻使用的都不是减法，而是加法，甚至是乘法，没有哪一个这方面的传闻不是夸张的。但董瑞雪也有自己的观察和判断，她觉得汪大明的自我感觉是太好了一点，行为也不够检点，或多或少有一些流氓习气。你汪大明除了会打几下球，别的有什么呢？有什么值得趾高气扬的呢！她不由得把汪大明和梁建梅、李春光、范明宇比，觉得汪大明的素质和他们差远了。她甚至觉得汪大明连张国良都比不上，尽管张国良谈不上有什么文化水平，但张国良心里是有文化的。这个文化并不在于识字多少，识字的人不一定有文化，而不识字的人不见得没文化。赢了第一场球，汪大明有些拿架子。别人都在积极训练，准备迎接第二场比赛，他却待在宿舍里不露面。老李去宿舍找他，他说他身体不舒服，肚子疼。又说让董瑞雪去看他，他要跟董瑞雪谈谈。董瑞雪本不想去，老李说她是球队的指导，应该做汪大明的思想工作。董瑞雪去了，问汪大明怎么了。汪大明不说话。董瑞雪说：“你不说话我就走了。”汪大明这才开口说：“董瑞雪，你看不起人！”董瑞雪问这话从何说起。汪大明说：“我说是为你卖命，你干吗不承认？”董瑞雪说：“原来是为这个呀，一个堂堂的男子汉，心眼儿怎么这么小！”汪大明说，他在女人的问题上就是心眼小，说着眼睛直直地看着董瑞雪。董瑞雪警觉起来，看来人们对汪大明的传闻不是没有一点根据，她说什么女人不女人，希望汪大明不要这样对她说话。汪大明笑了，问：“怎么，你难道不是女人吗？”董瑞雪随口说：“我不是女人。”汪大明又问：“那你难道是男人不成？”董瑞雪说：“你认为我是男人也可以。”

汪大明说，看来他是认错人了。董瑞雪肯定地说："我看你也是认错人了!"董瑞雪说罢，愤然出门去了。第二场比赛，汪大明还是勉强参加了，结果是预制厂队输得一塌糊涂。既然输了，预制厂的篮球队就失去了继续参加比赛的资格，就没有存在的必要，于是篮球队自动解散了。

50. 大批判会

董瑞雪后来在一次大批判会上见过李春光。那次批判会规模比较大，连预制厂的下属单位采石场的人都参加了。李春光听说去预制厂开会，不大想去，想请一个病假，躺在宿舍里睡觉。因为只要去预制厂，就有可能见到董瑞雪。他不想见到董瑞雪，也不想让董瑞雪看见他。董瑞雪走后，他苦闷了好长一段时间。那段时间，他像是一个丢了魂的人，成天不说一句话，脸色抑郁吓人。他的身体虚弱下来，不知什么时候就头发晕，眼发黑。有一次他晕得手脚冰凉，脸色苍白，差点摔倒在地上。他意识到这样不行，不能因为董瑞雪走了自己就不活，得重新振作起来。于是他开始偷偷地写诗。报纸上零零星星发一些诗歌，凡是能找到的，他都反复看，还把有的诗歌抄下来。他模仿报纸上所发的诗歌，结合自己所从事的采石劳动，写了一首又一首。他的诗调门很高，差不多每首诗都能和天安门、全世界和共产主义联系起来。他为自己的诗激动着。和报纸上所发的诗相比，他觉得自己的诗一点也不比报纸上发的诗差。攒够几首，他就寄到报社去了。寄过几次诗后，他开始关心每天的报纸。他总算有了新的盼头了，这就是盼报纸的到来。每拿到一张报纸，他先看有没有诗歌，如果没有诗歌，这张报纸他就不看了。看报纸好像是他每日的必修课，每天的报纸他都不愿意落下。如果哪一天的报纸缺了，他会心急火燎，怀疑他的诗歌正好发在那一天的报纸上了。采石场找不到那一天的报纸，他不惜以种种借口到别的单位去找。当看到那一期报纸仍没有他的诗时，他心里才踏实了。他把诗歌寄出去不少，寄出去也就寄出去了，他的心爱的诗歌像断线的风筝一样，再也没有了消息。在头一两个月里，没见诗歌发表，他没有泄气，他相信只要他写的多，寄的多，总会撞上一首两首。他还是不停地写，不停地寄。邮电所那位中年人已经对他很面熟了，有一天人家问他是不是向报社投稿，他如同被人看穿了不可告人的秘密似的，顿觉十分害臊。他不好意思到镇上邮电所寄稿了，就趁倒班时间到市里去寄。这样又寄了两个月的诗稿，仍是泥牛入海，有去无回。这时他有些沉不住气了，给报社编辑写了一封言辞恳切的信，要求人家给他的诗提意见，要求退稿。过了一段时间，他的稿子果然退回了一大信封，编辑还给他写了信。编辑的信还算温和，鼓励了他的创作积极性，同时指出他的诗艺术性差一些，离达到发表水平还有一定距离。编辑要求他不要操之过急，要静下心来，多学习，多琢磨。还说写诗关键看质量，靠数量多撞大运的想法是不可取的。李春光没有再看报社退回的诗，也没舍得马上扔掉，把诗稿和编辑的信都藏起来了。他没有再写诗，精神再度失去寄托。去预制厂参加批判会时，他的生命状态处在一个非常低潮时期。原想着通过发表诗歌让董瑞雪在报纸上看到他的名字，让董瑞雪认识他的价值。这个希望落空了，他没有实现自己的价值。他变得自卑起来，觉得自己是一个无用的人。

李春光还是随了大流，到预制厂参加大批判会去了。会是在预制厂的小礼堂召开的。工人们从卡车上下来，还没有入场，李春光已先进去找个地方坐下了。真不愧是预制厂，连礼堂里的座位都是用砖支起来的预制的水泥条，再没有这样的板凳更冷更硬了。他坐的一个地方是礼堂的最后一排，后面靠着墙，还是在后门入口处的一个角落里。他不知不觉就选择了后面和角落，觉得自己只配坐在这样的地方。当然，坐在这里也有好处，他在暗处，进出礼堂的人在明处，每一个到礼堂开会的人他都能看得见。人们陆陆续续进场了，李春光身子紧缩，觉得每一个进门的，人都显得又高又大，而他又矮又小。他觉得董瑞雪有可能会随着人群走进来，他没往门口看，只看着前面。前面扯了会议横标，上面写的是掀起批林批孔新高潮。他想象不出董瑞雪现在成了什么样子。他早就听说了，董瑞雪到工会当了干部。既然当了干部，穿着上可能会讲究些，神气上也会自足些。和董瑞雪相比，自己是提不起来了。人们一进来，就四下里找空座位。有的屁股怕凉，带来了小棉垫子。有的把报纸垫在水泥条上，有的弯着腰吹座位上的土。女工也进来了一些，她们喜欢扎堆坐，一坐下来就开始说笑。干部在礼堂外面喊，让人赶快进场，说马上就要开会了。这一会儿进来的人多些，门口有些拥挤。趁着门口有些乱，他敢于朝蜂拥而入的人群中看了，看看进来的有没有董瑞雪。然而，外面的人都进来完了，唯独没有董瑞雪。李春光有些心寒，想到董瑞雪可能在有意回避人，连见一面的机会都不给他，这对他来说，未免有些悲哀。这时他才发觉自己十分想见董瑞雪，他是冲着董瑞雪来的。看不见董瑞雪，他像是受了愚弄一样，生出了恨意。当看清自己的内心后，他发现可恨的不是别人，恰恰是他自己，他恨自己没有志气，丧失了自尊。礼堂里已经坐满了人，黑压压一片。男职工们几乎都在抽烟，竞赛一般。烟雾集合起来，在人们头顶缭绕。礼堂十分简易，人们的说话声在墙上撞来撞去，越滚越大，嗡嗡的，充塞着整个礼堂，一个干部上了讲台，嘭嘭地拍麦克风，要大家不要讲话了，批判会马上就要开始。李春光对这种批判会已经感到厌倦。翻出一个两千多年前的古人，又赔上一个死人，就那么漫无边际地批来批去，实在让人提不起兴趣。李春光知道，这种批判会是凑数的，是批给上面看的，或者说是为了汇报时用的。说不定批判会未开之前，这场大批判会已经报上去充了数。他开始琢磨怎样悄悄地溜出会场，找一个新华书店进去待着，到会议快结束时再回来。但眼下必须坚持一会儿，会议刚开始就出去是没有理由的。这样想着，他不由地向门口看了一眼，看看门口有没有干部把守。这一看不要紧，恰在这时，从门外进来一个人，这个人不是别人，正是董瑞雪。董瑞雪是低着眉，瞅着脚尖进来的。她进来就往后走，在一个水泥条凳上坐下来。她坐的水泥条凳跟李春光是一排，他们之间隔着三个人。李春光看见了，董瑞雪穿得很整齐，是女干部的模样。当了干部，应该先到会场才是，她为何等会就要开始了才来呢？凭直觉，他知道董瑞雪没有看见他。他身边坐着一位块头儿比较大的工人，那位工人正好把他挡住了，他觉得这样很好。大批判会开始了，第一位上台念批判稿的是一位青年工人，批的是悠悠万事，唯此为大，克己复礼。年轻人念得慷慨激昂，震得麦克风尖锐地叫了一声，把人们吓了一跳。年轻人的声音一点也没减小，一边批，一边还带表演似地挥了挥拳头，从理论上上纲上线。纲，就是阶级斗争，线，就是两条路线斗争。所谓两条路线，一条是社会主义路线，一条是资本主义路线。理论不管走到哪里，最后都得落到纲上和线上。年轻人下结论说，克己复礼，就是妄图篡党夺权，复辟资本主义。董瑞雪抬起头来，往主席台上念大批判稿的年轻人看着，看了一会儿，她就挺起身子，在台下的人群中左右扫描。李春光看出董瑞雪是在找人，董瑞雪找谁呢？是不是找他李春光呢？董瑞雪大概没发现她要找的人，肩膀软下来，单手托腮，向门外看着。礼堂里响起一阵掌声，董瑞雪的手下意识地动了一下，似乎也要随着别人鼓一下掌，可她的这只手还没找到那只手，掌声已经落下去了。她接着单手托腮，看着门外发呆。又是一年的秋天来了，天气阴沉，似乎要下一场秋雨。秋雨尚未落下，湿凉的潮气已罩下来了。秋风把地上梧桐树的落叶驱赶了一下，落叶很沉重的样子，只是动了动一角，没有随风而去。又有几片梧桐树的叶子飘摇着落下来了，一落下就原地不动。李春光突然冒出一个念头，要让董瑞雪知道，他跟董瑞雪坐在一条凳子上，他就在董瑞雪身边。他把身子从大块头的工人一侧探了出来。可董瑞雪的脸冲着门外，看不见他。他咳了咳喉咙。董瑞雪仍无动于衷。他想，董瑞雪一定是走神了，董瑞雪大概以为他没有来参加会，就不再注意捕捉关于他的信号。看来听觉也要有心作配合，不然的话，听觉的灵敏度也是有限的。

礼堂里突然骚动起来，大家伸头一看，原来轮到一个老工人作批判发言了。老工人大概不识字，手里没拿稿子。老工人在台下坐着，主持批判会的人宣布让他发言时，他从人堆里站起来了。他不往主席台上走，而是原地转过脸来，说他就在那儿说。老工人个头儿不高，一件新工作服穿在他身上显得有些肥大。他眼皮上有一块疤，这使他的面目看上去有些滑稽。主持人通过麦克风喊他师傅，请他到台上发言。他往台上挥了一下手，还是坚持在台下说。旁边的工人配合主持人的意思，推了老工人大腿帮子一下，让他赶快上台去吧。老工人被推得身子趔趄了一下，差点趴下。老工人对推他的人有些气恼，说："干什么你？干吗推我！我又不是林彪。"老工人的话效果不错，他还没有正式开始批判，礼堂里就响起了笑声。好比演一场戏，戏演到这会儿才出来了一个重要角色，观众的精神振奋了一下，精力集中起来。后面的人怕看不清重要角色，有的昂起了头，有的半弯着腰站了起来。老工人定是为了显示他与众不同的批判精神，虽然从人堆里走出来了，但到底没有上台。他一边走，一边气哼哼的，人们分不清他是对推他的工人有意见，还是对林彪有意见，抑或是他在酝酿情绪，好批得不同凡响一些。他走到主席台前面去了。主席台是一个高台子，他在高台子下面站着，面对着乌压压的听众。他站定后，往上伸了一下右手。从这个动作来看，他是想呼一个口号，可他的动作太超前了，嘴没有跟上劲，等嘴张开时，伸出的手已经落下来了。人们看到的等于一个哑剧动作，大家又哄地笑了。主持人要求大家严肃些严肃些。最先严肃起来的是老工人，他上来就骂了孔老二和林彪，说这两个家伙穿一条裤子，都不是好东西。老工人声音很大，语惊四座，一下子把别的杂音都压下去了。他说，这两个人要复辟资本主义，要让工人阶级再回到万恶的旧社会去，再吃二遍苦，受二茬罪，他是坚决不答应的，一千个不答应，一万个不答应，十万个不答应，一百万个不答应。他眨眨眼皮，没有再往上数，大约是数不上去了，不知道再往上是多少万个不答应了。下面有人给他提词，说一千万个不答应。他没有照别人的提示去说，说反正是不答应。他开始忆苦思甜，说旧社会穿的什么，旧社会他披的是破麻袋片。他拍着自己的衣服，说看现在穿的，是国家发的劳动布工作服，一件衣服十年都穿不坏。他说旧社会腰里系的是什么，是稻草绳。现在呢，腰里系的是真正的皮带。有人提出来看看他的皮带。他说看看就看看。他把肥大的工作服搂上去了，露出了腰带。前面的人伸头一瞅，他腰里系的哪里是什么皮带，而是一种棉线和黑橡胶二合一压制的胶带。但前面看清真相的人没有揭穿，反而说不错，是皮带。老工人把"皮带"盖住了，说这难道还会有假，他向来是最讲究实事求是的。老工人最后还有上乘的表现，他以类似喊口号的声调说："林彪罪该万死，死了还有骨头！"人们哄堂大笑了。老工人又补充了一句："林彪虽然死了还是有骨头的！"也有人不明白笑料是什么，李春光身旁那位工人就问李春光，什么叫死了还有骨头。李春光说："大概是死有余辜。"李春光一说话，董瑞雪听见了。李春光觉出董瑞雪向他看了一下，他是用眼角的余光看见的。对他们坐得这么近，董瑞雪的目光好像还有些惊奇。李春光不敢看董瑞雪，他怕董瑞雪走开。可只停了一会儿，董瑞雪就走了。李春光坐在水泥条上一直没有动窝，他浑身瘫软，似乎连站起来的力气都没有了。

第九章

51. 落榜

一九七六年是不平常的一年，是国人又哭又笑的一年，是痛苦和欢乐并存的一年。先是到处都是沉重低回的哀乐，人们不论上班、回家，还是走在路上，时时处处都有远远近近的哀乐在耳边缭绕。哀乐有着巨大的笼罩性，它比自天而降的倾盆大雨笼罩着茫茫大地的笼罩性还要大，大雨淋湿的是人的身，无处不至的哀乐把人的心都打湿了。哀乐又好像物质性的，石头般压得人们喘不过气。各单位都设了灵堂，人们胳膊上都戴了黑纱。在市里中心广场几万人参加的追悼大会上，不断有男人和女人因极度哀痛而晕倒（有真也有假），被早已预备下的救护担架紧急抬走抢救。人们表情凄然，好像真的塌了天，好像真的过不下去了一样。可是突然之间，大街小巷响起了鞭炮声，响起了锣鼓声，柳暗花明又一村似的，人们又在欢呼胜利了。前些天是商店里的黑布卖完了，这些天商店里的鞭炮被抢购一空。说人们欣喜若狂也可以，男女老少都涌到大街上，到处都是欢乐的人群。小学的腰鼓队上街了，中学的军乐队上街了，城近郊区的舞龙队舞狮队也上街了。工人们每人手持一杆小旗，排着队到街上游行，一路高喊口号。他们喊的是两种口号，一种是“坚决拥护”，一种是“坚决粉碎”。不论喊哪种口号，他们都很兴奋、很激昂，不少人的喉咙都喊哑了，最威风八面的是矿山机械厂的锣鼓队，他们不知从哪儿弄来的那么大的鼓和那么大的锣，敲打起来山摇地动。他们除了有两面比牛腰还粗得多的、需八个人同时擂动的巨形鼓，几十个小伙子腰间，每个人还挎一面脸盆大小的盘鼓。另外还有数量不少的铜锣和铜镲。加上锣鼓队的男人们都赤着臂，身穿红马甲，头系黄布帕，表情严肃持重，不少人都被他们的来自远古般的锣鼓声震撼了，有人还激动得热泪盈眶。预制厂的欢呼游行队伍也出发了，厂领导走到最前面，跟在后面的是锣鼓队、彩旗队，最后面是全厂的工人。董瑞雪负责的是锣鼓队。她利用自己组织宣传队的召唤力，很快就把那些敲锣打鼓的人集中起来了。他们的锣鼓家伙虽然小些，打出的鼓点是欢快的，传达的也是庆祝之声。按书记指定的游行路线，预制厂的游行队伍一直走到市委大楼门口才往回返。在大楼门口，董瑞雪难免往她工作过的楼上看了两眼。楼还是那楼，窗还是那窗，她没看见什么。她突然有些茫然，不知时光走到哪一步了，是往前走了，还是倒流了。人们白天游行完了似乎还不尽兴，晚间还用木棍缠了棉纱，蘸了机油，燃起火把，到街上去游。站在楼顶高处往下看，街上到处都是游动的火龙，算得上是一个狂欢之夜了。晚上董瑞雪没有出去，她已经平静下来，情绪还有些下沉，对人们这样狂欢，她似乎有些弄不懂了。

恢复高考招生的消息对董瑞雪、李春光他们来说，才是真正的动员令，才把历史的转变和他们的命运联系起来。上面说，凡是老三届的高中和初中毕业生都可以报名参加高考。他们这是第一次听到关于老三届的说法，而他们正包括在老三届之内。转眼之间已毕业十多年了，学过的东西早忘得差不多了，捡起来重新复习谈何容易！不少人在观望、在犹豫、在等待。但有的人已经行动起来了，他们开始找课本、抄课本。开始返回过去的中学，请老师辅导他们。报纸和广播几乎每天都在说，要把失去的时间夺回来，把过去的损失补回来，一切要从头开始。董瑞雪起初没打算复习功课，没打算参加高考，作为一个初中毕业生，她一点自信也没有，觉得考大学简直是异想天开。她当年的课本早不知扔到哪里去了。就算能找到课本，恐怕她和课本也是两不认识。特别是数学、物理和化学，她一想起来就有些头皮发麻，别说复习它们了。爸爸问她，打算不打算参加高考。她说不打算。爸爸问她为什么。她说学过的东西都忘了，考也考不上，还不够丢人现眼的。爸爸不同意她的说法，爸爸说，学过的东西忘了不要紧，可以复习。复习起来还是要比重新学要快。别管如何，她是实打实地上过三年中学，打下的有一些底子。不像她妹妹，连小学的文化水平都不到。她妹妹要是参加高考，那才是一点希望都没有。参加高考代表的是一个人的进取精神，温故而知新，复习过程就是学习过程，只要学习就会增长新的知识，考上考不上都没什么丢人的。爸爸还说了他的一个估计，说刚恢复高考，大家都不会考得太好，录取所要求的分数也不会太高，所以一定要抓住这个机会。往后等大家都醒悟过来，恐怕参加高考就越来越难了。考上学又可以带着工资上学，多么好的事情。爸爸劝她还是好好考虑一下。董瑞雪承认，爸爸的话很有道理，爸爸的确是为她着想，但她还是说不行，肯定考不上。促使她下决心复习功课的是她的那些同学。张文山给她打电话，王建给她打电话，说他们都开始复习了，劝董瑞雪也试一试。张文山说得很恳切，说他都结了婚，生了孩子，还要拼一番，董瑞雪无牵无挂的，此时不搏，更待何时。董瑞雪有些动心，说她没有课本怎么办呢？张文山答应帮她找一套。董瑞雪很想问问李春光和范明宇是不是准备参加高考，话到嘴边，她没有问出来。董瑞雪复习功课是在一种秘密状态下进行的，她白天照常上班，忙工会的事情，到晚上才开始复习。工会又进了一个人，董瑞雪被提拔为工会副主席。因为各方面的工作都在恢复，工会的事情也多起来。工人的劳动积极性空前高涨，上级工会要求各基层工会因势利导，广泛开展劳动竞赛，赛干劲，赛产量，赛质量，赛安全。上面的人三天两头下来检查，要求下面的工会也要三天一检查，十天一总结，一月一评比。董瑞雪每天忙完工作，晚上复习功课时精力已不大够用，常常是刚打开书本，哈欠就上来了。她用凉水拍拍脸，也坚持不了多大一会儿。有时脸一歪，竟趴在书本上睡着了。她说厂里忙，很少回家。连爸爸也没让知道她准备参加高考的事。临考前，每个考生可以请十天到半个月的假，以便集中精力，临阵磨枪。她也没请。考试的结果跟董瑞雪估计得差不多。她没能考中，分数差得还不少。尽管董瑞雪有考不上的心理准备，考前和考后，她也一再对自己说，只当是自己考着玩玩的，可一旦落了榜，她还是觉得失败了一次，心里闷闷的，很不是滋味。她失败得太多，是不大经得起失败的打击了。之所以不想参加高考，也是担心失败。好像失败早就在那儿等她，她费了好大劲，一点一点向失败接近，到头来失败的命运仍没有任何改变。她悄悄把课本收拾起来，用被子蒙上头哭了一次，睡了一觉，发誓再也不参加什么高考了，再也不想什么好事了。张文山给她打来电话，说他也没考上，不过张文山差的分数比较少。张文山说，他明年还要考，问董瑞雪有什么想法。董瑞雪说，她再也不考了。从采石场传来消息，说有一个叫李春光的采石工考上了，分数相当高，被本省最有名的一所大学录取了。又说李春光在政审上出了问题，能不能去上学还不一定呢。董瑞雪听后先是一喜，后是一惊，她想，要是政治审查把李春光审下来，对李春光的打击将是致命的。她知道对李春光的政审问题出在哪里，她的心不由地颤抖起来。原以为时间过去这么长，乌云早就散了，不料阴影还罩在他们头上。不行，她要帮助李春光去上学。这时，李春光给她打来了电话。李春光的声音在电话里听来是陌生的，也是颤抖的，他一再问董瑞雪是董瑞雪吗。董瑞雪的声音也颤抖得厉害，她说："是，我是董瑞雪。听说你考上大学了，向你祝贺！"她想对着耳机笑一笑，眼里却含了泪。李春光大概把他遇到的麻烦对董瑞雪说了，董瑞雪说："你放心，我一定帮助你！"董瑞雪放下李春光的电话，就给梁建梅打了电话。梁建梅说过，让她有什么事就给他打电话，她从来没给梁建梅打过电话，这次不得不打了。她说了李春光的情况后，梁建梅答应过问一下。梁建梅问董瑞雪怎么没参加高考。董瑞雪没有隐瞒梁建梅，说她考了，没考上。又说她原来在学校时成绩就一般化，不可能考上。她把她自己说成是瞎起哄。梁建梅安慰了她，说考不上不要紧，可以利用业余时间，上广播电视大学，也发给大学文凭。董瑞雪说她要文凭没什么用。梁建梅说有用，他就准备边工作边读电大。董瑞雪反复对梁建梅说，请他一定帮李春光说句话。梁建梅笑了笑，说问一句他不该问的话，李春光是不是她的男朋友。董瑞雪红了脸，对梁建梅说了假话，她说就算是吧。定是梁建梅从中起了作用，局里管政审的部门没有再卡李春光，李春光上大学去了。

董瑞雪后来还是读了电大。读完了电大，她被调到铁路局工会去了，当上了工会宣教部的部长，正科级。这年，董瑞雪已经三十多岁了。

52. 毕业之后

李春光在大学里入了党，以优异成绩毕业后，被分配在省委秘书处当上了一名秘书。他在大学里谈了一个对象，和他同岁，也是老三届的。对象的家就在省城，毕业后分配到本市的晚报社当编辑。因为年龄都不小了，他们毕业后就结了婚，并很快生了一个女儿，形成了一个温馨的小家。这天早饭后，李春光按时到省委办公大楼上班。他手里提着酱石色公文包，步伐稳健自信。正值仲春，阳光温暖明丽，树展新叶，鸟唱新歌，车辆来往如梭，人流进退如潮，一派新的气象。他心里鼓满春风，眼里微微含笑，为国家能获得新的生机而欢欣。他上身穿一件蓝色的中山装，风纪扣扣着。下面穿深灰色的裤子，裤线可见。脚上的皮鞋也擦得很亮。他比在采石场时略胖了一点，面部轮廓更加分明，透出一个成熟男子的刚毅和持重。他的贫苦出身，他的坎坷经历，以及他受到的高等教育，使他在思想、人生经验、道德修养、知识积累、业务能力等各方面，逐渐完善起来。由于谦虚谨慎和自身的主动调节，他和外界社会不断取得和谐和新的平衡。他读的是中文系，从事的又是秘书工作，他用他的笔不止一次地为省委的高层领导起草过大会讲话或工作报告，他开始代高级领导人立言，间接地担负起治理这个有着八千万人口大省的一部分责任。他时时意识到这个责任的分量，工作兢兢业业，不敢有半点懈怠。

来到有解放军战士站岗的省委大门口，李春光向战士点点头，刚要走进去，又不由地停下了。门口聚集着许多各地来的上访人员。这些上访者有男有女，有老有少，有知识分子模样的人，还有坐着轮椅来的截瘫矿工。他们或坐或立，或横躺在厚重的铁篱门下，或跪在门口的通道上。有一个面南而跪的中年妇女，上身直立，身前身后披着状纸缝制的衣服，状纸是用盛水泥的牛皮纸袋翻过来写成的，字很小，且潦草，不大好辨认。标题却醒目，胸前的题目是“我的申诉”；身后的题目是“冤枉”，“冤枉”的后面用鲜红的颜色打着两个挺大的惊叹号。一个农民模样的人，光着上身，包一块透明塑料布，蜷缩着蹲在地上，望着披状纸的妇女笑，仿佛他不是来告状的，是来看稀罕的。一个带两个孩子的男人，坐在地上，腿上垫着脏污的背包，正在赶写申诉书。他用的是打卷儿的带横格的材料纸，材料纸上头印着某某县机械厂的字样。李春光走过来时，一些上访的人打量着他，见他还年轻，不像个管事的，就没有拦他。李春光一看到这些人，就不由自主地想起了他的家乡，他想看看这里面有没有他老家的人，有没有他所认识的父老乡亲。十年动乱，哀鸿遍野，哪儿没有冤枉的人，哪儿没有屈死的鬼，现在好不容易盼到了大治之年，谁不急着申冤雪耻呢！他真想找一两个上访者聊聊，倾听一下他们的冤屈，比如那个跪在硬地上的妇女，比如那个无衣遮体的农民，他们肯定都有自己的冤屈，不然的话，他们不会早早地等在这里。昨天临下班时，省委副秘书长通知，今天要研究起草一份关于要求各地市县正确处理大批群众上访问题的文件。近来上访者与日俱增，一些地方政府对上访群众不大负责，把皮球往上面踢，各地群众只得奔省城和首都。据说到北京的上访者人满为患，接待单位只得像当年接待大串连的红卫兵一样，成立了许多接待站。接待站住不下，北京只得在街头和公园里搭起一些临时性的上访接待站，接待源源不断涌向北京的上访群众。有的中央部门被成群结队的上访者围住，连正常的工作秩序都被打乱了。省委何尝不是呢，因为连日来上访群众拦车喊冤，弄得省委领导连小车都不敢坐了，连大门都没法进了，只得远远地下车，从后门进省委大院上班。甚至闹出这样的笑话，一个大肚子的炊事员从正门进来，上访群众以为他是一个领导，前拉后扯地围住他申诉冤情。无论炊事员怎样解释他是大师傅，是掌勺的，人家就是不信。站岗的解放军战士为他开脱，说明他真是炊事员，人家还不放他走。胖师傅被拉扯得红头涨脸，气喘吁吁，哭笑不得。最后他恼着脸子赌了咒，说谁要不是炊事员，谁就是王八蛋，人家才放他进去了。省委也专门设了接待站，可接待站哪里容得下呢，就连接待站那条街的街道两旁，都搭满了窝棚，睡满了人，简直像难民营一样。李春光想，他要是找两个人谈谈，在研究起草文件时或许会有更多的发言权。但他知道，一谈起来他就会被人缠住，他就没法去上班。他进了大院的侧门，正往里走，忽听女人的尖叫声。回头看，门口停了一辆大屁股吉普车，车的两扇后门大敞着，两个身强力壮的年轻人，在一个中年人的指挥下，正一人一边架着那跪地妇女的膀子往车上架。那妇女使劲往下打坠，拼命挣扎，喊着放开她，她哪儿也不去。挣脱不了，她就大叫救命。李春光退回来，问那个中年人怎么回事。那中年人不看他，也不理他，只对那妇女说："走吧，你的问题回去解决，在这儿跪着没用。"他的声音并不高，透出一种克制的耐心，说着弯腰帮两个年轻人揪那妇女的裤腿。妇女乱踢腾一气，喊着："你们骗我，你们根本不解决我的问题！"李春光离那位中年人近些，问他这是干什么。中年人看了他一眼，问他是干什么的。李春光说，他是省委秘书处的。门口上访的人都围过来了。那两个年轻人把妇女松了。妇女躺在地上呻吟，不起来。中年人说李春光不了解情况，不要管他们的事。说这位妇女是上访油子，她的问题早就解决了，她现在是无理取闹，要把她遣送回去。李春光问他们是哪个单位的。中年人说是纺织局上访接待处的。一个年轻人介绍说，中年人是他们的处长。李春光说："你们这样做不太合适，让她回去可以说服教育嘛，这样强拉硬扯，影响不好。"中年人很不以为然，说："说得轻巧，你说服一下试试，看她听不听你的说服。你阻拦我们执行任务，你叫什么名字？"李春光平静地说了他的名字，并说他是秘书二室的。他问那位处长贵姓，处长没有回答，朝两个年轻人挥了一下手，钻进了吉普车。车身大抖了一阵，冒了一股烟，跑走了。

在研究起草文件时，李春光讲了他目睹的纺织局信访处用强硬手段对付上访群众的事，对这种粗暴做法表示了愤慨，说不管上访者如何无理，他们也不该用这种近乎绑架的办法强行带走上访者，这样只能使矛盾激化。他建议文件要写进这么一条，各地各部门上访接待处的工作人员，一定要热情接待上访者，都不得对上访群众粗暴无礼。副秘书长认为李春光的建议很好，群众要上访，是对党和国家的信任，而每一个接待来访群众的工作人员，都被认为是代表党和国家的，一举一动都要对党和人民负责，做到热情、慎重、稳妥，不能让群众失望。副秘书长把起草文件的任务交给李春光了。文件不长，李春光一上午就起草完了。在室内传看修改过，一级一级呈送上去请领导过目。文件下发前，还要经省委常委讨论通过。室里暂时无事，李春光提出到下面走走，搞点调查研究。领导同意。省委有规定，机关每一位工作人员，每年下基层搞调查研究的时间不能少于两个月。领导对每一位主动要求下去的干部都很支持。

下午，李春光接到张文山从学校打来的电话，他们两个聊了几句。他们两个是在大学的校园里意外碰见的，张文山比李春光晚两年考进大学，也就是说，当张文山刚步入大学校门时，李春光已是大学三年级的学生了。在校园里绿荫满地的小路上，他俩乍一碰面，都愣了一下，接着，四只强有力的手就紧紧地握在一起了。张文山今年面临毕业分配，他想让李春光帮他联系一下，他想到省报当记者，说他这一辈子最大的愿望就是当记者。借一次开会的机会，李春光跟报社的总编推荐过了，为张文山说了不少好话。他特别提到，张文山在他老家插过队，他对张文山比较了解。总编对老三届考上大学的毕业生很愿意使用，基本上同意了。总编并不是认为这类大学生的学识功底有多厚，而是他们吃过苦，有丰富的阅历和社会生活经验，这些东西在学校的课堂上是学不到的。李春光把总编的意思传达给张文山了，张文山对李春光非常感激，一再把李春光喊成老兄。李春光说，他记得他俩虽然同岁，但在生日上，张文山还比他大几个月呢，他应该喊张文山老兄才对。张文山坚持把李春光喊成老兄，他的道理是，在年龄上，他是比李春光大几个月，但在学业上，李春光是学长，学长就是学兄，他称李春光老兄是从学业和学识上论的。李春光不跟他在谁兄谁弟的问题上掰扯了，建议他尽快写出一些新闻作品，等报社去考察他时，他就可以拿出发表过的作品，证实他的采写能力，不然的话，单凭嘴说，是没有说服力的。张文山还真的没想到这一层，他问报社一定要看发表过的作品吗？李春光说那倒不一定，但有作品总比没作品好一些，这是肯定的。文凭凭的不仅仅是毕业证书，还应该把文凭倒过来理解，文凭还是凭文，凭文章。张文山说谢谢老兄指点，又问新闻作品写什么呢？到哪里采访呢？李春光说，可写的东西遍地都是，比如张文山原来所在的汽车修配厂，说不定就有新闻可写。他问张文山最近回去过没有。张文山说，他有两三个月没回去了，倒是他老婆时常带着孩子到学校看他，一来就给他送吃的、送穿的，好像生怕别人不知道他张文山有老婆孩子似的。李春光跟张文山说笑话："那是嫂夫人怕你变心，你可得注意点，不要让别人在你们之间插了足。"张文山说绝对不会的，别看他老婆长得不咋的，就冲他老婆也当过知青、也下过乡，他也要跟老婆共同走到底。这一代人如果不互相帮衬，还指望谁帮衬呢！这话撞在李春光心坎子上了，他说张文山说得很对。他向张文山打听，最近见没见过董瑞雪。一提董瑞雪，他鼻音就有些重。张文山说，他好久没看见董瑞雪了，但董瑞雪的情况他略知一二，董瑞雪好像一直没谈对象，到现在也没结婚，都成了老姑娘了。那么李春光就向张文山打听范明宇的情况。张文山说，范明宇现在可是青云直上，范明宇的父亲摘掉右派帽子之后，范明宇很快就入了党，当上了矿山机械厂的团委书记。李春光主要关心范明宇和董瑞雪谈恋爱的情况，不知出于什么心理，他没有明问，只问范明宇结婚没有。张文山说这一点他不太清楚，好像是结了吧。李春光不明白这是怎么回事。

53. 化妆

工会女工部的部长林大姐给董瑞雪介绍了一个对象，林大姐说得很小心，生怕董瑞雪不能接受似的。还没介绍男方的情况，林大姐就把话说在前面，要是董瑞雪觉得行呢，就跟那人见个面，谈谈；要是条件不行呢，权当她没有说，以后再介绍别的人。董瑞雪脸红着，没有拒绝林大姐给她介绍对象。她调到局工会后，所在的机关是大了，但和人交往的圈子却小了，每天与之打交道的就是工会的那些人。和别的部门的人偶尔也有一些工作上的联系，但彼此都很隔膜，都是公事公办的口气，工作上的事说完就完了，下次见面跟不认识差不多。董瑞雪所知，近在眼前的男人大都是结过婚的，有个别刚进机关的年轻人，虽没有结婚，对象也确定下来了。相比之下，机关里的大姑娘倒是有几个，最大的都四十多岁了。据有关方面统计，男女的配比基本上是平衡的，男性所占比例还稍微高一些。可落实到具体人身上，剩下的却是一些女性，问题不知出在哪里了。在这种情况下，董瑞雪只能靠同事们给她介绍对象了。工会的同事对董瑞雪找对象的事都很关心，好像董瑞雪没有找到对象是工会工作的一大缺点，董瑞雪一天找不到对象，这个缺点就一天没有克服。工会主席当面背地也发号召似地对工会的人说过，让大家分头行动起来，帮董瑞雪张罗张罗，使董瑞雪和大家一样，尽早有一个家。作为女工部长的林大姐，觉得自己的责任更大一些。给女职工牵线搭桥，帮助女职工解决婚恋难题，本来就是她分内的事儿。董瑞雪是她的同事，就在她眼皮底下，如果连董瑞雪找对象的问题都不能帮助解决，好像没尽到女工部长的责任似的。同事们对董瑞雪过去的经历不是十分了解，时间如灰尘，把过去的事都尘封起来了。同事们只能从董瑞雪的现状推断她的过去，一般都认为，董瑞雪年轻时长得出色，又是党员，条件优越，对所找的对象肯定比较挑剔，挑来挑去，曲高和寡，就把找对象的最佳时机错过去了。有同事半真半假地跟她开玩笑，问她的眼光是不是太高了。董瑞雪不敢承认又想承认，想承认又心虚，她回答得很戒备也很含糊，说其实她的眼光并不高，不知怎么就这样了。说这话时，她的心情很复杂，还有一些抑制不住的酸楚。她怕人看出了她的酸楚，又说这都是命。她认识到了，命是个九九归一的东西，无论是祸还是福，不论怎么解释不清的问题，一说到命就可以一言以蔽之，就算说到底了。它是说不下去的一个说法，是人生的一个遁词，什么问题都可以往里装似的。董瑞雪拿这个说法对别人解释，也是对自己解释，她差不多已经认命了。命其实是一个无奈，人生也是一场无奈，无奈与生命俱来，无奈与岁月俱增，人生有多长，无奈就有多长。生命和无奈相比，无奈才是强大的、抽象的、概括性的，仿佛生命是强大的无奈里的一个小小的附着物，一个不明的飘荡物，犹如浩浩长风中的一星尘埃，尘埃只能受风的摆布和荡涤，对长风一点也奈何不得。董瑞雪不拒绝别人给她介绍对象，在很大程度上，已不是从自身的需要出发，不是为自己着想，而是为同事们和妈妈着想。这么大岁数了，还没有对象，还不结婚，在同事们心目中，这是不正常的，按流行的说法，她是有病的，不是心理上有病，就是生理上有病。同事们大概从人道主义立场出发，似乎不能眼睁睁地看着她长久地病下去，不能见死不救。同事们治病救人的手段就是给她介绍对象，好像一旦有一个男的成了她的对象，她就百病消除，就恢复了正常。董瑞雪得配合同事们对她的治疗，如同病人配合医生的治疗。又好像配合同事们完成一项任务，同事们有任务观念，她也有任务观念，如果完不成这个任务，她就对不起工会这个集体，就影响集体荣誉。她最感到对不起的是她的妈妈。妈妈生了她、养了她，她应该让妈妈省心，应该孝敬妈妈。孝敬妈妈莫过于该飞走时就飞走，自己成立一个家另过。妹妹对妈妈是孝敬的，妹妹不但结了婚，成了家，连孩子都有了。星期天，妹妹把孩子抱到妈妈面前，教孩子喊姥姥，把妈高兴得脸上的皱纹都舒展开了。而她每次回家，都不能给妈妈带去欢乐。妈妈生她时，她是孤身一人，现在她仍是孤身一人，她只能给妈妈带回忧愁。妈妈显见得老了，皱纹加深，头发变白。妈妈怕伤了她似的，已不再问她找对象的事，妈妈老是怜惜地甚至有些痛心地看着她，好像她没能结婚是妈妈的过错。妈妈有一次叹了气，说人哪，谁也不知道自己一辈子会怎样，这么好一个闺女，命咋就这么苦呢！妈妈对她找对象的事已经悲观失望。有一次妈妈叫着她的小名对她说："妈跟着你，咱娘儿两个一块儿过。"那次董瑞雪哭了，她说不，她自己一个人过。为了少给妈妈添忧愁，她不敢回家了，除了过年过节回去看看爸爸妈妈，平时就待在自己宿舍里。局机关分过两次房子，因她没结婚，就没有资格申请要房。后来领导考虑到她的实际情况，在单身职工宿舍楼上，给了她一间屋。这间屋就是她的家。有同事到她屋里看过，说屋里太寒素了，应该添置一些家具，如沙发、席梦思床什么的。她什么家具也没买，倒是买了一台黑白电视机，无事时就对着荧屏上的黑白世界看。常常是她看着电视如同不看，不知不觉就睡着了。等她被一片哗哗啦啦的声音惊醒，一看电视早结束了，荧屏上闪烁着一片麻点。董瑞雪过去把电视关掉，屋里顿时陷入一片黑暗。这时她反倒睡不着了，睁着眼睛胡思乱想。她无意抓住一个念头，找到一条清晰的思路。她不愿意清晰，愿意脑子里那么混沌着。据她的经验，哪一条思路都走不到头，都是未知的，人想把道理弄明白，都是自寻烦恼。有时她把眼睛闭上，强迫自己睡。她发现在清醒的状态下，用眼皮把眼睛包上是无用的，眼睛不仅是一个光体，它是有记忆的，对黑暗有着极强的穿透能力，越是包上眼皮，它越明亮，"看"得越远，"看"得范围越大。有一次，她竟"看"到下乡插队的李营去了。有些过去的东西，她不愿回顾，就赶紧把眼睛睁开了。她极力在屋里搜寻着，目光一及物，就从远处收回来了。若哪天晚上有月亮，她愿意倚在窗内，对着月亮久久地看。看了天上的月亮，再看地上的月光，直看得月亮西移，地上的月光清凉如水。林大姐给她介绍的对象是一个外科大夫，据说医术很高明，被称为医院里的一把刀。只是大夫的年龄偏大一些，比董瑞雪大十一二岁。大夫的妻子病死了，大夫尚在中年，续弦是情理之中的事。另外有一点必须向董瑞雪说明的，大夫有一个女儿，正读中学。不过大夫的女儿挺懂事的，好像并不反对爸爸再婚。林大姐介绍完大夫的情况后，并没有马上让董瑞雪表态，愿见还是不愿见，林大姐让董瑞雪想想再给她回话。董瑞雪的悲哀泛上来，眼圈渐渐地就红了。林大姐看在眼里，没有再提大夫的事。

人说姑娘大了该嫁不嫁，脾气就会变怪。董瑞雪的脾气不怎么怪，她躲在自己宿舍里哭，或把泪水流进自己肚子里，在人前平平静静的，跟没事人一样。所以董瑞雪的人缘不错，那些女同事都愿意找她闲聊。她们劝董瑞雪化一下妆，打扮一下自己，说董瑞雪哪怕稍微化一点淡妆，一定比现在更漂亮。董瑞雪注意到了，她周围的那些女同事，不管岁数大的还是岁数小的，每人都是化了妆的。她们办公室的抽屉里就放着瓶瓶罐罐、小镜子、口红和眉笔。时不时地，她们就把抽屉半开着，把写字台变成了化妆台。有时领导喊她们出去办事，紧急之中，她们也不忘记拿出折叠形的小圆镜子，把嘴唇和眉毛检点一下，缺什么补一点什么。董瑞雪不反对她们化妆，相反，她对她们化妆流露出的是欣赏的表情。她们经过化妆，面貌是大不一样，脸变白了，唇变红了，眉变黑了，连皱纹似乎也减少了，一个两个都很光鲜。变化大的，是她们的精神状态。她们既然化了妆，就张着眼睛看人，希望人们注意到她们的变化，希望听到人们的赞美，仿佛她们的脸对身心起着带头作用，脸上收拾好了，把整个心劲都带动起来了。若得到人们的赞美，她们心花怒放，下次打扮得就更上心、更来劲，自信也增加不少。因为董瑞雪赞美过她的同事，她的同事就撺掇她加入化妆的行列。同事们说的次数多了，她就想试一试。她回到宿舍照了照镜子，这次照得仔细些，不免吃了一惊。她发现自己眼角不知什么时候有了细细的皱纹，眼一挤，皱纹就聚拢在一起，眼角放松下来，皱纹却不能完全消失，像一道道细微的画痕。她想，完了，她开始变老了。她突然有了紧迫感似的，开始向同事们学习，也买了抗皱霜、增白粉蜜之类，还买了口红和眉笔。她关起宿舍的门，在自己脸上搞化妆试验。试验的结果，她觉得是不错，镜子里的那个人好像不是董瑞雪了。特别是涂了口红的嘴唇，使她又羞又怕，仿佛以前没注意到自己的嘴唇，涂上口红，才把嘴唇标明了。这样带着妆，她鼓了好几次勇气都没有走出去，后来还是把口红擦掉，她才敢到办公室里去。她只保留了一点淡妆。同事们的目光是敏锐的，她保留的淡妆还是被女同事们一眼就发现了，她们众口一词，都夸董瑞雪化了妆真漂亮。终于让董瑞雪也化妆了，她们无不感到取得了一个小小的胜利。她们向董瑞雪围过来，像看一位新娘子一样看董瑞雪，把董瑞雪看得脸都红了。董瑞雪没搽胭脂，她的脸一羞红，比搽了胭脂还红。人的羞红，是世间最美的红，绝非胭脂红可比。胭脂红是表面的，羞红是从内里生发出来的，胭脂是化学合成的颜料，羞红里包含的是涌起的热血，这血的源头是在心头。由这羞红作底色，加上略施粉黛，董瑞雪容光焕发起来，还有一些妩媚。同事们趁机继续撺掇董瑞雪，劝她再做两身像样的衣服，说人趁衣裳，马趁鞍妆，好衣服一穿，董瑞雪会更加光彩照人。在同事们的参谋下，董瑞雪做了一身藏蓝色毛料衣裙。衣是短衣，裙是长裙，鞋是新买的高跟鞋，董瑞雪穿戴起来，果然高高挑挑，端端庄庄，俨然赛过舞台上的节目主持人。那天在办公室里，董瑞雪吸引了好多人去看。连别的部门的一些女人听说后，也到董瑞雪的办公室去看。这些女人有董瑞雪认识的，也有不认识的，人家一来，她就得站起来让人家前看后看。有人让她走一走，她就走一走。她走得有些拘谨，不大放得开。

54. 学跳舞

跳舞之风像是一夜之间刮起来的。公园里有人提着大块儿的录放机，一边走一边放录音。走到一块空地方，他们就把录音机放下来了，男女开始搭手跳舞。他们跳着，还东张西望，一副解放思想的样子。有人跳，就有人围观。围观的人都觉新奇，眼神儿互相交流，跃跃欲试。一时间，街头的小花园，街心的广场，还有一些停车场，似乎都变成了舞场，一早一晚乐声不断，舞者如云。按说跳舞是年轻人的事，可参加跳舞的年轻人并不多，大多是一些中年人，还有一些老头老太太。他们打的是锻炼身体的旗号，跳起舞来也的确像锻炼身体，心里想的却是要找回一些什么，或补回一点什么。各个单位也不甘落后，办公室里大一些的房间，长长的楼道，工间操时间都有人在跳舞和教跳舞。到了周末，他们把会议室腾开了，把餐厅的桌椅搬开了，纷纷扯起纸花，办起舞会。仿佛哪个单位不办舞会，哪个单位就不够解放，不够开放，不够现代，领导也显得不够开朗。这年春节前，工会也组织了舞会。工会组织的舞会是大型的，他们印制了专门的舞会请柬，贴了海报，欢迎局机关各部门的工作人员都去参加舞会。舞会也是联欢，带有庆贺新春佳节的意思。工会主席出面，把请柬送到书记副书记、局长副局长办公室，邀请领导光临舞会。工会主席要求，工会的全体同志都要参加，特别是女同志，要打扮得漂亮一些。工会主席还讲了舞场的礼仪，比如，一般都是男的主动邀请女的跳舞；女的被邀请时一般不得拒绝；跳完一曲分手时，二人都要说谢谢等等。工会主席是个大胖子，平时很古板，根本不会跳舞。不知他从哪里贩来这些礼仪，像布置工作任务一样，讲得那样认真、严肃，让人禁不住想笑。有人问工会主席，他跳不跳。工会主席说当然要跳。大家都想看看他怎样跳。董瑞雪作为工会宣传教育部的部长，也被要求带头到舞会上去了。舞场是在五楼的一个大会议室里，桌子摞了起来，椅子摆了一圈。音乐响起，舞会开始了。一开始上场的人不太多，不过三两对。工会主席急得直转，催促大家快跳。董瑞雪坐在一个墙角，生怕工会主席催促到她。她穿上了那身毛料衣裙，化了妆。口红她也涂上了，想着晚间在灯光下不会太显眼。到了舞场她才觉得不太好，因为灯光太亮了，而且一直大亮着，没有什么变化，跟平时机关开大会使用的灯光一样。她顿觉身上起燥，还没跳舞，额头就冒出了细汗。她想把口红擦掉，又怕擦得一塌糊涂，嘴不是嘴，脸不是脸，那样就更难看了，暂时没擦。她把头往下低着，用自己的额头制造一个阴影把红唇遮住。她还把同事的一件衣服抱在怀里，装成来给别人看管衣服的样子。上场跳舞的人逐渐多起来，人影幢幢，舞会的气氛逐渐充实。工会主席没有跳，他在四周走来走去，像是一位维持秩序的工作人员。他转到董瑞雪面前了，站下，对董瑞雪看着。董瑞雪以为工会主席要请她跳舞，身子不由自主地往一边躲着。工会主席没有请她跳，问她为什么不跳，指出她是宣教部长。工会主席对她有点批评的意思。她不吃这个批评，反问工会主席："你为什么不跳，我还没看见你跳呢！"不料工会主席眯着眼笑了，他把手遮在嘴上，说悄悄话似地对董瑞雪说："我的肚子太大了，光顶人家。"又说："我根本不会跳。"因为工会主席的脸太胖，一笑起来很像一个孩子。看见工会主席这种笑法，董瑞雪也禁不住笑了。门口又进来了几个人，工会主席一看，说声梁书记来了，赶紧向门口迎过去。董瑞雪一看，果然是梁建梅来了，她心口突突地跳起来。她怕梁建梅看见她。梁建梅没有往里走，在门口就把长衣服脱下来了。工会主席把梁建梅的长外衣接在手里，搭在自己胳膊上。梁建梅里面穿的是西装，打的是红领带，令全场的人眼睛一亮。跟梁建梅一块儿进来的有两个女孩子，梁建梅和其中的一个女孩子跳上了。她不得不佩服梁建梅真是个人物，梁建梅什么时候就学会跳舞了呢，而且跳得进退自如，很像那么回事。她发现不少人都向梁建梅看着，连一些正跳着舞的年轻姑娘，也扭过脸看梁建梅的舞姿。舞场像一个漩涡，跳舞的人是旋动的。当梁建梅和舞伴转到董瑞雪前面时，董瑞雪没有动窝，却觉得自己的头有些晕，像在旋转。她生出了溜走的念头。然而，还没等她溜掉，一曲停了，跳舞者的动作也都暂停了。刚才说舞场像漩涡，那么舞者就像漩涡中的鱼，漩涡在流转时，鱼们被推动着、被裹挟着，如隐在水中。舞曲一停，水成了静态，鱼们就浮到水面上来了。舞曲暂停的间隙，说是可以休息一会儿，其实更主要是给人们留出搜寻的机会，以便搜寻到新的舞伴，实现再选择、再组合。梁建梅看见董瑞雪了，跟董瑞雪打了招呼，说下一个曲子请董瑞雪跳。董瑞雪没站起来，说她不会，真的不会。梁建梅说没关系，一学就会了。乐曲响了，梁建梅向董瑞雪伸出了手。董瑞雪当然不能拒绝梁建梅，她站起来了。二人的手一接触，董瑞雪的手就簌簌地抖个不停，她意识到了自己的抖，想把抖止住，可她对自己一点办法也没有，反而抖得更大发了。她有点恨自己。她又说真的不会，从来没跳过。梁建梅说："你在学校宣传队里不是跳过舞吗?"董瑞雪说："那都是瞎跳，跟这跳法不一样。"她低着头，瞅自己的脚。梁建梅说："不要低头，跟着节拍走就行了。"她抬起了头，却不敢抬眼，就那么塌着眼跳。她说不上跳，好像连走也不会了。手抖得那么厉害，没有把她的身体抖软，相反，她的胳膊她的腿，都硬得打不过弯来，如同上了夹板一样。还有她的腰，一时都僵硬得成了"钢筋铁骨"。梁建梅要她放松些。她是想放松些，可怎么也放松不了，全身似乎越来越紧了。她出汗了，汗水像是没经过过渡阶段，一下子就冒出来了。她觉出鬓角的汗水在往脖子里流，脖子里的汗水往背上流，浑身都大汗淋漓。梁建梅问她怎么样，工作还顺心吗。她说挺好的。说了挺好的，她就没词了。

她想，这首曲子怎么这样长呢。梁建梅大概在想办法让董瑞雪放松下来，他提起了他女儿，说他女儿也要跟着他来跳舞，他没让女儿来。这个话题效果是好些，董瑞雪抖得不那么厉害了，她说梁建梅应该把女儿带来，夸梁建梅的女儿长得特别可爱。梁建梅问董瑞雪什么时候看见他女儿了。董瑞雪说，秋天的时候，她看见梁建梅的爱人带着女儿在局门口的小花园里玩。她问梁建梅："你爱人跳舞一定跳得很好吧?"梁建梅说："是的，她就是吃那碗饭的。"这样说着话，董瑞雪脚下就踩住点儿了。梁建梅说"不错，你已经学会跳了。"董瑞雪刚要感觉一下，脚下又乱了方寸，这时乐曲也停了。梁建梅对董瑞雪说了谢谢。董瑞雪记不得自己说的是什么，也许说的是对不起，也许什么都没说。乐曲再度响起时，她像一条黄鱼，贴着边儿溜走了。回到宿舍后，她对自己的差劲表现异常懊恼，懊恼得都快要哭了。

董瑞雪到一个区的文化宫办的交谊舞学习班学习去了。跟当初参加高考复习功课一样，她参加交谊舞学习班是在秘密状态下进行的。办交谊舞学习班的广告很多，价钱也不贵，她选择了一个地处比较偏僻的学习班，悄悄地到那里去学习。学习班都是在晚上开班，一点也不耽误她白天的工作。她又买了一辆自行车，下了班，骑上车装作回家，三拐两拐，就到学习班去了。工会主席对举办的那次舞会作了总结，说要在工会系统开展一场扫盲运动。当然不是扫文盲，而是扫舞盲。董瑞雪为了扫舞盲才参加学习班的。作为宣教部长，连交谊舞都不会跳，实在说不过去。她不打算学得很好，不想让人看出她是受过专门训练的，只求会跳就行了。这一期学习班有四十多人，只有一两对是结伴而来，大多数人和董瑞雪一样，是独来独往。学交谊舞需要一男对一女结成对子，不然就不叫交谊舞了。老师是一男并一女，都是六十来岁的人。老师让男女站成两排，女站前排，男站后排，然后发一声口令，让前排向后转，不由分说就给面对面的男女配成了对子。老师给董瑞雪配的一个舞伴，看样子有五十来岁了，个头儿高高的，眉眼端正，谈吐也文雅，不让人讨厌。可是，董瑞雪一碰他的手就有些受不了，他的手又粗又硬，简直像是木锉，不光手感不好，心里也麻麻扎扎的。董瑞雪看看他的手，第一次发现还有如此难看的手，他的手出奇的大，骨节出奇的粗，每根指头都粗糙得像长了一层行刺，手心手背褶皱也很多，类似大象的皮。董瑞雪跟他搭了一会儿手，就把手收回来了，一个人跟着别人学三步四步。舞伴并不勉强她，也是一个人，耷拉着两只胳膊，一步一步地踩。那人抓空子送给董瑞雪一张名片，董瑞雪知道了他姓常，是某厂的工程师。女老师对学生要求严格，喊着搭手搭手，一块儿练。女老师虽是泛指，但未搭手的只有董瑞雪和老常二人。老常听从老师的教诲，向董瑞雪伸出了手。董瑞雪只给了他一点手指的指尖。老常还算懂得分寸，和董瑞雪保持着相当宽的距离，目光也躲闪着，没有直视董瑞雪。老常低着头看脚的时候多一些，教师喊一二三，他就在地上找一二三，找一个踩一个。说实在的，老常太笨了，没有音乐感，动作也没有节奏感，一步都踩不到点儿上。董瑞雪觉得自己就够笨了，老常比她还要笨好几倍。董瑞雪想起了一样东西，名字叫履带式拖拉机，拖拉机能犁地、能走路，你想让它跳一下就难了。可老常学跳舞的积极性很高，学习虚心，练习刻苦。老常不否认自己笨，他对董瑞雪说，他比较笨，让董瑞雪教他，等他学会了，他一定好好感谢董瑞雪。他问董瑞雪带没带名片。董瑞雪说她从来没印过名片。那么他就问董瑞雪贵姓。董瑞雪说姓董。老常叫了一声董小姐，又问董小姐的名字怎么称呼。董瑞雪心说，这人怎么这么磨叽呢。她没有告诉老常她的名字，只让老常知道她姓董就行了。第二天董瑞雪再来学习班，老常在门口等她。一见她来了，老常笑着迎上去跟她打招呼，好像熟得跟老朋友一样了。老常还在门厅一侧的小卖部买了两瓶汽水，自己一瓶，送给董瑞雪一瓶。董瑞雪不要，说她不渴。她心里说的是，我喝你的汽水算怎么回事。老常把汽水瓶子伸在她面前，老也不收回去，要董瑞雪不必客气，说以后大家都是朋友了，喝一瓶汽水算什么。董瑞雪说她真的不渴，又说汽水太凉了。学习班在二楼，董瑞雪绕过老常，往楼梯上走。这时老常表现出他的韧性，他大步跨上楼梯，拦在董瑞雪前面，目的只有一个，还是让董瑞雪把汽水瓶子接过去。老常脸上有些窘，让董瑞雪快接着汽水，又说："给我点面子吧。"听老常这么说，董瑞雪犹豫了一下，把汽水接过去了。董瑞雪一接过汽水，老常就高兴了。老常似乎很会来事儿，有一次练完舞休息时，老常坐在董瑞雪旁边，轻轻碰了董瑞雪一下。董瑞雪以为老常是无意间碰到她的，往一边欠欠身子。可老常又碰了她一下，她低头一看，老常不知什么时候买了一包口香糖，剥开了，抽出一条，示意董瑞雪悄悄接过去。人这么大，动作却这么小，董瑞雪不喜欢这样的小动作，没有接糖。她觉出来了，老常这样做，表明老常对她是有私心的，表明老常只倾向她一个人，这让别人看见很不好。老常给她递了一个眼神儿，小声说让她快接着，别让别人看见。董瑞雪已经摸到了老常的一些脾气，在这些小事情上，他特别锲而不舍，特别能缠人，如果董瑞雪不把口香糖接过去，他会不达目的誓不罢休地碰她一百次。董瑞雪有些无可奈何，把露出的一条糖抽出去了。董瑞雪抽得有些快，有些负气，结果把老常手里的一包糖都带落在地上，被别人看见了。有一位中年女人嘴快，让老常把糖贡献出来，分给大家吃点，别只给他的舞伴儿一个人吃呀。老常的脸红了，说不够每人一片呀，把剩下的几片糖都分给别人吃了，自己一片也没吃。董瑞雪听别人把她说成是老常的舞伴儿，顿觉很不好意思。对于别的人来说，称舞伴儿是很平常的，也很顺口。后来称呼作了简化，只称伴儿。如果男的先到了，女的还没到，别人会问那个男的："哎，你的伴儿呢？"男的会说："我的伴儿一会儿就到。"如果正说着话女的到了，男的就会向女的招手，让伴儿向他身边靠拢。自从老师分配之后，这些男女舞伴儿基本上固定下来。当然这都是暂时的，有些萍水相逢随聚随分的意思，说是同学，相处也不过十天半个月时间，学习班一结束，就各奔东西了。有人想得多一些，舞伴儿为什么是这一个，而不是那一个呢？他们承认这只是一个随机，一个偶然。但人世间的什么事不是随机和偶然呢！拿婚姻来说，在嫁娶之前，谁也不知嫁哪个娶哪个。有的人结婚几十年了，还不能明白，男的对女的说："世界上那么多女人，我怎么偏偏就娶了你呢？"女的疑问是一样的："我也没想到会嫁给你这么个男人呀！"有人就想了，能结成牵手搭肩上下共舞的舞伴儿，是不是也有一种机缘和一种必然在里头呢。他们隐隐觉得，自己对舞伴儿是负有一定责任的，是应当承担一些义务的。于是他们互相之间有了一些关切和照顾，来学习班不是成对，出学习班必是成对的。学习班结束都是在晚间，有女的离家较远，男的就承担起护送的任务，一直把舞伴儿送到家门口儿。也有的并不马上回家，而是一块儿走到小饭馆里去了，或者走到僻静的地方去了。老常没有专门送过董瑞雪，之所以骑车跟董瑞雪一块儿走，他说他是顺路，路过董瑞雪所在的单位是必经之路。有一天二人骑车走到半道儿，老常提出请董瑞雪吃饭。董瑞雪拒绝了。老常说："你下来，我跟你说一句话可以吗?"老常自己先下来了。董瑞雪也下来了。老常说："我跟你说一句话，你不要生气。这句话在我心里存了一段时间了，今天特别想说出来。"董瑞雪心跳加快，有些紧张，不知老常要跟她说什么话。他们把自行车推到一个路灯下，扶着车把站下了。老常眼皮乱眨，想看着董瑞雪又不敢看，说："我觉得你的气质特别高雅，真的，我向来不会恭维人，你信不信？我说的绝对是真话，你给人一种阳春白雪的感觉。"噢，原来老常在心里存了一段时间的就是这话，这话不会惹董瑞雪生气，她对老常说："谢谢!"学习班尚未结束，董瑞雪就不去了。她后来发现老常看她时眼神儿有些异样，而且老常还夸她的手长得很美，她就不敢去了，提前结束了学跳舞的学业。

55. 联谊会

市里组织了一次大龄青年联谊会，意在为大龄男女青年提供一个聚会的机会，让他们互相建立联系，并发展成恋爱的关系。这种联谊会等于是一个婚姻介绍市场，把大龄男女青年都召集到市场去，让他们互相挑选。董瑞雪不想去，她觉得这种形式不过是走形式而已，是市里有关部门表示关心大龄青年所作的一个姿态，不会收到什么成效。林大姐非要让她去，林大姐说，这是领导交给她的一项政治任务，董瑞雪要是不去，她就没法跟领导交代。她说就是硬拉也要把董瑞雪拉去。林大姐和别的姐妹们纷纷给董瑞雪当参谋，连董瑞雪穿什么衣服，吹出什么发型，化什么样的妆，都帮董瑞雪设计好了。她们还说了许多笑话。因为林大姐要陪董瑞雪去，她们要求林大姐一定把眼睛瞪大些，看见合适的小伙子，先下手为强，赶紧替董瑞雪拉过来。一个不行，就多拉几个，尽董瑞雪挑。一位同事说，要是有大龄男青年把林大姐当成大龄女青年怎么办。林大姐认为那好办，她正想认一个干儿子呢！说得大伙儿都笑了。联谊会是在一个体育馆里举行。有句俗话叫河里无鱼市上看。意思是说，别看河里看不到什么鱼，一到鱼市上就能看到很多鱼。大龄青年联谊会应了这句俗话，别看各单位大龄青年并不多，一集中起来就显得多了。林大姐陪董瑞雪走进联谊会的会场时，里面人气很旺，热闹劲儿已经上来了。场内张灯结彩，乐声飞扬，一派喜气。有人已经开始跳舞，边跳边交流情况。有人在散发求偶广告，进行自我推销。有的在一边嘈嘈切切，像是在洽谈。大多数人还没有找到目标，未免东走西逛，东张西望。林大姐带着董瑞雪一入场，迎面就是一些审视的目光。有一位上岁数的男人，大概属于林大姐一类的牵线人，迎上前去就要把林大姐和董瑞雪领走，让二人随他去一边谈谈。林大姐觉得还没摸清行情，被人领走不太好，容易陷入被动。她没答应那位上岁数男人的要求，说她们先看看，二人赶紧向场内深处走去。董瑞雪觉得周围的人虎视眈眈，都是渴望很强的样子，她有些害怕，寸步不离地跟着林大姐，像是一不小心就会被人抢走似的。林大姐领着她各处穿行了一圈，二人都出了些微汗。也许她们没有消停，没有人跟她们搭话，也没人阻拦她们。她们走到墙边的一排椅子那里，林大姐让董瑞雪坐下来歇歇，喘喘气。董瑞雪让林大姐也坐。林大姐不坐，她要去为董瑞雪物色人选。董瑞雪不想让林大姐离开她，说算了，别去了。林大姐看出了她的心思，说："没事儿，你坐在这里等我，不会有老虎把你叼走的。"董瑞雪看见，林大姐找这个找那个，跟这个交涉，跟那个交涉。她听不见林大姐说的是什么。会场上声音杂乱，林大姐说话的声音比较小，怕她听见似的。董瑞雪从林大姐的表情上看，林大姐跟人家说的都是小话，真是难为了林大姐了。林大姐每找到一个人，跟人家叨咕一会儿，就回过头，把坐着的董瑞雪示意给人家看。林大姐只示意一下，就转过头去，像是怕羞着了董瑞雪。人家顺着林大姐示意的方向，把董瑞雪看上一眼两眼。把董瑞雪看得如坐针毡。林大姐的交涉成效不大，没把一个男的拉到董瑞雪身边来。有人看看董瑞雪，摇摇头，就走开了，把林大姐撇在那里。董瑞雪的悲哀泛上来了，情绪低落下去，后悔不应该到这种地方来。她想马上站起来走掉，怕林大姐找不到她着急，就去找林大姐，准备拉林大姐一块儿走。就在这时，事情有了一些转机，她看见了一个人，老常！难道老常也是来这里找对象不成。老常背着一个黑挎包，在场里一路乱看。老常看见董瑞雪了，眼神有些惊喜，乱放光芒，他伸着手奔董瑞雪走过去，跟董瑞雪握手，说真没想到能在这里碰见董瑞雪。董瑞雪也好久没看见老常了，见老常对她还是那么热情，并没有因为她半途退出跳舞学习班就冷淡她，她便补偿似地笑着，没有拒绝老常跟她握手。她问老常："你怎么到这儿来了?"老常没有正面回答，却反问董瑞雪："你怎么来了？我知道你要来，我就来了。"董瑞雪又问："你怎么知道我要来?"老常含糊其词，又像是玩幽默，说："当然知道，我会算嘛。"董瑞雪瞥见，林大姐正朝这边看着。她想让林大姐看看也好，她并不是没人搭理，还是有人主动跟她表示热情的。但她不能让林大姐知道，她跟老常一块儿参加过跳舞学习班，跟老常以前就认识。她没有让老常坐，只跟老常站着说话。可老常自己坐下了，问董瑞雪物色得怎么样，要不要他帮着物色一个才貌双全的。董瑞雪说谈不上物色，她不过到这里瞎转转，凑凑热闹。老常问她是一个人来的吗。董瑞雪说不是，跟她一块儿来的还有工会的女工部长。董瑞雪摸不到老常的底细，她估计老常应该是有妻子有孩子的人，那么老常跑到这里干什么呢？她想试探一下，问老常物色得怎么样了。老常不知哪儿来的勇气，说了一句十分大胆和露骨的话，他说一看见董瑞雪，他就等于物色到了。董瑞雪试探出来了，看来老常是真的到这里找对象的。董瑞雪想进一步试探下去，对老常说："你真能开玩笑。"老常要是说真的，不是开玩笑，董瑞雪就有可能真的相信他了，可老常承认了，连说："开玩笑开玩笑，请不要介意。"老常这一说，似乎等于把自己刚才说的话否定了，董瑞雪又有些摸不着头脑。董瑞雪不想跟藏头露尾的老常周旋下去，说她要走，去找女工部长。老常说："别走呀，咱们还没好好聊聊呢！"董瑞雪说："这儿太乱，回头我给你打电话吧。"老常打开包，找出一张名片给董瑞雪，说上面有电话。董瑞雪说她有老常的名片。老常一拍脑门，说："你看我这记性，真差劲。"他夸董瑞雪的记性太好了。他夸得有些夸张，说董瑞雪记性这么好，真够神的。董瑞雪心想，收下人家一张名片，难道还记不住吗！她觉得这事不值得老常如此惊讶和赞叹，由此她觉出老常这人不是很实在。老常把名片收起，却拿了一个笔记本和一支笔，让董瑞雪把自己的地址和电话号码写下来，他跟董瑞雪联系。董瑞雪不想写，没接本子和笔，她说："你记一下吧。"说了自己的单位和电话号码。老常记下这些还不满足，说："我还不知道你的芳名呢！"董瑞雪说："我以为你早就知道了呢，说了半天，你连我的名字也不知道，算了，不告诉你！"老常说对不起，笔悬在本上，央求似地让董瑞雪告诉他。董瑞雪告诉他了，他的表情又显得很夸张，说董瑞雪的名字太棒了。董瑞雪跟老常道了声再见，走了，找林大姐去了。林大姐对她笑，说幌着不如等着，她一等，就有人找上门了。董瑞雪知道林大姐指的是老常。林大姐说她看见了，那人长得挺顺眼的，看样子像个知识分子。林大姐问董瑞雪："你们俩以前认识吗？"董瑞雪撒了谎，摇头说不认识。林大姐说，她看那人对董瑞雪挺热情的，还以为他俩以前就认识呢！不认识更好，这就叫一见钟情。董瑞雪心里有些吃惊，觉得林大姐毕竟是过来人，目光就是厉害，不光看出老常是知识分子，还看出他俩以前就认识。她说钟情谈不上，不敢再说这个话题，推着林大姐出门去了。林大姐说，别管如何，咱们这次来还算有收获。林大姐问董瑞雪，什么时候跟那人再见面。董瑞雪说这很难说，见面不见面还不一定呢！

56. 老常

第二天快下班时，老常就给董瑞雪打来了电话，老常说他一直在等董瑞雪的电话，等不到，他只得给董瑞雪打电话。办公室里还有别人，董瑞雪问老常有什么事，说吧。老常说，他请董瑞雪看一样东西。董瑞雪问什么东西。老常说董瑞雪一看就知道了。他们约了时间、地点。董瑞雪到机关食堂吃了饭，才骑上自行车去赴约。约会的地点在一家电影院门口，董瑞雪远远地就看见老常在电影院门一侧的台阶上站着。二人见了面，老常建议先找个地方吃饭，他请客。董瑞雪想到老常会有这一手，说她吃过饭了，在机关食堂吃的，连吃的什么饭都说了。老常预备的还有一手，他拿出一小盒包装精美的巧克力递给董瑞雪，说吃点巧克力总可以吧。董瑞雪不接巧克力，说巧克力热力太大，她吃了光上火。她让老常把让她看的东西拿出来。老常皱了眉，好像有些生气，说董瑞雪太客气了。老常还说了一句带有威胁性的话，他说董瑞雪要是再这么客气的话……这是上半句，是一个前提。董瑞雪等他说出下半句，他却迟迟不说，像行文时那样把破折号拉得很长。董瑞雪也背着一个挎包，他拉过董瑞雪的挎包，擅自把“热力很大”的巧克力塞进董瑞雪的挎包里去了。董瑞雪只顾猜老常要说的下半句可能是不理她了，对往她挎包里塞巧克力没怎么理会。老常真够可以的，把巧克力在董瑞雪的挎包里放定，他才把下半句说出来了，你道怎的，他说的是：“你再这么跟我客气，我就不喜欢你了。”他这句话相当讲究，也相当巧妙，在威胁性口气的掩护下，他向董瑞雪传达了一个信息，他喜欢董瑞雪。这句话在老常方面，大概是蓄谋已久，借机说出，他似乎获得了一种快感，脸上顿时涨红。董瑞雪想说“不喜欢拉倒”，话到唇边，她意识到差点上了老常的圈套，要是说了这句，就等于承认了老常对她的喜欢，她脸上也红了一下，把到唇边的话咽回去了。她说：“你到底让我看什么东西，这么神神秘秘的。我发现你最爱搞神秘化了，一些事情本来并不神秘，一到你这里就变得很神秘。”老常口上说没什么神秘的，仍不把东西拿出来，却从口袋里掏出了两张电影票，说：“我请你看电影，咱们到电影院里再说，这儿不方便。”董瑞雪说：“原来你请我看的东西就是两张电影票呀！”老常说当然不是电影票。他拍拍挎包，说东西在挎包里面。董瑞雪让他拿出来，坚持马上就看。董瑞雪将了老常一军，说："我说你搞神秘化，你还不承认，这不，又神秘上了。说吧，让看不让看，不让看我立马就走。"老常答应马上给董瑞雪看。他把手伸进挎包里，手一伸进去就像把手寄存起来了，不再拿出来，看样子还有一篇子序言要跟董瑞雪念叨。董瑞雪不胜其烦，一转身走了。老常紧跑几步追过去，拦在董瑞雪前面，把东西掏出来了，原来是一盘磁带。董瑞雪站下了，说一盘磁带有什么好看的。老常说磁带本来就不是看的，是听的。董瑞雪问他磁带上录的是什么，歌曲？不是。戏剧？不是。董瑞雪怀疑老常在磁带上对她说一些当面不敢说的话，说："你不跟我说清磁带上录的是什么，我不听！"老常忸怩了一下，说磁带上录的是他的一篇文章。那天打开收音机，电台正在播送他的文章，他就顺便录下来了。送给董瑞雪听听，主要是想请董瑞雪给文章提提意见。老常没说自己的文章写得好，他夸播音员播得好，经电台的播音员一播，文章生色不少。董瑞雪也顺便夸老常一回，她夸老常不简单哪，还会写文章。老常得意起来，说文章嘛，他是写了不少，这一篇赶得巧，才录下来了。董瑞雪把磁带收好了，说她回去一定好好听听，学习学习。董瑞雪没扫老常的兴，陪老常看了电影。电影是一般的，可老常看得有些骚动，好像吃了骚动药一样。看到半道，老常趁银幕上映的是黑夜，摸索着去找董瑞雪的手。他刚碰到董瑞雪的手，董瑞雪就把手躲开了，他的手摸了个空。趁银幕上出现的是白天，他低下眼瞅瞅董瑞雪的手放在哪里。他瞅见董瑞雪的两只手握在一起，互相保护似的。要摸到董瑞雪的手，得想办法把董瑞雪握在一起的两只手调动开才行。他问董瑞雪渴不渴，要不要他去买一听饮料。董瑞雪说不要，她不渴。他装着低头找东西。董瑞雪问他找什么。他说他听见响了一下，不知是什么。董瑞雪低下头帮他找。董瑞雪弯着身子往下瞅时，两只手分开了。这时，老常一把捉住了董瑞雪的一只手，他说算了，别找了。他这样说是给自己捉董瑞雪的手找一个借口。他是不用找了，要找的东西他已经找到了，已经握在手里了，好柔软温润的一样好东西。董瑞雪本能地往回抽手，没有抽回。老常这次出手称得上一个准一个稳还有一个紧，他是舍不得撒手了，舍不得放开这美妙的东西了。董瑞雪抽了两次没抽回，没有再抽。她想，老常这么大的人了，给他一点面子吧。老常把董瑞雪的手握了一会儿，仍不满足，另一只手也加上去了，在董瑞雪手上摩挲。老常的手涩拉拉的。有一种植物叫涩拉秧，晒干后就这么拉人。董瑞雪有些忍受不了，又开始往回抽手，同时对老常说："好好看电影吧！"老常不但不撒手，还把嘴凑到董瑞雪耳边说："太美了，你的手太美了！"董瑞雪问他到底还看不看电影，若不想看就走人，说着使劲一抽，才把手抽回来了。老常说看，赶紧把自己的手收好，身子坐得也端正些。直到电影看完，他们之间没有再发生接触，算是相安无事。分开时，他们互相说了再见，显得彬彬有礼。

一回到宿舍，董瑞雪就听了老常录下的文章。所谓文章，不过是一篇通讯报道稿，是董瑞雪原来在市里广播站常念的那种。市广播站改成广播电台了，老常写的这篇广播稿，就是在市广播电台的本市新闻节目里播的，连播这篇稿子的女播音员的声音，董瑞雪听着都有些熟悉，像是她原来的一个同事的声音。第二天一上班，老常就给董瑞雪打来电话，问他的文章董瑞雪听了吗。董瑞雪说听了，写得挺不错的。老常连说过奖过奖。董瑞雪心说，她并没有怎么夸奖老常呀，哪里说得上过奖呢！老常约董瑞雪出去跳舞，说他们在学习班学过之后，还从没有单独出去跳过呢！头两次，董瑞雪都推辞了。第三次实在推辞不掉，董瑞雪就去了。老常跳得还是不怎么样，可以说他还是一部拖拉机，硬得像钢铁，沉得像钢铁。老常脚上跳得不复杂，心里却跳得好像有些复杂，他胳膊上暗暗加力，想跟董瑞雪靠近些。董瑞雪感觉到了他的企图，没有指出来，也暗暗加力，把老常推开些。别人看不出什么名堂，他们老是走慢步，别人还以为他们是不错的舞友呢！其实他们哪里是跳舞，简直是在较劲，一个往怀里拐，一个往外推，全身的劲都用在胳膊上。不一会儿，两个人的胳膊都累得有些酸。从力量的对比来看，董瑞雪当然是略逊一筹，她敌不过老常。有两次，她踩了老常的脚，往前跌了一下。老常呢，不失时机，把董瑞雪搂得在自己胸前贴了一下。董瑞雪之所以踩了老常的脚，是她的胳膊推得顶不住劲了，软了一下。拿拔河比赛作比，她拔不过老常，被老常拉过了河界，拉到他那边去了。她踩老常的脚是有点故意，想给图谋不轨的老常一点小小的惩罚。可老常不但不以惩罚为惩罚，好像还有些窃喜，好像乐意接受这样的惩罚。老常发现，每踩一次脚，他们就可以贴近一次，那么，他也踩董瑞雪的脚。董瑞雪被他的大脚踩一下可不得了，简直像被东方红牌拖拉机的履带轧了一下，疼得董瑞雪直吸牙，她不得不警告老常，要老常放尊重些，在公共场合，干什么呀！老常把董瑞雪的意思领会错了，在公共场合，董瑞雪不愿接受他的亲近，若是在非公共场合呢，董瑞雪也许就不会拒绝他的亲近了。老常上了心，后来他到董瑞雪的宿舍去了。董瑞雪对老常的到来有些吃惊，问老常怎么知道她住在这里。老常锁了门，眼里光闪闪的，说他当然知道。董瑞雪注意到了老常关门的动作，她过去把锁舌头拧开了，让门虚掩着。老常看出董瑞雪对他怀有警惕之心，没敢轻举妄动。他对董瑞雪说，他敢保证，董瑞雪还是一个处女。董瑞雪脸上红了一下，问何以见得。老常说，他觉得董瑞雪对男性一直保持着警惕，有时还有些排斥，只有处女才会有这样的心态。老常还指着董瑞雪的脸说："看，我一说你是处女，你的脸就红了，这种羞怯的神态，也是处女才有的。"老常这么一指，董瑞雪脸上的红云更浓些，她说："你不要跟我说什么处女不处女的，我不爱听这个。"老常问她爱听什么。董瑞雪说她什么都不爱听。话不投机，屋里气氛有点僵。老常在椅子上坐着，董瑞雪在床上坐着。老常看着董瑞雪，董瑞雪却不看老常。董瑞雪看着窗外。窗外又是一年阳春三月，柳絮在空中翻飞，被阳光照得一明一灭的。老常叹了一口气，说他替董瑞雪惋惜。董瑞雪并不问他惋惜什么，她知道老常指的是什么，那样的话她听过好多次了。老常还是把惋惜说出来了，老常说，人的生命只有一次，生命的好时候是很短暂的，转眼间就过去了。又说生命的好时光就是生命的资源，每个人都应当享受自己生命的资源，不享受白不享受，不会像钱币一样节余和储存下来，只会白白地浪费掉。他认为董瑞雪的好时光还没过去，应赶快有效地利用起来，不然的话，一辈子太亏了，到时候后悔就晚了。说了一套关于生命的理论后，老常突然向董瑞雪提出来，和董瑞雪建立一种非同一般的关系。董瑞雪说她听不懂老常的话，不知道什么叫非同一般的关系。老常说她其实是懂的。老常打了一个比方，说比方说他今天晚上不走了，在董瑞雪的宿舍住上一夜，他们的关系就是非同一般的关系。董瑞雪大为惊骇，没料到老常会说出这样寡廉鲜耻的话，她一时不知怎样对付老常，愠怒地说："你怎么能这样说话！这不可能。你走吧！"老常没走，他说对不起对不起，他不过打一个比方而已，他是有贼心没贼胆。老常又说了一句让董瑞雪更为惊骇的话，他说，董瑞雪要是愿意跟他好，他就跟妻子离婚，跟董瑞雪结婚。弄了半天，原来老常是有妻室的人。老常跟她来往了这么长时间，可从来没跟她透露过自己是有妇之夫。董瑞雪如同受到了愚弄和欺骗，有些怒不可遏，她站起往门外一指，再次撵老常走，说她就是一辈子不结婚，也决不会找老常这样的人。大概为了表示郑重，她还使用了外交辞令，说："你听着，你是不受欢迎的人，以后别让我再看见你！"然而老常还是没走，他眨眨眼，把头低下来了。他开始向董瑞雪诉苦，叙述他的不幸的婚姻。他说他和妻子毫无感情基础，两个人已分居好几年了，夫妻关系名存实亡。董瑞雪打断了老常，要老常不要说了，她不听。老常抬起了头，答应不说了。什么都不说了。董瑞雪看见，老常眼圈红了，眼里泪涔涔的。老常也许确实有自己的苦衷，有自己的痛心所在。可是，人生在世，谁没有自己的隐痛呢！有一句话说得好，人到世上就是受苦的。人人都有苦，谁又解救得了谁呢！

有人又给董瑞雪介绍了一个对象，是矿山机械厂的副厂长、总工程师。说这个人以前被打成过右派，妻子跟他离婚多年了。又说这人虽然年龄大一些，但人长得极帅，学生时代演过话剧。董瑞雪觉得这个人的情况怎么有些熟悉呢，好像在哪里听说过。她虚着眼回想了一下，想起来了，是他。她问介绍人，那个人姓什么。介绍人说姓范。董瑞雪不说话了，那人果然是范明宇的父亲。她觉得人生真是开玩笑，而这玩笑是不是开得太大了，太荒唐了。介绍人问她怎么样，愿意不愿意跟人家见一面。董瑞雪问那人的孩子呢？没有孩子吗？介绍人说有的，有一个儿子，已结婚另过，现在是范总一个人住一套房子。介绍人悄声跟董瑞雪说，如果董瑞雪同意跟范总结婚的话，按政策，他们还可以要一个孩子。董瑞雪笑了一下。介绍人没看出董瑞雪的笑是苦笑，没看出笑后面的悲凉，问董瑞雪："你同意了?"董瑞雪又笑了一下，说这事儿等她死了以后再说吧!

57. 李春光董瑞雪范明宇和王建

李春光到这个市搞调查研究，有一位市委办公室副主任专门陪同他。白天开座谈会，副主任帮着召集人。晚上到市委招待所，副主任也不回家，住在李春光隔壁房间，像是随时听候李春光的招呼。李春光刚到市里时，副主任把李春光喊成李主任。李春光严肃地纠正了他，说他只是一般工作人员，不是主任。那么人家就喊他李秘书。李春光的意思让人家直接喊他的名字就行了，这一次副主任不让步，说那绝对不行，坚持喊他李秘书。这天是星期六，李春光让副主任回家去吧，说副主任这样一天到晚陪着他，他心里很过意不去。副主任说没什么，这是他的工作。李春光问过了，副主任的家就在本市，离市委招待所也不算远。他指出今天是星期六，让副主任回家休息，好好跟妻子孩子亲热亲热，他也要休息一下，看看书。副主任说，市豫剧团排了一出现代戏，据说还可以，想请李秘书去看看，指导一下。副主任说，他已经给剧团领导打过招呼了，剧团领导非常欢迎李秘书去指导。李春光说副主任开玩笑，他又不懂戏，能指导什么，他要副主任不要跟他来这些虚套子，戏他也不去看。副主任面露难色，说周末请李秘书看戏，是市委一位副书记安排的，副书记晚上也去陪李秘书看戏，要是李秘书不去，恐怕他跟副书记不好交代。既然如此，李春光只好去看戏。说是看戏，其实是应酬，那一套繁文缛节这里就不赘述了。第二天是星期日，副主任给李春光安排的也有活动，说附近有一座很有名的寺院，是唐代建的，请李秘书去看看。李秘书这两天工作太紧张了，星期天应该放松一下。对这个安排，李春光断然拒绝了。他知道副主任是好意，到附近名胜景点游览一下也不算太过分，但他总觉得有种被人牵着鼻子走的感觉，这种感觉不那么舒服。他说他今天要休息。副主任说游览就是休息。李春光说，游览算什么休息，在招待所的房里待着才是休息。副主任似乎并不着急，有条有理对李春光说了三条理由：这次游览活动也是市委副书记安排的，是李秘书的活动日程之一；车已经开过来了，司机就在一楼前厅里候着，他们随时可以出发；寺院近来成了旅游热点，副主任也很想去看看，这次正好沾李秘书的光。李春光毫不妥协，他说副主任就是说出一百条理由，他也不会从命的。他说跟副主任说实话吧，他今天另有安排，要到他原来工作过的采石场看望朋友和老乡。要是副主任确有为难处，他去给副书记打电话，向副书记请假。副主任说还是他给副书记打电话请示吧。副主任打完电话，说他陪李秘书去采石场。李春光说万万使不得，他是私人访友，副主任去了，他的朋友和老乡会感到不自在的。副主任想了想，作出了让步，说那就让司机开上车把李秘书送到采石场去。李春光说，他决不坐车去的，他不想摆那个谱，不愿让采石场的老领导和工友们骂他烧包儿。副主任见省委秘书处下来的李秘书态度这么坚决，没有再说什么。

李春光没去采石场。他想来想去，觉得去采石场不合适，去了会给场里添麻烦，会给有些人的心理造成压力，会有自炫之嫌，还是不去为好。他最想看望的人是董瑞雪，董瑞雪不在采石场了，他去那里干什么！他查到了董瑞雪所在单位的电话号码，试着给董瑞雪打了一个电话。他现在使用电话已经很熟练了，觉得电话是一种覆盖面大、延伸性强的现代化通信工具，许多事情都可以通过电话处理和解决。特别是在省委秘书处，他想要哪里都可以要到，想找谁一般也不会落空。他想到，星期天董瑞雪不一定在办公室。如果办公室里没人，他就要传达室，让传达室的人帮助找一下。办公室里有人接电话，李春光一听就听出是董瑞雪的声音。董瑞雪问他找哪位。他不敢让董瑞雪猜他是谁，不敢跟董瑞雪卖关子，就说他是李春光。董瑞雪一时没有说话，耳机里静默下来。李春光说，他还以为星期天董瑞雪不在办公室里呢，没想到还真在。董瑞雪大概反应过来了，说她星期天没事，一般都是在办公室里待着。她问李春光现在在哪里。李春光说在市委招待所。董瑞雪又不说话了，像是出现了失语状态。李春光问："我去看望您可以吗？咱们好多年没见面了！"董瑞雪说："您是省委的大秘书，谁敢劳您的大驾，还是我去看您吧！"李春光说，这里没有什么大秘书小秘书，在董瑞雪面前，他还是李春光，是那个回乡知青李春光，是那个打石头的李春光。李春光这样说着，往事涌上心头，声音微微发颤。李春光发颤的声音通过电话传染了董瑞雪，董瑞雪握耳机的手也颤抖起来，她心里明白，李春光一直是爱着她的。这么多年过去了，李春光没有忘记她，话一出口还是那样动心动情，炙肺煽肝。这好比埋藏于地下的煤，时间愈久，质量越好，发热量越大，因为它的心是火热的心，是燃烧的心。其实，她董瑞雪不是一样吗，她何曾忘记过李春光呢！滚滚尘世，茫茫人海，如果有一个人心里装着你，你也装着他，今生今世永不忘怀，这就够了。董瑞雪答应了李春光来看她，说在大门外面等李春光。李春光打子一辆车，很快就过来了。他们见面互相喊了一声名字，没有握手。李春光说："你看，我空着两只手，什么东西都没给你带。"董瑞雪说："不带就对了，"李春光看着董瑞雪问："你好吗？"董瑞雪也看着李春光，说："挺好的。你呢？"李春光说他也挺好的。董瑞雪说，到她宿舍里去喝水吧，她自已住一间宿舍。李春光说好吧。宿舍楼在办公大楼的后院，穿过一个小花园就到了。时值初夏，小花园的月季开得热烘烘的，很是迎人。李春光说花儿开得不错。董瑞雪说还可以。到了宿舍，董瑞雪问李春光喝什么？喝茶还是喝咖啡？李春光说喝茶。茶泡上了，只泡了一杯。李春光问董瑞雪喝什么？董瑞雪说她什么都不喝，她没有喝水的习惯，李春光说，还是多喝点水好，报纸上说，每人每天最好能喝下一暖瓶水，这样人体内才能保证有充足的水分。董瑞雪说，就是按着她的头，她一天也喝不下一暖瓶水。他们一开始就这样说着闲话，别后重逢，他们有好多话要说，这些闲话都不是他俩要说的话。可是，犹如他俩分别多年才走到一起一样，要说到正题，恐怕还要绕不少弯子，要把过渡性的过场走够。他们难免互相问问在各自单位工作的情况，忙不忙？累不累？人际关系怎样？是否顺心？这些还属于闲话。比如一部书，闲话总是很多，真正切题的话就那么几句。当他们意识到闲话说得差不多了时，他们的眼神儿都有些发虚，好像除了说闲话就没别的话可说了似的。李春光把茶水喝干了。董瑞雪给他重新添上。他双手端着茶杯，接着一点一点地呷。喝了这么多茶水，他嘴里还是发干。他说到张文山，说张文山毕业后想到报社当记者。他终于切入正题，顺理成章地问到范明宇。董瑞雪说范明宇现在也挺有出息的。李春光问："你们两个为什么没谈成呢？"董瑞雪说，她和范明宇根本就没谈。李春光这就有些不解了，他问："你给我的信上，不是说你正跟范明宇谈着吗？"董瑞雪说，她给范明宇也写了信，信上写的是正跟李春光谈着。李春光愈发不解，问她为什么这样做。董瑞雪说一切都过去了，什么都不要说了吧。嘴上说不要说，心里却把什么都想起来了，她说，她收到了李春光的姐姐写给她的一封信。李春光问什么时候。她说，是李春光第一次回家探亲的时候。李春光有些吃惊，说这事他怎么一点都不知道。他问姐姐信上写了什么？信还在不在？能不能让他看看？董瑞雪摇摇头，眼里顿时湿蒙蒙的。李春光好像什么都明白了。董瑞雪张着眼，使劲眨眨眼皮，像是用眼皮把眼里的湿东西擦去，硬是没让眼泪流下来。她说，李春光前程这么好，她挺替李春光高兴的。李春光还在想姐姐那封信，一时缓不过神来。他想姐姐也许写了不少难听的话，把董瑞雪的心伤透了。这次轮到他的眼睛变得湿蒙蒙的。董瑞雪大概要把李春光从痛苦的回忆中拉出来，她换了一个话题，问李春光知道不知道王建生病了。李春光说不知道，问王建得的什么病。董瑞雪说，王建得的是白血病，在医院住了两个多月了。王建是在外地上的理工大学，毕业后上班还不到一年，就得了这种要命的病。这个消息让李春光吃惊更大些，他知道的，白血病目前在全世界都没有办法治愈，属于不治之症。他说太可惜了，王建平时挺幽默的，心胸挺开朗的，怎么就得了这种病呢！他问董瑞雪去看过王建没有。董瑞雪说去过，上个星期还去过一次，"王建还向我打听你的情况呢"！李春光说："那咱们一块儿去看看王建吧！"

他们到花屋买子一大束鲜花，由董瑞雪抱着，一块儿到医院病房看望王建。可巧的是，范明宇先到了一会儿，也在病房里看望王建。王建穿着条状的病服，半靠在一头摇高的病床上，正跟坐在床前方凳子上的范明宇说话。王建先看见了李春光和董瑞雪，董瑞雪还没对王建说完“你看谁来了”，王建已赶紧从病床上下来了，趿拉着拖鞋，迎上去跟李春光握手，说：“李春光，首长好，首长好！”李春光说王建还是那么幽默。这时董瑞雪已把鲜花递给王建。王建把花抱在怀里，像歌罢的歌手那样对李春光和董瑞雪连连点头，说“谢谢鼓励谢谢鼓励”。王建把手向范明宇一伸说：“我来介绍一下，这位是矿山机械厂团委的范书记。”范明宇把王建的手轻拍了一下，笑着说：“我说你能不能少耍点贫嘴，节省一点力气好不好。”李春光和范明宇点头致意过了，王建一介绍，他们给王建捧场似的，互相握手问好。李春光对王建说：“范明宇还用你介绍吗？范明宇是我的老弟！”范明宇附和李春光的话说：“是呀，介绍我还不如介绍你自已呢！”王建说：“我有什么可介绍的，白血病患者王建，代号二十七床。”说着自己先笑了。他见李春光、范明宇和董瑞雪都没笑，大概意识到自己的笑话说得不好，换了一个笑话，对范明宇和董瑞雪说：“别看你们一个是书记，一个是部长。你们都没李春光的官儿大，你们信不信？”范明宇和董瑞雪都说信。李春光说他什么官儿都不是，连个副科长都不是。王建说：“宰相府里的衙役七品官，连在省委大院要扫帚打扫卫生的人都牛得很，别说省委秘书处的大秘书了。我敢说，连我们的市委书记见了你，都差点给你请安。”这个笑话把几个人都说笑了。董瑞雪见王建脸色那么苍白，病服里面的身体那么虚弱，可王建的神情却不露出半点悲哀。王建还像以前那样，嘴角、眼睛甚至连耳朵上都带着笑意，王建还是一位快乐的使者。这是王建的豁达和坚强处，也是王建的过人处。别看王建表面上大大咧咧、嘻嘻哈哈，王建可是个敏感和细心的人，也是个善于为别人着想的人。王建之所以这样打着精神，竭力逗大家发笑，他一定是不想让别人为他感到痛苦，不想给同学和朋友留下戚戚哀哀的印象。想到这一层，董瑞雪心头涌起一股巨大的悲哀，眼里鼓起一包眼泪。王建发现她神情不对，本来正跟李春光和范明宇说张文山，丢下张文山不说了，转向董瑞雪说："我说董瑞雪，你把好机会都错过了吧！你看我这两位老兄，哪个不是好样儿的，你抓住哪一个都行呀，偏偏一个都没抓住，真够窝心的！"这个话题是敏感的，三个人脸上都不大自然。董瑞雪说："别说我，你自己呢，你自己不也是什么都没抓住吗？"王建说："那是的，我一直追求你，你不理睬我，我抓谁去！"董瑞雪知道王建又是说笑话，可她的脸还是红了，说："臭王建，你什么时候才能正经起来！你什么时候追求过我？"王建哈哈笑了，却对李春光和范明宇说："你看我悲哀不悲哀，我追求人家，人家连知道都不知道！"他收了笑，神情郑重起来，让李春光和范明宇为他作证，说他的病一好，马上向董瑞雪求婚。董瑞雪说："那你的病赶快好吧，我等着你！"